U0917321

暖方

聚散无常
愿所有的
爱都有着落

古里果 著

山西出版传媒集团 山西人民出版社

图书在版编目(CIP)数据

暖方 / 古里果著. — 太原 : 山西人民出版社,
2021.10
ISBN 978-7-203-11873-2

Ⅰ. ①暖… Ⅱ. ①古… Ⅲ. ①长篇小说-中国-当代
Ⅳ. ①I247.5

中国版本图书馆CIP数据核字(2021)第150744号

暖方

著　　者:古里果
责任编辑:李　鑫
复　　审:刘小玲
终　　审:贺　权
装帧设计:今亮后声

出 版 者:山西出版传媒集团·山西人民出版社
地　　址:太原市建设南路21号
邮　　编:030012
发行营销:0351—4922220　4955996　4956039　4922127(传真)
天猫官网:https://sxrmcbs.tmall.com　电话:0351—4922159
E—mail:sxskcb@163.com　发行部
sxskcb@126.com　总编室
网　　址:www.sxskcb.com

经 销 者:山西出版传媒集团·山西人民出版社
承 印 厂:三河市金元印装有限公司

开　　本:890mm×1240mm　1/32
印　　张:16
字　　数:300千字
版　　次:2021年10月　第1版
印　　次:2021年10月　第1次印刷
书　　号:ISBN 978-7-203-11873-2
定　　价:58.00元

目 录

白天有太阳，夜晚有月亮，大地上有家。

——引子

第一章 人间把信任摧毁了

01

宋姑怜十岁时，她的家庭破碎了。人间仿佛只剩下光和影，找到光的父亲和被遗弃在黑暗中的母亲。中间的她，成了不清不楚的灰色地带，被略去了，坠落进一个裂开的罅隙里，开始了她荒诞人生的起点。

十八岁成年，她对那天的记忆还很模糊；到了二十岁，清楚了些，能看到晃动的人影儿了。直到她也成为母亲，岁月掸去面儿上的灰尘，她才得以看清了脸。一张又一张的，像脱灰的墙皮，展露出本来痛苦而隐忍的面目。她曾以为笑就该是快乐的，哭就该是悲伤的。那天发生的事情令她的心智突飞猛进地成熟，她渐渐意识到——笑还可以是强颜欢笑，哭也可以是喜极而哭，而悲伤的人也可以伪装幸福。那日的无数个“片刻”成了她的转折点，好像从童年直接过渡到了成人，成长的中间地带被省略了。

现在——在这个故事发生的1995年，宋姑怜——还只是个小姑娘，三年级期末考试完，即将升入四年级。是个周末。她因为前晚看书熬夜了，当然是大人们口中浪费时间的课外书，翌日睡到太阳升起才起床。她穿好衣服，打开门就瞥见了母亲。她们中间隔着一条狭长的走廊，衔接着卧室和客厅，没有门窗，只有客厅窗户的光透进来。所以，姞怜从卧室看过去客厅的效果，光与影交相辉映，就像拉开幕布在看电影——母亲张春凤正站在一把小椅子上，略微仰着头，剪影犹如天鹅。她穿了一身印花连衣裙，缤纷如春天。姞怜揉搓着眼睛，温柔地看着母亲。“她可真美。”她想。

母亲从椅子上跳下来，站在一团光里，没有穿拖鞋，像踩在一团白云上，或是站在冬天刚下过的一片新雪上。宋姞怜第一次相信了姥姥说的话，原来母亲真的漂亮过。

她轻手轻脚地走过去。

张春凤已经又站到了小椅子上，她抬起手，擦拭着相框上的玻璃，原来先前是在观察合照上哪里还有灰尘。

“妈，边上还有。”姞怜用手指着。

“哪里？”

“哦，在爸爸的眼睛上。”

张春凤又反复擦拭了几遍。

“干净了吗？”

姞怜点头。

张春凤这才从椅子上下来，向姞怜走过来。走得近了，光就远了些。姞怜清楚地看见了母亲的颈纹和宽肩，那些碎花被厚实的背撑开，太饱满了，像要开谢了——这才是宋姞怜熟悉的那个母亲。姞怜侧了侧身子，母亲却没有直接过去，站在姞怜对面，又说道：“小怜，你快点儿收拾，我们今天要去春城。”

婼怜注意到，说这话的母亲面露倦色，和以往去春城比，像变了个人。

几年前，婼怜的父亲宋和平辞去了公职，去春城打拼，他们一家就过上了异地分居的生活。婼怜也习惯了跟随母亲去春城看望父亲，仿佛定期迁徙的候鸟。大约是三年前，房东的妻子过世，房东被早已成家立业的孩子接去一起生活，宋和平因为与这对夫妻关系要好，也便近水楼台先得月，刚得知房子要出售便筹钱买了下来。

这房子位于春城近郊，是老式的农村小院儿。正中几间是一字排开的平房，院子倒是不小的，有四五百平方米。宋和平将房间打通，成了套房，刷了墙漆，铺了地板。假期，张春凤带着婼怜过来小住时，又在院子里种了些树木花草，如此，他们在春城也便有了个像样的家了。春城的家虽比不上花莲的公寓，张春凤却很是喜欢，去的次数相较从前频繁许多。直到这年，婼怜因为成绩下降，班主任找到张春凤，告知如果婼怜成绩再如此下去就只能降级了，她们才不得不把周末的时间利用起来学习，去春城的次数自然也便屈指可数了。

去得越少，越凸显出隆重感，好似成了家庭的节日。以往说起去春城，张春凤眉眼都是欢喜的，提前一周就开始准备要带去的衣服，提前一天做好发型。这番心意，宋和平并不领情，她却乐此不疲。比如，她有一回学着电视里盘起了头发，前额两边各留了一小缕卷发，自己对镜照时很满意，和平却说："嘿，姐姐，你今儿看起来怎么有些像我上周钓上来的鲢鱼？"她比他大几岁，认识时便是如此称呼，叫得习惯了，婚后也没改口。春风红了脸，尴尬地把那两缕头发别到耳背后。

再比如，在某个大雪纷飞的冬天，春风特意织了一顶厚帽子，下半截是黑色，上半截是红色。宋和平对此的评价是："真像朵鸡冠花！"连宋姞怜这个不大点儿的小学生都听出了话里的讽刺，春风却当成了夸赞，戴了一个冬天。后来那帽子被老鼠咬了个洞，她终于不戴了。宋和平看到不戴帽子的春风，长舒了一口气："像个女人样儿了！"春风没听出话里的话，笑着说："你媳妇儿本来就是女人！"宋和平呵呵好笑，不看她，半弯下腰来抚摸宋姞怜的脸："我们小怜呀，长大以后会是个漂亮女人！"春风听到夸赞自家姑娘，又笑了，露出的两颗门牙有些像松鼠。

她照旧对丈夫笑得温柔。事实上，春风的确是别有风情的，她的壮硕使她看起来圆润又丰满，有点儿像欧美女人的体型，肤色也偏白，有种朴实却迷人的性感。可一个男人若不爱，这一切都是白费的。他长了眼睛却形同瞎子，他长了一颗心却冰冷如石。这个女人在每个"探夫日"的煞费苦心，她的丈夫是理解不了的，也是拒绝去理解的。那条横亘于中间的大河，一个选择了视而不见，一个选择了自欺欺人，而姞怜成了衔接的桥梁。张春风情愿依赖着这"桥梁"

麻痹自己。所有人都惧怕衰老，唯独她张春凤是欣喜的——宋和平每长出来一根白发、一道皱纹，都宣告着他们又朝着白头偕老迈进了一步。

姞怜已经两个月没见过父亲了。她留意到了母亲的反常，但很快就被要见父亲的喜悦冲散了。她跳起来欢呼道："太好了！我要见到爸爸了！"

"是呀，去看和平了……"张春凤迎面走过来，像病了似的蔫着，无神的眼睛镶在一张凝滞的脸上，无视姞怜。直到走进了旁边的卧室里，才听到她自言自语的喃喃声又响起："还要去见……一个女人。"

是的，一个年轻的女人，一个即将改变宋姞怜家庭的小女人。

02

火车车厢里沉闷燥热，走廊的单人椅上正坐着一个吃着猪油炒饭的胖男人，一身汗涔涔的油腻感。姞怜皱了皱鼻子，跟着母亲找到床铺，将行李塞在床底下。上铺一个年轻的黑瘦的女人正盘腿坐在床沿边对镜化妆，拖着一条结实的长辫子。对面的下铺空着，被子乱糟糟的，乘务员还没来得及整理，脂粉味混合着油脂、饭菜味在封闭的空间里发酵。

宋姑怜坐到对面的空床上，母亲坐在对面，凝神望着窗外，眉头微皱，心事重重的样子。火车慢腾腾地穿过隧道，她的脸骤然暗了，又骤然亮起来。她发现母亲像是陷入了静止的状态之中，眼都不曾眨一下。她看起来荒凉又憔悴，那新裙子上饱满的碎花簇拥着她，像花园旁的一块戈壁。中间隔了一张小餐桌，放着装满温开水的水壶和几个苹果。宋姑怜拿起一个苹果在母亲眼皮下晃了几下，母亲终于正眼看她了，眼神里闪过漫不经心的木讷、凝重。母亲摇了摇头，又惘惘地望向了窗外。

宋姑怜顺着母亲的目光望过去，树木、村庄整齐地倒退，她的思绪也跟着飘远了——近一个月来发生的诸多事情，细枝末节在她大脑里活了。比如，夜里起床小解，曾看见母亲房间门缝里透出来的灯光，而卫生间里烟味弥漫——母亲是不抽烟的。她还想起一件小事，是上个月才发生的。

那天是星期五，学校组织了野炊活动，叫了一辆大巴车。宋姑怜坐在车窗的位置，路过市区，她看到一个穿红色连衣裙的女人，正是母亲。红灯亮起来，一个拎着公文包的男人奔跑过斑马线，奔向了母亲，两人前后进了大楼。从二楼挂出的大招牌上，她清晰地看见“律师事务所”五个大字。还有最近夜里，母亲接电话的次数也在增多，姑怜心知是父亲打来的。他们小声说话，像在密谋什么紧要的事。她想，也许是母亲，也许是生活在春城的父亲，他们中一定有一位遇到麻烦了。再加上这个突然出现的女人，一旦将这些关联起来思考，宋姑怜便感到隐隐的恐惧，好像风平浪静中隐藏着一触即发的可怕介质。她想和母亲聊会儿，聊什么都好，当然，若是关于要见的那个女人，就更好了。但母亲完全沉浸在自己的世界里，嘴唇像被缝合住一样，唇线是坚硬的。她便打消了这念头，从包里拿出一本故事书来打发时光。她虽说才即将四年级，却因为父亲喜欢读书的关系，自小就开始识字，阅读基本上无障碍了。

途经中间的小站点，一名乘务员过来收拾床铺，宋姑怜挪到了母亲那一边。乘务员收拾完被子，转身离开时，蓦地注意到了母女俩。

“春凤，真是春凤呀！”乘务员惊喜地喊道。

“你是？”

“我是方娟呀，咱们可是亲戚呢。”

“想起来了。”张春凤想起来了，好像是有这么个亲戚，算起来应该是奶奶那一辈的关系了，小时候还一起玩耍过。

“这是你姑娘吧，长得真乖巧。”

“样子乖，可淘气了。”张春凤说。

方娟又问道：“你们在哪一站下？”

“春城，老宋在那边工作，我们过去看他。”

“这两地分居可真是受罪，干吗不去春城找个工作？”

“习惯了。小别胜新婚，各自有点儿私生活，也挺好的。”

“姐姐你真想得开。话说这男人可得看紧点，外面野猫野狗野花野草多着呢！”

张春凤干咳了两声，尴尬地打断了她：“小怜，喊方阿姨。”

宋姑怜从书里抬起头，似笑非笑地说：“方阿姨好。”

“真是爱学习的好姑娘！”方娟说。

宋姑怜撇撇嘴，抬了下眼皮，无意间发现上铺的女孩正盯着她看，不好意思地又低头看起书来。

“姑娘这是读几年级了？”方娟又问。

“马上四年级了，在花莲一小，过两年如果能考上咱们花莲二中就算是烧高香了！”

“二中可是好学校！”

就这样，在几分钟的聊天时间里，张春凤将宋姑怜的学校、校址、成绩等都公开了。不久，列车停在了途中一个小镇。上铺的女孩跳下来，脚踩进一双搭扣皮鞋里，系好皮带，背上牛仔包，又踮起脚从上铺的被子里摸索出一顶牛仔帽戴上。她大方地对姑怜伸出手，说：“我叫东铃。唱歌的。认识下吧！”

“哦，你喊我小怜吧——”

“你妈都介绍过了！”东铃像老熟人一样拍拍姑怜的肩膀，下车时，一根大辫子甩起来，像是挥手。

又过了一个小站，方娟阿姨送来了一小口袋山杏，顺带给姑怜捎来了一本书。那本书的封面沾着些干涸的泥色，但其余地方都保护得很好。

“这本书是一个乘客掉的，在我这儿放了一个多月了。你要不嫌弃有点儿脏，就拿去看吧。”

宋姑伶接过书，道了谢，正好旅途无聊，便翻开书来读。书名叫《萤火虫的秘密》，是一个叫晚晚的作者写的。扉页上，她瞥了眼作者的照片，逆光拍的，太暗了，五官有些模糊，但轮廓很清楚。作者是个很年轻的女人，穿着一袭旗袍，坐在窗边的椅子上。就在她打算翻页时，眼尖地发现女人身前的那包烟是父亲平日里抽的牌子。宋姑伶心想，竟然有女人抽烟，还抽男人的烟！她又多看了几眼，合上书，装进了包里。

03

她们要去的地方叫水木小镇，却不是一个镇，是位于春城近郊的一个老小区。白墙红瓦，白墙脱了皮，红瓦也灰暗暗的。植物却蓬勃野蛮，矮灌木蓬松的一团，法桐树有三层房子一般高，枝叶把狭窄的路遮挡得严严实实。姑伶的家离这小区仅仅一街之隔，很熟悉。

这片区域曾经是外国人居住的地方，后来的建筑也大都沿用了欧式风格。街上店铺林立。墙壁或者二楼的栏杆上挂满了一盆盆的植物，到了春天开满一条街。偶尔在美妙的黄昏时分，张春凤会陪着姑怜来这里散步，却总是一副陷入思考的状态，安静、木讷、心事重重的样子。宋姑怜总觉得母亲在极力克制着什么——她身上似乎游蹿着火苗儿，没准儿什么时候就会焚烧起来。

中年的张春凤像这个年龄的绝大多数妇女一样，身体发福，被困在家庭里，相夫教子，碌碌无为。宋姑怜在与同学们提起她时，却仍喜欢用“一个漂亮的女人”来形容她。事实上，即便是张春凤年轻时也称不上美艳漂亮，面相倒是极其友善，平实的五官分布在圆脸上，皱起来的鼻子两边有些雀斑。她平常总是穿一身类似制服的套装，有种不怒自威的庄重感。

再年轻一些的母亲，就是姑怜从姥姥嘴里听说的了——人长得秀气，身段又苗条，时常在学校的文艺会演上弹奏钢琴，喜欢她的人老多了！后边就越长越胖，喝水也发胖，这人一胖五官就毁了。母亲见着原先的照片伤心，姥姥一番好意给收了起来，却不想真就一张也找不到了。姥姥说的时候充满遗憾。姑怜却对那个美丽优雅的母亲心驰神往。每次姥姥讲这话，她都一脸陶醉。所以，她是绝不让母亲参加家长会的。当然，她做得很隐蔽，宁可让熟悉的家长帮着捎话给老师，家里太忙或者是亲人生病等，反正一学期就一次，理由总是好找的。

那个风华绝代的张春凤只存在于姑怜的想象中，她没有真正目睹过，却目睹了母亲是如何从一个普通少妇成为一个老气横秋的妇人的。很早，她心里就隐隐察觉出与父亲有关联。尤其是在她长大成人后，再回忆起与父母一起的那段时光，对母亲便愈发怜惜。男人不爱一个女人，冷酷无情是渗透进骨髓的，他的一言一行都在告诉你不爱你的事实。但凡受过那种冷遇的女人，都如同经历了一场极刑。

宋姑怜最先发现父母之间的微妙关系时，也就五六岁光景，一到晚上她便被父亲以各种原因从小床抱到大床上。她在中间，父母背对背躺着，一边竖一面墙，形成透风的囚笼。小小的她被父母以爱之名关押在里面，直到父亲离开花莲，才开始独立睡。

父母之间的冷漠疏离，使得她心智发育超前，对周遭一切都质疑，但她仍然无法否定父亲。当年，父亲虽疏离陌生，却是支撑起她小小骄傲的全部，并且她随了父亲的姓，这难道不足以说明她与父亲之间的关系更亲密吗？那时的宋姑怜有种隐约朦胧的认知，即否定父亲就是否定自己。

这些想法，是她很多年后回忆起1995年这个夏天里的某天，去揣摩那个早熟的自己时所想到的——但彼时的宋姑怜，对此还没有深刻的领悟，除了隐隐预感到“将要发生不好的事情”。

不安感是从进入水木小镇的小路开始的。穿着新裙子的母亲走在前面，缄默，时快时慢的脚步隐隐慌乱。她清晨惊鸿一瞥的美消失了，又恢复了老样子——敦实的身体撑开了裙上的碎花，一双老式的搭扣皮鞋挤着一双脚。但这种适当的肥胖在宋姞怜看来，就像是热牛奶般适宜。

穿过步行街，进入一条破旧的小街道。一辆卖凉皮的小推车迎面过来，撞上了心神不宁的张春凤，洒出的辣椒油溅到了她裙子上。卖凉皮的妇人蹲下来，慌张地用抹布擦拭着裙子。张春凤蓦地一把将她推倒在了地上，眼神隔离了情感，与平时判若两人。妇人蹲在小车前啜泣，那点儿泪水滋润不了她油腻的手和皮肤。目睹这一幕的宋姞怜，惊讶地盯着母亲——她待人素来宽厚。这种改变让她对即将见面的女人产生了抵触和恐惧，本能地后退了几步。

张春凤拍了拍裙子，不再看那妇人，默默地快步朝前走远了。姞怜瞥了一眼推车远去的妇人，这才赶忙追上去。

张春凤站在一栋小楼前，挨着一大团茂盛的灌木，衬得她瘦了一圈。一楼围墙上爬满了蔷薇花，一朵朵迎着艳阳，开得欢喜。

“姞怜，你过来。”她说完嘴唇又抿紧了，想要微笑，却事与愿违地撇出更深的八字纹。

姞怜猜测，那个女人就住在这里。她有太多疑问——在火车上时，她已经想过各种问题。比如，她是谁？为什么要见她？但是，火车上那个笼罩隔绝在自我世界里的母亲，让她咽下了所有疑问。

“姞怜，你听着，等下除了见到你爸爸，还会有个小阿姨。”张春凤说。

“哦。”姞怜懵懂地点头。

“她现在和你爸爸生活在一起……懂了吗？”

“爸爸不和我们生活在一起了吗？”她听出来母亲的弦外之音。

张春凤点点头。

“爸爸……不喜欢我和妈妈了吗？”姞怜声音轻下去，要哭的样子。

“喜欢，还是像从前一样喜欢小怜……”

张春凤说不下去了，她没法告诉姞怜，宋和平只是不喜欢自己了。她极力克制着情绪，眼眶却悠然红了，鼻涕也流了出来。母亲极力想掩饰却掩饰不住的痛苦，让姞怜瞬间悟出来，父亲在外面有人了。她们年级某个同学的父母就是因此离婚的，她想不到这样的事情竟然也会发生在自己身上。

“好了，我们上楼去吧，他们在等着我们。”张春凤说。

“我要去打那个狐狸精，把爸爸抓回来一起打！”姞怜眼巴巴地望着母亲，瘦小的身子因为愤怒和恐惧而哆嗦起来。

张春凤抱住她，安抚道：“小怜，你要乖一点儿……我们去认识下她。”

“我不想认识她！我讨厌她！我讨厌她！”

她掉头就走，没走出几步，又听到张春凤的声音：

“小怜，陪着妈妈吧！”闻言，她哇地哭了出来，走不动了，这才意识到——父亲和母亲是真的要离婚了，更糟糕的是，父亲或许已经把接替母亲的人选都找到了。

他们感情素来不好。常年两地分居的夫妻，难得假期一家团聚，父亲却时常出差，即便回家，也是拖到晚上甚至半夜。家里大多数情况下安静得像地窖，一根针掉到地上，都能发出令人胆战心惊的声音。宋姑怜不敢问母亲这是怎么了，也不能问父亲。父亲是唯一支撑起她骄傲的存在，不到万不得已——只要他还在养育她，她是绝不会做令他反感的事情的。这个觉悟，是母亲在父亲面前的卑微讨好启发、暗示了她。

姑怜更喜欢花莲的家，那里的房子是父亲早年买下的。她不仅有卧室，还有间小书房。客厅外的小阳台上放着张春凤的钢琴，只是自从父亲去春城后就被母亲用防尘布罩上了，上面堆了杂物，不知晓的人还以为是个储物柜。宋姑怜有时觉得，钢琴是跟着母亲一起沉默的。

一切都像是恶性循环，宋姑怜离不开母亲的照顾，却又抵触着她身上的粗俗。对那个鲜少见面的父亲，她不争气地仍是如此——一种“扭曲却敬重的鄙夷”。宋姑怜成年后，终于能平静地谈论宋和平和郁晚。那时，已经深谙世事的她，用了这样的词语来诠释当年对父亲宋和平的感情：父亲极少出现，家里却尽是他的痕迹。比如，宋姑怜总在梦中听见金属钥匙开门发出的锐利声响，像尖叫；之后的关门声像沉闷的叹息，也是厌恶。但母亲却极力说着父亲的好处。比如，父亲是男人，是一家之主，养家糊口才是最辛苦的大事……这些“合情合理”的解释，塑造出一个“鞠躬尽瘁，死而后已”的父亲形象。但姞怜那无师自通的早熟，让她几乎没费什么劲儿就嗅到了话里的虚实。与其说是蒙蔽他人，毋宁说是母亲用来蒙蔽自己。

她不知道父母谁先厌倦了这种“自欺”，总之，他们不打算再分裂自己了。可是，宋姞怜即将过上一种家庭分裂的全新生活。她感到恐慌、愤怒——这分明与自己最相干，却仅仅是在最后通知了她一个结果。

宋姞怜茫然地站在原地，低头看着地上自己变了形的影子，像是看见正在扭曲中分裂的家——有什么能给点儿安慰呢？如果树枝可以拥抱，如果影子可以拥抱……

04

简直不可思议！简直荒谬至极！就在离家仅一条街的水木小镇，就在这小区的一栋楼里——父亲和他的小女人竟然又筑了个小家！宋姞怜印象中的父亲慈爱、威严，算不上好父亲，但对她这个女儿却也不能算坏的。现在，她终于可以和父亲好好地坐一会儿，没准儿气氛好，他们还可以像朋友般聊上一会儿。然而，她要见的，不只是父亲。

宋姑怜跟着母亲进入狭窄的楼梯口。她不记得自己当天穿了什么，只记得自己一路追随着母亲的新碎花裙子。楼道口的穿堂风吹来，母亲的裙摆像猝然绽开的硕大花朵，那花心处散发的腐败气息迎面打来——这不是母亲的气息，或许是这栋老房子的味道。从前，姑怜在奶奶的身上闻到过，也在郊外某个破破烂烂的敬老院里闻到过，在花莲老家附近的废弃部队大院里，闻到的也是这样的气味。那难道是时间本身的气味吗？她心想。

宋姑怜皱着眉头，迟疑的片刻被母亲的手拽上了楼。但凡上一层，她因为紧张而加快的心跳就慢下来一拍。站在门口时，她已积攒了满肚子的愤怒和委屈，隐藏在那张过于平静而失去了年龄特征的脸上。

防盗门上的门牌号上显示着305号。张春凤戳在门口，盯着门牌号看了几遍，敲响了门。

开门的正是宋和平。

在姑怜的印象中，父亲总是留着干练的平头，修剪成平整的四方形，更显得五官棱角分明。夏天穿衬衫、西裤，冬天穿西装、毛呢大衣，永远规整干净。所以，当宋姑怜进了屋看见父亲穿着休闲短袖衫，修剪了当时很流行的三七分头时，着实吃了一惊。他一改往日古板严肃的形象，热情又客气地沏茶，倒像是母亲是初次登门拜访的新朋友。这对名存实亡的夫妻尴尬又局促地寒暄着，那氛围像春雪刚融化的河水，看上去温和宁静，水下却冰冷刺骨。当时见面的场景，即便过去很多年，宋姑怜再想起仍觉得不可思议——她和母亲竟然成了父亲和他情人的客人！更不可思议的是，母亲这次来，是要帮父亲看看这女人是否靠得住。再直白一点儿，父亲是让母亲来替他把关人生大事。

一切的荒谬，都是父亲和母亲深思熟虑安排好了的。更难以置信的是，这荒谬此时是如此合情合理。

宋姑怜后知后觉明白过来，自己在这场预谋的彩排中连配角都算不上。急于摆脱感情空壳的父亲，与早就默认现状的母亲——那条捆绑着他们的丝带早已经解开了。她急于想要系上，却来了个小女人，她只吹了一口气就又散了。父亲也许认为这小女人解救了他，但在姑怜看来，那个小女人无疑成了父亲的帮凶。

从一扇朦胧的玻璃门里发出锅碗瓢盆碰撞的声音，那个小女人正在里面做饭。从那连贯持续的声音听来，这将是一顿丰盛的饭局。姑怜悄悄打量着这个家：窄小，沙发和小茶几已占了一半面积，旧柜子上摆着一台小电视机，剩下的空间三个人已显挤。但这种境况下，挤倒有好处，离得近，还能感受到家的余味，那味道黏而暖，只是父亲不似从前的父亲了。他现在的好脾气，是被另一个女人滋养出来的。

父亲与母亲说着客套话，听起来很疏远，笑容也失真似的，令姑怜倍感绝望。在母亲筑起的家里，父亲是完全不同的，这一点张春凤也感觉到了。她周身绵软，沮丧地在沙发上坐下来，垫子凹陷下去，吞噬了一部分裙子。

宋姞伶未曾料想到，她渴望过的温柔好脾气的父亲，是在这样一种场合里见到的。她感到刺痛，想要大哭，却惊讶地发现心中的呐喊声凝滞成了敦实的沉默。她朝门看了一眼，玻璃半透，细长的人影笼罩在光里，很神秘。就在这时，她听到父亲喊了声："晚晚。"

门开了，那女人走出来——这就是她了，瘦削，颧骨略微饱满，衬得下巴尖尖的，梳着两根细细的麻花辫，像两根茅草丝。她人也是柔软的，一切边界被抹去了，既有女人的成熟，又有女孩的稚嫩。很凑巧，她也穿了一条碎花连衣裙，领口有层叠的荷叶边，束腰显得腰肢细细的。张春凤当下就别扭地拉扯了下身上的裙子。她瞟了眼丈夫，哦不，也许现在应该改口叫前夫更合适，她想他一定注意到了这点。她仿佛看到了"前夫"暗中对比后得意又狡黠的笑容。一想到这里，张春凤便如坐针毡，后悔自己怎么就答应登门拜访了。

"姐姐。"

就在张春凤思绪飘飞时，猛地被一个声音唤了回来。她吓了一跳，胳膊上汗毛瞬间林立一片。

"姐姐，我叫郁晚，你喊我晚晚吧！"那小女人又说，并主动伸出手，闯进了张春凤的安全区域内。那手，在她看来像战胜的旗帜。

张春凤有些恍惚，仍然戳着，没有伸手回握的意思。

“姐姐！”宋和平提醒道。

“哦。”张春凤应声着，惯性地伸出了手。她的身体被这熟悉的声音控制了太久。浅浅握了下，烫手似的抽了回来。

“你好，小怜。”郁晚朝姞怜笑笑，又伸出手，“做个朋友吧。”

姞怜睁大眼睛望着她。不知怎的，脑海里却突然浮现出包里那本书，那作者也叫晚晚，真是太凑巧了。她感到有些恍惚，下意识地缩到了母亲身后。

宋和平正要说什么，被郁晚扯了扯衣服，便不再说话了。

先前上楼时，姞怜还在想一哭二闹把父亲拽回去。现在，她意识到，就是她威胁，父亲也不一定会回去了。她尴尬地瞅了一眼母亲，母亲局促地捋了捋头发。倒是郁晚波澜不惊，一脸沉静，看着母女俩的眼神也是坦然的。反倒是还未正式离婚、身为妻子的张春凤，像是上门来讨生活费的小妾，不自然地收紧了下巴。受到母亲的影响，宋姞怜也觉得不自在，这已经是本末倒置了——她们成了这个家里冒失的闯入者。

辣椒的气味似有似无地萦绕在这间十几平方米的厅房里，也许是张春凤裙子上没擦干净的，也许是厨房正做着什么菜……直到几个小时后，母女俩离开也未消散，游窜在和谐宁静的表象里，像一个启示——丈夫和妻子面对面坐着，斜对面是丈夫的小女人，矮了一大截的宋姞怜，像个木戳子插进这三角的中心。她隐隐意识到，自己正成为这三人中微妙的存在。多年后，这微妙的存在近乎瓦解了宋和平与郁晚之间的爱。这是后话了。

“姐姐，你吃点儿东西垫垫肚子，吃饭还得半个小时呢！”宋和平说。

“不饿。”

“宋哥说您爱吃苹果，尝尝吧，今早才去买的！”郁晚客气地说。

“是以前的事了。”张春凤望向宋和平的眼神，真可谓百味杂陈，“我早就吃腻了，不吃了，不吃了。”

“吃橘子不？”

郁晚唯恐招待不周。

“不吃，不吃。”

“也吃腻了吗？”

“橘子太酸了，我不爱吃酸的。”

“是甜的，我保证，很甜很甜！”说话间，她已经着手剥起了橘子皮，“我先尝点儿，甜的你再吃！”这年轻的姑娘不知是真傻还是装傻，竟全然不懂张春凤明里暗里的拒绝。

张春凤尽力保持着风度，用一只手按着另一只手，生怕自己冲动失控将水果连盘子打翻——她脑海里预演起这个场面，分明这样去做才是合情合理的。难道不是吗？分明已经忍够了，打翻盘子，拿起果子扔在这两人的脸上，这才是她此时最想做的事情啊！

好在，厨房里适时地传来水烧开的声音。郁晚慌慌张张地放下剥了一半的橘子，从沙发上霍地起来，跑去厨房。张春凤绷紧的身体这才松弛下来。趁着宋和平出去抽烟，张春凤起身看了一圈屋子，在玻璃门前站住了。那门里，隐约能看见郁晚的身影。

宋姑怜不知道那扇门里外的两个女人当时都在想什么，只是日后随着年龄增大，再想起那一幕时觉得荒诞如梦。回忆里瞥见的母亲的脸，像一面镜子照亮郁晚年轻的脸庞——这两张脸重叠在一起，吻合成更加具体的“女人”。

宋和平推门进来时，春凤已经坐回了沙发上。宋姑怜正在看着动画片，电视机里的声音不大不小，刚好能听见父母之间的谈话声。

“姐，怎么样？”

“小了点儿……”

“岁数小怕啥！”

春凤瞅着丈夫，他那愉悦的表情怕是巴不得是个小姑娘。她心底升腾起悲凉，逞强地装出一副无所谓的模样。

“太小，总觉得会生变……”

“姐姐……晚晚是小，却是个有主见的姑娘。”宋和平极力开脱，话像豆子一样从嘴里蹦出来，“我这马上离婚的人了……她除了图我的人，还能图什么？”

“退一万步说，有图的还能长久，啥也不图，全靠感情，能支撑几日？！”

“姐姐，是我对不起你……”

“还是得你来判断……”

“姐姐……”

宋和平喊得像是真成了一奶同胞的亲姐弟了。

春凤沉默了。在当下，她突然意识到一个残忍的真相——郁晚已经是宋和平决定好的结果。他要她来，实则是在用事实告诉她，他们只是姐弟关系，这桩婚姻早已名存实亡。试想，一个妻子都主动上门帮丈夫审核未来的妻子，那即将成为丈夫新妻子的女人，又怎么会有耻辱感呢？宋和平要她来，就是要将郁晚“第三者”的身份合理化、合法化。

郁晚陆续端上来饭菜，四个人围坐成一圈，亲亲热热地吃饭。小茶几充当了桌子，摆得满满的，菜堆着菜，红烧肉、清蒸鱼、麻辣鸡块，母亲沾了辣椒的裙子也像是散发着辛辣味儿。在复杂的心境下，姞怜竟吃光了两碗米饭。张春凤极力装作一副轻松解脱的模样，时不时笑，苦笑，像极了宋和平半夜回家时钥匙刺耳的开门声。远一些的菜，宋和平会自然而然地夹到郁晚碗里，似是意识到什么，又给姞怜夹菜，给春凤倒饮料，对三个女人都照顾有加，却更显得欲盖弥彰。郁晚悄悄挪开了碗。不管这小动作是出于善意，还是胆怯，在张春凤看来，都是丈夫，不，前夫……无法掩饰的爱，是她付出了全部青春也没得到的东西。她痛苦地笑，郁晚也笑，像是讨好，阵阵笑声营造出和谐却怪诞的气氛。有两三次，宋姞怜闪躲不及撞上郁晚的目光——反倒做贼心虚地躲开了，分明她才是可耻的人。可耻的人不该是面目可憎的吗？但姞怜却惊讶地发现，自己正在被郁晚吸引。她低着头，看见了郁晚从连衣裙下露出来的小腿，有些粗壮，但稍加细看，她就发现郁晚皮肤细腻瓷实，在桌下的阴影里闪光。她越挑郁晚的缺点，竟越恐惧地发现自己在心里认可了父亲的审美。

从305号公寓的门里出来，天色已晚。楼道的灯光幽暗，太阳落山了，月亮升起来。他们将母女俩送到楼下，又一起走了一段路。张春凤自顾自走在前面，其余三人落到了后边。郁晚追了上去，就变成了两两一组，一前一后了。宋姞怜试探着握了下父亲的手，立即被他紧紧地回握住了。

前面的两个女人小声说着什么，宋姞怜试图跟上去听一下，但父亲拉着她的手慢悠悠走着。也许，他是故意的，这样四个人一起和谐共处的画面怕是以后难再有了。她跟紧了父亲的步伐，眼睛却紧紧地盯着前面两人。只见她们突然停了下来，互相对视了几秒。跟着，郁晚郑重其事地点了点头。姞怜惊呆了，几乎不敢相信自己眼见的事实。那黑黢黢的暗影中的两个女人，分明更像一对朋友。

到了小区门口，四个人又再次合拢了。宋和平对春凤连说了两次保重，又抱了抱姞怜。透过父亲的肩线，宋姞怜看到母亲和郁晚在路灯下互相告别，像一种仪式，一种承上启下的衔接，也像一条分割线，把她的父亲划分了出去。她悄悄伸手勾了勾父亲的衣袖。

不得不说，在当时情境之下，张春凤的拜访促成了郁晚的坦然。宋姞怜甚至在日后怀疑，难道在郁晚看来，有个男人愿意为她舍弃家庭是荣耀吗？她不能肯定。父亲究竟对这小女人说了什么，使了什么迷魂大法，他们之间又经历了什么走到一起，对此她更是一无所知。她唯一能确定的是，彼时的郁晚是父亲沉闷生活里照进的光，也是遮盖住了她和母亲的一团永久的阴影。

05

现在，距离宋姞怜初次感到衰老降临，还有相当漫长的年月。那日还发生了一件在日后对她影响重大的事情，只有她本人知晓——即，她的手率先失去了童贞。

那是饭后发生的事情了。宋姞怜去了一趟卫生间，坐在马桶上，她偶然发现脏衣筐上面放着一块表——是块很普通的手表，从她记事起就戴在父亲手腕上。手表下压着一团缠绕的黑色。她好奇地打开，认出来这是一套女人穿的内衣裤，半透，繁杂的蕾丝边格外漂亮。再凑近一些，立即闻到了一股甜腻的香气，少女宋姞怜莫名地由手表联想到了父亲的手，又由这套内衣关联到了郁晚的身体——它们在她脑海里拧成了一个神秘的结。

回到家，天已经黑尽了。院子里几株海棠树在晚风中摇曳，像是在迎接着谁。张春凤进了屋子，开了灯，她的脸立即被灯光罩了层硬壳。地板和家具蒙上了厚厚的灰尘，泛着灰白色。衣柜空了，只剩几件宋和平的旧衣裳，倍显凄凉。姞怜跟进来，见张春凤正一动不动地坐在床沿边，凸出的肚子撑开了裙子上的花朵。衣柜门没有关，空荡荡的，没有衣服的衣柜像丢了灵魂的人。这景象，证实父亲已经很久没回过这个家了。姞怜喊了声妈妈，没有听到应声。

她轻轻退了出去，坐在屋檐下的椅子上。远处，月亮高悬于天空，晚风拂过树木唱着歌。花荫树影投影在泥地上，朦胧静谧，像是融进了夜色里。夜虫醒了，唧唧啾啾，好似开着派对。花开着，像是刚醒来。海棠结果了，像是圆满了。围墙外，左右是林立的楼房，再推远一些，是绵延起伏的山脉，院子像是凹陷进去的豁口。有那么一瞬间，姞怜觉得院子正在塌陷，好似快被淹没了。她烦躁地站起来，打算进屋里去，透过窗户，却看见了屋里正在干活的母亲。她正跪在地上擦地板，那身姿像电影里旧式的日本女人——灯光下的玻璃犹如镜子，里面的母亲只能看见自己，外面的人看里边却更加清楚。所以，当张春凤抬头从玻璃中看见自己，怔怔凝视着发呆时，却不知道姞怜也在看她。

姑怜想：母亲再也不用为了等父亲吃饭反复热菜了，更不用晚上熬红眼睛等着为晚归的父亲倒热水洗脚了。无论母亲千般好万般好，父亲都不会出现在这个家里了。

“他不会回来了。”姑怜跟自己又确认了一遍。

进了屋子，当姑怜的身影也出现在玻璃上时，张春凤终于注意到了。她像突然停下来的陀螺，静静地凝视了一会儿姑怜，用透着倦色的声音说：“小怜，你去洗澡吧。”顿了顿，又说，“今天自己洗啊！”

锁上门。姑怜把自己剥光了。她站到镜子前，仔细地观察自己的身体：胸部一马平川，屁股平坦，腰肢也直直的——像个小男生的身体。她失望地叹了口气，迫切地希望快点发育，穿上那梦幻一般的胸衣。这里不得不提一下，在先前大多数时候，姑怜是和母亲一起洗澡的。但自那晚起，母亲便再没有同她一起洗过澡。有时，她在浴室的衣篓里看见母亲换下来的肉色内衣，莫名就切换到了305公寓卫生间的胸衣上。那团缠绕着蕾丝边的黑色，犹如藏在宋姑怜身体里污浊的土壤，她觉得这已经上升到了背叛母亲的地步，即她成了父亲的帮凶。

所以，对于母亲突然不再同自己洗澡，宋姑怜嘴上没说，心里却想法颇多。她想，是母亲意识到了身体的衰老，或者是即将开始发育的自己令母亲感到了尴尬……这些不确定的想法困扰着宋姑怜。她每每见到母亲，总觉得做了错事。

06

这之后，父亲就真的再没有进过家门。

最初的一周里，宋姑怜总是被隔壁屋里母亲剧烈的咳嗽声吵醒。她翻身爬起来，蹑手蹑脚进去母亲的房间，看见床边的地板上满是用过的卫生纸，一团团耀眼的洁白，像缤纷盛开的哀伤之花。她当下为之一震，心知那是母亲哭泣的证据。

宋姑怜倒了温水递过去，却听到母亲欲盖弥彰地解释："我没事儿，小感冒，流鼻涕用掉太多纸，还没来得及清理。"

姑怜没有揭穿她的故作坚强，很配合地从药箱里找出感冒冲剂放在床头柜上。

母亲的痛苦弥漫在她心间，堆成了黑色的迷雾。她透过这团迷雾看到的郁晚，成了披着人皮的巫婆，父亲则成了被她坑蒙拐骗掠夺去的猎物。她坚信事实就是这样的。

许是母亲鲜少再提及父亲，对郁晚更是讳莫如深的缘故，姑怜反而对他们的生活充满好奇，但苦于没有知晓的途径，如此，她只好把兴趣转到了成年人的婚恋八卦上。但凡街坊邻居在街边闲聊，她就假装在旁边玩陀螺之类的游戏，悄悄听着。哪家两口子要离婚了，哪家男人在外面鬼混了，哪栋楼的单身女人是老板包养的情人……她料想不到，这宁静的小街巷里，看似幸福的家庭和恩爱的夫妻之间，隐藏着如此多的复杂故事。

听得多了，她对周遭就加倍质疑，时常怀疑身处的世界是假象。有一回，她独自在家看《动物世界》。画面是蓝天大海，金色的沙滩上钻出来刚孵化的小动物，画面一转，突然窜出来一条可怕的蛇，小动物沦为了蛇的腹中餐。婠怜被吓得发抖，她不能相信杀戮可以发生于美好之时，且杀戮发生了也丝毫不影响自然之美。那瞬间的几秒过后，碧海蓝天，暖风和日，一切都是祥和宁静的美。食物链的上端，轻易就可以置下端于死地。只因为弱小，便生来就是被摧毁、被伤害的命运。可是，弱小是罪吗？她回答不出来。

在那些日子里，婠怜过得恍恍惚惚。她走在街上，坐在家里，睡在床上，都以为是在做梦。太阳和月亮似乎不能再用来区别白昼与黑夜，她甚至怀疑自己并非父母生的孩子。即便在后来，当父母因为愧疚心而拼命弥补表现出极端的爱时，她仍感到虚伪——人间把信任摧毁了。

对门有一对老夫妻，妻子有老年痴呆症。老爷爷会在清晨和傍晚推着奶奶出门散步，顺道去菜市场买菜。张春凤过来小住时，时常替老两口做些小事。平日里做了好吃的，也多做一份端过去。因此两家一直走得很近。

有天傍晚，婠怜和母亲在街上遇到了老两口。老奶奶见孩子吃冰激凌也要吃，老爷爷不让她吃，又舍不得拒绝，于是买了一根，让她舔几口，立即收起来别到背后。婠怜想要过去帮老奶奶找出冰激凌，被母亲拉住了。回头就看见她将手放在嘴边，比出“嘘”的动作，极其温柔。

那就是母亲理解的作为妻子的幸福吧。姞怜这样想着，又免不了想：如果郁晚不出现，父母会离婚吗？答案她也不确定。她唯一能确定的是，但凡她心中升腾起对母亲的怜爱，便对郁晚充满无能为力的憎恶感。

07

为了避免花莲老家亲戚朋友的闲言碎语，张春凤打算坚持到假期结束才回去。遇到熟悉的邻居，偶尔也会被问道：“老宋最近出差了吗？好久没见到他啦！”

“他是忙，养家糊口不容易。”张春凤巧妙地敷衍了过去。

再后来，许是怕熟人询问，她出门也少了。

每天，姞怜坐在院子的屋檐下，与水木小镇的父亲遥遥相对。那栋小公寓像一把倒插进城市的利剑，也插进了她和母亲的心头。

张春凤的沉默是实心的，一块干涸的水泥浆，像是去参加了一场提前约好的告别宴，心知肚明，连再见都不用说。半个月后，她心情似乎好了些，却变得更忙碌了，一遍遍擦拭地板，擦拭桌子、板凳、衣柜，冰箱、电饭煲……一副副碗筷反复地清洗，一件件衣服不论新旧烫熨好，挂成一长排，像转得呼啦作响的陀螺。

到了傍晚，张春凤闲下来，坐在院子里看天空。地上长出来一茬野草，海棠树枝繁叶茂，把院里的小路也遮挡住了部分。宋姞怜趴在窗边，从她的角度看过去的母亲很小，像是浓缩于天地间微茫的一点。到底，她在想些什么呢？宋姞怜捉摸不透，只是明显感觉到母亲把自己装进去了——装进了天地间，装进了高山流水的心事中，那个地方是连她这个女儿也无法进入的。

她搬了一只小凳子，在母亲身边坐下来。

“天上有什么好看的？”她问。

“天上啥都有。”母亲说。

“除了云，还是云。”

“云一直在变着。变来变去的，像人的心。”

“是说我爸的心吗？”姞怜问。

“你爸的心我哪儿能知晓，妈妈只是想看看云。”

“那边的是积雨云吗？”姞怜指着远处一朵形如碗状的云朵问道。

“是，要下雨了。”

“乌云和旁边的云比起来，真是哭丧着脸的样子。它不高兴，下雨是它在哭吧。”姞怜说。

“也许吧。乌云这一哭，大家都看到了。人心里哭，谁又看得见？”

母亲说完，雨就落下来了。

从此，婧怜也爱上了看天空，看出了乐趣。天空就是巨大的调色板，云想怎么画就怎么画，想调什么颜色就调什么颜色。起风了，树影就在云下飘摇，云便也有了声音和形状。兴许，每一朵云里都藏着一个灵魂也说不定。云若长了嘴巴，该不知有多少话要说呢。她又想到，母亲是长了嘴，却更少说话了，那又是怎么回事呢？她是想不通的。

日子一天天过去，一天比一天平静。昼夜交替，太阳升起来，月亮又升起来。婧怜和母亲待在屋子里，阒然无声。夜是冷的，凉的，硬的。宋婧怜把过季的冬被翻出来，像乌龟一样缩进去。她想，与父亲隔街相望的母亲一定更冷。

城市的夜空寂静如霜，父亲小公寓里那盏灯还亮着。她伸出手，那微光在手掌罅隙里，像一弯升起的小月亮，遥远真实，又缥缈虚无。

第二章 神的名字叫姐姐

01

郁香没有见过神。但她想，倘若世间真有神明存在，一定是长着姐姐的模样。

姐姐稀松平常就拥有的很多东西，郁香可能耗尽一生都无法拥有。比如，郁香还不满一岁就被父母送回老家，跟姥姥姥爷生活在一起，对父母印象淡薄。她虽然一直渴望着父爱和母爱，潜意识里却自知得卑微，连听人聊到弃婴的闲话，也要下意识地瞥一眼自己的身体。她悲哀地想："父母没有扔掉这样的自己，已经该感恩戴德了，还有什么理由去要求更多呢？"姐姐则截然相反，自小就跟父母生活在一起，直到前些年父母离婚，母亲嫁给城里开诊所的董姓医生，才被送回云水镇。因此，她们虽是同一父母所生，是真正的亲姐妹，幼时却很疏陌。

因为身体残疾，郁香在学校里受尽欺负和嘲笑，人人都不愿意与她做朋友。好像成为她的朋友是一件丢人现眼的事情。直到姐姐转学过来，突然发生了颠覆性的改变。微不足道的郁香身边，开始有了善意的关心，有时上下楼梯或者去厕所不方便时，也有人愿意帮助她了。她竟然收到了礼物，虽然不外乎是两份，郁香的这份还是顺带送的。但这有什么关系呢？她并不介意。这些或大或小的变化，使郁香万分欢喜，仿佛整个世界都因为姐姐郁晚而变得温柔了。

郁香最喜欢姐姐接送她上下学，也喜欢被姐姐推着外出散步。不管清晨还是傍晚，只要姐姐在身后，迎面投向她的目光就充满善意和欣赏。只要郁香乐意，只要她愿意麻痹自己，完全可以把这些当作是给她一个人的。

那个体形修长健美，连一头黑直长发也是柔软健康的姐姐，一直是郁香的骄傲啊！是她阴霾天空中的光，是她缺陷里的完整——姐姐，就是郁香想要活成的样子。

所以，当郁香面对姐姐时，既亲近又不能免俗地嫉妒。她很爱姐姐，也正是因为爱，才更加憎恶自己。与之对应的，当她开始憎恶自己的时候，便也厌恶着郁晚。关于这点，郁香藏得很深，深到她花了很多年时间，才从浑浊中抽丝剥茧地看到了内核。

02

一直以来，郁香都自觉是个天生携带讨厌基因的人。她那天生畸形的向内弯曲的腿，使得她走路时左右摇摆晃荡着，好像随时可能倒下去，却又总在即将倒下时奇迹般晃回去。那滑稽的模样，就像是个活的不倒翁。这种畸形程度，加上普通的家境，内外因素都不适合手术。

她尚且在襁褓时，腿被父母藏在包裹严实的毯子里，倒是显不出来，享受了一段被爱的美好时光。只是很遗憾，对那段人生初始的短暂时光，她并不记得了。等再大一些，当同龄的孩子开始练习走路，母亲解开了包裹在她腿上的毛毯时，就发现了异常。父母的爱在他人的指指点点中土崩瓦解，只要带着郁香出门，似乎满大街都是好奇的、同情的、嘲笑的有色目光。时不时地询问带来的不断解释，即便装作没听见，心也筋疲力尽。再看着这畸形的孩子，便觉得形同怪物。在身心和生存的双重压力下，他们做出了决定——将郁香送走。起先，是打算送去孤儿院或者福利院之类的慈善机构，到门口，几个脏兮兮的小孩子从铁栏杆里朝外张望，怀里的郁香仿佛未卜先知，发出凄厉的哭声。玲花心一软，改乘了客车，将她送到了自己父母家里。以后的年月里，郁香便一直跟姥姥姥爷在镇上生活。

姥爷会木匠活儿，砍了木头回来，给郁香做了个小推车，也算勉强能自由活动了。镇里的孩子给她取了各种各样的绰号：大乌龟、四个轮、滚滚虫等。即便后来有了轮椅，绰号仍像阴影甩不掉。这些郁香听到就头皮发麻、恨不能长翅膀飞走的绰号，诠释了世人眼中的她。

她根本无须照镜子，每个人见到她的表现都比镜子更清楚地照出了她的模样——一个丑陋的、破损的女孩。从她还在母亲肚子里成形开始，她缺陷的腿也在汲取着那遥远的母爱中成形。如果有命运，她还在子宫里就被安排了，或许更遥远，远到她父亲的精子和母亲的卵子碰撞的那一刻——黑暗，是郁香生命的密码。可是，硬币必然有正反面，阴影和光明其实是一件事情，这也是命中注定的。所以，她拥有一个光彩照人的姐姐。即便是和姐姐在一起，对比更加鲜明，美的更美，丑的更丑，郁香也想要紧紧地抱住姐姐。姐姐，就是郁香茫茫黑暗的生活里那唯一而永恒的光源。

郁香和姐姐相差五岁。她还在念初中时，成绩优异的姐姐已经考上了省城的师范学院。本来她可以考上更好的大学，但家庭现状迫使她做出了更现实的选择。一来师范学校包分配，二来学费少。在这所普通学校里，郁晚反而显得更出众了，年年被评为模范生，在文艺活动中也是主角。求学期间，郁晚每半个月回镇上一次。即便是节假日回来小住，郁香也总能看见她坐在窗边的书桌前写着什么。经常一觉醒来，半梦半醒中瞥见姐姐伏案的背影，仿佛要融入窗外遥远的月亮里。姐姐永远是那么努力，脾气也好，她都想象不出来姐姐发火的样子。自然，郁晚只是把最好的一面给了家人，不好的那部分隐藏了起来，自己消化掉罢了。

郁香不止一次听见姥姥和人聊天时，说：“我们晚晚是个苦孩子，小小年纪就得为这个家操劳！我们也老了，将来小香的幸福也只能全仰仗晚晚了……”姥姥沉重的叹息敲打在郁香的心头。每每这时，她便推着轮椅默默地回到卧室。她很想给姐姐回馈些什么，可是，除了在姐姐回家的日子里少喝水，减少上厕所的频率，少给姐姐添麻烦，别的她什么都做不了。她觉得自己对于这个家庭的存在，就像她的腿一样多余。

她有些同情姐姐，小小年纪便背负着让一家人幸福的使命。没有人可以帮她，身边却尽是等着她去帮衬的人。也许，像她这样靠着残缺的腿享受一家人的供养，也不见得有多坏吧。她一边嫌弃着自己一无是处，又一边这样宽慰自己。

03

还有一种说法是这样的：姐姐郁晚是郁家父母相爱的结晶，而妹妹郁香则是他们互相厌恶的佐证。这自然不是捕风捉影。年轻时的郁清华可谓风流倜傥，能言善道。他在粮站工作，那会儿是好工作，单位里好些女工人都暗暗喜欢过他。那可真是个泛爱的人呀，哪个漂亮姑娘都舍不得辜负，结果却是辜负了所有的姑娘。玲花就是其中之一，等她知晓郁清华的本性时，郁晚已在她肚子里成形。这个漂亮女人仓促地把自己嫁了，很快就完成了女人到母亲的角色转换。

在郁晚的印象里，母亲总是很忙碌，即便是做饭炒菜都风风火火的。郁晚喜欢黏着母亲，但母亲的态度却不怎么好，她挥舞着铲子，用一种居高临下的态度朝郁晚吼道："你这个拖油瓶，要不是你，我也不会嫁给这个病痨子！"

母亲说的是实话。郁家的好光景没几天，她得努力在回忆里搜索才能找到点儿模糊的影子。比如收音机、黑白小电视机、缝纫机、自行车……那个年代代表着富裕的家什物件，这些后来都被父亲拿去典当贱卖光了。他身体出了问题，老是请假——去了好几次医院也检查不出具体的病，可就是眼看着消瘦下去。厂里不想再养个半劳力，到裁员时他是第一个被写上名单的。先前乐于跟他在一起的女工友，也对他弃若敝屣。

再说到郁晚母亲工作的小剧院，原先门庭若市，场场爆满。母亲时常带些客人送的小礼物回家，诸如鲜花、糕点之类的小玩意儿。不知从哪天起，城里突然冒出来录像厅、歌舞厅，剧院的生意一落千丈，母亲的好时光也便到头了。郁晚四岁时，母亲又怀孕了。次年，有了妹妹郁香，家里就更是入不敷出。妹妹不到一岁时发现了腿部的残疾，父亲抱着去了一趟医院，听说要花很多钱，且只能权当试一试，便又抱了回来。有一天，郁晚放学回家，发现家里缺少了妹妹的哭闹声，才听母亲说是送去了镇上的姥姥姥爷家。

郁晚很想念妹妹，央求父母去接妹妹回来。父亲不说话，问急了就把她推向母亲。母亲最初会红着眼敷衍几句，再后来连敷衍也懒得做。家里光景一日不如一日，时间一长，郁晚也不闹着要妹妹了。没钱时，母亲就使唤郁晚去小卖部赊账。但当时郁晚还太小，只当赊账好玩，日后回忆起，也尽是父母的难处。

那些年，痛苦和爱如同朝夕轮换。若只论日子的好坏，跟着父母的郁晚其实并不如在老家的郁香过得舒坦。瘸腿的妹妹让姥姥姥爷心疼得肝儿都疼，每天两人都围着她转。好吃的、好穿的，只要他们有的，都给了郁香。虽说没有体会过父母的爱，但郁香也没见识过人间生存的艰难。

玲花是个好面子的人，在城里过得再不如意，回镇上还是要体体面面的。她涂抹上胭脂和口红，头发高高地盘起来，几缕波浪刘海将她的脸修饰得妩媚动人。到底是美人的底子，一拾掇也是寻常人不可比拟的美。若是带着郁晚一道儿回，也是要将她拾掇一番的。漂亮的小孩子很好打扮，扎两个羊角辫子，随便一身干净衣服，就是人见人爱的乖样儿了。所以，老家那边没有人知道夫妻俩生活困顿。郁晚也从来不跟妹妹讲她吃过的苦头，在她看来，拖着废腿的妹妹已经够苦了。她只想告诉妹妹好的，只想给妹妹甜的。

所以，父母之间婚姻的瓦解，在毫不知情的郁香看来，无异于一座城市凭空消失这样令人费解。一直到郁晚回来与他们长住，她才慢慢相信了父母离婚的事实，相信了那个她梦想进入的家已经不复存在了。

04

父母离婚时，郁晚才十二岁，郁香七岁。七月份，也或者是八月份，郁晚记不清具体是哪一天了，只记得那天米缸里只剩下最后一碗米了，晚饭下肚，米缸就空了。白天很长，太阳钉死在了天空中。玲花看了看天色，说："我出去一趟，晚点儿回来。"郁晚送她到大路上，路灯亮了。她看清了母亲涂了口红，像含着一团晚霞，真是美呀，郁晚心想。母亲即便是落到下顿饭都没着落的份上，也是个美人儿。

目送母亲上了电车，她慢悠悠地回了家。一进门，父亲就使唤她去小卖部赊一包烟回来。黯然的光线下，他耷拉着脸，像是融化了半截的蜡烛。郁晚看着觉得怪吓人，赶忙跑出去了。

小卖部的叔叔递过来烟，开玩笑说："晚晚，你爸要是还不上钱，你就当我媳妇儿好不好？"周围大人哄笑，郁晚问道："当你媳妇儿有啥好？"一旁的叔叔说："小卖部里的糖果随便吃，东西随便拿。"郁晚问："要给钱吗？"叔叔说："都是你的，不要钱。"郁晚便笑笑说："那我现在就当你媳妇儿吧。"又是一阵哄笑声。小卖部的叔叔笑眯眯地把烟塞进她手里，意味深长地趁机摸了摸她的手。那时的郁晚已经开始发育，有了小美人的雏形，但穷人家的女孩子不懂得美的好处。她把烟揣进兜里，那人又抓了一把水果糖塞给她。

郁晚嚼着糖回家，半路上跳过来一只猫，实在是可爱。她追着猫跑进了旁边的小区里，遇见两个女孩在跳皮筋，于是又跳了会儿皮筋。她回家时已经很晚了，老远就看见自家门口围了一堆人。

郁晚如猫一样轻巧地钻过人墙，就看见裹着白床单的父亲，肩膀上挂着个超大号的军用旅行包，弯腰拾捡着什么，周围凌乱地散落着衣服、鞋子、袜子等。有个淘气的小男孩跑过来拉拽床单，父亲的红内裤露了出来。人群中发出哄笑。父亲也不捡东西了，裹紧床单冲进了旁边的小街，像只狼狈的袋鼠跳进了夜色中。

郁晚从来不知道常年躺在床上、连下床都气喘吁吁的父亲，可以跑得这么快。她还没来得及追过去，父亲就风一样没了踪影。人们也散了，像是退潮了。几个混混样儿的男人围在家门口，像秃鹫等着将死的动物，只是他们眼中的猎物是郁晚的母亲玲花。

郁晚狠狠瞪了几眼门口徘徊的男人，可是，她这只纯洁的小白兔怎能震慑得了这群好色之徒？

她悄悄进了屋，母亲正伏在床沿哭。她拍了拍母亲后背，从兜里摸出来一把水果糖塞给母亲。“吃糖，可甜了。”郁晚说。

母亲仰起脸。她鼻头红了，眼睛也红了，像马戏团里漂亮的小丑。

“妈妈，吃糖。”她又说了一遍，拿起一颗，剥了糖纸，要喂给母亲吃。

母亲含住糖，说：“晚晚，妈妈不要你爸爸了。”

郁晚怔怔地望着母亲，嘴里快融化完的糖果裹挟着淡淡的苦味，从口腔、喉咙、胸口一起涌上来。母亲泪光闪闪的脸上，扭出来一张怪诞的笑脸。

第二天，郁晚就从街坊的嘴里知晓了那天的另一个女主角，诊所的护士万芳华。当时的万芳华二十五六岁，乖巧懂事，对每个病人都照顾有加，人们都称呼她小万。病人害怕打针，却不怕被小万护士扎针。她总能准确地找到血管，病人还没感觉到疼，针已经扎完了。在这间诊所里，小万护士很受欢迎。这里有必要说一下，郁清华厌恶医院的消毒水味道，几乎从不去诊所输液，所以每次他生病都是玲花去诊所请董医生出诊，一来二去就熟悉了。小诊所护士换得勤，小万护士算是待得长久的，近三年来，也都是她过来给郁清华输液。

玲花从没有怀疑过丈夫。那样穷困潦倒、病恹恹、仿佛性别都已经模糊的人，还能有什么魅力呢？这也是她唯一能慰藉自己坚守住清贫的理由——至少丈夫现在是忠贞不贰的。但事实上，郁清华因为生病少劳作的关系，一点儿不显岁数。他那种病态彰显出来的男性柔美，往往更能激发女性的怜悯之心。

那天，玲花涂抹着口红出门，引起了郁清华的警觉。虽然他一直相信玲花是个清高的女人，但他更愿意相信，生活已将这女人的棱角打磨掉了，她的一切美德在生存面前不堪一击。郁清华蜷缩在床上，病得似乎更重了，他觉得自己像一只扎入荆棘的鸟，连哀鸣都喊不出口。也就是这时，护士小万来了。也许是那晚夜色太撩人，也许是痛苦中的郁清华激发了小万的爱心，也许是经年积攒的好感萌芽出了感情的果实——她抱着他时，他的嘴正好贴在她胸口的位置上，他吻了她的乳房。

另一边的玲花，在车上就开始后悔了，她的确是打算用现成的身体去换取实惠，但她的心实在苦苦挣扎得厉害，便又折返了回去，推门就撞见了郁清华和小万护士的苟且之事。她一声不吭，常年隐忍堆积在心中的活火山爆发了。她抓起这两人的衣服，一股脑扔了出去。她嫌恶不已，仿佛扔出门的是一堆长蛆的垃圾。

一周后，两人去了民政局，正式解除了婚姻。

小诊所的董医生，因为自家护士出了这档子事情，拎了一袋子水果还有补气血的阿胶登门拜访过一次，专门道歉。玲花连礼物带人都请了出去。

后来的郁晚时常想：如果那天和小卖部的叔叔们少贫嘴几句，或者是不耽搁直接回家，父亲和小万护士一定不会做出那样出格的事情。每每想到这点，她就感到深深的负罪感。

在刚离异的一段日子里，父亲曾频繁来找郁晚，每次都是要钱。他实在活不下去了，小万被诊所辞职，一时半会儿也找不到工作，只能做点零散的活儿，有一顿没一顿的。父亲病着，只有来这里乞讨点活路。

他面色惨淡，像是刚升起的月光，他求她拿一些母亲的钱给他。郁晚清楚母亲赚钱的艰辛，却实在无法拒绝。她压着一颗狂跳的心拿光了小铁皮箱里积攒的钱。母亲当晚就发现钱不见了，只当是父亲回来过，又将钱藏到了衣柜顶上。这一切都被郁晚看在眼里。

此后，父亲又趁夜来找过几次郁晚，无一例外不是要钱。终于，她被母亲抓了现行。微光下，郁晚看不清母亲的脸，但母亲抓住她像戴上手铐似的力量，她忘不了。母亲把她连拖带拽地弄到门口，疯了一样朝夜空中大喊："郁清华，你个孬种，一个男人就只有靠女人那点儿本事！你是畜生吗，连女儿都不放过！若是你再使唤女儿拿钱，我立马消失！你来养她吧！你俩一起去偷，一起去当乞丐！"郁晚悄悄打量着从父亲钻出来的地方闪过一个穿连衣裙的女人，从身形上她判断出是小万阿姨。她正暗自吃惊，跟着就被母亲重重地推进了门里。

郁晚躺在床上不敢动，尖着耳朵听，除了虫鸣，还有偶尔路过的汽车声，隔壁母亲断续低沉的呜咽声，别的什么都没听见。半夜里，终于有了窸窸窣窣的异样声，郁晚坐起来，看见母亲轻手轻脚出了门。她跟过去，窥见母亲将钱放进了门口的牛奶箱里。

次日一早，她醒来便赶紧跑出去看牛奶箱。这小箱子是郁晚很小的时候装上去的，那时日子还不错，她每天都能喝到鲜奶。现在，已经很久没有用过了，半截歪着悬在半空中，随时要掉下来似的。牛奶箱里是空的，郁晚舒了口气。

入秋后，天就一天天凉了。白天，郁晚去上学，母亲也出门接一些苦力杂活儿，过于劳累的缘故，一天夜里突然病倒了。郁晚六神无主，想起了诊所的董医生，轻车熟路就跑到了诊所。董医生正在吃饭，放下筷子就跟郁晚走了。他给母亲把了脉，输上了液，到了晚上，又亲自带了些补药过来，放下就走了。

隔了几天的一个晚上，郁晚起床小解，迷迷糊糊撞见在客厅沙发上，董医生正在给横躺着的母亲按摩胸部。母亲红着脸说："晚晚，妈妈这里长了硬块，董医生正在给妈妈散结。"

一年后，母亲再婚了，成了诊所的董夫人。婚礼之前，郁晚被母亲送回了老家。因为董医生对母亲说，郁晚身上有股子和她父亲如出一辙的阴柔气息，像霉菌一样让人生厌。他根本不想去了解她是个怎样的孩子。

生活费是定期汇来的，加上姥姥姥爷的退休金，祖孙四人的生活不至于困顿。过节时，姥姥姥爷会准备很多土产品，自家种的蔬菜果子和鸡肉鸡蛋等，装在背篓里，让郁晚给母亲捎去。她也因此去过几次母亲的新家。

他们的家就在诊所楼上，墙壁上满满的红木色的护墙板，像是厚重的盔甲，让人感到奢华又压抑。母亲眼角新长了几条皱纹，头发烫成了妩媚的大波浪卷，很洋气，在同龄人中算保养得不错的。郁晚发现只要自己在，这个家里的气氛就分外古怪。董医生态度冷淡，几乎不同她说话，匆匆吃过饭就去阳台上抽烟。母亲说话也小心翼翼地，就连郁晚都能听出母亲言语里的讨好。为了母亲的幸福生活，郁晚再没有去过董医生家。她每次捎了东西便拜托诊所的护士送上去，即便有要事，也尽量悄悄约母亲出来。

为了防止妻子私底下偷偷接济孩子和前夫，董医生在经济上严防死守。他前妻是个富家小姐，十分善于理财，经年下来，存折财产不少，即便离婚他只分到小部分，也很可观。董医生一部分存了银行，一部分放在了家里隐蔽的保险箱里，钥匙早晚带着。对于新婚的妻子，他不打算告知。每个月他固定给妻子一些生活费，其余的日常所需，比如衣服、首饰等，他也尽可能陪同她去购买。这样的好处是，钱花得清楚。所以，玲花想要积攒私房钱，是不太可能的事情。她至多能克扣少许自己的花销，或者买衣服的时候搭一件换季处理的廉价货，等郁晚来看望她时偷偷塞给她。郁晚回到家里，总是高高兴兴地拿出来，说是继父和母亲回赠的礼物。

因此，每次郁晚从城里带着礼物回来，郁香都万分羡慕。继父从来没有来过家里，郁香从母亲带回来的结婚照片上见过他。照片上的继父长了一张男子气概的脸，留着小胡子，着一身合体的黑色羊毛西装，打着领带，皮鞋擦得锃光瓦亮，一看便是个体面人。旁边的母亲穿着西式的婚纱，靠在他身边一副小鸟依人的模样，笑得山花灿烂。母亲这番模样固然美，让母亲焕发全新光彩的继父想来定是个更好的人。

郁香从心底感激着继父，虽然未曾谋面，但她猜想：继父定是个温柔的人，一定不似她们的父亲。

她问过姐姐，为什么不留在母亲的新家？许是问得唐突，郁晚怔了半晌，这才言笑晏晏道，董医生是个好人，但自己受不了他身上那股子消毒水味。“哎，闻了要上头，难受得很。金屋银屋有这味儿，也不如咱们家的土窝窝舒服。”郁晚说。

“姐姐没有的好福气，倒是成全了妹妹的福气。”郁香一语双关，惋惜的同时，难免又备感庆幸。

第三章 爱与痛的万花筒

01

宋和平的信件是四月初送来的，油菜花还没开谢。中旬，他便来云水找她了。直到郁晚义无反顾地去了春城，所有人都以为她是去那边工作，只有郁香知道姐姐是为了和一个男人在一起。她实在想不出来是怎样的一个男人，能让姐姐放弃家人和故乡，想象中，那一定是个极其优秀的男人，极其爱姐姐。虽然姐姐的身边一直不缺追求者，但从未听姐姐说起过恋爱的事情，在郁香看来，宋和平就是姐姐的初恋。

这自然是郁晚的一番好意，生怕伤害了同样渴望恋爱却无法实现的妹妹。事实上，宋和平并非她的初恋。

郁晚的初恋发生在大学时期，那年是她在师范念书的最后一年。她爱上的人叫叶天明，是建筑学院大四的学生。两人的相识，不得不说是缘分。

郁晚原本打算坐公交车去图书馆买参考书的，等车时，她在旁边的报刊亭买了一份《云水晚报》，夹缝里的一则广告引起了她的注意，电视台征集才艺表演，一等奖可以得到一台彩电。她想到姥姥姥爷早就想换电视机了，当下改了主意，换乘了去电视台的公交车，决定去碰碰运气。进了电视台大楼，前台的工作人员正在接电话。郁晚等了几分钟，见她还没聊完的意思，便百无聊赖地顺着楼梯上了二楼。楼道里隐约传来歌声，她侧耳倾听，听出来是张学友最新的歌曲《秋意浓》。前些日，她从同学那里第一次听到，就十分喜欢。

循着优美的歌声，郁晚来到一扇虚掩的门外。她好奇地从门缝里窥视，屋子里空无一人。一个声音说："进来。"她懵懵懂懂地进了门，才发现窗边老式的唱片机旁边站了个人。许是站在光里的缘故，那穿着白衬衣、半闭着眼睛、沉浸在音乐中的年轻男子，显得极其干净温和——这就是叶天明了。

郁晚敲了敲门，他像是从梦中醒来，抬头看向她，绽放出一个温和的笑容。

"你好。"他率先打了个招呼，"请问你要找谁？"

"我叫郁晚。"她局促地站着，又说道，"我看见你们刊登在报纸上的消息，来面试才艺表演的。"

那人愣了下，慌忙从抽屉里找出一叠表格，抽出一张递过去："你先填。"

郁晚坐着填写时，又听他问："你打算表演什么？"

"跳舞。"

"放什么曲子呢？"他问。

"随便什么都行，我能跟着节奏跳。"

"是吗？"他好奇地又问，"你是舞蹈演员？"

郁晚尴尬地摇头，唯恐被当成说谎者，忙解释道：“我还是个学生，不过在学校里倒是经常跳舞，各种文艺演出都有参加，周末的舞会也常去跳一会儿。”

“你都跳什么舞？”

“交谊舞、踢踏舞、自由舞都会跳一点儿，但都不精，都会点皮毛。”

最后，他选了一首轻快的英文歌。郁晚放下刚填完的表格，在他有请的手势下，站到了屋子中央。音乐响起来，像有水流动，郁晚的身体成了鱼儿，跟着波浪自由自在地游动。一曲结束时，年轻男子鼓起掌：“跳得不错啊，姑娘，你肯定会收到选用电话的。”

郁晚喘着粗气，鞠了一躬表示感谢。

他又说道：“我叫叶天明，咱们这就算是认识啦。”

对郁晚来说，这样的认识太寻常。去聚餐吃饭，图书馆看书，点个头交换下名字，就说是认识了。对于这样的“认识”，郁晚素来只是礼貌地报之一笑。

几日后，郁晚却当真接到了电视台打来的电话。院子里还有几个邻居，是姥爷进屋接的。他耳朵背，声音格外洪亮。郁晚要上电视台表演节目的事情，转瞬邻里都知道了。在那年月，上电视是光宗耀祖的事情。院儿里突然就热闹起来，七嘴八舌讨论着。在大家热烈的期盼中，郁晚有些紧张了，生怕丢脸。但事与愿违，反倒闹出了大糗事。

演出当天，她穿着租来的长裙子，那裙子上有流苏，舞动起来十分漂亮。跳到中途，流苏缠到了鞋子上，她摔了一跤，欲站起来，却惊恐地发现缠得太紧，根本无法扯开。她走一步，鞋子就拽着裙子往下拉，不得不弯着身子。别说表演，保持体面的姿态都万分艰难。观众席上零星的笑声雨后春笋般多起来。郁晚羞赧难当，不知所措地蹲下去捂住脸。就在危急时刻，叶天明冲上了台，在众目睽睽下将她从舞台上抱了下来。

喧哗声和灯光使人沉醉，她紧贴着叶天明温热的胸膛，抬头望着他穿梭在明灭光影中的脸，心如鹿撞——记忆如果有形状，那应当是圆形的。人在圆形的记忆海里是不会沉没的，那顶面和斜面应当镶嵌满了星星，就如同那一日从四面八方射向舞台的灯光。郁晚想。

节目跟着播出来，郁晚的那部分全被剪辑掉了，只有在谢幕的一堆演员里，她的脸短暂晃了一秒。这事儿一度被街坊邻居当成笑话传，但她和叶天明却因此成了好朋友。她后来才得知，天明并不是什么电视台的工作人员，他堂哥在台里是领导，他只是过去送一张胶片，将错就错做了回面试官。好在堂哥向来对他的审美很服气，坚持让人给郁晚打了电话去。

七夕节，叶天明约郁晚去吃西餐。她先前没吃过西餐，专门去图书馆查了西餐餐具的使用和礼仪。但到了西餐厅，她一紧张又都忘记了。牛排端上来，她坐着不敢动。就在这时，叶天明不动声色地绕到了她身后，从背后伸过来双手，说道："你力气太小了，我来帮你切吧！"无形中就替她解除了尴尬。郁晚看不见他的脸，但她的背、肩膀、鼻子、头发……却一个个活了。隔着薄薄的一层布，郁晚初次融化在男性的气息中。与其说这温柔的臂圈是叶天明的欲望，毋宁说是一面镜子，照出了郁晚心中的渴望，犹如云积满水要落雨，尘沾了雨要化泥的诗意与必然。

吃完饭出来的路上，叶天明很自然地牵起了她的手。郁晚没有拒绝，彼此心照不宣地默认了关系——那样一个山花灿烂的年纪，那样美好初熟的身体，总是要去和一个年龄正好的男子相爱，才算是没辜负。在郁晚后来的记忆里，所有关于叶天明的部分都闪着金光，像切牛排时金色的刀叉、初升的太阳，以及舞台的灯光。那滋味也是甜蜜的，犹如巧克力融化于舌尖。她是喜欢他的，也许追溯到他将她从舞台上拯救下来。更或许，是她推开那扇虚掩的门，见到站在光芒里的叶天明时那惊鸿般的第一眼。

当晚，郁晚在日记本里激动地写下了这样一句话来形容当日与叶天明的拥抱："像是陷入了深深的棉花田里，风止云默，万物寂静。"

金秋十月，郁晚去叶天明的学校找他。两人从学校食堂吃完饭出来，坐在湖边的椅子上休息时，郁晚随口说了句："这湖真美，但是比起嘤鸣湖差点儿。"又讲起小时候父亲身体还算好些时，一家三口去嘤鸣湖野餐的美好回忆。

“你还想去吗？”叶天明问。

“想啊。”郁晚无限憧憬地说。

到了周末，郁晚骑着自行车回镇上探望家人。半路上，一辆皮卡车超过她，在前方几百米处停了下来。叶天明从车里出来，靠在车门边等她。“嘿，晚晚，我今天带你去个好地方玩。”说着，将她的自行车搬上了马槽。事实上，在以往的聊天中他知道了她骑车回家的时间和路线，为了装下自行车特意借来皮卡车。

郁晚猜测一定是去嘤鸣湖，但车却拐进了侧边的小路，跟着进了一个别墅小区。透过车窗，她看见草坪上有孔雀和天鹅。车在尽头处的路边停下，再走几步就是湖边了。岸边野草茂盛，几株野柿子树上挂满了红彤彤的果实，秋叶黄的黄，绿的绿，层林渐染。湖边的水草丛中正泊着一条小木船，叶天明牵着郁晚的手上了船。微风吹过，阳光照着湖面折射的光斑犹如点点星光，在微波粼粼中闪烁，恍惚间，郁晚觉得小船成了宇宙的中心，而湖泊则成了璀璨的银河。

“这里和我小时候见到的嘤鸣湖不太一样。”郁晚环顾四周说。

“是啊！对岸就是嘤鸣湖公园，不过这一块很偏僻，也只有这个小区的人能进得来。不过也许这里面的人懒，很少有人过来这边，倒是成了幽会的绝佳之地。”叶天明说。

“是吗，你带过多少姑娘来了？”郁晚心跳快了半拍，她凝视着划桨的叶天明，半是玩笑半是认真地问。

“我数数，好像很多个呢。”他故意逗她。

“到底是有多少？”她慌张地追问。

“至少三个了吧。”

“这样啊……可是，你是我的第一个呢。”她难过极了，像是吃了大亏，“为什么你不能等等我？等遇到我再恋爱。想到已经有人在你心里留下印记了，我就很想哭。”

“哭吧，哭吧。我借给你肩膀。”他还在调侃，却见她眼中当真涌出来泪水，顿时举手投降了，“我是这样算的。你数一数，心里一个，脑海里一个，身边还有个，都在这儿呢。这里除了你，还有谁，你歪想到哪里去了。”

“这种玩笑以后不要开了，光想到你抱着别人我就要痛死了。”

“好，好。虽然你一点儿都不幽默，但看在我是你第一个男人的分上，我就原谅你了。”

“这话该换作我来说吧。”郁晚说。

“横竖都一样，反正你在我这里是跑不掉了。”叶天明说。

风送来他身上淡淡的香气，郁晚顺势依偎进了他怀里。

叶天明索性放下船桨，空出来双手抱住了她。四野阒然，郁晚头枕在他胸膛上，寂静中听见他的心跳声，仿佛被包裹进了浓烈的爱意里，她幸福地闭上了眼睛。小船漂浮在湖面上，仿佛悬在天空中一片祥和的云，两人真像成了云上的神仙眷侣。

临近中午，小船停泊在了对岸。叶天明牵着郁晚的手下了船，刚踏上岸，栖息于野草间的水鸟便齐刷刷飞向了天空，发出悦耳的鸣叫声。他们漫步在野草间，聊起了诗人、音乐。草地空旷，唯有不远处有一株大树。太阳正当空，有些闷热了，两人踱步到树下乘凉时，又拥抱在了一起。他们看向彼此的眼睛炙热温柔，亲吻也是温柔的，像黄昏的光芒。

气氛发生变化，是从进入叶天明的家开始的——那样的家，郁晚先前只在香港电影里见过。修剪得整整齐齐的草坪、小喷泉、维纳斯雕塑、松柏……蝴蝶在花丛中飞舞，枝头鸟儿叫得欢畅——一切都美得失真，美得令她畏惧。进了家门，脚踩进用人递来的棉花一样柔软的拖鞋里，郁晚已经浑身不自在了。客厅的茶几上，糕点和水果装在亮晶晶的玻璃盘子里，堆成了小山。郁晚拿起一块点心尝了尝，很甜，甜得发腻。面前的天明热情而明朗，她心里却涌出来一种难以名状的落差感。

叶先生和夫人出差了，郁晚只在楼梯间悬挂的巨幅油画上见到了两人的样子。叶先生一身笔挺的咖色西装，梳着整齐的大背头。穿着小礼服的叶夫人眉清目秀，和叶天明有着相似的神韵。郁晚仰视着金闪闪的油画框，觉得很刺目，搓了搓眼睛，再看仍觉得晃眼。

从楼梯下去就是书房了，比普通家庭的客厅还要大两倍，俨然一个小型图书馆。柜子上摆放着各种小玩意儿，来自土耳其的全铜咖啡杯、从英国带回来的挂钟，等等。叶天明热情地分享着每一件他钟爱的小东西。郁晚“哦哦”应声着，透露出一种底气不足的慌乱。她脑海里不由得蹿出来零碎的记忆：还剩下一把米的米缸，在夜里像袋鼠一样跑远的父亲，母亲做贼一样慌慌张张递过来的小礼物……在这样相形见绌的对比中，郁晚意识到自己与叶天明的距离，真是如同灰姑娘和王子了。王子迎娶灰姑娘过上幸福的生活，那是童话故事里的结局，现实中却是——王子娶了公主，灰姑娘嫁给了烧锅炉的。所谓门当户对，不仅是精神上的共鸣，更是物质上的势均力敌。在这种强烈的对比落差中，郁晚再看叶天明，就觉得和先前不一样了。那张脸分明还是那张脸，那牵着的手也还是温厚的，却像是快消失的假人，没了实感。她几乎全盘否定了自己，先前设想的所有关于他们的未来，都在这巨大的悬殊中被摧毁了，她生出来“这怕是最后一次了”的伤感和不舍。在这种心境下，一切都开始扭曲和改变了——他成了照出她缺点的照妖镜。沉浸在女朋友初次到家喜悦里的叶天明，完全没察觉到郁晚的变化——他是有那么点儿想要展示的小心思。

在书房待了会儿，两人又去了二楼叶天明的卧室。气温刚降下来，但室内温度不低，没有开空调的缘故，叶天明觉得热，很随性地把外面的衬衣脱了。那手臂上结实的肌肉，像膨胀的月光。这双连微凸起的血管都好看的手臂，吸引了郁晚的目光——她是如此渴望他。然而，这个男人就像是从崇山峻岭中升起来的太阳，把她黑暗的部分照得清清楚楚，又犹如一把亮晃晃的刀，插入她的灵魂。原本她是轻轻抚摸着他，但一闪念间，她突然失控地、猝不及防地含住了叶天明手臂上的一块肉，用力咬了下去。

“晚晚……”他疼得龇牙咧嘴。

郁晚松开嘴，难以置信地看着他手臂上整齐的牙印，又抬头惊恐地看着叶天明。

“你还好吗？”

到这个时候，叶天明终于察觉到了她的变化。

她摇头，余光却注意到了床头柜上摆放的照片，发现是之前在电视台的后台拍的，他刚把她抱下来，放在椅子上。照片是从侧面的角度拍摄的，当时的他正蹲着，试图解开那些缠着的流苏，郁晚温柔地笑着俯视他，望不见底的深情——拍照的人显然已经发现了什么。

“这真是特别的嗜好。”叶天明说，“要是喜欢的话，这只手臂也咬下。”

为了让气氛尽快活跃融洽起来，他故意将另一只手臂伸到她嘴边。郁晚看到他被咬的地方红肿了，她未曾料想自己竟然有这么大力气。这力量震撼了她，让她第一次认清了自己体内蛰伏的恶魔的一面。

“小狗晚晚，你最好咬成对称的形状才好看呢。”他又说。

郁晚拿开他的手，她已经看出来他在努力迎合，这简直令她无地自容。爱人啊，如果不能使其身心愉悦，甚至还要在受伤害时去迎合，那是一种怎样扭曲的爱呢？那还配叫爱吗？她内疚得想哭。

“不早了，我要回家了。”她已经察觉到自己内部正在崩塌，快绷不住了，必须赶紧离开，更不想叶天明看到那一面。不等叶天明回答，她已经退到了门口。他似乎还没反应过来哪里出了问题，困惑的眼神刺痛着郁晚的心。她不忍心再看，转过身就朝楼下跑去。

过了几秒，叶天明才意识到了什么，跟着追下楼。郁晚不肯跟他再进屋，不知是阳光晒着的关系，还是情绪的变化导致她的两颊上染了两朵悲伤的红霞。她坚持要回家，叶天明执拗不过，只得开车送她。一路上她始终保持着缄默的态度，那嘴唇紧闭着，他说话逗她笑，她也仅仅只是敷衍地牵扯下唇角，仿佛笑是件费力的事情。到了清晨相遇的地方，郁晚终于开口了。

“停车，就在这里了。”她说。

“我送你到家门口吧。”叶天明好心建议道。

“不要，求你不要！”自卑作祟的缘故，郁晚不想让他看见自己的家。

见她情绪激动，叶天明只得停了车，帮她把自行车从车上搬下来。他还想说点儿什么，却听到郁晚率先说：“你请回吧。”她跨上了车，挥手再见，便急匆匆骑车远去了。

叶天明在车里坐了会儿，越想越觉得郁晚透着股难以捉摸的古怪，又说不出个所以然。

他开车追上她，摇下窗户，大声说：“下周六，清晨八点，我还在这里等你！”这才感到心安了一些。

因为比计划提前离开，时间还尚早，郁晚骑着车经过一片树林，远远见路边停了一辆大货车，一个四五十岁的男人正趴在打开的引擎盖旁边修车。听到声音，他抬头看到了郁晚。“嘿，小姑娘，有水吗？”他大声向她讨水喝。郁晚犹豫了下，把车停在了货车旁边，从前车兜里拿出水壶递过去。他接过来摇晃了下，仰起脖子大口大口喝起来，声音像水牛。引擎盖上放着他脱下来的条纹衬衣，已经看不出底色。他穿着的背心、胳膊上、脸上都沾满了机油，混着汗水，像是从泥里钻出来似的。

喝完了，他把水壶还给郁晚，一双耷拉在眼皮里的细眼，静悄悄地盯着她看。

郁晚被他看得发麻，跨上自行车，心想着赶紧离开。但就在她踩上脚踏板时，却被一股力量连车带人给推倒在了地上，还没等她反应过来怎么回事，脚就被抱住，被拖去了旁边的小树林里。就像剥开新鲜的笋子，郁晚眼看着自己白花花的肉在魔鬼的爪子下展露出来——那嘴啃着她的肉，口水、汗水、机油……像是涂刷墙壁，一层又一层，像有一把刀从下体插入了小腹，剧痛，每一次抽动，都像是有刀片插进来。她挣扎、呐喊、哭泣，在心中呼唤着各路神灵，神听不见，只有她的回声一遍遍回应着她，像更凄厉地号哭、尖叫。

她望着天空——天空很美，风吹时落下来的花瓣缤纷似雪，唯有那刺破她身体的利剑，让她痛到痉挛战栗。抽动，抽动，刀子刺进来又拔出去，进进出出中，灵魂飞灰湮灭。

过了很久，他终于从她身上爬起来，啐了一口唾沫，抹抹嘴走了。林子里归巢的鸟唱起了歌，汽车的引擎声轰隆隆地响着，又远去了。

郁晚眼睁睁地望着蓝天白云——天地万物都看见了这罪恶，却沉默着。叶天明的脸忽大忽小，被放大时占满了天空，被缩小时又挂在每一片树叶上。那潮阴的树干上，密密麻麻长满了菌类，叶天明的脸一闪现，那些菌就融化了。风吹过了，树叶落下来了。枝头上的树叶可以被光照耀，被雨水滋润，落下来的去了哪里呢？破损了，腐烂了，成了肮脏的稀泥，这是落叶不可避免的宿命。

“我也如同这落叶一般了。”郁晚心里说。

黄昏的光，像是柔软的棉被覆盖下来。郁晚木然地站起来，跌跌撞撞地走出了小树林，在路边找到了自行车，推着在林子中漫无目的地乱走，不觉走出了林子。她惊讶地发现，自己已经到了姥姥家附近。原来，她小时候时常玩耍的小树林，是可以通往大路的。

郁晚没有报警，也没有告诉任何人。家里除了她身体还不错，其余都是需要被照顾的人，禁不起这种打击。她也不愿意自己的悲伤影响到他们，本来生活就已经够辛苦了。尽管屈辱和痛楚含在嘴里的感觉像是含了满嘴刀片，她也尽力囫囵吞咽下去。就连最亲的妹妹都没有发现她的异常。那些刀片进去心中，又扎出大大小小的窟窿眼，鲜血淋漓，可除了紧紧捂住，没有别的出口了。

只是，当她傍晚推着郁香到院子里晒太阳，看见远处绚烂的晚霞时，突然就落泪了。她再也不是过去的郁晚了！她其实和郁香一样，都是被摧毁的人了！

晚上睡觉时，郁香从姐姐裙子上零星的血渍和泥印发现了问题，她神情紧张地问缘由。郁晚淡淡地说："骑车摔了一跤，受了点儿小伤。"如此敷衍了过去。

第二周，郁晚起了个大早，提前来到约定的地点。那道路的旁边有座小山坡，长了些植被，她爬到山坡上藏好，这可真是个眺望的好地方。她知道叶天明会来。

临近八点，叶天明开着皮卡车过来了，他将车停在路边等着。过了八点，他从车上下来，频频张望。郁晚远远望着他，这个男人周身散发着金光，像笼罩在光环里的菩萨，连他脚边的阴影都镶嵌了金边。她根本不敢靠近他，连看见他都觉得自己成了肮脏的源头。怎么可以？怎么能玷污最爱的人呢？她不能允许自己成为他人生的污点。叶天明配得起这世上最纯洁美好的姑娘——她永远不可能是了。

爱而不得可谓人间酷刑之一。何时何地，那个名字闪过脑海里，就犹如经历一场浩劫，为那再也不能得到的拥抱、亲吻……而悲恸欲绝。接下来的日子，郁晚根本无心学习，上课走神，夜里又睡不着。到了周六，她魔怔地、怀着侥幸和悲痛之心又到了约定地点，爬上那座小山坳，又看见了叶天明。她想，无论如何要过去，向他索要一个拥抱，哪怕别后此生不见。但当她迈开脚步，低头看见脚边的影子时，又胆怯了，好像自己也成了影子一般恐怖的淤泥。

第三周的周六，终于没有了叶天明的踪影。

“他一定是失望透顶，认为我是个言而无信的人了。”一个自我说。

“你这胆小鬼，刚开始就放弃了。遇见那样的魔鬼，就是对你放弃美好的惩罚！”另一个自我说。

那个被迫站在中间的自我说：“什么惩罚不惩罚，什么美不美丑不丑，只是不合适！”

“本来就不合适！不合适！”郁晚重复着这话。

对叶天明的思念令她夜不能寐，灵魂被放在烤架上炙烤着。她白天上课无精打采，丢了魂魄，忘记带书带笔连吃饭也能忘，有时没吃，有时又多吃了一顿。她浑身透着股子非人类的气场，令周围的同学都敬而远之。

好在不久，报社来学校招人，一直欣赏郁晚的系主任推荐了她。实习期两个月，宿舍很小。工作繁忙，不仅要写，还要兼职打杂。不过这对于郁晚是好事情，正好稀释了她对叶天明的想念，所以白天看起来倒和常人无恙。

晚上回到空荡荡的宿舍，就是另外的样子了。她彻夜听着《秋意浓》的歌曲，钻进记忆的大海里，打捞起与他一起的时光碎片，大大小小，每一片如捧着珍宝，细细揣摩。她的身体俨然成了一块生长思念的好土壤，以寸寸血肉之躯供养着心中渴望的欲鬼。肉体不死，灵魂越痛却越清醒。凉水冲澡，身体冷下来，叶天明的名字又从灵魂里钻出来。叶天明没有提出过分手，她也没有说过那两个字，所以在郁晚的幻觉里，叶天明仿佛只是和自己走散了。

有天上班时，她听一个同事说："日有所想，夜有所梦，一直想着谁，一定就能在晚上梦见了。"她特意早早入睡，想着叶天明的脸，默念着他的名字，却一次也没梦见过。思念却犹如小苗，长成了参天大树，从身体里破壳而出，皮肉日日痛苦到颤抖。她从最初的晚睡，发展到司空见惯地整夜不眠。白天浑浑噩噩，看见成双成对的恋人，听到一句歌词，就好像心事被看穿。平静中暗潮吞吐，无人知晓山崩海啸。不管是在报社的同事，还是家人面前，她都不能有丝毫流露，必须穿上"乐观强大"的盔甲，伪装成坚不可摧的样子。"我可好了，我没事儿的。"痛到不行，她就对自己重复这般说。

社里要做个人物专访，派郁晚负责。报道出来后，对方很满意，约她当面感谢。当晚饭局一大桌子人，那人殷勤地对郁晚敬酒，其余狐朋狗友也跟着纷纷敬酒。郁晚酒量差，面子又薄，拒绝的话也不会讲，硬撑着喝了那人的酒，其余人的便不得不喝。一轮下来，醉得话说不清，人也看不清。醒来时，已经是第二天清晨了。陌生的房间，陌生的床，床边的沙发上坐着人，她认出来那人。他穿着丝绒睡衣，人模狗样的，彬彬有礼道早安。

“昨晚发生了什么？”其实郁晚摸到自己赤身裸体时，就已经有了预感。但她存着侥幸，想再确认。

“你能想到的该发生的都发生了。”那人用勺子拨弄着咖啡，小啜了一口，失望地说，“没想到啊，你还不到二十岁吧，怎么就不是处女了呢？”

“这是我的错吗？你什么都不知道，你们才是一样的人！”郁晚愤怒不已，正欲坐起来，想起自己没穿衣服，又赶忙缩回去拿被子裹着。

“我要回家。”郁晚说。

“随你。”他从兜里掏出来一把钥匙，扔给她，“这是这个房子的钥匙，好好考虑下吧，跟了我。”

郁晚下意识地接过钥匙。

那人很满意，又很不屑地笑着出去了。

郁晚在床上又躺了会儿，呆滞地看着天花板，四肢绵软无力，心痛如麻，就是没有眼泪流出来。想要报警的念头一遍遍蹿出来，但一想到家人要因此遭受的流言蜚语和有色目光，她就畏缩了。

她什么都不怕，可是家人是她心底的软肋。如此，尽管愤怒如鲠在喉，她也只能无能为力地看着自己松手，放弃了对的做法。

“如今，别说淤泥，我大概是成了垃圾一样的人了吧。”她又想到了叶天明的模样，努力摇了摇头，已经到了在心里悄悄思念他也觉得是冒犯的程度了。她感到深深的恐惧，好似有一双无形的手在使劲儿推她，阻止她靠近叶天明。“是老天都看不下去了吗？”这样的想法一冒出来，那干涸的泪腺终于蓄满了水，簌簌落下泪来。

临近中午，她才感到恢复了些体力，坐起来穿好衣服，洗漱完，把房间所有的窗帘都打开。客厅的玻璃外面有个小院儿，种了不少花草，月季正当时，一朵一朵粉的红的开得欢天喜地。“啊！向阳的花朵都有沐浴阳光的资格，我也可以吗？”她探出脚站在阳光之下，突然一阵哆嗦，又畏惧地缩了回来，继而失声痛哭。

郁晚哆嗦着找到包，拿出烟来抽，再站起来时，她把钥匙放在餐桌上，毫不留恋地出了门。

走出小区，顺着马路找到公交站台。就在这时，她听见有人在喊她。郁晚回头，一眼认出这个衣着朴素、拎着个布袋子的女人是小万阿姨。她苍老了很多，看起来仿佛比母亲还显沧桑。“真的是晚晚，清华今早还念叨着你。想你想得很呢。”小万说。

“爸还好吗？”

“不怎么好，我这刚去药房抓了药，这就回去熬药呢。”她怯生生地又问，“你能去看看他吗？他见到你一定很高兴，没准儿病就好了。”

郁晚看了看手表，今天横竖都是旷工了，便应了下来。

跟着小万阿姨一通走街串巷，郁晚终于来到了他们居住的地下室。她的父亲就躺在那灰头土脸的小木床上。那地方哪里是人住的？有钱人家的狗窝怕也比这强不少——水泥墙壁上连一扇窗户都没有，床上堆积着折叠好的衣服，墙角边用砖头搭起来放上水泥板，摆着锅碗——这就是灶台了。父亲倒是面色红润，穿在身上的衣服旧是旧，却很干净。看得出来，小万阿姨跟父亲这些年，没少受罪，她对父亲的确是真心实意的。这一刻，她发现自己对这个女人一点儿也恨不起来，反倒因为父亲只能给她这样的生活和遭遇而感到内疚，好像父亲欠了她，自己也欠了她什么似的。

郁清华很久没见到郁晚了，听说她小小年纪已经在报社实习，倍感自豪。他脸色红润润的，像个健康人的样子。闲聊中，他说得最多的一句话就是：“晚晚，爸爸对不起你。”到底是血肉至亲，再对比衣食无忧的母亲，郁晚就更觉得父亲可怜。她谎称自己存折里还有钱，把身上的所有钱都给了小万阿姨。但事实上，如果不尽快发工资，她连饭都吃不起了。

彼时的郁晚，从未有过哪个时刻如此渴望过金钱，越多越好，多到能改变父亲和小万阿姨的生活现状，即便不多，也至少能给他们一所安身立命的房子。那时房价不高，但郁晚刚出来工作，工资很少，买房可不是易事。她脑海里闪过了留在公寓里的钥匙，内心激荡起难以名状的羞耻和渴望。

不几日，郁晚因公事被派去了一趟电视台，很巧地遇到了叶天明的堂哥。虽说两人仅表演那天在后台有过一面之缘，还是一眼就认出了对方。“嗨，郁晚。”他热情地主动打招呼。

时值深秋，电视台外面有一条种满法桐树的街道，落叶缤纷煞是美丽。两人沿街漫步，堂哥又主动说起了郁晚表演当天的糗事：“若不是天明极力要删减这部分，我都想保留着，这可比正儿八经的舞蹈有趣多了。”

郁晚难为情地低下头：“那真是我有生以来最尴尬的几分钟。”又幽幽地说，“当然了……也是最难以忘怀的，一生也忘记不了啊！”

“如果我早一点儿开完会，你俩就不会遇到了。其实我在后台看见他给你整理裙子，就知道他心中有你了。”

“啊！那张照片是你拍的？”郁晚想起了叶天明放在床头柜上的照片。

“是啊！这可是藏都藏不住的爱啊！”堂哥说。

“他现在怎样？过得还好吗？”郁晚迫切地问。

“去年年底就出国了。你不见后，他情绪一直很低落，叶叔就替他寻了个学校，一来多少可以学点儿东西；二来也觉得换个环境，好让他快些走出来。我倒是很好奇你俩分手的原因，听天明说，你去了一趟他家里，就再没出现过了。”

郁晚噙着泪水，深呼吸，努力调整着情绪，半晌才艰难地开口：“拜托了，能不要说吗？都是命……谁躲得开命运？谁又留得住命运？”

堂哥点头表示理解，假装用脚踢着地面的落叶玩。其实，他是窥见了郁晚逞强的那颗自尊心，本来他已经伸手进兜里，打算递过去纸巾给她擦眼泪的手悄悄拿了出来。

郁晚趁机擦干了泪水。

堂哥说：“天明曾说，郁小姐有一颗又硬又软的心，捧不得，放不得，我大概明白原因了。”

“你不会明白，你们都不明白。”

郁晚笃定地摇头。她心中对他的体谅充满感激，却忍不住自负地想，两个世界的人能看到一样的月光吗？不可能的。

“天明眼光一直很好，这点一直错不了。郁小姐是个好人，请多保重吧。”告别前，堂哥说。

当晚，郁晚便打消了用身体换房子的想法，甚至在之后很长的时间里，她为自己产生过那样的想法而羞愧。她更加拼命地工作，以此来麻痹自己。到年底，她的努力也有了回报，得到了一笔可观的奖金。郁晚拿这钱在宿舍里安装了电话，趁着再去电视台的机会，拜托堂哥把电话号码转交给叶天明。

开春时，电话终于响了，却偶然地、戏剧性地把她推向了宋和平。

02

那电话大约是夜里十一点多响起的，当时的郁晚正伏案写稿。一直沉默的电话响了，像遥远的呼唤。从来没有人在这个点给她打过电话，最晚不会超过六七点，知道号码的人也很少。她脑海中瞬间闪过叶天明的名字，搁下笔，几步跑过去抓起来，周身颤抖，还未开口已然泪眼汪汪，却听到那头一个陌生的声音在问："我是宋和平，你那稿子到底还有多久能完成？"

"这个是私人电话，不谈公事。"郁晚以为是社里新来的同事。

"你是……作者九悄？"对方听出来异样，谨慎地问。

"不是，我是《云水日报》的记者郁晚。"她失望地又问，"谁给你的我的电话号码？"

"很抱歉……是我拨错号了。"

“要是错的事情，说声抱歉就能正确，那让我每天说都可以。”郁晚失控地发泄完就挂了电话。她倦了，抱紧了自己，眼泪悄无声息落下来，断了线似的止不住，旋即又安慰自己：还好不是叶天明，这个人在眼前又能怎样？能回去吗？回得去吗？回不去了。别痴心妄想了！这辈子都不可能了！

未曾料及，第二天，电话又在那个点响了。郁晚接起来，又听到了宋和平的声音。

“郁晚，你先别挂我的电话。我想了一晚上，有些话我不得不说。”宋和平说得很仓促，仿佛生怕被挂断了，直到郁晚说“你说，我听着”，他的语气才舒缓下来。“你昨天说得很对，很多事情的确不是一声抱歉就能变成正确的。”

“那又怎样？”

“你昨晚是把我当成了别的很重要的人了吧。”

“这是我的私事。我不认识你。”

“我叫宋和平，你昨天已经知道了。”

“我知道很多人的名字，又如何？”

“是啊！既然又如何，那再认识下又能如何？我只是想，我这样严谨的一个人会拨错号码，实在匪夷所思，而你又恰好在等一个重要的人的电话，总觉得是什么在指引和安排我们认识。我可能说得有点儿迷信，但这种感觉很强烈，我如实告诉你吧——我很想认识下你，如何？”

郁晚想了想，觉得很有道理，凭直觉这人也不坏，便同意了。

第三天，宋和平的电话又准时响起了。

“嘿，晚晚，晚上好啊。”他幽默地问候道。

这之后，电话像是成了桥梁，将两个没见过面的陌生人连接在了一起。宋和平能说会道，谈古论今仿佛无所不知。渐渐地，郁晚对深夜的电话产生了期盼和依赖。一个月过后，两人不谈诗歌文学了，开始聊起了各自的日常工作琐事。

年近四十的宋和平有着丰富的人生阅历。他中文系毕业，在春城一家杂志社工作多年，性情豪爽，人缘颇好。他给郁晚邮寄了不少书籍，比如《飘》《呼啸山庄》等。书读多了，郁晚有了想写的欲望。她写了几个短篇，邮寄去了文学刊物，署名是“晚晚”，竟被发表了。为了感谢宋和平，拿到稿费后，她特意买了一条香烟邮寄去了杂志社。宋和平极为珍视，抽完的空盒子也没舍得扔，都收藏了起来。

写作仿佛给郁晚打开了一片新天地，她沉醉其中。报社在闹市区，不利于写作，她便寻了处清净的住处，从宿舍里搬了出来。那住所的外面有一条临河的小街道，附近村镇的居民喜欢来此处摆摊兜售些瓜果蔬菜。郁晚每天下班，正好顺路买些食物回家，也方便不少。后来，她从邻居口中得知这附近有一条通往镇上的近路，周末回家看望家人也方便不少。

那年中秋节，郁晚赶回了镇上，和家人一起过节。

夜里醒来，看见窗外圆月盈盈，顿时睡意全无。她索性把窗户打开，让月光敞亮地照进来。月色清辉下，妹妹正熟睡着，年轻的皮肤彰显出一种结冰般的质地，脆弱而纯洁，十分美好。“啊，如果郁香有一双健康的腿可以奔跑，可以旋转跳舞，该有多好呀！”她哀伤地想着，披了件开衫坐在书桌前，就这么安静地、无限怜惜地看着妹妹。渐渐地，睡意袭来，她竟趴在书桌上睡着了，半梦半醒中看见郁香从月亮里走来，双腿修长丰满，蝴蝶都萦绕于脚边起舞。郁晚伸出手去触碰了下她的腿，旋即消失了——郁晚瞬间被惊醒了。

已经快凌晨三点，她竟趴着睡了两个小时。郁晚站起来，蓦地感到脖颈肩膀酸痛难忍，四肢麻木，险些摔倒，一手摁在书桌上才算是稳住了。那一瞬间，她恐惧地意识到健康的身体有多重要，一双健康的可以奔跑跳舞的双腿有多珍贵。只是这样短短的几分钟，她已经痛苦不堪。可是，亲爱的妹妹一生都只能如此了。妹妹呀，她也只有一次人生！一个自由的灵魂被迫缠绕上木乃伊的布条，套上沉重的枷锁。妹妹的内心深处真的是像沉睡般平静吗？她也是像平日那样戴个好人的面具，勉强欢笑，以免徒增家人烦恼吗？她走到郁香床前，蹲下来审视她——月色下的郁香像是被罩在一层透明的水晶罩里，那一对发育完好的乳房隔着薄睡衣显示出浑圆微翘的形状。郁晚禁不住又想：妹妹是不是也萌动过爱欲？她是否也悄悄爱过谁，渴望过谁？不由得又想起了郁香的话：姐姐，我讨厌爱情！

“怕只是欲盖弥彰故意说的吧！”郁晚后知后觉地参悟出妹妹的困境和无奈，心如刀割。

郁香是她藏在心底的柔软，是她想要向宿命讨伐的勇敢，也是她冲锋陷阵讨生活的原动力。如果可以，郁晚愿意用半生的时间，换妹妹一次奔跑，换妹妹去爱和被爱！

也就是在那个月光如水的夜晚，她脑海中闪过一个故事，关于缺陷和爱。

03

郁晚从秋天写到了次年开春，又过了半年，印刷成了书。拿到稿费后，郁晚便从报社辞职，开始了专职写作。郁香也读了这本书，只看了十几页便烦躁地合上了书，开卷了几次，方才断断续续读完了。

这本书叫《萤火虫的秘密》，讲的是一个双腿残疾的女孩儿，暗恋上了一个偶然相遇帮助过她的男孩。女孩儿家附近有个美丽的湖畔，临湖有座城堡一样的房子，那男孩就住在里面。她不知道他的名字，就给他取了个小王子作为代号。为了见到他，她时常让家人推着自己去河畔散心。宁静的湖泊像一面镜子，她看见小王子的同时，也能清楚地看见丑陋的自己。在美与丑的碰撞中，女孩渐渐抑郁了，一时冲动推着轮椅冲向了湖中。她很幸运地被一个路过的医生救了起来。故事的最后，女孩的腿治好了，能站立奔跑了。她没有得到男孩的爱，却成了更好的自己。有一句话，郁香印象深刻，郁晚这样写道：

“平静的湖泊犹如一面镜子，他的美好则如同一面放大镜，将她的缺陷和丑态加倍地放大了。但凡她心里升腾起想要靠近他的渴望，就忍不住对自我全盘否定。这年轻的爱欲，令她备受折磨，倍感羞耻，就好像一堆粪想要去渴望得到花朵的亲吻，好像亵渎和冒犯了美，好像有罪。”

这段文字本是郁晚在叶天明家里时感受到的心境，郁香却在字里行间窥见了自己的影子。她总觉得姐姐是在写她，那言辞间的同情和惋惜，也仿佛是姐姐对她情感的一部分。而故事的美好结局，毋宁说是姐姐给她造了一个不切实际的梦境。

爱情，哪个少女能不怀春，能不憧憬？郁香自然是渴望的，但她根深蒂固的自卑和自知，令她作茧自缚，寸步难行。但凡这样的想法浮现出来，另一个心灵深处的声音就开始呐喊：“妄想！妄想！”姐姐大概是看穿自己了。

郁香一方面感到羞耻难堪，另一方面又隐约意识到，自己被姐姐冒犯了。她越想越纠结，不由自主地将双手伸向自己的脖子，并渐渐加大了力度。就在大脑缺氧即将窒息的刹那，她听到自己喉咙里生理反应发出的类似饱嗝的声响，猛然松开了手。上半身随之瘫软在麻木的下身上，像鸟儿的翅膀被冻进冰里动弹不得。过了很久，她听到窗外传来清脆的鸟鸣，推着轮椅静静地穿过厅堂，来到院子里。

晚霞正美，云朵叠着云朵，风儿追着风儿，门口旧对联成双，就连筷子都成双成对，好像这世上只有自己是形单影只的。她悲哀地低垂了头，眼底那累赘一样的腿竟然也是一双！这一双为什么和别人的一双腿就不一样了？那是腿，还是长得像腿的枷锁？一连串的问号之后，她又陷入了突如其来的崩溃之中。郁香掐着自己的腿，分明也可以感觉到痛，为什么就不能奔跑呢？哪怕只是能站立走路也好啊。她在心中呐喊着。

就在那个夕阳绝美的傍晚，轮椅上的郁香一动不动地被摧毁了。

“真是怪胎呀！”郁香在心里咒骂着自己，连看到自己的影子都涌出来厌恶，“这样子的人还想要爱情呢，真的就是癞蛤蟆想吃天鹅肉！”她又嘲讽了自己一句。她甚至觉得那个对于爱情想得抓心抓肺的自己，当真就像姐姐书里写的——想要获得花朵亲吻的一坨粪。这种发自肺腑的渴望，使她的自卑感无以复加。

所以，郁香不敢当面问姐姐，那个故事可是从她身上得来的灵感？可真的是在写她？为了将这羞耻心藏起来，郁香面对姐姐时更是有意无意地强调——“我对爱情真是毫无兴趣呀，男人是这世界上最无聊的生物吧”！

她生怕自己那点儿见不得光的渴望被心细如发的姐姐发觉。可是，她是多么渴望轰轰烈烈地爱和被爱呀。哪怕像姐姐那样在爱里活一天也好呀！是错位了吗？还是姐姐将自己的那部分都给占有了？

她曾从街坊那里道听途说来一些闲话。据说，家里有个优秀的人，另一个就会被拖累，还特意拿了郁家两姐妹做例子。“他们家那姐姐就是美丽的春天，那妹妹呀，啧啧……真是一言难尽，说是从树上掉下来的烂果子也不足为过。”她们大声说着，眼看着郁香推着轮椅出来，也毫不避讳。

郁香羞愧难当地转动着轮椅，背朝着她们，假装没听见。她读过书，素来相信科学，但当她无法解释自己与姐姐这样悬殊巨大的存在时，下意识地就信了宿命论。

大约就是从那时起，她第一次在那浑浊的内核中窥见了自己对姐姐的恨意，顿时脊背发凉，吓了一大跳。

04

四月，宋和平邮寄来的信件里，除了问候，还附带了一张单人照片。照片上的宋和平深浓的剑眉，眼睛深邃有神，穿着一身规矩的西装，气质温雅。郁晚一直以为他是个头发半白的慈祥小老头儿，完全没料到是个好看的中年男子。当晚，宋和平打开电话时，郁晚说话的语气发生了明显的变化，斟字酌句拘束了很多，宋和平敏锐地感觉了出来。

“看到了吗？”

“嗯。”

“还行吗？”

“嗯。”

“你倒是说句话呢，我还是喜欢你像以前那样巴拉巴拉说话！”

“嗯……比想象中好多了。”

“那你以为……”

“我以为你就是个慈祥的小老头子，像土地公公！”

两人同时笑了，笑完同时陷入了沉默。电话的尽头，宋和平说：“晚晚，我们见面吧。”

1995年的春天，当张春凤在花莲为婻怜的学习和作业焦虑时，宋和平正奔赴火车站，买了一张春城到云水城的火车票。夜里，他躺在亮着微光的卧铺上，辗转反侧，幻想着与郁晚见面的场景时——张春凤正穿梭在花莲闹哄哄的菜市场，为女儿准备营养的饭菜。而与此同时，远在云水的郁晚换了一身明媚的连衣裙，用发带束起了长发，步行去临河的小街道买蛋糕和新鲜的水果。

傍晚，春城的火车终于开进了云水城。张春凤将刚做好的饭菜温在锅里，锁上了门，骑上自行车去接婻怜放学。

校门口有个卖风车的小贩，她停好车，给姑怜买了个彩色小风车。宋姑怜坐在自行车后座上，单手环抱着母亲肥胖的腰身，觉得充满安全感。她将头靠在母亲背上，手里的小风车转动着飞过了花莲的街道和巷子。十岁的宋姑怜仰望着，看见天空中五彩斑斓的云朵像千万个小风车在转动。她想，春城的父亲看到的也是这样美好的天空吗？

宋和平下了火车，照着地址寻到了郁晚笔下那条静谧的小河。顺河而下，就是临河的小街道了。那天阳光出奇的好，在宋和平的记忆里，再没有哪一天能超越。郁晚打了一把遮阳伞，穿着一袭白色的连衣裙站在桥尾的街边等他。晚风吹起她的长发，裙摆飞扬起来，他远远地就认出了她，脑海里禁不住浮现出莫奈的那幅名画——《撑阳伞的女人》。

"嘿，晚晚。"他走过去，笑着问好，像是前生就认识的人了。

"你好啊，宋和平。"郁晚说。

他一只手拿过她的伞，另一只手很自然地圈住了她，一起打着伞进了屋。门一开，他们就迫不及待地拥抱在了一起——宋和平的拥抱，与叶天明的拥抱是完全不同的感觉。天明的拥抱是开启了一扇门，那里面五光十色，发酵着亮晶晶的欲望，无一物不美，美成了一物也抓不住的幻觉。宋和平的拥抱则像是温柔的风，缓慢地吹过，又好像高空抛物似的，沉下来，沉下来——情欲也是缓缓地，从一双紧扣的手上，从胡须扫过的每一寸皮肤上……播下去一枚春天的种子，到秋天收获果实，是一个具体的生长过程。

然而，就在温存的当下，郁晚那顽固的心魔又钻了出来。她闭上眼睛，莫名看到了叶天明的脸，以及叶天明手臂上鲜红的牙印。她突然魔怔了，猛地推开了宋和平——像泼过去一盆透心的凉水。继而，她脑海中翻涌起来一幕幕画面：小树林里乱七八糟的蹂躏，那人扔过来的钥匙，叶天明靠在皮卡车边等待的背影……记忆的碎片无序地拼接、膨胀，悬挂在最高点的是她赤裸破碎的身体。郁晚蹲下来，吓得发抖。

“怎么了？”宋和平被吓到了。

他刚要伸出手，就看见郁晚双手制止，大吼道：“别碰我！”

“你若还没准备好接受我，我今晚就坐火车回春城。”他沮丧又失落，脸上是显而易见的痛苦，“我们可能还需要点儿时间，是我太心急了。对不起。”

郁晚痛苦地摇头。

这毫无征兆、毫无来由的崩溃，使得见惯了世面的宋和平也手足无措。他鼓起勇气，试探着将手放在郁晚颤抖的肩膀上。这一次，她没有拒绝。可这个动作多么轻描淡写，完全不能抚慰她的悲伤。

宋和平只能眼睁睁地看着她哭，渐渐呈现出面目全非的样子……他越来越没有耐心，霍地站起来，打开了窗户，摸出烟来抽，并顺手把烟盒放在了桌上。

"是我让你失望了吧。"宋和平说。

郁晚抹干泪水，一双澄澈的眼睛深深地、惘惘地看着宋和平，说："不是你想的那样的。我是说——我不是你想的那样。什么单纯美好、洁白纯真……我不是那样的女人。你见过秋天里枯萎在地里的花朵吗？皱巴巴的，被人当垃圾一样扔掉，就那种样子的……破损的样子。"

"晚晚，我不认为单纯美好是件好事情，尤其是对于作者来说。善感敏锐，多面性，矛盾体，还有你那颗心……我都想到了，我是抱着理解和接纳来的。"

"虽说如此，有些事情我还是要先跟你说的。"她有意略过了叶天明，从记忆中混沌而美好的小树林开始——她是如何被打开、被刺破、被侮辱，毫无保留地将秘密连根拔起，就那样破碎地、不成形地、卑贱地朝他扔过去。

"这才是我，我不值得。那段时间的确太过痛苦，你的深夜电话是我的慰藉，我上瘾了，我怕那时说了，你就不理会我了。现在，我已经见到你了，总是该说出来，免得你做出了将来会后悔的选择。"她仰起脸看他，展露出一种厌世又惹人怜惜的笑。

但在宋和平眼中的郁晚，却比先前更加清晰，那算不上十分美丽的脸庞仿佛也在摧毁中变得完整。他看出来了，郁晚的笑里藏着狡黠的不屑，无所谓的眼神里藏着巴巴的渴望。他如此愤怒，又如此心疼、柔软。郁晚不知道，这一刻的自己和故作坚强的郁香多么相似。

“晚晚啊，那些都不是你的错啊……你为何要如此折磨自己？放下吧，走出来吧！”

“这由不得我，好像……总是在触景生情，总是在胡思乱想，就是睡着了脑袋也不休息，在梦里也想着。我该怎么安置自己啊？”郁晚凄凉地一笑。

那一抹显而易见的痛苦的笑令宋和平动情了，更动了恻隐之心，这令他在那一刻变得诚实和坦然。

“如果说到值不值得，我这个有妻有女的男人似乎更没有资格，更不值得。”他自嘲地也跟着笑起来。

05

这对于郁晚来说是意料之中的事情，只是先前抱着侥幸的心理故意回避罢了。她观察过身边三十七八岁的男人，绝大部分的孩子都已经上初中、高中了，个别结婚早的，孩子都去参军了。

一个被摧毁的女人和一个已婚之夫，这样禁忌的爱，是该走下去，还是该当机立断送他去车站，从此了断再无瓜葛？此刻，就连空气也变得沉默，那张小圆桌像是一方安全岛屿。他们共同抽着一包烟，烟雾从傍晚的光芒中爬起来，像无处不在的爱之幻觉。眼睛望着眼睛，沉默对着沉默，他们都感受到了对方内心中的艰难、渴望以及痛苦。这痛苦的源头，正是源源不断的理解和难以抉择的现状。

“我们难道就只能天各一方，互相思念，互相辜负吗？”宋和平先问。

“还能怎样？就算今天在一起了……明天呢？后天呢？”郁晚茫然地问。

“我会离婚的，不会让你等太久。”

“和平，我的人生才刚开始，不想掺和你的家庭，更不想当后妈，光这称呼都让我害怕……”

“不是你想的那样。我们已经分居很久了，孩子一直是她妈妈照顾，以后也是由她妈妈来照顾。她什么也不会影响到你。”

“和平，你不觉得我们更适合做情人吗？”

“情人？”

宋和平皱起了眉头。

“是，就今天。”她坚决又无情地说，“明天你就回去，继续做个好丈夫，做个好父亲！”

“你呢？”

“我得留在这里照顾我的家人，将来也是要在这里结婚生子的。”她眼睛润润的，说得云淡风轻。

“晚晚，不是你想的那样。我和我妻子，我喊她姐姐——对，我和我姐姐，我们都默认了现状，谁都心知肚明。她甚至曾经主动要求给我介绍个女朋友。你懂了吗？这个破裂的关系是在你出现之前就存在的，没有爱很难修补的。我们不过是拼凑着过日子。”

“她不爱你吗？还是你不爱她？”郁晚不明白这是一种什么关系。

“我觉得……我和她更像亲人，真正的亲人。也许，我原本就是她的弟弟。她是个很能干又温柔的女人，你见过电影里那种旧式的女人吗？有点儿像那个样子。”

“那么好，为什么还要离婚呢？”郁晚陷入了沉思。

“因为……遇到你，我知道爱是什么了。”

宋和平眼中升起了明亮的火焰。

此时，已近傍晚，火烧云缭绕于远处的山峦之中，像是繁花开遍。郁晚站到窗边，眺望着远处的天空，赞叹道：“这晚霞可真美！”宋和平走到她身后，环抱着她的腰，将头枕在她肩膀上，一起欣赏黄昏美景。

“实在太美了，我给你拍张照片吧，今天正好带着相机。”宋和平提议道。

郁晚觉得这是个好想法。她去换了身漂亮的旗袍，在窗边的椅子上坐下。那椅子旁边有张小茶桌，她把桌上插着野花的花瓶挪到自己身边，端坐好。

“你笑笑。”宋和平单膝蹲下来，摆好了架势。

郁晚笑了笑。这笑，在宋和平看来，比哭还让他心碎。

他按下了快门。

半个月后，郁晚收到了洗好的照片。她的脸在逆光的黄昏里，轮廓像剪影般清楚，五官却虚实不定。她十分喜欢。《萤火虫的秘密》加印时，她坚决让编辑用这张照片替换下了原先的。

那批书被很多人买了去，其中一本落在了火车上，辗转到了宋姞怜手中。她看到了照片上的晚晚。

再回到那间屋子里，悲伤的气氛像黄昏绝美的光，萦绕在屋子里，也萦绕在他们彼此的心间。郁晚又改变了主意，她觉得宋和平应该今晚就离开。到明天，他们的记忆就会堆成山了，她自知无力在短时间内消化掉一座山。

"走，你今晚就走！"她在狭窄的屋子里徘徊了两圈，有些暴躁地说道。

"好，我走。"宋和平说着，将相机小心翼翼地塞进挎包里。那是杂志社的，不属于他个人。

见他默不作声地将装好的包斜挎到了肩膀上，踱步出去，郁晚又心生不舍。"等等，晚饭的时间了，吃了饭再走吧！"不等他回答，郁晚已经跑去了隔壁的厨房，系上了围裙。"西红柿鸡蛋面怎么样？"她红着眼眶，尽量平静地隔墙问道。

半晌，没人应声。

郁晚一回头，见宋和平正站在厨房和卧室之间，静静地凝视着她。他已经穿好了外套，准备离开了。

"晚点儿买不到票了。"其实，他心里在说：你也别让我以后吃到西红柿鸡蛋面就想起你了，我也受不起啊。

锅里的水刚倒进去煮着，郁晚拿着红彤彤的西红柿局促地站着。宋和平上前轻轻抱了抱她，什么也没说，转身就开门走了。

过了一两分钟，外面走廊的脚步声渐渐远去。郁晚突然反应过来，迅速穿上鞋子追了出去。她站在阳台上探出半个身子，看见宋和平正从楼道的阴影里走出来。即将消失的黄昏之光，将他的影子拉得又细又长，像快要戳进去未知的远方。郁晚下意识想到，等他走过这片阴翳，他们就真正地失去彼此，从此只能活在各自的记忆中了。晚风吹过她颤抖的肩膀，她想：如果他回头，就在一起，既然相遇是命运的安排，此刻也交给命运吧。

黑暗浸透下来。转弯时，宋和平停住了脚步，回过头去看她，那一眼像隔了万年。他们静静地看着彼此，笑了，也哭了。

“晚晚——”他双手拢成喇叭，大声喊出来她的名字。

接着，不顾一切地往回跑，冲上楼，将郁晚横抱进了屋里，扔到了床上。厨房锅里的水已经烧开了，扑腾扑腾溢出来，没人在意了，天崩地裂也没人理会了。

郁晚徒劳地半推半就地挣扎了两下，就融化在了宋和平的温柔热情中。她落下泪来，为那远去的遗憾，为那被掠夺的贞洁，为那公寓里丧失的尊严，也为此时此刻——现状如此惨淡，让人无力。如果非得做什么，必须做点儿什么，也只有将这身体奉献给彼此，哪怕为这一刻的美好要用余生的痛苦去承担。

宋和平覆盖下来的成熟肉体，犹如一只巨大的蠕虫，发出低沉的喘息，柔和的、缓慢的，就像古典音乐漫长的前奏。郁晚感觉不到身体去了哪里，每个毛孔都分离出了一个崭新的自己。这奇异绝美的感知，令她不可思议到战栗。朦胧沉醉中，她睁开了眼睛，想要记得自己生命中这个重要的仪式——光从天边飘到了屋子里，穿衣镜折射着落日的光辉，却仿佛比清晨的光更加璀璨。晚风吹进来，那光在空气中波动着，像雾像云一般缥缈，她看见镜子里自己和宋和平——就像两只美丽的多足虫，密密匝匝的细脚，每一只都拥抱在一起。那细长柔软的身体正严丝合缝地结合在一起。然而，在那情欲的源头，云层分开的地方，叶天明的脸正犹如月光升上来。

她依然能清楚地看见他，坚定地摇了摇头。她要将他藏起来，不长不短，一生刚好。

06

从云水回春城后不几日，宋和平就向张春凤提出了离婚，是在电话里说的。春凤握着话筒，靠着墙壁，茫然地戳了很久。她还记得先前朋友离婚时，和宋和平也聊过关于离婚的话题。

“要是离婚的话，我还真希望你能找个温柔贤惠的小姑娘。姐姐知道，有的东西姐姐没给过你。”

“好啦，我们都多大岁数了，有的……其实也没那么重要了吧。”宋和平说得很淡然。现在，宋和平是找到那个“有的”了。

“这些年来，他欲盖弥彰也很累吧。”张春凤想。

她太了解丈夫了——他还是个毛头小子时，他们就认识了。那个心高气傲，又有几分孤独的宋和平，她爱得如痴如醉。但她也清楚，不到二十岁就娶了自己的宋和平，更多是出于好胜心。起因是一场扑克游戏牌，分成了两组，输了的一组得答应赢了一组的要求。有个朋友知道张春凤喜欢宋和平，赢牌后故意提出让宋和平亲一下春凤的脸蛋。

宋和平窘得面红耳赤，朋友们起哄叫他胆小鬼，他顿时热血涌上来，一把搂过张春凤就亲了下去。这之后，就有了“春凤是和平的女人”的谣言。

她家原本给她订了一门亲事，男方听到风言风语，跟着就退亲了。众人怪罪到了宋和平头上，说是他把春凤的婚姻搅黄了，他也认了，觉得不娶春凤委实不是男子汉的作风。两人仓促地结婚了，那一年张春凤二十四岁，宋和平还差些天才满二十岁。他一直喊她姐姐。所以，多年后，成熟了的宋和平对这段意气用事的婚姻产生了后悔，逃去了春城，春凤也表示了理解。

在春城的日子里，宋和平断断续续处过几任女友。一个是小书店的老板，两人因为工作上的事情时常碰面，一来二去就熟了。对方过了二十五岁，家里催着她尽早完婚，只处了两个月就黄了。那姑娘看透了，宋和平虽然分居了，却迟迟不离婚，是将婚姻当成了挡箭牌，既享受了情人带来的激情快乐，又得到了婚姻的庇护。与其浪费时间，不如换新的目标。因此，当一个单身男人向她示好之后，她便快刀斩乱麻，迅速分手了。那段感情使得宋和平低沉了一些日子，时常到单位附近的一家小酒馆喝酒买醉。

他的忧郁气质吸引了酒馆里一个二十来岁的陪酒姑娘。她喜欢听他讲人生，崇拜他出口成章。某个夜里，宋和平又喝醉了。小姑娘自告奋勇送他回家，借口他酒未醒要人照顾，留了下来。次日，宋和平醒来，发现小姑娘正躺在臂弯里睡得香甜。他回忆起夜里，不忍叫醒她，算是默认了关系。

两人如胶似漆地缠绵了个把月。小姑娘推销啤酒时结识了一个老板，每次给足面子，买很多酒，也给她买一些小礼物，诸如衣服、鞋子、包包之类的。她穿得体面了，出手也阔绰了，自然得到了周围小姐妹的谄媚奉承。她很快便发现物质远比诗歌实惠，开始有意疏远宋和平，便不再来出租屋。宋和平去酒馆，目睹了她和老板调情，当下火冒三丈，找她质问，却被这小姑娘奚落了一通。这一次，宋和平对在娱乐场所工作的女性有了戒备之心，尽管因为嗜酒，时常游荡于各个酒馆，桃花运不断，但对风月场所认识的女人，始终退避三舍。

几年时间里，他在情场兜兜转转，没有一个能长久相处下去的。加之工作繁忙，张春凤又似乎毫不在意，又有个女儿的关系，也就这么一拖再拖。

丈夫在春城的种种出格事情，张春凤是知晓的。她虽是赋闲在家的家庭主妇，却天真而自知，像爱儿子一样深爱着丈夫。尤其姞怜这一年成绩下滑，她不能频繁来往于春城，一想到丈夫吃饭穿衣无人照料，夜里连个暖被窝的人也没有，就感到难过。先前，她在春城的家里发现过女人的头发、帽子等小物件。每次她都默默地劝说自己，至少偶尔有人帮她照料下丈夫了。她悄悄地将这些物件处理掉，小心翼翼地守护着这个濒临破碎的家，就犹如捧着一星微火，奔跑在狂风骤雨之中。

有一回，春凤去春城看望宋和平，半夜听到他在梦中呓语一个陌生女人的名字。她守在他身边，悄悄哭了一晚上。第二天，她假装大度，提出让丈夫在春城寻一个照顾自己的女人。宋和平顿时心生愧疚，安慰她别乱想。她便又趁机提出留在春城长久陪伴他，又被宋和平敷衍了过去。“你还是待在花莲吧，也好照顾咱妈。”他说的是春凤的母亲。他必须得用堂皇的布将内心自私的想法遮盖起来，不仅出于自己，更是出于照顾春凤的自尊心。他是这么理解的，也不觉得有何羞愧。

春凤心知肚明地缄默着，认同了丈夫的建议。这个思想守旧的女人，认定了一条古训：嫁鸡随鸡，嫁狗随狗。她嫁给宋和平，只要他不主动拆散这个家，她宁可隐忍地过活。怎样的活法不是活呢？世上太多悲惨的情人，相爱却不能相见，相见却又不能相守。至少，她还能见到爱的人，还能偶尔同床共枕，还要再有什么奢求呢？不论她多么痛苦，见到和平的刹那，便只想微笑着将最好的一面呈现给他。她已经过了憧憬浪漫的岁数，她能容许丈夫贪玩，只要不离婚守住家，别的不重要。这世上，宋和平能看上的女人不多，但她深信，但凡丈夫能看上的女人，一定也有更好的选择。

可是，偏偏来了这样一个不知天高地厚的年轻女人。没钱怎么生存？亲朋好友，林林总总怎么个看法？好似事不关己，高高挂起——有爱就够了。爱是可以当钱使的，那一身肉是可以拿肉来喂饱的。其他的，没关系呀，反正来日方长，反正也不在乎撞上去的是南墙还是北墙，是头破还是血流，反正有大把的时间。

春凤以为做个彻底的好女人，就会得到天长地久的回馈——她不是宋和平最爱的女人，但可以是对他最好的女人。爱能有多长？几年，几月还是几天，等爱过去了，终归是会惦记着她的“好”。情人情人，有感情的才能称之为情人，不爱了，也就泯然于众人了。她已经熬了十多年，再过几年，宋和平就是有心，也没有那精力了。她自认识他起，他就比她小，她等这个小弟弟变老，可是等得够辛苦。没有人知晓当她看到宋和平新生的白发和皱纹时有多欢喜——全世界的人都在恐惧衰老，只有她在盼着老。快一点儿老吧！等老了，就能够与和平白头偕老了。可是和平，却在老去之前等到了他渴望的女人，所谓的离婚是她试探时先提出的。或许，在宋和平看来，这倒成了她这妻子的本意了。

“姐姐，你眼光好，等姑怜放假了，你过来帮我看看姑娘吧！”这话从一个丈夫嘴里说出来委实别扭。张春凤在心底呐喊着：“和平，不是这样的！姐姐从来没想过要和你离婚，那都是装模作样。和平，姐姐就要等到你老了，我们就可以白头偕老了。”但电话里，张春凤咬紧的嘴唇却一个字说不出来，半天才轻哼出一个“嗯”。

那一声敦实而消极的回应，在和平看来却等于同意了。他没有了任何的罪恶感，甚至在那一声“嗯”里面，他听到一种和自己如出一辙的解脱。他甚至有点儿失落地想：或许春凤比他更希望离婚，好趁着最后风韵犹存的年纪再寻个理想伴侣。

07

1995年的春天，是个喜事连连的好时节。郁晚和一家出版社签了新书的合同，并提前拿到了稿费，加上她平日积攒的钱，终于凑够了买房子的钱。在宋和平的建议下，她买了便宜的居民小院儿，简单装修一番，父亲就和小万阿姨搬了进去。那附近正好有一家小诊所在招聘护士，小万去应聘上了。如此，她既可以照顾郁清华，也有了固定的收入。

这本是一桩美事，但传到了娘家这边亲戚朋友耳中，就变了味道。郁晚突然成了人们口中“胳膊肘子往外拐，吃里扒外”的白眼狼。郁清华何德何能有脸住进去？他给过一分钱的抚养费吗？他出轨的丑事惹得一家子抬不起头，被人指指点点。他抛弃妻女，这么多年来，谁不知道这个父亲只是个徒有虚名的摆设罢了。就算女儿给钥匙，他们也应该拒绝。玲花多好呀，多年来忍辱负重，这两姐妹的生活费一直是她和董医生负担的，要住也是他俩才有资格住进去啊！

亲戚们义愤填膺，话越说越难听，郁晚的一番孝心倒成了她的污垢。最终，这些话传到了董医生耳朵里，他先是惊讶于郁晚小小年纪就有能力买房，之后就心理失衡了。

“这么多年，上学，读书，钱我出着，连一句好话都没得到过！那病痨子倒是责任甩个干净，占尽了便宜。他生她，但我养了她，不比他付出得少！”董医生如此想着。当月，玲花的生活费被扣掉了三分之一，理由是她娘家已经不需要接济了，郁晚有足够的能力养活姥姥姥爷和妹妹，没准以后还得靠她来接济这个家。

对于董医生的愤怒，郁晚自知理亏，但她唯独不认同父亲不管她的说法。倘若父亲有那个能力，又岂会对她置之不理？父亲也只是心有余而力不足罢了。她向来是理解并同情父亲的。

流言蜚语在小镇上迅速发酵，每个人的嘴巴仿佛都成了恶言恶语的沃土。从那时起，郁晚对云水这个曾经深爱的故乡产生了微妙的厌恶感。这倒是帮了宋和平的大忙，他几乎没费什么力气，就说服了郁晚搬来春城生活。

“晚晚，来春城吧，我们得在一起。”郁晚迟疑了会儿，就答应了。

离开的日子一天天逼近，郁晚开始频繁地回镇上。六月初回去了一次，过了一周又回了，中旬她再次回了家。当时的郁香并未多想，直到郁晚离开云水城，去了一千公里外的春城，她才如梦初醒。

姐姐，是很早就开始为离开做准备了。

郁香记得姐姐去春城前的最后一次回家。天很热了，电风扇有气无力地转动着，郁晚背着帆布旅行包，风尘仆仆地进了门。她把包放在桌上便开始往外掏东西，各种吃的用的：有姥姥爱吃的小蛋糕，姥爷腿疼需要贴的膏药等。最后，她掏出来一个漂亮的绒布娃娃，会眨眼睛，穿着小裙子，非常可爱，那是送给郁香的。就在家人们都欢喜时，郁晚说话了，她说：“我要去春城工作了。”这话像平地炸响了惊雷。姥姥当下就红了眼眶，姥爷则拎着旱烟袋去了院子里，默默抽起了闷烟。

一只鸟飞过窗户，郁香把轮椅转过去，假装抬头看天空来掩饰濒临决堤的泪水。她想起姐姐说要照顾她一辈子的誓言，眼泪止不住地落下来。姥姥姥爷年纪越来越大，身体一日不如一日，父母各自新组成的家是接纳不了她的。郁香很小就悟出，自己能依靠的只有姐姐，她从未想过姐姐会离开自己。

郁香借口身体不适，推着轮椅进了卧室。那间被光照得明晃晃的房间里，结满了悲伤的冰。过了一会儿，她听到细微的脚步声，是姐姐的。她像往常一样，双手搭在她的肩膀上按摩着。

郁香情不自禁地想哭，也不能大声哭，抽抽噎噎小声地哭开了。郁晚弯下腰，用脸温柔地磨蹭着郁香头顶的发丝。郁香在心里呐喊着“姐姐，不要走”，跟着便下意识地抓住了姐姐的手。郁晚紧紧地回握住了郁香的手，又抽了出来。那留在手指上足够她回味的余温，是郁香翻找到的姐姐给予她的不舍和眷恋——姐姐是爱她的。

“妹妹，照顾好自己。”郁晚说。那轻轻的话语就像雪山塌了，郁香瞬间被淹没其中。

当天下午，郁晚就离开了云水，坐上了开往春城的火车。

08

郁晚拖着行李箱下了火车，大厅里人流如织。很多的人，很多的嘴，很多的声音，那口音是陌生的，和熟稔的乡音相比，这声音已然是距离，是屏障。她感到恍惚，好像那两个月的深思熟虑，不过是瞬间完成的冲动。她先去洗手间洗了一把脸，把长发梳理得顺滑，衣服整理得一丝不苟，又去吸烟室抽了一支烟平复下激动的心情，这才拖着箱子出去。刚出了大门，就听到久等多时的宋和平欢喜地喊道："晚晚！"

彼时的郁晚，满足了宋和平对女人的所有幻想：贤惠淑德，文静内秀，温柔可爱又风情万种。他把她捧在手心宠着，没人的时候他就喊她："小晚晚，我的心肝宝贝！小晚晚，你点燃了我的生命之光！"上楼他背着，下楼他牵着，睡觉他搂着，夜里她起来解手，他也殷勤地背着她去。郁晚内核深处的心魔，就这样被他的爱和温暖照亮了。他将她干涸的孤独感变成了饱满的爱情，将她那天赋的野性驯服成了忠诚。

她天真地以为，爱情刚拉开帷幕，就像最精彩的演出总是排到最后来作为压轴。热烈的爱将他们各自的缺陷美化了，掩饰了。新鲜感使得在婚姻中压抑已久的宋和平，迫不及待地想要永远地占有郁晚——这个女人太年轻了，她的崭新照出他的衰老，她的懵懂照出他的沧桑。每每宋和平把她抱在怀中，感受着这年轻的生命力，就感到被满足的快乐。尤其在性事上，郁晚的好处他是知道的。但没有经验的郁晚，对此是懵懂的——她把宋和平给的欢愉，当成了男性的巅峰。

宋和平暗自庆幸的同时，又深感担忧。能得到这样年轻聪慧的姑娘，真是运气呀！可是，她的爱又经得起多久？与郁晚朝夕相处后，他的自信反倒少了许多。有一回，二人外出用餐。一个先前见过几面的老板，误将郁晚当成了宋和平的女儿，问他："孩子都长这么大了？"当即他就拉下脸，饭也不吃了。

晚上，他盯着郁晚看了很久，越看越觉得显小。扎两辫子，说是高中生也是没人怀疑的。他在镜中又观察了自己，尽管染了一头黑发，额头和眼角的皱纹却也十分明显，被误会成郁晚的父亲倒是情有可原了。他一方面为这个年纪还能找到真心爱自己的小姑娘感到自豪。"这完全是靠个人的内在魅力了。"他这番想着，颇为得意。另一方面又深感危机，总怕郁晚被年轻的男人勾引走了。小姑娘嘛，心性儿总是要差些的。

如此，他便不允许郁晚和除他之外的任何男人来往，就是说话他也十分排斥，一旦发现郁晚不在家，便心慌慌地四处寻找，根本无心工作。

郁晚一开始很反感这样的占有欲，但当听到宋和平真挚地解释说："一个男人只有深爱一个女人，才会想占有。

想要永远占有的，可称得是世间稀有之爱了。”郁晚轻易就被打动了。甚至在后来，她反省时内疚地想：应该为这种爱放掉自由，成为和平一个人的郁晚。

画地为牢——当时的郁晚是心甘情愿的，种子萌芽，草木开花结果，所有的生长无一不是如此。可是，爱情却是相反的，一开始就熟透了，一开始就是巅峰，就是完整。时间像个疯狂的刽子手，一天切割去一块，怎么也长不好，好像守着一座空城废墟，没人能修复得了的。郁晚明白这个道理时，时间已经过去十年，她三十岁。而彼时，二十岁的郁晚是不知晓的。

另一边，张春凤却在一盏盏熄灭的灯下等着，在只剩下空壳的婚姻里，守着宋姞怜，煎熬着。她盼着那一通离婚的电话是宋和平工作压力太大的发泄，是酒后的胡言乱语。宋姞怜每天目睹一位失魂落魄的母亲——这个女人的魂儿该是被抽离了，一会儿拿起电话，一会儿又放下，一会儿又神经质地问她：“姞怜，是电话响了吗？”姞怜说：“没听到。”过了不久，母亲又问：“电话在响吧！”姞怜又摇摇头。

姞怜不知道是什么电话让母亲如此魂牵梦萦，但她能感受到母亲的不安和落寞。她想，母亲或许是这个世界上最寂寞的女人了。

寂寞也许是肃穆的黑色，忧伤的蓝色……但宋姞怜一直坚信寂寞是没有颜色的。寂寞是一种空白，一个吞噬力量的巨大黑洞，或者，是一个无限膨胀的白洞。

第四章　在阴影里活着

01

临近九月开学，张春凤买好了火车票。宋和平来了。他是来找宋姑怜的，就站在门口，连大门都没有踏入，好像一个路过问路的陌生人。这种陡然生出来的距离感，让张春凤感到局促又难过，越心痛却越平静。她把姑怜喊出来，目送父女俩的背影走远，这才瞬间失控哭出声音来。

傍晚的天空泛着毫无生气的灰光，萎靡不振的。宋和平本来是打算提前些来找姑怜的，一来是接连的雨天；二来郁晚的喉咙旧疾发作，连日来在诊所输液治疗，他不便走开。姑怜默默地跟着父亲，步行去了欧洲街上的一家西餐馆。蛋糕上来了，宋姑怜拿小勺子将奶油拨在一边，既像是要吃又似是不吃，就这么捣着玩。宋和平盯着她的手，拘碍的、欲言又止的样子。

宋姑怜猜到父亲是想和她聊会儿郁晚，但她并不打算在这美妙的西餐馆里谈论母亲的情敌。虽然母亲当着面儿说过一次，与父亲离婚是必然。但是大人之间的感情，与她这半大少女隔着一道太厚重的屏障。她只能看到近处挣扎的母亲，也必然是憎恨郁晚的。

餐厅里放着钢琴曲，宋姑怜听出是母亲曾经最喜欢弹奏的《梦中的婚礼》。那动人的旋律飘摇着，牵出她千丝万缕的回忆。她周身警惕地与父亲保持着距离。在她看来，父亲俨然是他们家庭的背叛者与摧毁者。

“你妈妈最近过得还好吗？”宋和平揉搓着手，尽量轻松地开口。

姑怜看出来了，现在的父亲是心虚的。

“不太好。”她小声说。

“也许，你可以陪着她出去玩一圈，散散心什么的！”

“哦，春城这地方有什么好玩的！”

“可以去凤凰山小住些天，我记得你两三年前还问过我，那山上是不是真的有凤凰。”

“我已经知道那山上没有凤凰，别说山上了，这世上都不存在凤凰，龙也是不存在的。还有那些什么动画片里会说话的猫猫狗狗，都是假的！”

“如果你愿意，你也可以假装有凤凰！”

“爸，你真幼稚！”

宋和平笑笑，自言自语道：“我们小怜啊，是真的长大啦！”

宋姑怜也勉强笑笑，望向了窗外。屋檐落下来淅淅沥沥的雨滴，一些行人正小跑着过来躲雨。一对年轻的情人手牵手跑过来，紧挨着他们的是母女俩，母亲正脱下外套，罩在孩子的身上。她再次想起了母亲的难处。

服务员端上来牛排，姑怜用餐刀切成小块，再用叉子送进嘴里，心事重重地咀嚼。今天的食物是她平常鲜少能吃到的，但父女俩吃得都不快乐。

吃完饭，雨还没停。宋和平从店里借了把雨伞，父女俩撑着一把伞出来。半路上，宋和平又厚着脸皮，请求宋姑怜去探望生病的郁晚。她有些幸灾乐祸，暗暗嘲笑着郁晚体弱多病，却听到父亲说：“前一阵晚晚工作太忙了，每晚熬夜写作到天快亮，加上气温忽冷忽热，这才病了，都怪爸爸没有照顾好她。”

宋姑怜别的没听进去，“写作到天亮”这句话是听进去了，问道：“都写了些什么？”

“《萤火虫的秘密》，卖得还不错，小孩子们很喜欢看。你要看吗？”

宋姑怜口是心非地撇撇嘴：“幼稚！我才不看呢！”

宋和平便不吭声了，默默跟在宋姑怜后面，一直将她送回小街。到了家门口，宋姑怜站在门楣下，宋和平也站了上去，收好伞靠在门边。很快，伞下的台阶就湿了小块，像是刚小便过。

他从衣兜里摸出烟点上，吐出来烟雾。俄顷，他的脸和外面雨帘中的世界都被蒙上了朦胧的薄纱，宋姑怜觉得她仿佛正与父亲一起包裹在洁白的蚕茧中。雨水发出蚕啃食桑叶般的声音，温柔极了，那烟味似乎也并不令人生厌了。

“姑怜，开学爸爸送你回学校，顺便和你妈妈把离婚手续办了。”

“嗯，妈妈已经告诉我了。”

“你要懂事一些，妈妈照顾你很辛苦。”

“嗯，爸爸以后还是小怜的爸爸吗？”

“爸爸永远是小怜的爸爸。”宋和平伸出大手抚摸着宋姞怜的头发。

那一瞬间，宋和平流露出来的满溢父爱，使宋姞怜突然情绪化，好像被判了死刑的人争取着最后的辩护。

“爸爸喜欢小怜，妈妈喜欢爸爸，你们……可以不离婚吗？”不论父亲是否同意，自己已经尽力争取过了，姞怜心想。

宋和平忽然鼻子发酸，强忍着泪水，委婉地拒绝道：“离了婚，爸爸也是小怜的爸爸，这点是不会变的。”

宋姞怜感到愤怒，却又无能为力，除了与父亲沉默地对峙，她什么也做不了。

宋和平抽完了烟，烟雾也散尽了。他们像两只蚕茧破蛹而出，却没有长出翅膀飞起来。宋姞怜想说点儿什么的，却哽咽着说不出来。她失望地看了眼父亲，推门进去，靠在门上静静地哭起来。门外久久没有声响，她转过身，藏在门缝里往外看。看见父亲已经撑开了伞，走到了台阶下站着。

雨伞遮挡着，她看不见他的脸。他那双沾着淤泥的皮鞋，起码在雨中站了两三分钟才迈开了脚步。她忽而想起小时候在下雨天里来接自己放学的父亲，一时哭得更厉害了。

02

1995年9月1日，宋姞怜小学四年级开学的第一天，宋和平和张春凤正式离婚了。想来应该算是个好日子，学校里热闹，民政局里也热闹。结婚的，离婚的，喜气洋洋发喜糖的，愁眉苦脸写离婚协议的，为了财产分配吵架的……闹腾腾的，好一出人间百态剧。一对结婚的甜蜜恋人将喜糖派发给一对离异吵架的，两人接过喜糖，暂且中场休息。吃完糖，大概觉得不好意思，又挪到外面的走廊里接着吵。

宋和平和张春凤表现出来的沉着和现场的所有夫妻都不同——他们沉默地坐在一张破沙发上。宋和平问张春凤要喝水吗，张春凤一点头，他旋即起身去倒了一杯水回来，略弯腰，双手奉了上去。那种相敬如宾，倒更像是初次见面的相亲者。什么财产分配，争夺子女的狗血剧情都没有发生——宋姞怜的抚养权、房子、存款……总归都给了张春凤。宋和平承担了债务和抚养费。

如此，宋和平只有郁晚了。但对于郁晚来说也同样，没有什么比真正拥有宋和平更重要的了。

拍离婚单人照的蓝色幕布下，宋和平难掩笑意，甚至比来拍结婚照的新郎官还要高兴。反复拍了几次，摄影师都流露出了戏谑与不耐烦的表情，才算是拍好了。照片上的宋和平努力憋住笑的模样，实在是滑稽又荒诞，被民政局的姑娘当笑料讲了很久，竟讲到了宋姞怜同学的父母嘴里，她同学又讲给了她听。这真让宋姞怜觉得丢人现眼。

散伙饭就在校门口一家饭馆里吃的。因为开学第一天不正式上课，下午两三点就放学了，所以作为一家人吃的最后一顿晚饭也提早到了四五点。幸亏是选在这种热腾腾的、充满人间烟火味的地方。周遭学生稚气的脸庞，让一切都彰显出蓬勃的生机。也许吧，终点都连接着起点，绝望之处又是柳暗花明，谁知道呢。

宋和平喝了点儿小酒，半醉半醒时抓住宋姞怜的手，动情地说道："小怜，你记住呀，离婚了爸爸还是你唯一的爸爸。你只能称呼爸爸为爸爸！"

"小怜，妈妈也是你唯一的妈妈！"张春凤也有了醉意。这两个创造出她生命的男女，用他们的手将宋姞怜架空，悬了起来。她被架到了空中，好像即将被分成两半。

她嘤嘤地答应了父亲，又微笑着承诺了母亲。她想，她的确是应该永远忠诚于生身的父亲和母亲。

伟大又玄妙的血缘，对应地永恒排外。不论父亲和母亲与谁在一起，基于这个因由，她宋姞怜都不可能与那些"外人"达成很好的关系。她的生父生母，以及那个逝去的家，给她套上了厚厚的枷锁。日后，但凡她内心想要靠近郁晚时，就被道德亲情钳得死死的——好像成了罪人，好像成了和父母一样的背叛者。

03

在春城，郁晚开始了全新的生活，这里没有叶天明，不适合缅怀，但适合遗忘和疗伤。

这座位于北方的省会城市，大街小巷都种满了银杏树。立秋一过，落叶便铺满长街，整座城市金灿灿的，荒凉里透着一种肃穆与隆重。他们的小家虽说是在城市近郊，但因为近几年开发，附近修建了漂亮的街道和小区，进一步是繁华都市，退一步是田野乡村，生活也十分便利。

穿过欧洲街就是郊外了，再往深处走，就是被春城人称之为母亲河的小河湾。说是小河湾，却也算得上大河。宋和平时常在周末放假时，带着郁晚过来河边散步。两岸长满了野生芦苇，秋天里白花花的，像飘得很低的浮云。

每天清晨八点，宋和平准时出门去上班，郁晚则睡到中午起床，看看书，做做家务，写会儿稿子，就到了宋和平下班回家的时间。郁晚认得宋和平的脚步，他的脚步声钝重急促，憋足了力气往上冲——和平是恨不得飞回家的。日子像墙上的钟摆一模一样地敲打着岁月，却温馨而踏实。

杂志社薪水微薄，郁晚则因为需要接济一家老小，时常入不敷出。经济的窘迫，使得他们必须掰着钱花，除去房租，支付姑怜的生活费以及还款，所剩无几。买不起护肤品，郁晚就用黄瓜、鸡蛋等食物制成护肤品，价格低廉不说，还没有任何添加剂。所以，她的皮肤看上去状态不错，倒像是一副养尊处优滋养出来的样子。市场里的食材昂贵，她便步行去更远的村子里购买。水果和糕点就是稀有物品了，除非是打折特价，自然是便宜无好货，味道差强人意的。那个冬天，春城的小橘子泛滥成灾，价格低廉。郁晚买了一冬的小橘子，两人都吃伤了，有两三年的时间里看见橘子就没胃口。

玲花早年在剧院唱歌时，需要穿漂亮的礼服，为了节省这部分开支，她便自己买来布料做衣服。郁晚跟着母亲很小就学会了缝纫，和宋和平一起后，又萌生了缝纫的念头。宋和平十分支持，没几日就从朋友处拉了一台闲置的老式缝纫机回来。郁晚去集市上淘了些零碎布头，制作成漂亮桌布、窗帘、杯垫……能用上布料的地方都被她装扮一新。花店的鲜花价格昂贵，养护也麻烦，野花倒是随处可得。郁晚买了些玻璃瓶子，在家里插满了野花。那年月虽然清贫，日子却依旧过得讲究。

尽管能省则省，到了月底却还是很艰难。要降低消费，最好的办法自然是减少出门。除了上班和采购日常生活用品，其余时间他们几乎都宅在家里，像抱团取暖的动物。好在，郁晚原本就不喜欢社交，除非买东西，平日也没有逛商场的习惯，所以倒是没品出来什么苦滋味，相反的，她还品出来夫唱妇随的乐子。譬如，郁晚做饭，和平就负责洗碗刷锅；郁晚洗澡，和平就替她搓背；和平看球赛，对球一窍不通的郁晚也兴致盎然地加油助威，有时分不清哪边是哪边，助威错了队伍，令和平哭笑不得。

偶尔过节，二人也出门寻个浪漫。有一回，宋和平带郁晚去一家餐厅吃饭，服务员递过来菜单，郁晚翻开瞅了几眼，就站起来不由分说拽着和平离开了，自然是遭遇了服务生的冷眼和酸话。但因此找到了一家露天的小馆子，那桌子就摆在一棵大树下。两人各吃了一碗葱油面，还有老板娘自制的美味泡菜。时值初秋，温度宜人，街边落叶缤纷美不胜收，十分美妙惬意。

很多年后郁晚曾专程去寻找过那家大树下的小馆子，但那一带早已拆迁，在机器巨大的轰鸣声中，一栋栋高楼拔地而起，将她的记忆碾碎。

04

过了下午四点，郁晚换好了衣服，正欲出门买菜，电话铃响了。是郁香打来的，她声音有些疲倦，第一句就说：“姐姐，我见到董医生了。”

在郁晚的追问下，她又讲了最近一个月发生的事情。

云水城接连下了几天暴雨，涨水了，一些地势低矮的村庄也被淹了。姥姥姥爷所在的小镇也闹水灾，等水退去，部分家具都遭到了损坏。住在潮气的屋子里不几日，姥爷的风湿病就复发了，每日被关节痛折磨得无法入睡。姥姥日日操劳，跟着也病倒了。两人在家附近的小诊所治疗，没有好转。玲花实在不能眼睁睁看着家人受罪，求董医生把父母接过来照顾一个月，等屋子干爽透了再送回去。在不可抗拒的灾难面前，董医生也识大体地同意了。

月底，董医生专程租了一辆车带着玲花回镇上，连郁香也一起接走了。郁香是被董医生抱上车的，还细心地替她系好了安全带。他言语不多，表情冷淡，但那一双大手的动作却格外温柔，以至于郁香感动地认为董医生也是个温柔的人，对他的印象十分好，萌生了想要亲近他的渴望。

诊所侧边有个楼梯，住所在二楼。房子是标准的三室两厅，老式民国风格的装修，厚重的红木色护墙板和金灿灿的灯具相映成彰，相当阔气。玲花早早将客房收拾出来，安排姥姥姥爷住了进去。郁香则睡在书房临时加的一张单人床上。诊所每天八点半准时开门营业，董医生吃完早饭下楼，上班正好。他对患者很有耐心，不管多少人排队，都一一耐心询问。除了急诊患者可以插队，就是亲戚朋友来看病，也绝不偏袒。因此，他在这一带有口皆碑，方圆几十里的人都赶过来看病，附近的居民更是把他当成了家庭医生。

除了坐诊，遇到不方便的患者，他出诊也是寻常事，忙起来时连午饭都顾不上吃。晚上玲花做好了晚饭，也是一家人先吃，给他留一些温在锅里。偶尔难得清闲，一家子坐在一起吃饭，董医生也总是最先吃完的那个。饭桌上只有吃饭的咀嚼声，若是谁发出点儿声音，就显得相当突兀了。气氛局促不安，却也仿佛是在情理之中——毕竟，董医生坐诊一整天都要不断询问病人情况，说很多话，回到家里谁又忍心让他再说呢？忙碌是个很好的挡箭牌，也掩饰了他骨子里的冷漠。至少在最初，一家人都对他心疼不已，感激涕零。

一天晚上，董医生出诊完回来十来点了，家人都睡着了。郁香一个人在客厅看电视，见董医生面露倦色，她推着轮椅去沏了一杯茶，默默地放在了桌上。董医生在阳台上抽完烟进来，看到桌上的茶水，端起来喝了一半，然后放下茶杯，在郁香左侧的单人沙发上坐下来。他静静地凝视着郁香，突然说："你把裤子撩起来，我看看。"郁香觉得难为情，却还是听话地撩起了裤褪——她心里悄悄升腾起了期望，关于双腿恢复正常的念头在平静之下涌动着。

董医生认真地看了会儿，又拿手诊断了一番。完了，他沉着说："放下去吧。"郁香眼巴巴地望着他，希望他能再说点儿什么。然而，他什么也没有说，径直走进了卧室，关上了门。那关门的声音，在郁香听来，就像一声叹息。

她关了电视，在客厅里坐了会儿，盼着董医生能再出来，说点儿什么——关于她的腿。但直到他们卧室门缝里的光熄灭，也没有等到他出来。郁香失落万分地意识到，董医生是有心无力，选择了沉默的，她心中那一点卑微的希望之光也随之灭了。

之后的日子里，董医生照旧忙碌，家里照旧是姥姥姥爷的药味儿，还有老年人和旧房子如出一辙的气味儿，暖昧不清地混杂在一起。白天里，玲花也照旧在楼下诊所帮忙，她开朗泼辣，时常和患者聊家常，开一些无关痛痒的玩笑话。郁香在二楼不时听到母亲爽朗刺耳的笑声，但当董医生和玲花同时在家里时，那笑声就消失了。

“严肃又冰冷，一切却又合乎情理，实在令人不安啊！”郁香这样描述道。

到第二周开始，董医生就更少回家了，即便是节假日休息，也借口约了朋友，逗留到大晚上才回来。他一身酒气，进门也不洗漱，倒床上就睡。但给姥姥姥爷开药照旧很认真，偶尔也督促玲花定时定量监督二老吃药。这期间，给玲花的生活费也涨了不少，嘱咐玲花买些适合老年人吃的补品。玲花一一照做，笑容却一日日减少。郁香看在眼里，有时竟产生住在华丽笼子里的错觉——似乎哪里都挑不出来毛病，又似乎哪里都令人不适。

半个月后的某一天，姥姥姥爷早早收拾好了行李，谢绝了董医生和玲花的一再挽留，带着郁香提前回家了。为了能尽早回家，二老甚至故意装成了病愈的样子。郁香也是回到镇上的家里，听到二老夜里疼痛发出的呻吟，才知道病愈只是善意的谎言。

玲花也曾回来过。姥姥姥爷每次都是提早就把药藏起来，装出一副健康人的样子。她便也是深信不疑了，又提起二老离开后当晚发生的事情。

那晚董医生下班回来，喝了点儿酒，醉醺醺地哭诉道："我一个人拖一个小诊所，为了当个好医生也不能兜售昂贵的药，老百姓信任我，贵的药我赚得多，但老百姓买不起呀！我一天累死累活看几十人，除了应付工资成本，哪有多少盈余。我觉得自己就像老牛拖了一辆汽车，简直喘不过气来！是我没能力呀，是我对不起你，对不起咱爸咱妈，这种情况，我应该把他们都接过来养老才是……"玲花万分内疚，对丈夫百般安慰，回头便自己躲进卧室里悄悄抹眼泪，觉得是自己和家人拖累了这个千载难遇的好男人。又絮絮叨叨讲了大女儿给前夫买房子的事情，心中耿耿于怀，羞愧不已。接着，抱怨父母生病，前夫那边不闻不顾，又得他们这个家承担。言辞间免不了为大女儿的厚此薄彼、不长良心叫屈，也为丈夫的付出却毫无回报叫屈。

郁香想为姐姐说点儿什么，无奈每次开口说几句就被姥姥姥爷制止。如此一来，她对董医生的看法也发生了改变。再联想到先前姐姐去母亲家回来的模样，后知后觉地醒悟了。姐姐怕不是因为讨厌消毒水回来的，多半是遭受了不能言说的冷遇。

"董医生真是个假惺惺的人呀，怪我那么些年还把他当成了大好人。"郁香抱怨了一通，问起郁晚早先到底遭到了什么样的冷遇。

郁晚当即训斥道："董医生接济我们家多年，待咱妈也是真的好，我们没回报过他什么，又有什么资格去多要求呢？照顾好姥姥姥爷，我会想办法的。"郁香万万没料到姐姐会帮着董医生说话，悻悻地挂了电话。

仅仅只过了一周，姥姥便接到了邮局的通知，除了汇款单，还有一大包治疗风湿病的药。这简直是解了燃眉之急。日后，他们也总能定期收到钱和药。

这事儿不知怎的被玲花知道了，她先是大吃一惊，父母怎会表演病愈来欺骗他们。而后想到董医生的难处，又免不了释然——到底是亲闺女，关键时刻总是默默出手相助。她试着在董医生面前替自己的女儿美言几句，却见董医生不耐烦地摆摆手，道："你倒是说说，咱爸妈这样做是什么意思？难不成是对我有看法？"话锋一转，又说道："再说这个郁晚，这难道不是她应该做的吗？要是连亲手带大的姥姥姥爷都不管了，还算个人吗？这有什么值得夸赞的，他们既然不当我们是家人，咱们以后也少掺和！她郁晚翅膀硬了，有能力了，就让她端着！别以为她付了点儿医药费，我就能释怀！她对那窝囊废何时都不忘发善心，我们就不辛苦，不可怜？归根结底，你那一家子都是把我当外人看了，郁晚是郁家的人，关我董家什么事！少跟我提这个人——我算是白忙了！"他气得发抖。

"是，是……你说这孩子也不容易，小小年纪养自己还得照顾家人，没准儿过几年发展好了，就轮到我们了！再说了，咱们这不是还能过得去吗？别着急……"玲花巧妙地说。

“好啦，我可没想过贪图那便宜，将来呀，全凭她自个儿良心！我可没亏待过她！不说将来跟着她享受荣华富贵，她能一直照顾着你家那烂摊子，少让我们操心妹妹，就烧高香了！”董医生喝了一口茶顺顺气儿，又说道。

“会的，会的，我们晚晚是好人！”玲花赶紧给他茶杯里又倒了些热水。

为了多赚些钱，以便让姥姥姥爷得到更好的治疗，郁晚不得不拼了命地写稿子，但赚的钱仍然远远赶不上花钱的速度，只能想法子省钱。她在街上买菜时，见路边有人兜售二手衣服、鞋子，其中一双细带高跟鞋成色很好，十分喜欢，便买了回去。晚上和平回家，她特意穿在脚上展示新鞋子。和平一看鞋子，便知道这是双好鞋子。再仔细一看，果然发现了鞋尖上细微的脱皮，他沉着脸让郁晚抬起脚。郁晚听话地抬脚，宋和平一眼就认出这是二手鞋。他仿佛看见了另外的女人的脚，也许那是某个富家女人不要的二手货，也许是哪个可怜的去世的女人扔掉的晦气物。不管是基于什么因由，他的女人怎么能穿二手鞋?

宋和平当下就愤怒了，喝令郁晚立即、马上脱下来。不等她反应过来，他已经强行将鞋子从她脚上扯了下来。他几步跑下楼，将鞋子狠狠扔进垃圾桶，方才觉得解气了。他在楼下又抽了一支烟，冷静下来，才上楼回了家。

郁晚正伏在沙发上啜泣，他进门，她连看都没有看他一眼。他端着一盆水过来，将她的脚放进水里，一声不吭地替她清洗。郁晚悄悄从手臂圈起来的空隙里偷窥——她看见自己的脚正被和平捧在手里，像是捧着世间稀有之物，顿时羞红了脸。

这件小事情，使得半个月的时间里，家里都罩着一层压抑悲哀的阴影，犹如牵手行走在漫漫长夜中。但希望总是在的，撩开了，就是漫天的璀璨星光。

05

每个月，宋和平都会抽出时间回花莲看望宋姞怜。郁晚心里并不想去，但并没有说起，宋和平也善解人意，从来没有提出过这类要求。她心存感激，买了些适合宋姞怜的布料，做成漂亮的衣服，又找来盒子包好，做成一份有心意的礼物，托和平捎给姞怜。

早先，宋姞怜对这个“常年不在家”的父亲是有抵触情绪的。她那时的表现很直接，比如躲避父亲的拥抱，在父亲拿胡子扎她小脸时哭着躲开。母亲便慌慌张张地跑过来训斥她。她总是擅长找借口，比如“小怜还小不懂事”“小怜有点儿不舒服”等。母亲小心翼翼地讨好着父亲，生怕父亲怪罪她没有教育好女儿。随着年龄的递增，宋姞怜对父亲日渐疏远也日渐亲密。那种依赖，就好像风筝眷恋着拽着的线，靠近了会失去自己，远离了又活不下去。

她曾听说过很多离异孩子悲惨的生活，惊恐过一阵子。她害怕父亲不再抚养她，也唯恐母亲找来个可怕的继父。然而，庆幸的是，后来发生的所有事都证明她是杞人忧天。尽管那时的宋和平薪水微薄，每月还得还债，汇过来的生活费却只多不少。她与父亲反而是在父母离异后才有了正常父女该有的样子。

见到姞怜，宋和平便笑着把郁晚准备的礼物递上去。姞怜盯着打量了很久，好像面对的是一包定时炸弹，心想："这一定是那个女人的阴谋。让父亲知道她对我是好的，我接受了她的好意，背地里她便可以悄悄对我使坏？又或者是为了彰显她的好心？"这些猜想使姞怜万分烦躁，然而她的手仍然诚实地接过了包裹，里面有小女生爱吃的小零嘴、连环画，还有一条墨绿色的格子连衣裙。看起来不起眼，她跑回楼上房间试穿了下，发现上身效果极好。她搭了一双黑色小皮鞋，在镜子前转了一圈，很满意。于是，她穿着跑下楼让父亲欣赏。

"真是变了样儿了，姑娘长大了！"宋和平悦色道。

"爸爸，你眼光变好了！"她知道父亲可不会选衣服。

"啊！这可不是爸爸选的，是晚晚阿姨做的。"

"她会做衣服？"

"可会做了。晚晚就喜欢折腾布料，裁裁剪剪，春城又没有朋友亲戚，就做些衣服权当打发时间了。”

“不是还得写稿子吗？”

“哪能天天都写的，脑袋也需要休息的！”

“我这件莫不是她做了自己不能穿，做个顺水人情送我的！”

“专门给你做的，爸爸保证！”

宋姑怜暗自笑起来，那颗早熟的灵魂深处，像被光照着的教堂，正迸射出阴暗又灿烂的光辉。她想，郁晚一定细心留意过自己的尺寸，否则不可能量身定做般合适。她也一定留意了她的肤色和喜好。她心中的欢喜犹如阴影里的树，静悄悄地生长着。不过，她这些细腻的心思都藏了起来，什么也没有再说。

从那以后，郁晚就时常托和平捎来缝纫的各种东西。姑怜想，父亲一定是将她穿上裙子的模样美化成了丰富的语言，转达给了郁晚。没准儿，他还编造了她夸赞的话。她坚信，郁晚是受到了鼓舞，才会有给她做衣服的执念。

为了避免和张春凤尴尬接触，宋和平从不上楼去。他站在楼下那一排树下等姑怜，站得笔直，穿得一丝不苟，像个体面的新郎。宋姑怜从楼上飞奔下来，偶尔遇到好天气，楼道口的小窗透进来明亮的日光，她便产生被追光灯照着，被簇拥、被喝彩的错觉，仿佛她那清冷的生命正迸射出惊人的美。而她唯一的观众，也就是父亲宋和平——在楼道口那扇门被打开，她走出去的一刹那，他总是绅士风范地赞美道：“小姑娘，你真是越长越美了！”这真是令人身心愉悦的一刻，如同仪式。以至于后来那个破旧发霉的楼梯口，在姞怜的记忆里成了铺着红毯通往舞台的入口，隆重而庄严。

宋姞怜对父亲的愤怒平息了一些。两人走在街上，若是遇见了同学、朋友，她会主动地招呼他们，介绍父亲与他们认识。宋和平外形上改变了很多，衣着体面，气宇轩昂，他们都猜测他在春城当老板。宋姞怜自然是模棱两可地回答，顶多神神秘秘地告知一个泛指的行业即可。

郁晚做衣服的颜色搭配和款式都很美，仅此一件，绝不存在撞衫的可能，因此姞怜的穿着在花莲绝对是独树一帜，分外抢眼。宋和平一贯地说：“真是太适合小怜啦！小怜真好看！”而姞怜则会惯性地回答：“哦，那是因为我长得好看啊。”

可见，惯性真是极为可怕的东西。喜好可以改变，惯性显然要更高一筹，就好比是失控的车。所以，尽管宋姞怜已经对新衣服司空见惯，但倘若父亲空手来，在惯性的作用下，她的失望反而是加倍的。她渐渐地发现，期盼父亲到来的因由里，很大一部分是期待郁晚的手工衣服。偶尔，她摸着那些针脚，也会涌出来瞬间的温暖，好像那个女人……并不是如此令人讨厌了。

有一回，宋姞怜路过一家新开的书店，莫名就被吸引了进去。她的目光扫过一排排整齐的货架，寻找着什么。几个高中生在小说类别的书架前站着，各自拿着书在看。宋姑怜看见其中一个女生正在看的书很眼熟，她走过去，装作找书的样子，终于看清楚，这个女生目不转睛阅读的正是郁晚的书。在那女生背后的货架上，郁晚的书堆积成了一排。宋姑怜笑起来，充满一种难以名状的自豪感。

06

张春凤委托宋和平将春城空置的家出租出去。他找来纸和笔，写了租房信息贴在小区外的围墙和电线杆上，很长时日里，无人问津。他跟春凤商量，能否让他先住着，等积攒些钱买了新房再搬出去。张春凤同意了，她倒是更担心郁晚会介意。果然，女人最了解女人——郁晚一听就摇头拒绝。宋和平给她算了下经济账，她总算是同意了。搬完家不久，春城就下了第一场雪。

比起先前的出租屋，这里要舒适很多。郁晚做了新的沙发套、桌布、窗帘等，家里顿时焕然一新。次年雪融春回，郁晚用砖头在院子里砌了花坛，种了月季和蔷薇，以及苹果树、柿子树等能吃又能观赏的树木。省去的房租钱，周末用来下小馆子，看电影，偶有朋友过来，两人也终于可以大大方方约来家里招待一番了。

但周围邻居的反应，却是让郁晚始料未及的。街对门的老爷爷一见到郁晚，便跟见了鬼似的推着老奶奶赶紧走开。有一回，郁晚晒在阳台上的衣服被风刮去了隔壁院里，她过去拿。笑盈盈的一张脸，贴上去门里一张冷脸。那穿着睡衣的妇女拒绝让郁晚进门，只让她等着就“砰”地关上了门。等了近十分钟，她才打开门把衣服像霉菌似的扔给她，还嫌弃地甩了甩手，像是沾了不洁的玩意儿。这表情、动作让郁晚感到屈辱，她连着好几日都没出过门。

宋和平却截然不同，虽然背后非议他的邻居不少，他却毫不在意。他每天出门都是衣着体面，头发梳理得一丝不苟，皮鞋擦拭得锃光瓦亮，十分讲究。因此，倒渐渐多出来羡慕的声音，尤其是男人的，本来嘛，拥有娇妻，这是很多人梦寐以求的事情。除此之外，在事业上也呈现出稳步上升的趋势——他提出来的意见被杂志社采纳，进行了改版，当月的销量便翻了一倍。领导大为高兴，给他加薪奖励。

因为搬家，电话也换了新号码。除了工作上的来往，就数郁香打得最勤快。有时郁晚在厨房做饭或是忙于写稿，便由宋和平代接电话。一来二去，郁香和宋和平也熟悉了。

电话里，宋和平喊她香香或者是小香。他声音低沉磁性，即便没有见过面，郁香对他已经非常有好感。有时，她给姐姐打电话，竟期盼着是宋和平来接。“我只是想听到有人喊我小香，香香！”她这么对自己说。

对于郁晚这个唯一的妹妹，宋和平也表现出了十足的耐性。他一一分析完郁香的长处和短处，鼓励她去看看外面的大世界。他的话起了作用，那年的十一月份，便接到郁香打来的电话，告知了在超市谋到收银员职位的好消息。

07

再来看看离婚后的张春凤吧。

在亲戚的关照下，她进了花莲棉纺厂，薪水不高，却也算是经济独立了。她对姞怜的态度发生了显而易见的变化：嘘寒问暖，也不再训斥她，那表情有些像过去讨好父亲，只是现在讨好的对象换成了女儿。她们的生活规律而宁静，如果不是宋和平频繁往返于春城和花莲之间，他与张春凤离婚的事情将会成为永久的谜。倘若不说，所有人都只当仍然是两地分居的两口子。

最先发现的是张春凤的远亲——列车乘务员方娟。早先，宋和平与张春凤一起返回花莲办离婚证时，他们见过一次。她对他印象深刻，认为春凤嫁给了理想的好丈夫。“宋大哥，你和春凤真逗。先前是她跑去看你，现在轮到你了！你俩口子这热乎劲儿呀，快赶上热恋了……”她打趣道，“你俩感情保鲜的秘诀是什么？传授下经验呗！”

“春凤，是……我姐姐。”宋和平支吾道。

“哟，姐姐，你们两口子叫得可真亲热。”方娟笑起来时鼻翼皱着，像一只猫。

“我是回去看姑怜的。”他冷下脸，没有笑的意思。

“这是……”方娟听出弦外之音，尴尬地收敛起笑容。

“我和春凤早就离婚了。”宋和平说。

方娟回到家中，先是跟公婆说了这件事情。第二天，她所在小区的街坊邻居、集市的菜贩子肉贩子、亲戚的亲戚、朋友的朋友等，都知晓了张春凤离婚的事情。

“春凤呀，那女娃子知道个什么，图新鲜罢了！你看着吧，老宋到时候会哭着回来求你的！”

“说得对，话说娃儿是自家的好，夫妻嘛，还是原配才好！”

“……”

姑怜放学路过，就看见张春凤正站在小区的门口，被一群邻里围着开导安慰，仿佛被围困在了漩涡的中心，整个人看起来更加木讷了。这群人对母亲合理化的深入伤害让宋姑怜毫无办法。她很好奇那些说话的人，为什么总是喜欢当着母亲的面议论，还要用一副好心肠来安慰母亲。

她委实难以想明白，对这群一到下午或者傍晚就无所事事的长舌妇，更是毫无好感，唯恐避之不及。她推开众人，面无表情地把母亲拽回了家。对于宋姑怜的冷漠，这群人又一副好心肠地提醒张春凤：“你家小怜的性格越来越古怪了，真担心她因为你们离婚闹出来自闭症！”其余人附和道："是呀，单亲家庭里得这种病的可真不少，小孩子的思想工作你们大人可不能忽略了！"这话张春凤听进去了，且放在了心上，连着几日晚上，睡前找姑怜谈心。即便姑怜一句话也不想说，她也能坐在床边唠叨半天。

这真是让宋姑怜烦不胜烦。

一直以来，她都以为母亲是个木讷的人，眼神木讷，言行木讷。先前，她总觉得父亲不爱母亲，但现在，当她偶尔回忆起一家三口的时光，也不再觉得母亲能有多爱父亲。那样木讷的人，能有多充沛的感情呢？母亲爱父亲，或许只是基于不被爱的心有不甘罢了。

后来，在一个普通的夜晚，姑怜目睹了醉酒后的母亲，才意识到自己的想法多么片面和可笑。

那是个礼拜天的傍晚，厂里聚餐，张春凤直到凌晨才回家。她喝了很多酒，摇摇晃晃地把茶几上的保温瓶也打翻了，发出砰然脆响。宋姑怜去卫生间打了盆水出来，打算给她洗把脸，出来看见母亲躺在地上睡着了。冰冷的月光穿过她一头蓬乱的头发，照得刚哭过的脸庞水润润的。

"不爱真是残忍啊……好多剑，不要刺我了！藏起来……我要藏起来！"她蜷缩着，用双手护住脸，又絮絮叨叨地说起了梦话，"不爱有什么罪，不被爱又有什么过错……"她哭上一阵子，又嘻嘻哈哈神经质地笑起来唱，"我却为我爱的人，流泪狂乱心碎……啊，感谢不爱我的人离开……谢谢，谢谢！"说着，又抽抽噎噎地对着空气道谢。

宋姑怜轻手轻脚地走过去，把水瓶扶正，找来拖把将地板清理干净，踮着脚跳到沙发上，守着母亲。她很害怕，既不敢远离，也不敢靠近。客厅里壁钟滴答有力地响着，她直愣愣地盯着钟，顿生一种极度无力后反弹出的冷漠感，空洞极了。她觉得自己可能钻进了巨人的内部，那壁钟分明就是跳动的心脏，母亲可能是一个幻象。也许，她并未出生，只是从巨人的这个器官跳到了那个器官，永远没有出口。在各种奇思怪想中，一阵困意袭来，她睡着了。

第二天醒来，客厅里空了。衣架上，张春凤的工作服不见了。宋姑怜身上多出来一床凉被。她不由得想起昨夜的事情，唯恐母亲回家问起，吃了晚饭就把自己关进了屋里佯装写作业。但张春凤却好像失忆了似的，什么也没提过。

那个古怪清冷的夜，躺在沙发上犹如幻象般的母亲，壁钟响起时类似心脏的咚咚声响，以及张春凤宿醉后唠叨的那句话，她却再也没有忘记过。

“不爱真是残忍……不爱哪里有什么罪过！”

关于那夜的一切，仿佛一段录像被永久保存在了姑怜的回忆里。倘若爱的属性是美好的、无罪的，那又是什么制造了痛苦？

很快，她就在父亲那里找到了答案。

周末，父亲又回花莲了。他回来得越勤快，姑怜越觉得自己像是过季的商品，突然成了抢手货。父亲来时，母女俩还正在吃午饭。宋姑怜瞟了一眼母亲，她觉得母亲不是在吃饭，更像是一个肉体机器在粉碎食物。她吃食物，就和汽车加油、机械上油是一样一样的。正在神游时，就听到父亲的声音从楼下浮上来，她的名字定格在他们那层楼的窗边。母亲也听到了，放下了筷子。宋姑怜盯着母亲不敢动。然后，母亲摆了摆手，示意她出去。宋姑怜立即放下筷子飞奔下楼。

父女俩坐公交车去了游乐场。这是花莲的第一家游乐场，宋和平听说周日开业就赶着回来了。父女俩坐了旋转木马，过山车……一直玩到下午游乐场快关门。出来时，在门口遇见一个兜售棉花糖的慈祥老奶奶，宋和平买了一串，姑怜一直吃着上了公交车。过了两站，上来一家三口，父母亲带着个幼小的女孩。做父亲的一手抓着护栏，一手抱着孩子，母亲则贴在孩子身边，防止周围的人碰到她。宋和平立即拉着姑怜站起来，把座位让给了这一家子。下了车，姑怜才发现竟提早了两站。走在马路上，姑怜抱怨起父亲心不在焉，竟然找不到家。

宋和平笑笑说："你真以为你爸老得连自家姑娘住哪里都找不到啦？我提早下车，他们才能坐得心安理得！"

"他们的女儿是坐着了，你的女儿却要走路了。"姑怜话音刚落，就看到父亲在她面前蹲下来。他的背影像一座黑色的小山丘。

"我背你走。"宋和平说。

宋姑怜爬上了山丘。记忆中，被父亲背着是很遥远的事情了。三岁，还是五岁呢？印象中父亲的肩膀宽厚如大地，温暖如摇篮。而现在，宋姑怜趴上去，只体会到了父亲的瘦弱。她闭上了眼睛，身体一下一下晃悠着，像是戴着救生圈漂在海洋上。走了一截，她于心不忍，又主动下来，和父亲并排走回了家。几米开外的楼道里黑魆魆的，只有三楼窗户的灯亮着。母亲已经下班回来了。她不舍地走进去，声控灯坏了，对她的跺脚毫无反应。她站在黑暗中有些害怕，条件反射地猛转过身，就看见门外路灯下的父亲，像一尊神。

“小怜，快回去……不要恨爸爸！”神说。

恨？神用了这个字——他提醒得对，是该恨他！他生她育她，却也撕裂了她的家，催老了她母亲，摧毁了她对世间的信任。恨他，的确是一件理所当然的事情啊！宋姑怜心想。神头顶的光在变化了。宋姑怜陷入了深层次的幻觉里，埋在淤泥里的旧时光翻涌出来，噼里啪啦地在她心里炸响了，轰隆隆的恨。她蹲下来，发出两声类似咳嗽的抽噎，继而哭得止不住。

宋和平慌张地跑进来，双手将姑怜圈进了怀里。就在那黑咕隆咚的楼道里，父亲的怀抱中，宋姑怜听到了她渴望已久的三个字——“对不起”。

光照了进来。光里，她所有的“不好”都无处遁形却有了坚固的支点——父亲，他才是原罪的原罪。她永远是无辜的受害者。不论现在或是将来，不论她做任何事，成为怎样的人，不论对与错，好与坏，都是父母离婚导致的。小怜，你是天真赤诚，是纯洁无瑕，是床前的白月光，也是胸口的一抹朱砂痣。小怜，你这美好的小姑娘，是绝对无罪的、无错的。

姞怜的这些想法，宋和平自然是不知晓的。她稚嫩的身体包裹着一个老灵魂。有时候，姞怜自己都觉得，她小孩子的身体本身，就是向世间撒的最大谎言。

宋和平在返回春城的火车上迷迷糊糊睡着了。姞怜的泪水、郁晚脚上那双磨损的二手鞋，以及张春凤故作坚强的样子，一起盘旋在他头顶。半梦半醒中，他仍痛苦地想着，一腔赤诚，想要给自己的人生一个交代，也不想辜负他爱的人，但为什么带给这三个女人的都不是幸福？他在梦中也流下泪来。

08

周围的人，那些但凡知晓宋姞怜父母离异的人，不论亲戚还是朋友，还是八竿子打不着的认识的人，和她相处时都有了微妙的变化。

最开始的一段日子里，几乎每周末都会有亲朋来家里看望与慰问。他们一个个对母女俩循循开导，举出了无数离婚的案例。最后，连姞怜这个旁听的少女，都悲观地认为世上大多数都是婚姻不幸的人。好心人们自然都不会空手而来，衣服、裙子、布娃娃、零花钱等。他们总是用一种充满同情的目光注视她、鼓励她，让她加油，说他们永远爱她——他们不知道每一声鼓励都在提醒她——宋姞怜是个单亲孩子了，宋姞怜和正常的小孩子不一样了。她这么想的时候，便在脑海里将父母离异的场面回忆了一遍。

她才刚走出阴霾，又被这些“好心人”推了进去。

好心人们——他们说起宋姞怜，总离不开“可怜”这个词。有个二十几岁的小伙子，正在追求亲戚家的姐姐。姞怜去探亲时，正赶上姐姐约会，跟着一起去了。中途，小伙子听说姞怜父母离异，性格内向，便主动请缨要给姞怜做心理疏通。他一遍遍安慰着宋姞怜，鼓励她大声哭出来。宋姞怜盯着他，觉得匪夷所思，她不想哭为何要哭出来？为何单亲小孩就要和心理有病画上等号？她无法改变这种根深蒂固的偏见，却顿悟出了点儿什么。

张春凤也曾试图制止过，一再强调“我们小怜什么都不缺”。可是，好心人着急了，直呼大名道：“张春凤，你不要逞强了，你自己逞强，怎么能要求小孩子也逞强？拿着吧！拿着吧！不拿着我以后都不来了！”

这种戏码时常上演，在家里如此，去亲戚朋友家串门仍如此。比如姥姥生日，几个姨妈和舅舅都带着孩子回去了，却只有宋姞伶享有“特殊关照”。姥姥总是趁人不注意，把她拉到卧室，将平日里自己舍不得吃的零嘴、积攒的小沓票子，一股脑塞进她衣兜里。姨妈们离开时都会给零花钱，若是其他兄弟姐妹们因此不满，立即会遭到训斥，完了还会补一句“小伶她都没有……”，省略的是——她都没有父亲。

真是可笑！没有父亲，她宋姞伶从哪里来的呢？没有父亲每月送来抚养费，她吃什么喝什么上什么学！但她不能这样说，倘若这样说了，就成了不知好歹的人！再者，被大众当成同情的对象，除了得到更多的爱和实惠，也并非坏事。宋姞伶说服了自己。

在亲戚朋友们的轮番好心中，宋姞伶无师自通地学会了保持一种他们认为的可怜的表情，即沉默。她甚至摸索出了一种他们乐意听见的“我见犹怜”的声音，以及他们所说的“那孩子看起来可怜巴巴”的眼神。

那些家庭幸福的兄弟姐妹们悻悻地闭嘴了。眼看着当时很少见的百元大钞，从他们母亲的手中递到姞伶的手中时，他们仍旧像树下吃不到葡萄的狐狸，流露出显而易见的艳羡眼光。而这时，宋姞伶要做的仅仅是勉为其难地放进兜里。等到小孩子们单独出去玩时，就是她最威风的时候了。她将零花钱拿出来一吆喝，跑腿的活儿自然有人抢着干。她再殷勤地招呼大家一起吃和玩，大家便诚心实意地夸赞道：

“小怜真是个大方的好人！”世人是如何定义好人的，宋姑怜不知晓，她隐隐察觉出某一部分“标榜的好人”里藏着一种讨巧的、精致的利己主义。那些遭遇不幸的人，仿佛只是贩卖善良的道具。她不能说所有人都是如此，至少有那么一部分是如此的。

舅舅过生日，张春凤带姑怜去做客。舅舅刚收到一副国际象棋，每颗棋子精美如艺术品。宋姑怜不懂下棋，纯粹觉得棋子好玩，舅舅立即就转送给了她。姑怜随口说了句：“舅舅真像我爸爸一样可亲啊。”

却没想到舅舅旋即红了眼眶，感慨道：“我们的小怜呀，真是个懂事的孩子！”

这些带着同情的爱，原本就是加了过度养料的毒汁。姑怜却毫不知情，并且越陷越深，对这种“扭曲之爱”有了主动的渴求。为了使得大人们长期保持对她的“亏欠”，她甚至在日后学会了持续地卖弄“可怜”。

除了母亲这边的亲戚朋友们，父系的亲人因为怕离婚了生分，反而对她更加重视。有些还在务农，自家孩子尚且舍不得吃穿，来探望姑怜时却出手阔绰。

这里面只有爷爷和前妻生的女儿，也就是大姑姑对她一直保持着正常。但是，因为她是爷爷带过来的孩子，素来和父亲这边的兄弟姐妹有隔阂。宋姑怜理所当然地将大姑姑的正常，理解成了“她和我不亲”。

大姑姑有个文雅动人的名字，宋清欢。自小到大，宋姑怜与她见面次数不超过五次，却印象深刻。她瘦高瘦高的，细眉细眼，小脸小嘴，打扮得也素净，却总觉得有种冷淡感，不太好接近的样子。

姑怜对这“不亲”的大姑姑没有什么好感。大姑姑有洁癖，极其讲究。比如，偶尔来家里串门需要过夜，睡前先把被单床套检查一遍，确定足够干净，最好是刚换上的才睡觉。她每晚都洗澡，沐浴前，先用喷头冲洗那个破旧的浴缸和地板。她洗澡过后，卫生间的地板比厨房的都要干净。宋姑怜有时尿憋急了，只得跑到外面小巷子里臭气熏天的公共厕所解决。

大姑姑还喜欢对她指手画脚，比如字写歪了、衣服脏了、晚上不洗脚等。她说教时一本正经，呆板且迂腐，真像凿出来的一板一眼的木头桩子。宋姑怜盯着她时，免不了想，她大脑里可能是一个个方方正正的格子。

在宋姑怜诸多亲人中，这个叫宋清欢的大姑姑是唯一让她进门就盼着离开的人。好在几年前，爷爷奶奶相继过世，这个不讨人喜欢的大姑姑总算鲜少来往了。

09

原本在班上默默无闻的姑怜，渐渐成了花莲小学的名人，并非因她出色的成绩，相反，她那惨淡平常的成绩真是令她母亲伤透了脑筋；也不是因为她长得鹤立鸡群。宋姑怜有名，是源于在这所小城市的普通学校里，她那些“奇装异服”。

有一次，宋和平给她带来了一件绣花的宽大长袍，姑怜刚到校门口就被拦下来了，继而通知了班主任。就在姑怜站在校门口，等待被领回去的时候，经过的学生们稀奇地打量她，他们惊呼：“有个女生把被子裹来上学了。”

班主任叫刘显赫，绰号“显魔王”，觉得姑怜丢人至极，拖沓到早自习下课才过来。宋姑怜周围围了不少学生。她一点儿不觉得羞耻，相反，因为成为“引人注目”的人反而颇有些得意。她嬉皮笑脸、漫不经心地扫过围观人群的各种脸孔，然后，就看到了站在操场边上佯装做早操的刘显赫。直到上课铃声响了，人都走光了，刘老师才过来，劈头盖脸训斥道：“这成何体统，成何体统！啧啧……我大老远就看见你这被单，还以为是谁到学校晒被单来了！”他脸都气绿了，那双在眼镜后的眼睛也是绿的。姑怜觉得刘老师看起来就像一只绿头苍蝇。

这“绿头苍蝇”将她领回了教室，宋姑怜也一“站”成名。

姑怜的言行，几乎符合所有人对于离异孩子的“期许”。她的眼神，是长期锻炼出的惯性的迷茫与痛苦。每个人似乎都有资格和理由对她同情、关心，以便使她时常重温父母离异那段艰难的时光，但好在获得的实惠也是成正比的。

父母离婚之前，她过得可没这么容易。帮家里扫地一次，得到五毛钱，洗碗筷一次，一块钱。积攒一百块钱要花她几个月的课余时间劳动，比起过去，现在得到零花钱真是太轻松了。虽然父母离婚的私事也渐渐传开来，然而羡慕她的人却有增无减。与那些家庭完整的同学相比，宋姑怜逐渐发现一种游离在同情和嫉妒之间暧昧的东西——人们总是善于从更糟糕的人身上寻找优越感——这真是极其卑劣的。可笑的是，找到优越感后，他们偏偏又会展示同情心以此来标榜善良。

“人设”是可塑可控的，灵魂对美的向往，使得人人渴望朝身上贴上真善美的标签。说几句好话就去标榜“温暖”的人，开口闭口“老实说”的精明人，他们做这些都是很划算的，连成本都不需要。所谓面子工程，大概就是这个道理吧。

在街上，但凡遇到乞丐，宋姑怜总是不自觉地停下来，右手伸进兜里，掏出钱来，她的腰弯了下去，投钱到乞丐碗里。即便有时遇到假装聋哑人骗钱的假乞丐，她也照旧施舍，且更加乐意。

人们都说姑怜是个乐善好施的好姑娘。

语文课上，老师要求写一篇关于夏天的作文。宋姑怜在文中写了这么一句："夏天热辣辣的，像一把辣椒面。"这篇作文被当成了范文在班上朗读，老师念到这一句时，停下来问道："宋姑怜同学的比喻很有创意，为什么要这样比喻呢？"

宋姑怜站起来，眼巴巴地看着老师说："我爸妈是在夏天离婚的，我们一家人吃的最后一顿饭辣得我满嘴疼，当时的太阳照得我眼睛疼，所以日后我一想起夏天，就免不了认为阳光里撒了辣椒面。"

"写得很好，大家鼓掌吧。"良久，语文老师带头鼓起了掌。

宋姑怜却没想到，这自以为是的小聪明，给她惹上了不小的麻烦。语文老师从此对她格外关照，认为她有文学天赋，要求她放学后单独留下来补课，委实把她吓坏了。好说歹说，又不得不编造母亲上班太辛苦，下班回来还要煮饭做家务，需要她做下手，这才拒绝了老师的好意。不曾料想，老师更觉得姑怜是个难得的孝子，愈发同情她。

老师的关照，对姑怜这样一个天性顽劣的学生来说，简直就是灾难。以后，但凡看见这位娇小好心的语文老师，她便尽量躲着走，绕着走。这件事，让她懂得了兜售"可怜"得挑人的同时，也渐渐懂得了，情谊才是最重的负担。她对感情这种东西，愈发敬而远之。

10

一方面，姞怜纵容着自己的冷漠。比如，那些对她真心实意好的亲人，她理所当然享受他们给的好，生怕某天这些人发现她隐藏的一面，收回这种关照；另一方面，她又恐惧着他人给予的好意。她仿佛成了一只嗅觉灵敏的小狗，总是敏感地察觉出好意。但凡发现有这样的倾向，她便如坐针毡，浑身不自在。

比如，她的同桌，一个憨厚的姑娘，送过一支米老鼠的卡通圆珠笔给她。她盛情难却，不懂得拒绝，只得收下，然后趁着周末出去游玩时，立即买了纪念品回赠。这真是煎熬的几日，她得随时提醒自己欠着一份情谊，心里惴惴不安，仿佛失去了安全感。也是忘记过一次的，等她再想起时，那个送她礼物的同学已经不再搭理她，还亲耳听见那个同学对别人说：“宋姞怜那个人呀，真是小气吝啬得不得了，一点儿不懂得感恩！”

她因为接受了一份小恩惠，便被扣上了小气吝啬的高帽子。姞怜委实不知晓那礼物里藏了多少恩情，需要她去感恩戴德。这真让她火冒三丈，却只能装聋作哑。但这之后，她便隐隐意识到，感情是带着诉求的危险之物。

班里有段时间兴起开生日会的潮流，被邀请时姞怜也会参加，但轮到她自己过生日，就只是和母亲平淡地度过了，对同学们她是只字不提的。倒不是说她家境普通，配不上老师同学以为的“富家女”，她只是厌倦收到礼物。这不仅麻烦了同学，还意味着——她得一个个记住送礼物的都是谁，顺便记住他们的生日。为了准备一份像样的礼物，平日又得留心观察，以便投其所好。这真是个浩大艰难的工程。姞怜光是想想便觉得疲惫不堪，所以她恐惧孤独，却也不怎么热衷于交际。她摸索到的唯一的社交手段便是赞美和自嘲——在这样的对比中，任何人都能找到绝对的优越感。

他们的班花叫戈谣，是去年刚转学来的。她长得像一只机灵的狐，杏核眼，尖下巴，皮肤雪白。据说，她小时候的邻居是下乡支教的年轻舞蹈老师，戈谣母亲时常邀请她来家里吃饭。作为回报，那个老师教戈谣跳芭蕾舞。

在戈谣转学来之前，大多数同学都没有见过真正的芭蕾舞表演。她的第一次芭蕾演出轰动全校，一跃成为全校最受瞩目的女生。不过后来大家发现，她的才华远不止跳芭蕾，唱歌也很好听，进合唱团不久就成了领唱。

国庆节，学校里有爱国文艺会演，合唱团的节目是《长江之歌》。服装是声乐老师精挑细选的，唯独领唱的服装没有找到合适的。有一天彩排结束后，姞怜正趴在走廊的栏杆上休息。她穿了一条白色的连衣裙，腰上缝了一个别致的超大蝴蝶结。光线下，那裙子泛着淡淡金色。这一幕被戈谣看到了，当下觉得姞怜的裙子就是她理想中领唱的服装。

次日排练结束后，戈谣主动跟她聊天。“要是方便的话，能否借你的衣服穿一下？我觉得你的衣服都很特别。”

她言辞诚恳，一改平日的冷傲，反倒让姞怜有些惊慌。

惯性使然下，姞怜不假思索地自嘲来抬高戈谣：“你随便穿什么都比过我的。真希望拥有像你一样的白皮肤，而不是漂亮衣服。”说完，她便看到戈谣悄悄靠了过来，两人的胳膊并排放着。戈瑶正在借此机会，悄悄对比着肤色。

姞怜心想：看吧，我就知道，谁都喜欢从别人的缺憾里寻找优越感。转念又想，哪个人不想优越体面地活着呢，那样活着本来就是一件不错的事情嘛。

“那倒是，我妈妈时常说，我就是随便裹一条床单，也能穿出礼服的效果。说到这里，我倒是想起你真有一件像床单的衣服。”

“别提那件事情了！”姞怜很抗拒。

戈谣扑哧笑出来：“说真的，我倒是觉得那床单真的好看死了！”

“难不成你想借那条？”

“当然不是，这种正式场合怎么能穿那衣服？”

“我答应你就是了，随你借哪条都行！”姞怜大方地说。

“够义气呀，姞怜！不过说真的，你那些衣服都是从哪里来的，我翻遍了全花莲也没找到一件同款。”

“你搜遍中国也买不到。这是一个阿姨自己做的。”

“居然还有这种好事情，我怎么不认识一个这样的阿姨？”

“但愿你生活中不要出现这样的阿姨。”

“真出现的话，干吗不要？”

“你是不是蠢，完整的家庭不比衣服好吗？”

婧怜白了戈谣一眼，她立即心领神会，又忍不住小声问：“是不是传说中你爸爸……后来找的那个……跟我讲一讲呗！”

婧怜已经完全没有耐心了。她沉下脸，说道：“你还想不想借？”戈谣这才悻悻地闭嘴了。

放学后，戈谣又来找她。婧怜索性将她带回了家，让她自己挑选衣服。戈谣在衣柜里懒洋洋地翻了一通，旋即把衣柜门关上了。她摇摇头，指着婧怜身上的白裙子，说：“我就想借你穿的这条。”婧怜当面就把裙子脱了下来，揉成一团递过去。戈谣接过这条还带着体温的裙子，感动地说：“婧怜，你真是……我最好的朋友。”她特意加重了“最好”两个字，又张开双臂，拥抱了光着上身的婧怜。

“婧怜，你乳房开始发育了。”她凑到婧怜耳边说。婧怜赶忙伸出来双手，遮挡在了胸前。

打这天起，两人就腻在了一起。见戈谣十分喜欢那裙子，婧怜便投其所好，送给了她。戈谣也回赠了一块绣花的小手帕。婧怜一度认为，她与戈谣已经是密不可分的好朋友了。但就在合唱结束后，当时几个女生正在后台围着戈谣，赞美她天籁般的嗓音，又聊起了那件漂亮的裙子，有个女生突然问：“我记得宋婧怜也有一条一模一样的。你在哪里买的？”姞怜正打算过去说明下，却听到背朝她的戈谣抢先说：“你真是好眼力，这就是宋姞怜的。她这人不错，就是有点儿傻，我夸赞她几句，顺口说喜欢这裙子，就非得邀请我去她家里玩，还硬是要送我裙子。我不挑一件，都不让我回家！哎，这样讨好我，真是难为情！要不是为了咱们班级能拿第一，她那衣服又买不到，我才不要她穿过的裙子！”

当下，姞怜如被雷击了一般，转身就悄悄走了，之后很长一段时间里，她对所谓的友情心灰意冷。班里但凡有人夸赞她裙子、围巾、发卡、笔记本等，她便无所谓地说：“喜欢就拿去吧！”赌气似的。她宁可被认为是真傻子，是在装有钱，也不愿被人当成是在讨好戈谣，甚至还将一部分心爱之物也送了出去。久而久之，竟当真成了很受欢迎的大方的好人。“姞怜真是个心地善良的人！”他们说。

宋姞怜得到了众多女生的喜欢，表面上似乎一度风光无限，和谁都能抱成一团，但只有她自己清楚：于热闹中感受到的孤独更猛烈，像飓风将她吹散了，只剩一个可笑的空壳被架在人群中不知所措。

为了不拂去她们的热情，她只好表演一向擅长的装可怜，像个滑稽的小丑卖力地自嘲，让每个女生都能从她这里找到优越感。这样的话，说得越多对自己便越是充满厌恶感，开口就想闭嘴。她仿佛奔跑进了一条死胡同，撞得体无完肤。尤其是人多的场合，她不得不内心狼狈哭泣着，面儿上却笑着胡扯乱侃，恨不得把自己身体里最丑陋的疤痕都剥开来展览。

“你们看我多可怜呀，你们多幸福！”她心里呐喊着。

宋姑怜没见过自己口若悬河自嘲的样子，梦里倒是见过。她被梦里那个眉飞色舞、滑稽透顶的自己吓醒了。她拧开床头的台灯，在灯光下对着自己的影子呆坐了很久。那些光照不亮的黑暗区域里，好像藏着无边无垠的人，每一团黑暗都是一处装满嘲讽的黑洞。她一闭上眼睛，就看见一个痛苦的小人，蜷缩着瑟瑟发抖。是的，那就是真实的宋姑怜。

是宋姑怜这个虚伪骄傲又自卑的小姑娘正在哭泣呢，可有谁会知道呢？知道了，又有谁真会在意呢？

第五章 等待光照进罅隙

01

离婚后的第三年，即1998年的冬天，春凤也恋爱了。

春凤喊他辉。辉是个货车司机，时常替棉纺厂送货。有一回，他来拉货，刚上了半车，有个搬运布匹的工人摔了一跤，他手里那匹布滚筒似的在地面铺开。有眼尖的人发现了这匹布印染有问题，再一检查，整个批次都出了问题。棉纺厂的领导闻讯立即赶来，叫来负责这批布的人。张春凤是其中之一。她吓坏了，被盘问了没几句就开始语塞，生怕被辞退，这份工作对她来说太重要了。

领导不耐烦地训斥了她，换了另外的员工过来询问。

春凤跑开了，漫无目的中看见一辆大货车正停在路边，她跑到车边躲着哭。她实在有太多理由哭——生活的煎熬，孤独，压力，都被那匹柔软的布缠绕了出来，就像一枚鱼饵钓起来庞然大物似的。她全然不知车上有人，还以为找到了隐蔽的好地方，终于可以好好发泄了。

车上的辉坐不住了，除非他丢失了他的人性，才会对这陷入悲伤的女人视若无睹——辉摇下车窗，一着急把白汗衫当纸巾递了过去。春凤正哭得天昏地暗，拿过来就擦，闻到浓重的汗味才瞬间清醒了。她抬起泪汪汪的眼看到了正注视着她的辉。春凤害臊得哭也不哭了，转身就跑了。半路才发现，她手里还抓着汗衫忘记还回去。

回到家，春凤把汗衫清洗干净，晒干后装进了包里，每天带着上下班。一周后，她终于又见到了他。他裹着厚厚的棉衣，正靠在车边抽烟。

张春凤鼓起勇气走过去，红着脸把汗衫递过去，道了声谢谢。

辉接过来，问："你叫什么名字？"

"张春凤。"

"我叫廖辉。"他指了指遥远的天空，又说："日月同辉那个辉。"

张春凤呵呵笑。她已经很久没有笑过了，嘴唇僵硬地牵扯着。她今天化了妆，那身呢绒大衣也是才买的新款式。事实上，从她把汗衫装进包里那天起，就开始每天精心打扮。那件白汗衫上，她也悄悄洒了香水，花蜜香味的，她洗得比新雪还洁白。

辉把汗衫搭在肩膀上，起风了，他闻到一股子淡淡的甜蜜花香，像面前这女人。一刹那，他觉得自己爱上了她。

"嗯……你怎么谢我呢？"他不擅长撩拨女人，只记得在哪个电视上看见过这样的做法。他说得很生硬，说完自己先笑了。

这笨拙的可爱，把春凤也逗笑了。笑完，再看向彼此的目光，就有了新的内容。

辉揉搓着手，打开车门，有些尴尬地坐到驾驶室里，他以为春凤也会坐到驾驶室里。等了会儿，没听见动静，他探出头来，发现张春凤还站在原地看他。

“你下次什么时候来？”她笑问。

“下周三，还可以提前点儿。”他忙不迭地说。

“那周三见。”春凤说。

到了周三，辉换了干净的衣服，头发也梳理得整整齐齐，坐在驾驶室里左右张望。张春凤八点多进厂上班就看见了他，两人交换了眼神，又同时羞赧地笑起来。

张春凤鼓起勇气，主动说道：“我家就在这旁边，要不等我中午下班，去家里坐坐？”

辉压着内心的狂喜，闭着嘴，光知道点头。

到了中午，棉纺厂的大门一开，谁也没有注意到春凤和货车司机这两滴水流到了一起。以后，辉每次拉货来花莲，都会去春凤家里小住。自然，婧怜也时常见到他。

春凤瘦了。她学会了打扮，画眉毛，涂口红，显得皮肤很好。她一改往日的节约，买了很多裙子和各种高跟鞋，替换了先前的工作裤和老式的搭扣鞋。她变漂亮了，婧怜看着她都有了恍惚感。那架被杂物堆压着的钢琴也收拾了出来。

张春凤把钢琴擦拭得一尘不染，穿着漂亮的裙子，弹奏《卡农》《婚礼进行曲》等。辉则坐在椅子上，痴迷地注视着弹琴的春风。他表情陶醉，张春风弹完一曲，立即给予真诚夸赞。那些夸赞和欣赏，都是先前春风向宋和平讨要而不得的。有了辉的春风终于想明白了：放手不适合自己的，其实是放过自己。不得不承认，辉的出现令张春风焕发了生机。

他们犹如热恋中的小情侣。若是在张春风放假、辉也不出车的日子里，两人就开货车出去兜风。春风坐在副驾驶上，两人吆喝着、呐喊着……辉甚至教会了张春风喝老白干以及品茶。宋姑怜时常放学回家看见他俩坐在阳台的小茶桌边小酌对饮。窗帘几乎不曾拉过。窗外的天空和树木成了不停替换的背景布，有时候落日绚烂，有时阴雨蒙蒙。不变的是酒，不变的是辉和母亲营造出的浪漫氛围。宋姑怜眼见着一日比一日光鲜，简直可以用容光焕发来形容的母亲，感到不可思议。男人真的可以对女人产生如此大的影响吗？真的可以改变一个女人吗？宋姑怜无法理解。

对于这个或许将成为继父的男人，姑怜说不上有好感，也不至于讨厌。自然的，辉叔叔对她也是印象平淡。他说话同他的人一样毫无生气，比如宋姑怜放学回家，一进门他便说：“回来了。”宋姑怜对这种无聊的、说了等于没说的话很不屑。“嗯，回来了。等会儿吃了饭，我还得去找同学写作业。”她一转身，就听见辉对春风夸道：“姑怜真懂事，总是给咱俩腾地儿！”言外之意，姑怜在这个家里打搅了他们。

春凤和辉的事情，没让宋和平去替她参考。他是寒假来花莲探望姞怜时才听说的。“妈妈现在每天和辉叔叔一起，人也开朗多了。”宋和平送姞怜回家，在楼下听她说的。他吃惊地问：“哦，辉叔叔是哪个辉叔叔？”

“就是妈妈现在的男朋友，她……没告诉你吗？”

宋和平尴尬地摇了摇头。

几天后，张春凤接到了宋和平在电话里的祝福，还听到了郁晚的声音：“姐姐，希望你们恩爱幸福，一定要白头偕老呀！”

“好的，好的……”张春凤敷衍地挂了电话。

辉轻抚着她的后背，以示安慰。春凤蜷缩在辉的怀里颤抖着，她发现有了辉的自己，学会了发脾气，学会了将情绪表达出来。不管是坏的还是好的，再也不用像过去与宋和平一起时那样，极力压抑着了。她从牙缝里挤出来：“我实在是……一直都非常讨厌她。”

02

郁晚冒着小雪从街上买了菜回来，刚做好，宋和平就踩着点回来了。这天做了他爱吃的酸菜鱼，两人喝了一瓶啤酒。他话多起来，聊着聊着，就聊起了张春凤。“姐姐恋爱了，我打算把姞怜接过来住些天，让他们也过过二人世界吧。”见郁晚若有所思，他又说道，“就一个寒假。”

郁晚沉默着不说话。

“不管怎么说，孩子是我和姐姐共同的，总不能老是咱俩享受二人世界。我这心里总觉得亏欠。”和平锲而不舍地又说道，“晚晚，你能理解下我作为父亲的心情吗？”

“和平，我比她也大不了多少，要是她跟我闹矛盾怎么办？”

“就来一次吧！我陪伴她的时间真的太少了，以前还有个寒暑假，现在就是一个月回去一两次，一年又才几天！总觉得亏欠她太多了，你让我弥补下吧。”

“话是说得没错，但是我总觉得小怜……可能不太好相处，总觉得她看我的眼神怕是在恨我！”

“你又多想了。第一，我会教她和你好好相处；第二，这种关系你也别想能多好。反正现在离开学就一个月时间，你就当为了我吧。如果能相处愉快那自然好，以后没准儿你还盼着她来。如果……实在是处不好，忍也忍过吧！”

话说至此，郁晚只得松口：“好吧。”

“晚晚，你真是个通情达理的好女人。”宋和平凑过来亲了亲她的额头。

到了周末，宋和平早早地起床了，穿上了厚大衣，戴上手套，出门前，亲吻了正在睡觉的郁晚，一如平日出门去上班。到了下午，郁晚在客房的小床上铺上了姞怜喜欢的粉红色床单，换上了粉红色的被子。接着，她踩着积雪步行去市场买菜，拎着一篮子菜回家途中滑了一跤，篮子里的菜撒了满地。天黑得早，四点多的天色已经麻麻亮。郁晚穿了厚厚的长棉服，蹲下去费力地拾捡进篮子里。

宋姞怜的愤怒是从进入熟悉的小街道开始的。原本她以为父亲会带她去水木小镇305号公寓，却料想不到父亲竟会带着郁晚住进了她和母亲的家里。就在花莲的火车站，母亲还嘱咐她要听父亲的话，但现在点燃她胸口刺刺怒火的也正是父亲。

她压着怒火，缄默地跟在父亲身后，眼泪在眼眶里打转。她悄悄拿袖子擦掉了，她不想让那女人看到自己软弱的一面。班里有个男同学的父母也离婚了，自己被判给了父亲。那个男同学传授给她的经验是，一定要先发制人，这话她牢牢地记住了。

父亲敲了几下门，门开了。郁晚接过父亲手中的行李箱，说："小怜，快进来！"她微笑着，尽量让自己显得热情。但在姞怜看来，这分明是戴着面具的女巫，是虚伪的，是丑陋的，是画着人皮的狐狸夺走了父亲的魂。

姞怜冷笑着想，你可骗不了我——她听到过姥姥咒骂郁晚，声音抑扬顿挫的——"那种死皮赖脸的女人，没有脸，没有皮，一身贱骨头，哪晓得可耻！"姥姥说的时候，用警示的语气又唠叨道，"小怜呀，你长大可千万别像你爸那女人！要来我们这里，那是过街老鼠，人人喊打！"姞怜对姥姥的话不置可否。几乎身边的所有人都明里暗里告诉她，去恨郁晚才是对的，正义的。

婥怜踏进屋，环顾四周——她记忆中家的样子已经被抹去，母亲喜欢的喜庆色的桌布、门上亮晶晶的珠帘，都没有了，取而代之的是蜡染的桌布、米白色的麻料窗帘。“这里没有我的妈妈了。”她心想，忍不住悲从中来，险些落泪。她闷闷地进了自己的房间，完全没有搭理郁晚。原本来之前，她在火车上还整理了下见面时的语言。

父亲在外面问：“小怜，你没事儿吧？”

“有点儿晕车，我先休息会儿。”她敷衍地说。

这个房间原先就是婥怜的卧室，床还是熟悉的床，但被子、床单、枕头都换成了新的。枕头上折叠好的睡衣也是粉嫩的颜色。那不是愉悦的粉色，是哭红的眼睛的颜色，是忧伤的颜色。她呆坐在床沿上，悲伤抽丝剥茧地朝她聚拢。一抬头，冷不丁又看见墙壁上的身高刻度线——恍如隔世了。她从钱夹里找出母亲的照片，躺到床上，一边看一边默默流泪。她能感觉到父亲和郁晚的良苦用心，可是，多么疏远啊，这种客气和周全难道不是对客人的做法吗？她要的是自然而然的体贴，是海绵沉入水底的舒展和自在。这些曲意逢迎的东西、客气话、小心谨慎……哪里是家人的待遇？

开饭时，郁晚来喊了一次，父亲又来喊，她以晕车不舒服提早睡觉为由拒绝开门。自然是无法真正入睡的，离她平日睡觉的点还有两三个小时。

就在她躺在床上发呆时，突然停电了。黑暗中，姞怜听到郁晚对父亲说：“快把蜡烛送进去，这黑灯瞎火的，别吓着孩子。”她不屑地哼了一声，鄙夷地想：“真是会装好心。”听到开门的声响，她赶紧闭上了眼睛装睡。微弱的烛光填满了房间，姞怜只觉得眼皮上暖烘烘的，她努力紧闭着眼睛，生怕自己因为光感而眨眼皮。

“这么早就睡着了，还睡得这么沉。”是父亲的声音。

“看来今天真是累着了，让她睡吧，别吵醒了！”郁晚说。

屋里又恢复了寂静和黑暗，屋外却响起了隐约的歌声。姞怜从床上翻身而起，蹑手蹑脚地打开了一道门缝，望出去。烛光下，父亲正挽着郁晚在跳舞。桌上摆满了吃剩下的饭菜，还有一个酒瓶。他们应该都喝了点儿酒，父亲犹如电影里优雅的绅士，而郁晚身轻如燕。火苗跳动着，他们投在墙壁上的影子也跳跃着缠绵悱恻，真像是大师手中的杰出艺术品，添一笔都多余。

那道门仿佛潮涨出一条河流，挡在了面前。宋姞怜冷冷地看着，竟觉得像是在看幕布上的电影，荒诞诡谲，又如此美。而父亲，也不像是她的父亲了。

03

晚上，婧怜梦见了母亲和父亲。他们一家相亲相爱，像这世界上任何一个平凡幸福的家庭一样。

她是被厨房里做饭的声音吵醒的，恍惚记起做饭的人已经换了，妈妈已经不在这里了。婧怜起床拾掇好自己，站在餐厅的门口打量着郁晚。厨房有一扇格子窗户，正对着外面的小院儿，靠窗种着一株桂花树。光秃秃的树干铺了一层细雪，已经分辨不出是什么树。

婧怜干咳了两声。

郁晚扭头瞥见她，笑着说："你起来了，我正打算做好饭去喊你。"

婧怜还在恍惚中，要是从前，在这里做饭的应该是妈妈。她直直地看着郁晚，没有应声。

"你先坐着吧，马上就好了。"郁晚被看得不自在，找了个理由打算把婧怜支开。

"我爸呢？"婧怜站着没动。

"他八点就出发去上班了，要到吃晚饭才回家。"

"几点？"

"六点，也可能是六点半。"

婧怜回到餐桌前，拉开一把椅子坐下来。郁晚端过来早餐，摆在餐桌上，是面条和荷包蛋。婧怜看了眼荷包蛋，皱起了眉头，挑了几根面条吃，便放下了筷子。

“不好吃吗？”郁晚坐在她对面的椅子上，有些忐忑地问。

“太酸，还有……”她指了指鸡蛋，“我不吃溏心蛋，有腥味。”

“我给你重新做一份。”

郁晚把姞怜碗里的蛋夹到自己碗里，又进了厨房。十来分钟后，她又端了一份早餐出来。许是昨晚没吃饭饿极了，姞怜狼吞虎咽地吃完了。她放下筷子，面无表情地看着郁晚吃。她的眼睛像一个深渊。

“你需要看书吗？”郁晚被看得无所适从。

姞怜摇摇头。

“电视呢？我买了些卡通碟片，就装在电视机下面的柜子里。”

“真幼稚，你留着自己看吧！”她面露不屑地站起来，去了外面的屋子里。

郁晚松了一口气，吃完饭，把碗筷收拾去厨房清洗。透过洗手池的窗户，她看见姞怜裹着厚厚的棉服，搬了一把椅子坐在铺了薄雪的院子里看天空。郁晚也抬头看。冬日的天空高远深邃，隐隐约约的云朵背后，太阳正露出依稀的影子。这时候的日光是可以直视的，但那光芒却不足以温暖人。

郁晚若有所思地洗完碗筷，见姞怜仍然呆坐在院子里。她也套上一件厚棉服，戴上帽子，搬了把椅子来到院子里，在姑怜身边坐下来。

“云很好看吧。”郁晚套近乎地问。

“不好看看它干吗？”姑怜目不斜视地说。

“我总觉得喜欢看云的人，心里在渴望着什么。”

“你又不会懂的。”

姑怜嫌弃地瞟了眼郁晚，起身进屋里去了，只留下一把空椅子，仿佛缺席。

郁晚独自坐了会儿，冷风吹来，她冻得直哈气搓手，也跟着进了屋。姑怜正在客厅里看电视，郁晚没有打搅她，绕过她，回到卧室里看书。

姑怜从客厅里偷偷望过去，只能见到半开的门里透出来的郁晚的背影。难道第一天就这么平静地度过吗？她想起同学分享的经验，第一天是一定要先发制人的，一定要给她制造点儿麻烦才行啊。她在屋子里转悠，突然发现储藏室里堆放着旧画具，顿时有了主意。她站到门口，对正安静看书的郁晚说：“我想画画。”

郁晚把画具搬进客厅里，这还是刚搬进来时打发无聊时光买的，但宋和平不喜欢她画画，总嫌松节油气味刺鼻，也就作罢，收了起来。郁晚支起画架，站在姑怜身后，看着她不多时就勾勒出一朵向日葵，甚是吃惊。“怎么画得这么好？你是去学过吗？”姑怜摇摇头。郁晚暗暗想着，该送这孩子去学画。“阿姨，你进去看书吧，我先自己画会儿。”姑怜乖巧地说。

过了约莫一小时，郁晚从屋里出来，惊愕地发现婧怜将颜料涂抹到了画架上，地板上。当下，她只觉得头皮发麻，血液往头顶冲去。

她努力让自己平静下来，尽量柔和地问：“这是怎么回事？”

“你不觉得这样更好看了吗？”她一脸无辜地反问道。

郁晚憋红了脸：“你要是喜欢，可以去院子里的围墙上画，可能更适合。”

“外面多冷啊，冻坏了怎么办？”婧怜说着把画笔扔进桶里，灰色的污水溅落到了地面和沙发布上。

郁晚找来抹布把地板清洗干净，又费力地把沙发上的套子拆下来，花了一个多小时清洗干净。她浑身瘫软地躺到沙发上，喘着粗气。一看墙壁上的时钟，已经到了做晚饭的时间，旋即翻身起来，系上围裙，开始准备晚饭。

婧怜看着郁晚忙得团团转的身影，暗自高兴。这算是先发制人了吧，她得意地想。

傍晚，宋和平终于回来了。他放下公文包，先亲吻了郁晚，又赶忙过去亲吻了婧怜。他一会儿看看婧怜，一会儿又看看郁晚，充满幸福感。

“今天过得还好吗？跟阿姨相处得还不错吧？”宋和平问。

婧怜展露出纯真的笑容说：“很好。”

第一天总算有惊无险地过去了。晚上，郁晚躺在宋和平的怀里，抬头看见他满足的笑容，感到白天的付出很值得。

04

接下来的几天，虽然小摩擦不断，但因为郁晚做好了心理建设的关系，也觉得是情理之中的事情。所以每每宋和平下班回到家里，呈现出来的仍然是和睦的模样，令他深感欣慰。

到了第七天的深夜，一阵哭声划破寂静的夜。宋和平推醒郁晚。黑暗中，两人竖起耳朵仔细听，那哭泣声时断时续，穿透了夜空。“是姞怜的声音。”宋和平从床上弹起来，披了件外套就冲了出去。

他打开门，拉亮了灯，宋姞怜正连头捂在被子里哭。他把被子掀开，刚说了声：“别怕，爸爸在。”就被姞怜转身抱住了。

她周身大汗淋漓，浑身哆嗦着说：“我做噩梦了。我梦见自己在一座岛上，一个人都没有，你和妈妈都不见了。我好害怕。”

“别怕，梦都是假的，有爸爸在呢。”宋和平拍着她的后背，柔声地哄着，“快睡吧，天还早着呢。”

“爸，你等我睡着了再走好不好？”

姞怜抓着他不放手。

宋和平心一软，在床沿上坐着，用手拍着她后背，安抚着。过了约莫半个小时，郁晚过去找时，宋和平已经坐着睡着了，像一匹马。

她把他推醒。

宋和平睡眼蒙眬地站起来，却发现衣角被姞怜死死拽着，只好又坐下来，对郁晚说：“你先去睡吧，我等她再睡熟一些。”

快天亮时，宋和平拖着疲倦的身体躺回了卧室的大床上。他抱着还在熟睡的郁晚，浑身筋疲力尽，却怎么也睡不着，睁着眼看着窗外，已经是拂晓时分了。又过了会儿，太阳的光辉穿过窗帘罅隙铺进来。他起床，顶着红得像兔子的眼睛，收拾好自己去上班了。这一整天都止不住地犯困，萎靡不振，连着出了两个低级错误。下班时，他被领导叫去了办公室训了一番话。

从这天起，接连几夜，宋姞怜总是被噩梦惊醒，爬起来哭泣，任人百般安慰也无济于事。宋和平陪了三个晚上，换成了郁晚陪。原本，熬夜对她来说是习惯，但因为白天要早起做饭的关系，最近睡得也早。宋和平找姞怜谈话，鼓励她：“小怜，你是大姑娘了，必须勇敢啦。你在长身体，你得睡觉。爸爸要上班，阿姨白天要照顾你，我们晚上都必须睡觉。”

“爸，可是……我一闭上眼睛就做梦，梦里你和妈妈总是不见了。我总是做这样可怕的梦。”她说着，又开始哭了。这提醒着宋和平——是他伤害了她。

他的内疚心被撩拨得满满的，小心翼翼地说：“我们试着克服一下，好吗？”

姞怜说：“好。”

夜里，姞怜蹑手蹑脚地来到客厅，看见父亲房间的门缝里没有了光。黑暗饱满地填充，像温床，像屏障。她轻车熟路地进去厨房，开始翻箱倒柜。她翻出来两个鸡蛋、装着剩饭的保鲜盒、面条，统统放在台面上，冷眼看着。接着，她面无表情地拿起鸡蛋，扔到地上。“啪嗒——”一声，鸡蛋碎了一地，流出来的蛋液仿佛排泄物。她又打开保鲜盒，把米饭撒到地板上、灶台上，再把面条一整把扔到地上。

姞怜盯着看了会儿，得意地笑了。

宋和平和郁晚是被铁锅砸破的刺耳声响给惊醒的。他们穿上衣服冲出去，眼前的情景把二人都惊呆了——厨房里一片狼藉。地上蛋液四溅，像某种生物的粪便，夹杂着变了颜色的米粒、横七竖八的面条，锅也裂成了几块。旁边站着姞怜，头发散乱，仿佛丢了魂儿似的。

“这是怎么了？”宋和平震惊地问。

“我饿了，本来想喊阿姨的，又怕打搅到你们睡觉。我以为我能做饭，没想到失手打碎了鸡蛋，脚踩着蛋液摔了一跤，就成这样了……”她抽噎着，又说道，“太难了……做饭太难了。”

“你没伤到哪里吧？”郁晚走到她身边，上下检查了一遍。

“没有，我没事儿。”姞怜推开她，躲到宋和平身后。

“你没事儿就好。”宋和平牵起姞怜的手，“我带你去睡觉吧。这里交给阿姨来收拾。”

“等等。”郁晚叫住他俩。他们同时转过头来。

郁晚又问道：“你想吃什么？我给你做吧。”

姞怜支支吾吾道：“我……我好像又不饿了。”

“别做了，晚上吃多了对胃不好。我带她先去睡觉。”宋和平说。

“好吧，那晚安，明天早点儿起床吃早餐吧。”郁晚说。

“好的。晚安。”

姞怜转身躲进了宋和平身边，紧紧地拽着他出去了。郁晚蹲下来收拾狼藉，突然发现地板上没有混着蛋液的脚印。按理说，踩着蛋液摔倒，会或多或少留下点儿什么。难道是姞怜擦掉了吗？但面前这一切没有任何人工处理过的痕迹。“难道是故意的吗？”写小说的惯性逻辑思考，令她不由自主就得出这样的结论。她吓了一跳，脊背凉飕飕的，莫名感到恐惧。

为了证实这个想法，次日郁晚借口家里的拖鞋脏了，全部得清洗。姞怜把拖鞋脱下来，递给她。郁晚拿在手里看了一遍，发现前几日沾上的颜料还原封不动保留着。再抬头，发现姞怜正在悄悄注视着自己。她感到恐惧，赶忙端着盆子进了卫生间。一进门，她便将门紧紧地关上，浑身筛糠似的颤抖起来——那拖鞋上并不明显的颜料印记，已经证明了姞怜在撒谎。她脑海里不由自主地得出了另一个结论——昨晚的一切都是她故意的。

如此说来，近些日子以来每晚的哭泣，一模一样关于父母不见了的梦境，也是杜撰出来的吗？可是，这只是个孩子，孩子难道不是诚实天真的吗？眼前的姞怜颠覆了她对孩子的认知——这一切，发生得如此自然逼真，如果是演戏，那该多可怕。

郁晚觉得浑身的汗毛都竖了起来，脑海中不由自主浮现出姞怜试穿她的衣服时留在镜子中的模样——她的脸已经模糊不清了，只留下一个黑色干结的身影，仿佛是披着什么皮的老妪。

“但愿是自己多想了。”郁晚试图说服自己，尽管收效甚微。

吃过晚饭不久，姞怜和大家道了晚安，乖巧地进了房间睡觉了。凌晨，宋和平去姞怜的房间看了眼，她正熟睡着，于是心情放松地关了电视，洗漱完，躺到了床上准备睡觉。郁晚把写了半截的稿纸和笔收拾好，关了台灯，在宋和平身边躺下来。

“和平，昨晚的事儿你没觉得哪里奇怪吗？”她终于忍不住试探着问。

宋和平打了个哈欠：“小孩子不会做饭很正常。她有这份孝心就不错了，不仅想到我，还能想到你。我原本以为你俩会闹别扭，这姑娘真是太懂事了，让我省心不少。”他话锋一转，又讨好地说，“当然，这都归功于你的照顾，你最近也辛苦啦。”

“辛苦点儿算得了什么。”郁晚长叹了一口气。

“那还有啥事？”宋和平听出弦外之音，追着问。

见他一脸疲倦，郁晚于心不忍地摇头。

“那就一起先睡吧。”

像平常睡前那样，宋和平亲吻了她的额头，拉过来被子将她裹进了怀里。

宋和平睡着后，郁晚拿开他的手，轻手轻脚地起了床。她拧开台灯，坐在桌前发呆。“宋和平这样谨慎的人都丝毫未察觉，是因为被亲情蒙蔽了眼睛，还是因为自己多想了？”她一遍遍催眠自己，“一定是多想了，那只是个孩子呀。”

她伸出手，把桌面上的日历又翻了一页。

05

二十出头的郁晚，没有任何作为母亲的经验。她揣摩出来下了个结论：姞怜一定是内心缺少安全感，才做出这些过激反应的。她能想到的办法就是投其所好，比如买来布料给她做衣服；观察她的饮食习惯，尽量做符合她口味的食物等。姞怜知道郁晚在讨好自己，但她更愿意相信，郁晚是在演戏——向父亲展示一个女人的贤惠和温柔，展示自己是个好女人。她一面在心里嘲笑着郁晚的虚伪，却又很享受她对自己的好。

到后来，郁晚喊她做作业，她便一声不吭地流着泪撕书，碎纸屑撒得桌上地板上到处都是。有时郁晚不想做饭，中午就带她外出用餐。她一定会点大份的，每一样都故意剩下大半。如果郁晚提醒她，吃多少点多少，她回头便悄悄拉过宋和平，委屈巴巴地说："阿姨不让我点菜，我剩下一点儿就被她骂了。我不是故意的，爸爸你替我给阿姨道个歉吧。"如此，宋和平更是觉得姞怜懂事得令他心疼。自然，这样的事情他是不会和郁晚单独谈起的。他嘴上虽没说，心里却对郁晚有了不好的看法。

父亲的态度给了姞怜底气，她更加有恃无恐。宋和平不在家的白天里，郁晚在卧室休息时，她故意将电视机声音调到最大。若是郁晚睡过头了，她便冲进房间，把窗帘都拉开，大声喊她起床做饭。演变到后来，刘海翘起来，衣服上的蝴蝶结掉了，鞋子上有没洗干净的污渍，天气不好，天气太好……任何微小的事情，她都能对郁晚黑脸一整天。她永远也忘记不了，父亲先前对母亲的表情。

她学得不错，如果换成父亲的脸，是丝毫差不了的。父亲把这张冷脸给了母亲，她很得意，自己终于加倍地还给了郁晚。

郁晚始终不温不火的——她每天读书工作，料理家务，像一片宁静的深海，姞怜探寻不到底线在哪里。有时，她倒是宁可郁晚像母亲那样，哪里做错了或者看不顺眼了就说她几句。这种无边无垠的温柔，犹如置身于云雾缭绕中，毫无真实感。姞怜更觉得郁晚是在表演，她暗中观察她，试图寻找她虚伪的证据。久而久之，竟成为习惯，无时无刻不在留意着郁晚。那双眼睛练得贼精，仿佛洞若观火般熟悉。

有一天，郁晚切菜时伤到了手，她捂着流血的手，从厨房跑出去寻找邦迪。药箱里没有。她找到一块纱布，站在卫生间的洗手盆前清洗好伤口，涂抹上酒精，将纱布缠在手指上。就在这时，她感觉到有一束光照过来，下意识地抬起眼皮——镜子里是姞怜的脸。一张面无表情的孩童的脸上，那一双老妪般凛冽深沉的眼睛，正悄无声息地吞噬她。郁晚猛地一回头，又没了踪影。

她疲惫地回到厨房，接着做饭。饭菜端上桌时，姞怜已经坐在餐桌边的椅子上等着。她向来如此，不管郁晚多忙碌，从来不会伸手帮忙，永远只是冷眼旁观。有时宋和平在时，她倒是会帮着做简单的活儿，比如扫下地，擦下桌子。每每这个时候，宋和平都会夸赞道："我们婧怜真是太懂事了。"郁晚虽然心知肚明，倒也抱着理解的心态。小孩子嘛，在父亲面前争点儿表现是寻常事。她不愿意往更深处去想，毋宁说她想要逃避婧怜带给她的恐惧。

"这能吃吗？"婧怜用筷子挑着菜，怀疑地问道，"我看你流血了，我可不想吃进去，真恶心！"

"我用那只没受伤的手做的，放心吧。"郁晚坐下来，自己先吃了一口，"你看，阿姨自己也吃了！"

"反正是你自己身上的，吃进去也没关系吧。"

她冷冷的态度终于刺激到了郁晚忍耐的极限。她的眼泪在眼眶里打转，喉咙哽咽地起伏，咬紧嘴唇闭上了眼睛。良久，她挤出来几个字："你到底要我怎么做，你才满意？"

"把我的家还给我！"婧怜放下筷子说。

"不是我抢了你的家，我也是被选择的那个人。"

"你可以拒绝。"她淡淡地又说。

"我离开，他们就能重新在一起吗？"郁晚努力让自己冷静下来，沉声又说，"阿姨可以离开，但你爸妈还能不能在一起，很难说的，那些问题是在我出现之前就存在的。"

"我爸我妈要不要在一起，关你什么事？"她不客气地质问道。

郁晚的下巴颤抖着，整个脸奇怪地扭曲在一起。她用受伤的手指擦拭了一把眼泪。姞怜看在眼里，竟难得地感到周身愉悦——郁晚显而易见的痛苦，出乎意料地让姞怜那矛盾分裂的身心合拢了——即她对母亲的爱和对母亲痛苦的理解，终于获得了平衡。这愉悦感激发了她旺盛的食欲。

姞怜拿起筷子，睁着一双孩子的大眼睛，说道："我饿了！"

06

黎明，郁晚在梦中见到姞怜那双阴鸷的眼睛，惊醒过来。她垫高了枕头，拉开窗帘半躺着流泪，隐忍的啜泣声将宋和平惊醒了。他坐了起来。此时的郁晚脑海里全是姞怜那双古怪的眼睛，当宋和平柔声问她"怎么了"的时候，她还没缓过来，不自觉地用姞怜看她的眼神盯着宋和平。朦胧的光跳跃着，半明半透地铺在郁晚的脸上，使得那眼睛更加阴鸷。

宋和平确定郁晚是在看自己，顿时睡意全无。他从床上跳了起来，冷光下，他裸着身子，像滑稽的泥鳅。"晚晚，你怎么了？你为什么这样看我？你……是在讨厌我吗？”他语无伦次，说话也结巴了。郁晚不作声。和平着急了，伸出双手摁住她的肩膀摇晃着，她的身体也随之波浪般起伏着。他摇出她更多的泪水。

“到底怎么了？你说话呀！我快疯了！”

外面的天色又亮了些，能看到遥远的山坳里隐约浮现的日光。郁晚眼睛里的光终于聚焦到了宋和平脸上，她凝视他，问道：“我这样看你，你能感觉到的都只是讨厌，又为何要我从这样的眼神里去体会被喜欢呢？”

两天前，宋和平曾私底下告诉郁晚，他悄悄问过姞怜，阿姨怎么样，姞怜回答：“阿姨真是个好人，我很喜欢呢。”就是这句话，让郁晚偷偷欢喜了很久。但当她想要在姞怜的言行里找到被喜欢的证据时，却徒劳无功。她能感觉到的，只有被厌恶着。

“哦，她这样看你？好吧，就当是吧。那也只是孩子的恶作剧吧。你看你职业病又犯了，又敏感了，我还能分辨不出来真假？”宋和平温柔地哄着她，“看来你这些天的确太累了。我带她跟我一起去上班，你好好在家休息下吧。”

“和平，不是一眼两眼，是黏在我身上。我感到心很累。”

“好啦，不管怎样，我都希望你不要去质疑孩子。这是我的孩子，我比任何人都了解她。”宋和平话里有话，又说道，“作为一个父亲，我不想再听到这样的话。”

“你这样说，只会让我更加不安。”

“求求你，不要再胡思乱想了！”

宋和平的耐心快消磨殆尽了。

“这只能说明——在你面前和在我面前的，完全是两个人！她就不像个孩子！”郁晚提高了声音。

“她不是孩子是什么，拉到谁面前去，也会说这只是个孩子！”宋和平是真生气了。他从床头摸到烟，点燃了一支，靠在床头抽起了闷烟，不再理会郁晚。

就在这时，门外突然响起了细微的啜泣声。宋和平当下反应过来，一把抓过衣服穿上，几步过去开门。

姞伶正坐在门口，背朝着他，整个头埋进臂弯里哭泣。她的确都听到了——她第一反应是郁晚竟然怀疑上了自己，第二反应是庆幸父亲仍然是信任自己的。既然父亲与自己是一条心，这就是绝佳时期了——姞伶要哭给父亲看，也要让郁晚看看，即便她如此讨好、如此受伤，父亲也还是不会看她一眼的。姞伶完全有理由哭。一想到母亲，她不费吹灰之力就泪如泉涌。

宋和平看到只穿着睡衣、猫一样蜷缩着瑟瑟发抖的宋姞伶，心都揉碎了。这小姑娘多么委屈，多么弱小，多么可怜。他一把将姞伶抱起来，轻柔地放到小床上，又给她掖好被子。

“对不起，都是爸爸不好。”宋和平抱歉地说。

姞伶摇摇头：“爸爸，我不怪你，也不怪阿姨，是我做得不好，惹阿姨生气了。”

“在爸爸的家里，你想做什么就做什么，你怎么高兴就怎么做，这是你的权利。”宋和平带泪的笑容万般温柔。

宋姞怜盯着父亲的脸，那双无辜的眼睛旋即泛起了泪光。

“爸爸，阿姨是不是不喜欢我？”

“爸爸爱你，喜欢你就够了。爸爸最爱小怜了。”

“为了爸爸，我会让阿姨喜欢上小怜的。”姞怜流下泪来。

这天清晨，宋和平把姞怜一起带去上班了，下班才回家。郁晚听到敲门声，打开门就看见姞怜躲在宋和平背后，怯生生地探出头来，乖巧地说：“阿姨好！”那模样完全是个可爱的小姑娘。郁晚凝视着她的脸，有些恍惚，面前这孩子和脑海中那个冷漠的人完全对不上。难道真的是自己多想了吗，没准儿姞怜是真的喜欢自己，只是不善于表达呢。又或许她只是因为害怕，罩了层盔甲保护自己呢——真的是自己太心急了。

她反省完，充满歉意地将父女俩迎进屋，又把热在锅里的饭菜端上桌。不过，这天餐桌上的气氛还是远不如先前，宋和平只顾着吃，几乎没说什么话，像实心的秤砣。姞怜也只顾着吃饭，不过她看起来还好，完全是真饿了的模样。

吃完饭，郁晚在厨房洗碗时，宋和平悄悄进来了。他从背后环抱住郁晚的腰，凑在她耳边柔声说：“晚晚，辛苦了。”

“没几天了，你出去陪她吧！”郁晚拿开他的手。

“今天在办公室，同事们问姞怜阿姨对她好不好。姞怜还夸你呢，说你脾气好，做饭也好吃。你就别多想了，小孩子哪里懂什么人情世故，要是真能面面俱到讨你欢心，就不是孩子了。咱们这种关系，你和她能这样相处，我已经很知足了。咱们别要求更多了，好不好？”他再次搂住了郁晚。

“知道了。”郁晚把宋和平往门外推，“让我好好洗碗吧，求你了。”

宋和平出去得不情不愿地。等他一走，郁晚就把水龙头打开，水声哗啦啦地响，宋和平的话和姞怜的脸重叠在脑海里。如果朝夕相处的宋和平都不信，其他人就更不可能相信自己了——痛苦如同蟒蛇缠绕住了她。

天已然黑尽，月亮宁静地望着大地。她不由得又想起了叶天明，想起了嘤鸣湖畔那美妙的一天。他现在在做什么呢？陪在他身边的人是谁呢？郁晚发出长叹，整个灵魂钻进了回忆里。那颗痛苦的心被回忆包紧了，像是得到了慰藉。

就在这时，门外响起了声音，是姞怜在喊她。“阿姨，我今晚想洗澡，你给我烧下水吧！”

“好的，稍等下！”郁晚擦干眼泪，隔着门大声说。

她烧好水，拎着一桶倒进卫生间的木桶里。来回很多次，填满了半缸子。

姞怜伸出手，试了试水温，说：“烫！”

郁晚端来半盆冷水加进去，还是烫。第三次加水，温度终于合适了。姞怜从镜子里瞥见郁晚端着空盆出去时，脸色似乎不太好。

“要是母亲知道，她所受的苦我正在替她还给这女人，一定会很高兴吧。”姞怜痛快地想。

关上门，姞怜一边脱衣服，一边哼起了歌。她把脏衣服扔进篓子里时，不经意间发现里面放着一个黑色文胸，是郁晚脱下来的。她忍不住拿出来，扣在自己刚开始发育的乳房上。那文胸空了一半，像没有内容的碗。这空洞就是她和郁晚的差距，也是一个女孩和一个女人的距离。

姞怜气馁地将文胸扔进了篮筐里。

客厅里播放着枯燥的电视剧，宋和平已经疲倦地靠在沙发上睡着了。昏昏的灯光下，郁晚发现他的白发又增多了，又是一阵心酸。这个男人只是想要补偿离异带给女儿的伤害，能有什么错呢？可是，自己放下一切的工作，每日悉心照顾，却不断收获冷遇，又做错了什么？但同样的，姞怜又有何错？看见自己曾经的家里住进了别的女人，怎么也无法做到心理平衡吧。

“如果这孩子这么做能释然些，那就让她做吧。”郁晚心想。

她轻抚着宋和平的白发，靠在他的肩膀上。浴室里洗澡的哗啦声一阵阵传来，像是温柔的雨滴。

07

郁晚起床洗漱完，把日历翻开新的一页，在心里对自己说："美好的一天到来了，加油！"虽然每天仍得赔着笑脸，小心谨慎，但开学的日子已经近在咫尺了。眼下，她对姞怜已经没有什么期待了，能维持现状到假期结束，已经非常好了。

早晨，她把宋和平送到大门口，互相亲吻了，才回到屋子。姞怜从窗户看到这一幕，顿时觉得一天的好心情被破坏了。父亲可没有这么对待过母亲，瞬间的心理失衡使她又陷进了黑色淤泥里。

"要是妈妈在这里该多好，我们一家子过着这样的生活该多好呀！"她不由得又想起母亲已经有了辉叔叔。即便是父亲和郁晚分手，想要和母亲和好，怕是母亲也不情愿了——和辉叔叔在一起的母亲，过着更加幸福的生活。父亲也是如此。可是，如果他们都是幸福的，不能获得幸福感的自己，不是更加值得被谅解吗？他们更好的生活，是以摧毁她真正的家为代价。那个有着生身父母的家，永远不可能回来了——都是郁晚的错，她就不该出现在父亲的生命里。一切都是这个女人的错！姞怜恨恨地想。

二月下旬，下了一场春雪。周六晚上，郁晚把洗好晒干的衣服收进衣柜里。整理好衣服，她关上了衣柜门，突然对着柜门的穿衣镜发呆。她伸出一只手捂住半张脸，只用一只眼睛瞪着镜中的自己。然后又换只手，遮挡住另外半张脸，温柔地笑起来。当时，宋和平正坐在书桌前看书，无意中注意到她这一奇怪的举止。

“你这是玩什么？”

“也许，可以称之为变脸吧。”

“怎么突然想到玩这玩意儿，变脸是川剧里最经典的，可以变成很多张脸。”

“两三副面孔已经够可怕了。”

“可怕你还玩？真是孩子气呀。”说着，自己倒是先笑了。笑完，却见郁晚已经不玩了，双手垂着，对着镜中的自己陷入了沉思。昏昏的灯光照着窗外飘摇的细雪，如梦如幻，似乎是另一个失真的世界了。

“我真希望遇到的每个人都是真诚的。”郁晚说。

“你就是太敏感了。我答应你，一定不让两面三刀的人靠近你。”宋和平宠溺地把她拉过来，靠着自己。

“你说的是真的吗？”郁晚眼睛里悠地亮起了光。

宋和平点点头。

“如果是你最亲近的人呢？”她试探着问。

宋和平凝视着她的眼睛，突然反应过来，那个人……

或许暗指的是姞怜。简直是荒谬！不过，还有没几天就该送姞怜回花莲了，他不想和郁晚闹矛盾。他假装没听懂，敷衍地说道："啊，和我最亲近的就是编辑部那帮人了，一天不见如隔三秋啊。你说不想见谁，我保证不再往家里带了。啊呀，这个人以后可是没口福咯，谁让他得罪了我家晚晚呢！"他边说边顺势把郁晚搂过来。

次日是周末，雪早已经停了。宋和平想起昨晚和姞怜约定今天去堆雪人，便将她叫醒了。吃过早饭，父女俩带着工具下了楼。小区的广场里没有人，雪覆盖着万物，静谧无声。不多时，他们就堆出来一个漂亮的雪人。姞怜用一根胡萝卜，给雪人安了个长长的鼻子。

"这看起来可真像匹诺曹。"宋和平瞅着雪人，越看越觉得像。

"是啊，匹诺曹再说些谎话，没准下次应该换一根竹子做鼻子了。"姞怜调整着鼻子的位置，随口说。

就在这时，她听到父亲突然问："小怜，你给爸爸说个实话。"

"什么……我不明白，我一直都说的实话啊。"姞怜紧张起来，以为父亲终于反应过来怀疑自己了。她手一抖，胡萝卜掉到了地上。

宋和平捡起来，重新给雪人安上。

"你说说，爸爸白天去上班了，你单独和阿姨在一起，她有没有……为难你？你到底是真的喜欢她，还是因为怕为难爸爸？”

宋姞怜抬头瞥了眼父亲，从他温柔的眼神里，她突然看到一种深意——父亲为何会一反常态如此问呢？她很快猜出来，想必是郁晚将她白天的行为告知了父亲。到底说了些什么，她自然不知道。但父亲却选择了私下询问，显然他的心是偏向自己的，也就是说，父亲质疑的——是郁晚。姞怜老练地分析完，展露出一张惶恐的脸，小心翼翼地问："我是哪里又惹阿姨不高兴了吗？”

宋和平摇摇头，伸手安抚着她的背。这动作让姞怜觉得更加踏实了。

“阿姨平日里的确是时不时地说我两句，但都是为了我好，没有怎么为难我。爸爸喜欢的人，小怜就喜欢。”姞怜说。

“那就好，那就好。”宋和平静静地走到一边，摘下一只手套，从兜里摸出烟来点上。烟雾和他嘴里哈出的乳白色雾气混在一起，包裹住了他。他寂寥而孤独，像是融进了茫茫的雪地里。

姞怜站在雪人前，一阵风吹来，那胡萝卜又掉到了地上。她不自觉地伸手摸了摸自己的鼻子。

08

日历翻到2月28日。宋和平请了一天假，今天他要送姞怜回花莲。姞怜拖着行李箱到门口，突然站住，转过身乖巧地对郁晚说：“再见，阿姨！”

郁晚说：“再见，回家要照顾好妈妈。”她本来还想说，放假再来玩呀，又觉得实在是虚伪，便作罢了。

目送父女俩经过院子的小路，出了外面的大门，郁晚重新钻回了被窝睡回笼觉。从今天起，她又可以过上睡到自然醒的日子了。她睡了个好觉，中午方才醒来，打发完温饱问题，就坐到书桌前看起书来。一走神，姞怜的脸就闯进她脑海里，一会儿是可爱的，一会儿又是可怕的，再多想一些，又叠进了宋和平的脸里。她烦躁地站起来，裹上厚厚的棉服，打算到院子里透透气。快立春了，院子里只剩下零星的积雪。那两把挨着的小椅子还端正地摆放着，像是排排坐的好学生。

郁晚擦了擦椅子上的灰尘，坐上去看天空。灰蓝色的天空，云朵像是静止的，再看久一点，那云又有了变化。她不由得又想起了看云时的姞怜。

“那些寂静的瞬间，那家伙都在想些什么呢？是在渴望着什么吗？总觉得那个孩子奇奇怪怪的做法，是为了隐藏更深的心事。到底是个孩子啊。”她又想。

过了立春，天气一天天暖和，到了四月，万物复苏，人间至美。五月份时，宋和平送给郁晚一条漂亮的北京犬。郁晚给它取名豆花儿。

豆花儿是条黏人的狗，郁晚看电视，豆花儿就挨着她坐着；她在院子里摘菜，豆花儿就在她身边追蝴蝶玩耍；她工作时，豆花儿就跳到她膝盖上趴着睡觉；即便是郁晚上卫生间，它也是要在门口守着的。宋和平故意吃醋说，豆花儿快成他的情敌了，一天到晚霸占着郁晚。说归说，两人一起外出时，却是忘不了带着豆花儿一起的。

日子又回到了热恋中，宋和平一下班就迫不及待地回家，就连性事也更加频繁和谐。郁晚最喜欢夜晚，她在灯下读书工作，宋和平在书桌旁边的床上睡觉。昏暗的光线下，宋和平裸露的身体被光雕刻得立体又饱满，仿佛雕塑般迷人。“天哪！怎么能这么好看？”她瞟一眼，便忍不住在心中发出惊叹。一晃就到了七月。某天清晨，宋和平告诉郁晚老家有急事，要请假回去一天。下午，她出门买菜时方才听说，今天开始放暑假了。她突然有预感，宋和平是回去接姞怜了。她买了满满一篮子食材，大半都是姞怜爱吃的。刚回家不久，就听见院子里传来豆花儿欢快的叫声，是宋和平回来了。她从窗户望过去，看见他正拖着箱子，宋姞怜在他身后正逗着狗玩耍。

“晚晚，我顺路去看望姞怜，她特别想念你。”宋和平进了厨房，把门关上，小声解释道。郁晚听到“想念”二字，心中涌起淡淡的欢喜，却还是冷着脸问："这次住多久呢？"

"一个暑假。"

"姐姐怎么说？"

"她能说啥，由着她呗。"

"我最近工作很忙，正写到关键时候。既然是我来照顾，来之前是不是也先问下我？"

"我实在无法拒绝……这也不能怪我，谁让你脾气好，饭菜做得又好吃。姐姐说，小孩回家就天天盼着放假来春城了。"

"可是……以后要时常来的话，以那两个月为基准，我该怎么办呢？"郁晚难过极了。

"她是真的很喜欢你，没有你理解的那些想法，请你也理解下我这个当父亲的人吧。"见郁晚不吭声，他又说道，"这一路姞伶都在说阿姨做的辣子鸡天下第一，明儿去买些回来。"

郁晚从柜子里拿出来一只鸡，摆上菜板。宋和平惊讶地问："你啥时去买的？"

"今儿下午。"郁晚说。

"原来你早就准备好了，看来你心里也是挂念着姞伶的。"宋和平高兴地亲吻了她的脸。

郁晚推开他，口是心非地说："我只是看着新鲜，顺便买的。"

他们说话时，婧怜正巧进屋来，原本她是打算过来和郁晚打个招呼的，跨进门就听到了最后两句话，那脚又默默退了出去。晚上端上来的辣子鸡，她也觉得不如先前的好吃了。

睡觉前，她把父亲喊到了自己房间里，打开箱子，拿出一条烟递过去，这是来之前母亲准备的。“给你爸时，说是你用零花钱买的。”母亲嘱咐道。婧怜递过去时，按照母亲的吩咐说了一遍。宋和平接过来，手都激动得有些发抖，说：“小怜，你真是爸爸的小棉袄。”

父女俩道了晚安，婧怜关了门，熄了灯，躺到了床上。夏天的夜晚，蝉虫鸟鸣阵阵，空气中热得焦干。窗外的院子里，父亲和郁晚正在纳凉，就连豆花儿的叫声都是欢喜的。“连一条小狗都如此快乐啊！”婧怜禁不住又想：“为什么我不能像他们一样笑呢？如果我也高兴起来，那一切就成了对的了吗？”很快她就听到了内心深处否认抗拒的声音。

婧怜烦躁地从床上爬起来，拉开了窗帘，让月光落进来。父亲和郁晚正聊着什么，她侧耳倾听，听出来是在聊文学，应该是俄罗斯的某个作家。这样的话题，父亲是从来不和母亲交流的，怕心里也是不屑的。母亲和父亲聊天的内容永远是家长里短，不咸不淡的，她却是喜欢听的。如果是逢年过节，商量起吃的，她也乐意发表意见，在父亲身边撒个娇，去母亲腿上坐一坐。而如今，她只能远远地看着父亲和别人一边赏月，一边聊得起劲，好不惬意。

她沮丧地又拉上窗帘，躺回了床上。

过了会儿，有人进来了她的房间，她偷偷看了一眼，是郁晚。她在桌上点了蚊香，轻手轻脚地又出去了。门一关，姞怜就从床上翻身而起。她盯着蚊香看了会儿，猝不及防地拿起滚烫的蚊香，就朝自己手臂点上去。一阵刺痛，她当即发出尖叫声。门旋即被打开了，郁晚从门里冲进来，反应很快，赶紧抢过了她手上的蚊香，扔到了地上。“和平，快过来！”郁晚脸色煞白地喊起来。

宋和平旋即进来了，见姞怜披散着头发，捂着胳膊表情痛苦地站着，旁边是失魂落魄的郁晚。

“给爸爸看看！”他一把拉过姞怜，掰开她的手，那烫伤的嫩肉像烙印清晰可见。

“你傻瓜吗？你要是心里不舒服，烫桌子板凳、花花草草都可以。”宋和平骂完又心疼地问，“很疼吧？”

姞怜摇摇头。

“到底发生什么事情了？”宋和平质问郁晚。

“我不知道。”郁晚说，她还没回过神，“我送蚊香进来时她还在睡觉，听到声音再进来就这样了。我真的不知道……”

“小怜，你哪里不痛快就告诉爸爸，千万不要伤害自己！”宋和平说。

姞怜瞥了一眼郁晚，立即低下头，不吭声了。

宋和平心领神会地说："晚晚，你去找点儿冰块和膏药来！"

郁晚这才反应过来，急急忙忙跑出去。等她拿着回来时，婠怜正在宋和平的怀里啜泣，那哭声像猫一样。

"把手伸出来，阿姨给你上药。"郁晚说。

婠怜推开了她，眼泪汪汪地看向宋和平。

"我来吧。"

宋和平拿过药，婠怜这才乖乖地伸出手。那药刚沾到皮肤上，婠怜又疼得哭起来，直哭得宋和平心痛难忍，那双粗糙的大手都微微颤抖着。这个时候，婠怜就是说天上的星星能治疗她的心病，宋和平也是要试一试的。

次日起，婠怜的状态变得很糟糕，脾气也愈发难以捉摸，一旦不顺从她，便沉默不语。"一定是想妈妈了吧！"两人猜来猜去，最后得出这样的结论，自然也不敢说出来，唯恐使她更难过。

如果说蚊香自残事件以前，郁晚只是讨好她，之后就是战战兢兢度日了，就是提高音量大声说几句也是不敢的。每一天，她都幻想着像电视里演的那样突然被理解了。然而，每一天的希望都在失望中潦草收场。就连宋和平也变得谨小慎微，唯恐哪句话没说对，就刺激到了婠怜那颗脆弱的心。

大半个月下来，宋婠怜渐渐摸索出了规律，但凡她表现得越痛苦，这两个大人就越是紧张兮兮地、加倍地对她好。她能轻易分辨出他们话里小心翼翼的讨好。她还发现，自己竟不知不觉中拥有了控制这个家的氛围的超能力。仿佛开窍似的，姞怜渐渐在家庭分裂的罅隙里，寻找到了最舒适又最适合自己的生存空间，简直欲罢不能了。

09

从这之后的每个假期，不论大假小假，姞怜都会过来春城。她时不时哭哭啼啼，时不时弄点儿小伤吓唬大人，心里却很清楚地知晓——她已经喜欢上了这个家。她也看得出来，郁晚不希望自己时常来，但她更看得出来，但凡她来了，郁晚也拼命地对自己好。这是一种怎样的心态呢？听父亲说，郁晚是在期盼着自己真正接纳她。极少数的时候，她也有过这种想法，但刚冒个泡就被掐灭了——这种大圆满的结局是对荒谬的认同。就算父亲和母亲都背叛了过去的家，她也要做最后的坚守者。

许是担心关系疏远，姞怜在春城时，父亲这边的亲戚时常来探望她。他们最爱悄悄问她：“晚晚对你还好吗？”一开始姞怜会点头。后来，她发现但凡她点头认可，那些亲戚对郁晚的态度就十分好。但倘若她流露出不满，他们的态度便十分生硬。姞怜又萌生了恶作剧的念头。

有次，大伯家的姐姐来做客。就餐时，姞怜故意倒了大杯饮料，喝了两口就不喝了。饭后郁晚收拾碗筷发现了，果然如她所料，责备道：“小怜，你食量小，用小杯就够了！”姞怜小声说：“我胃不太舒服，实在喝不下了。”说着，她用眼神向姐姐求助。姐姐当即将姞怜护在身后，说道：“不就一点儿饮料吗，她爱喝不喝！”下午就不见了姐姐的踪影，再回来时，姐姐拎着两个大塑料袋，一样样把零食饮品从袋子里拿出来，摆满了桌子。郁晚经过时，姐姐故意大声说：“小怜，随便吃，东西多着呢，吃不完就扔掉！”姞怜幸灾乐祸地瞥了眼郁晚，她正用力昂着脖子，进去了洗手间里——她每次受到攻击时都下意识有这个动作，真像一只骄傲又自负的鸟类。

傍晚，宋和平刚进屋，还在院子里，就被姐姐神神秘秘地拉到了一边。“叔，咱妹妹真可怜，婶婶一瓶饮料都舍不得！”

“别瞎说，姞怜一定又是浪费了吧！”

“妹妹胃不舒服，那东西能有胃重要？”姐姐愤然反驳。姞怜在沙发上看见了这一幕，蜷缩着等父亲来找她。父亲来了，在喊她的瞬间，她准备好的眼泪正好落下来。无声无息地，像春雨悲戚地打在宋和平心头。

父亲擦干她脸上的泪水。她抬头看着父亲，捕捉到了她熟悉的爱和愧疚。

晚上姞怜刚睡下，父亲悄悄进来了，塞给她一百块钱，让她收好，想吃什么自己去买。她接过来，充满幸福感。以后，父亲便时常私底下给她钱，虽然给得不多，但这对姞怜来说却意义非凡，仿佛宣告着父亲与郁晚联盟的解体，好似父亲又成了她一个人的。或者说，父亲分裂了她的家，却又在新家里为她开辟出了一个只属于他俩的家。“和平，我有点儿……我有点儿受不了了。”亲戚们离开后，郁晚站在碗筷堆积如山的厨房里，对进来的宋和平说。

“你去休息吧，我来收拾。”宋和平见她脸色不太好，宽慰她，“再坚持几天吧，孩子总得有个过渡时期。我们得慢慢来，急不得啊。”

“和平，站在你的角度，一切我都能理解。但换作自己去度过这样的一天，便觉得太累了，是这里累。”她指了指心脏的地方。

宋和平万分内疚地拉住郁晚的手：“我对姞怜感到很抱歉，现在也对你感到抱歉，你是值得享受好东西的女人！”

“你这样夸赞我，倒让我不好意思了。可是……我还是要说，真的不要再有下次了！求你说话算话吧！”

“晚晚，我实在说不出那样的话——万一姞怜再做出点儿什么事情，可如何收场。你是大人，别跟小孩子一般见识了。”宋和平求她。

“或者你教育好，或者请照你答应我的去做吧！”郁晚也求他。

门外婧怜喊着爸爸，宋和平把手里的碗放下，赶忙出去了。郁晚把擦碗的布扔进水槽里，擦干净手，烦躁地摸出烟来抽。卫生间的木桶里堆满了要清洗的衣服；地也脏了，需要擦干净；稿子早已过了交稿的最后期限，像是永远也写不完，她吓得一度不敢接电话，唯恐是编辑打来催稿的；连郁香的电话都因此而错过了几次，惹得她抱怨：姐姐现在有了和平哥哥的孩子要照顾，都不管亲妹妹了——当然，这种话郁香是背着家人时才敢说，云水老家的亲戚都只当郁晚在春城工作。就是精明的玲花，也没有发现什么破绽。郁晚前两次回去探亲时，玲花还忍不住提醒她，得赶紧找个男朋友了。

郁晚坐在沙发上大口呼吸，像搁浅缺氧的鱼儿。她伸出双手，崩溃地揉搓起头发——每一天，婧怜都在给她出难题：衣服旧了，作业难做，头发掉了，她对宋和平说了重话，她对宋和平说了甜蜜话——总能找出来千奇百怪的刁难事。现在，就是婧怜对她笑笑，她都有种被恩宠的幸福感。

宋和平终于意识到了问题的严重性，他不想因为婧怜失去郁晚。他跟婧怜谈完心时，趁机教育道：“你要尊敬阿姨，她比你大不了多少，天天照顾你很辛苦。她又不欠你的！我们要珍惜她，明白吗？”

婧怜点头，心里却并不服气——她让自己失去了家庭，她不欠着，谁欠着？但她当着父亲并不敢说。这积压的怨气，第二天就发泄在了郁晚的衣服上。她打开衣柜门，把衣服翻出来，扔得地上、床上到处都是。

郁晚做好饭，正打算去叫姞怜吃饭，听见卧室有声音，她推门而入，就看见了七零八落的衣服。姞怜穿了一件黑色的长裙子，正对着镜子比划。郁晚站在门口，长吸了一口气，浓重的阴影悄然飘至头顶，她努力使自己先平静下来。“电视里的这种关系，不都是这样开始的吗，坚持吧。”郁晚在心里给自己打气。

她在床沿边坐下来，看着姞怜一件件试穿。姞怜故意不看她，等着她愤怒，却听到郁晚温和地问：“小怜，你有喜欢的吗？”

姞怜愣了下，随手拿起一条镶了蕾丝的裙子，说：“嗯，这件还可以！”

“那送给你好吗？”

姞怜再次愣了下，说：“好吧！”

她站着说的，比旁边坐着的郁晚高出来不少。

郁晚觉得那话就像是从头上飘下来的，不经意间瞥到了镜中的姞怜，长发披肩，一张少女的鹅蛋脸，少女的身体，藏在大一号的裙子里有种和年龄极不符合的老成。郁晚恍惚地看了几眼，竟觉得分不清属性——女人、女孩、老妪，似乎都不是，又似乎都可以是。她站起来，默默地折叠起衣服。

她这冷静平和的态度，倒是让姞怜感到有些不好意思，悻悻地退出了房间。并且，从第二天起，她开始有了明显的改观。比如，郁晚看电视，她也凑过来挨着坐着，一声不吭，乖巧可爱；吃饭也不再挑三拣四，做什么吃什么；郁晚在院子里和豆花儿玩，她也乐意加入进去，一起玩闹；郁晚看书时，如果她在看电视，也会立即将声音调小。更难得的是，当姞怜看天空时，郁晚坐过去，她也不再排斥，两人一起讨论着天上云朵的变化。

郁晚初次觉得和她待在一起不累了。她嘴上没说什么，心里却静悄悄欢喜着，像春天抽出嫩芽，叶片上都闪烁着喜悦的光。她甚至开始幻想，要是姞怜可以从此收起抗拒心，是可以好好相处下去的吧。

这是郁晚感觉最舒服的几天，姞怜表达出来的接纳、细微处的善意，都被她接收、放大了。她在自省的时候，反而为自己的小心眼感到脸红。宋和平晚上回家来，她也诚心诚意地夸赞姞怜的好处。宋和平说："那下次放假再接过来吧。"郁晚笑笑说："随你啊，我没任何意见。"

就在那个周五的下午，郁晚接到编辑的电话，约她去聊下新书的事情。挂了电话，她坐在梳妆台前化妆。姞怜猫腰进来了，她率先叫了阿姨，主动问："你这是要出门吗？"郁晚点点头，见姞怜欲言又止地望着自己，那柔软的眼神令她情不自禁地问："你要一起去吗？"

"你得请我吃好吃的。"

"这能有什么问题，随便你点。"郁晚边说边打量了姞怜身上的衣服，忍不住皱起了眉头，“你要不要换身衣服？今天阿姨要去见一个老朋友，谈完事了咱们就去吃饭。”

姞怜想了想，说好。

郁晚打开衣柜翻找起来，找到认为合适的便拿出来在姞怜身上比划。姞怜见她认真的样子，忍不住想：郁晚也不是个讨厌的人啊，假如没有母亲横亘在中央，郁晚就是她喜欢的作者，哪怕是大街上擦肩而过的陌生人，也不至于是现在的境地吧。

正思考着，郁晚又搭配好了一套，是一条牛仔背带长裙和一件条纹衬衫。“就这身吧。”姞怜拿过来衣服换上。裙子长了些，拖到地面了，姞怜看见郁晚的高跟鞋，不假思索地踩了进去。这是她人生中第一次穿高跟鞋，在狭窄的客厅里走了几步，摇摇晃晃的，活像一只滑稽的企鹅。她对镜自照，笑得蹲在了地上。一抬头，却见郁晚正温柔地看着自己。

“你笑起来真美啊。”郁晚说。

“是吗？”姞怜觉得脸有点儿发烫。

“是的，你长了一张适合笑的嘴。有些则不是，比如，有人笑会显老，有人笑会看起来一脸苦相。你笑起来，五官一下就柔和了，很甜很美。”

听完郁晚这一番解释，原本试图憋住笑的姞怜，愉快地又笑起来。最终，她挑了一条百褶短裙，搭配了一双舒适的休闲鞋。

约定的地点就在编辑的办公室，要见的是个年轻的女编辑，郁晚和她已经是老朋友了。办公室里放了个鱼缸，养了几条色彩艳丽的金鱼。郁晚和编辑谈事情时，姞怜则搬了把椅子跟金鱼玩耍。事情谈得很顺利，谈话中间，编辑指着姞怜问："这小姑娘是你亲戚的孩子？"

姞怜摇摇头："是和平的女儿。"

"你们处得不错啊。"编辑给郁晚倒了杯热水。

郁晚笑着点头称是，双手捧起水杯，边喝边看姞怜，心想：这孩子是真心喜欢动物，不管是豆花儿还是这些鱼儿。姞怜应该是个内心温柔的孩子。正想着，姞怜回过头来，望着她说道："阿姨，我饿了，你们谈完了吗？"

郁晚放下杯子，对女编辑说："我得先带她去吃饭了，有事的话我们再约时间谈吧。"

她走过去很自然地牵起姞怜的手。女编辑送到门口，目送她们走进狭长阴暗的走廊里，看到姞怜甩开了郁晚的手，径直走到了前面。

郁晚点了杯咖啡和一盘意面，姞怜则点了蛋糕和牛排。她用叉子将牛排切成小块，抬头见郁晚正在喝咖啡。她脖子修长，头发盘了起来，那线条像一只优雅的天鹅。她欣赏着郁晚的美时，内核里黑暗的部分又站了起来——但凡欣赏就是背叛，但凡喜欢便是罪恶。这可是伤害母亲的人，破坏她家庭的人啊！别被一点儿小甜头就收买了，她对我好，也不过是想要补偿，想要得到好名声罢了！姞怜叉了一大块肉，塞进嘴里，用力地、愤怒地咀嚼。

邻桌一位穿着西装的貌似绅士的男子走过来，将一朵鲜艳的玫瑰花送给郁晚，又恭维地对姞怜说："您也非常漂亮，小姑娘！"

郁晚接过花，笑容可掬地说："当然，我这孩子从小就长得美。"

"你孩子？你们不是姐妹吗？"男士盯着郁晚，难以置信。

"小姑娘，你告诉他我们是什么关系吧！"

姞怜本来觉得难为情，但这男人居然打主意到她爸的地盘上来了，她也不再客气了。

"她跟我爸是——"姞怜用了一种含蓄的表达。

"好了，也就是说，这位漂亮小姐不是你的姐姐，是你妈妈！"他急躁地打断了，难免失望地又说："玫瑰花还给我吧，我是给漂亮姑娘准备的！"

郁晚把花扔过去，憋住笑，揶揄道："长点儿眼神了，可别又看走眼！"

那男人灰溜溜地走了。姞怜脸涨得通红，虽然那个称呼并未从她嘴里说出来，但从别人嘴里说出来，她也觉得难以承受。将来父亲和郁晚结婚了，即便她不认可，在其余人看来，也是母女关系了。但愿他们不结婚，光恋爱就好，她心想。

郁晚给宋和平打包了牛排，拎着从欧洲街回家，本来还可以从旁边的小巷子里绕回去，只是更远一些。冬天夜长日短，两个女人走大路自然更安全。途经广场，一栋房子二楼阳台上站着个男人，朝她们吹起了口哨。也许是刚才姞怜和她配合默契，郁晚心情十分好，朝那人热情挥了挥手回应。但在姞怜看来，她那模样实在轻佻，何况那男子看起来可比父亲年轻多了。

嘿，嘿，嘿——这打情骂俏的手段可真高明！

“看吧，这婊子就是这样从我母亲身边勾引走了我父亲，没准儿她又打算用同样的伎俩勾引更年轻英俊的男人，父亲就会成为我母亲那样的角色了！谁来制止下这个恶毒的婊子！”姞怜恨恨地想。她甚至觉得，她比过去更厌恶郁晚了。

郁晚过来拉她的手，刚要碰到，姞怜就嫌弃地躲开了。她绕过郁晚，头也不回地跑回家，才发现没有钥匙。豆花儿听到响动在门里嘤嘤地叫唤着，可它打不开门。她坐在屋檐下，隔着门逗它玩，像被撵出门的可怜虫。对门的邻居同情她，招呼她过去坐，她也不回应。小街上经过的路人没人留意到她，左右邻里却纷纷议论开了。

郁晚追上去，蹚过道路两边缤纷恶毒的话语。她走过的地方，有人故意朝她背后吐口水，她停下来，站了几秒，昂首挺胸继续朝前走。到了门口，她用钥匙打开门，豆花儿立即蹿了出来，围着两人激动地摇着尾巴。

“你不进来吗？”郁晚问。

婧伶逗着豆花儿，装作没听见。“不进来我可要关门了。”婧伶憋着气，仍不吭声。“那我真关门了！”旋即，婧伶听到砰的声音，她有点儿慌了，心想着，她再出来请一次，一定进去屋子。然而，门并没有再打开。“凭什么你进去坐舒服的沙发，而我要坐硬邦邦的水泥地板？”想到这里，她噌地站起来，一推门，才发现门是虚掩的，而郁晚正站在门里冲着她笑。

“一点儿都不好笑！”婧伶瞪她一眼，径直穿过院子，进了屋子里。

宋和平回来时，婧伶立即将他拉到一边。“爸，你可得把阿姨看紧点儿，她白天……”婧伶凑在父亲耳边说。

次日起，婧伶那双冰冷阴鸷的眼睛又黏在了郁晚身上，仿佛随时看过去，那眼睛都在暗处盯着她，以至于郁晚后来看见自己的影子也觉得长着眼睛。接下来的日复一日，又回到了从前，希望被失望摧毁，一次次的热情被无理取闹消耗，纵使她万般舍不得宋和平，离开的想法也越来越频繁地钻出来。尤其是临近假期，日历每翻一页，她便心惊胆战。

郁晚想，她不能再忍受这种日子了——这不是一个有着独立人格和独立思想的年轻女人该过的日子。活着和生活是不一样的。活着，但凡生命继续着，就可称作活着。可生活不一样，柴米油盐和诗情画意从来不是矛盾的。生活，是享受生命活着的意义——她要的是生活，而不是有人站在道德的制高点，高喊着，付出你的时间和感情，委曲求全去平衡、去补偿。

有一天下午，她挎着篮子出去买菜，走到路上，却突然兴起，拐进了旁边的一个广场。她在广场前的椅子上坐着，看着周围来来往往的人群，觉得时间仿佛静止了。某家店铺里传来美妙的轻音乐，头顶黄昏温柔的光芒沉浸式地笼罩万物。她把菜篮子放到一旁，看见路边的电线杆上栖息着几只鸟，等她看了几眼别处，再看过来，那鸟已经了无踪迹，只剩下电线杆将天空整齐地分割开——就在那一瞬间，她突然不想回家了。就这么一直坐着，直到天完全黑下来，广场里只剩下几个人影。她站起来，菜篮子也不要了，在街上盲目地乱走。如果随心所欲走路能称之为自由的话，那现在这一刻她就是自由的。途经公交站台，她脑海中浮现出来车站的影子。

就是那里了，那就是该去的地方。郁晚想着。

宋和平六点半到家，等到七点半郁晚还没回来。他坐不住了，穿上衣服满大街寻找。直到凌晨，才在车站的长椅上找到已经睡着的郁晚。他把她背到大路边上，叫了一辆出租车回家。次日，仿佛昨晚的事情没有发生过似的，两人又回到了平淡的生活里。

但从那天之后，郁晚的身份证和银行卡就被宋和平随身携带在了身上。每天，他只给她留下点儿买菜钱，再后来，和平觉得买菜的钱每天积攒下一些，时间久了也是个麻烦。他嘴上说着，“买菜可是个体力活儿，不能由女人来干。”如此，他便利用下班时间亲力亲为去菜市场买菜回家。

有天，他故意提早回家，竟发现郁晚正偷偷给一个朋友电话求助，让对方来春城接她。和平当下就把电话摔了。

“晚晚，占有是男人深爱一个女人的最大表现，占有的另一面是极度地害怕失去。你要明白，这不是约束，这是爱！”他说得动容，说得深情，“我会再好好教育姞怜的，请你也多理解她，她真的很喜欢你！”他的脸笼罩在父爱的光辉里，遥远又真实。

郁晚苦笑不堪地点头称是。她理解他的一片父爱，可是，这爱使他多么天真啊！——他让她去做的，无异于从大海里打捞一锭金子般艰难。

“谁又能理解下我呢？连一个可以倾诉的人都没有了。”郁晚在心里想。

10

夹在女友和女儿中间的宋和平，可谓左右为难。在伟大的父爱的光辉面前，他毫无招架之力，毋宁说郁晚的坚持让他萌生了更进一步的想法：让姞怜和郁晚建立起真正亲密的关系。其实，他的不忍拒绝原本就是一个幌子，这原本就是他计划中的事情——郁晚在投入时间的同时，不知不觉把期望和感情也投进去了。

随着姞怜一天天长大，郁晚的处境也愈发艰难——初次她使出一切的好表现，成了姞怜的最低基准线。她早已经熟能生巧，在感情的夹缝里找到了既讨父亲怜爱又令自己舒适，更无须亲近郁晚的生存方式。郁晚产生出一种错觉，仿佛一年到头都和姞怜生活在一起。在宋和平双手呈上来的“贤良纯善”的高帽子下，在世人理解的这种关系的微妙和偏见里，她作为独立人的情感和需求，被完全抹去了。

“爸爸，如果你和妈妈非得离婚，就只有找到郁晚这件事做对了。”姞怜对父亲说——这是她的真心话，她听过也见过这种关系里的女人，没有哪个有郁晚这样的好脾气，换作别人她想都不敢想。

这些话转眼就被宋和平进行了加工捎给了郁晚。她那颗冷却的心又仿佛迎来了曙光，舒展开周身的感知细胞，像一张铺开的渔网，一次次在希望中收起空空如也的网——姞怜看她的眼神，永远像一只蹲守在黑暗中捕猎的猫头鹰，沉默地、吞噬地等着她陷进去。她散发的寒意渗透到每个犄角旮旯，在外人面前又永远是静悄悄、楚楚可怜的样子。现实惨淡，但郁晚心里那点“突然被理解”的侥幸和期盼却成反比地一日日根深蒂固。

白天愈痛苦，晚上需要释放的就越多。所谓相爱相杀，大抵就是用来形容她与宋和平的相处方式——痛苦升华了他们对彼此的爱。两人犹如案板上发酵好的面团，被不管不顾地揉搓成一个整团，扔进了生活这口大锅里。夜阑人静时，这两个成年人的痛苦和爱都被推到了顶端。

他们的房间里偶尔会发出一种奇怪的、细微的声音。宋姞怜断断续续地听到过几回，响一下就过去了。一开始她以为是哪个邻居家的猫在叫，直到有天她在院子里玩耍时，听到围墙外一群男人开的黄色笑话，其中一个模仿了类似的声音，她才瞬间反应过来，那是——父亲和郁晚制造出来的爱之声。

到了夜里，她乖巧地早早去睡，反锁起门，侧耳倾听。她发现这声音很规律，一般是十二点后响起，像灰姑娘的魔法时间。她既感到好奇、羞涩，又夹杂着一种莫名的愤怒。在这种复杂心境的驱使下，姞怜不甘总是躲在屋子里偷听了。她先是借口这几日又做噩梦害怕，睡前便把豆花儿抱进了自己房间里。那声音响起时，她从床上翻身而起，豆花儿摇头摆尾地跟过来。她抚摸着它的头，把它锁在了屋子里。隔着门，豆花儿叫了两声就没音了，想来应该是又回到窝里睡了。她蹑手蹑脚地来到父亲卧室门外，侧耳倾听。在猫叫似的声音里，父亲浑厚的声音浮了出来。父亲说：“小心肝，我爱你！”——就这一句话，点燃了姞怜，她失去了理智，发疯似的拍打卧室门。继而，手脚并用地捶打起来。宋和平穿着睡衣出来了，他腰上的带子还未系好，垂在脚边晃荡着。

“小怜，你是又做噩梦了吗？”他脸上是真诚的关心。

姞怜推开他，几步跨到床边，将被子粗鲁地掀开。她动作太快了，郁晚尖叫一声，蜷缩起光溜溜的身体，惊恐地盯着她。“你为什么不穿衣服？你跟我爸睡为什么不穿衣服？”她像刚放出笼子的野兽般歇斯底里。郁晚抢过被子把身体遮住，又被姞怜扯开。两人如同拔河比赛，各不相让。

“把衣服穿上！快穿上！”

“小怜，你放手，你这样很无礼！”

“穿上你的衣服！这是我的爸爸！这里睡的应该是我的妈妈！”她爬上床，试图将郁晚推下去，她要宣告属于她的主权。在一种被亲情加持的正义感所赋予的荣耀中，宋姞怜彻底迷失了。她终于扯开了郁晚裹在身上的被子，那一对丰满的奶子袒露着——完美地融进了她记忆中305公寓里的黑色蕾丝文胸里。那里面是她父亲的手，是她父亲的爱抚和亲吻，是她父亲的爱，更是——她母亲的屈辱和她分裂的家庭。

愤怒的顶端是什么呢？从最内核处炸开了，升腾起一朵黑色的蘑菇云……兽性吞噬了人性。彼时姞怜的眼睛和脑海里只剩下了那对奶子。她扑上去，一口咬下去。她要拿牙齿撕碎它、摧毁它。但始料未及的事情发生了——当她的脸，她的嘴唇触碰到那一团温热的绵软，思维瞬间滑出了记忆边界，对接到了空白尽头……婴儿的时期。她的牙齿软化了，松动了，掉落了。一个闪念间，她看见了油画上抱着婴儿的圣母。那一对奶子是孩子的口粮，是生命的源泉。她松开了嘴，蓦地安静下来。而郁晚体内却蓦地升腾出一种奇异的、类似哺乳的感知，她的手不自主地搭在了姞怜身上。

“宋姞怜，你这是要做什么？”宋和平震怒道，眼前这一幕让他心惊肉跳。

姞怜被这一声惊雷震醒，她跳下了床，站在灯光下宋和平的影子里，比阴影还黑暗。黑色的剪影就像幽灵似的飘来荡去。失真了，一切都是幻觉，房子也不再是房子，更像是一个梦境筑起来的怪力笼子。

“宋和平，你为什么要打错电话？”郁晚表情绝望，那声音的尽头是刺耳绵长的哭腔。宋和平抱住她，试图让她安静下来，又被她推开了。她盯着宋和平，又看了一眼宋姞怜，发出像见了鬼似的尖叫声。那发出声音的郁晚，也仿佛是一种动物，一种类人形的动物。

“对不起，对不起……”宋和平又哄她。

这两人制造出一堵厚重的墙壁，把一切都隔离了。父亲，他是打算自个儿留在里面，和郁晚长相厮守白头偕老的，宋姞怜想。自己在家里竟然成了多余的，多么可笑！嫉妒再次卷起愤怒的大火，她大喊说："演戏，你这是在演戏！你想霸占我爸爸，然后霸占我的房子吗？告诉你，这属于我和我妈妈，请你滚出去！滚出去！"她像兴奋的啦啦队员，正喊得欢畅——冷不丁一记响亮的耳光落下来。力的作用是相互的。她抬头就看见父亲还未放下的手，僵着，颤抖着。如果这手有表情，它一定正在痛哭。

"姞怜，你到底要怎样才满意？"话音未落，宋和平已经泪流满面。

这是宋姞怜第一次目睹父亲痛哭。那泪水浸润着他沧桑的脸，每一道皱纹沟壑都在痛苦中扭曲。这极大地刺激、震撼了她。她坚信，让父亲痛苦的源头是郁晚。她抚摸着一阵阵发麻的脸，恨恨地盯着郁晚——如果眼神可以摧毁人，她已经将郁晚摧毁过千万遍。

"小怜，对不起……爸爸也是人！爸爸也是人啊！"

从父亲的话语和眼泪中，宋姞怜读出了一种不被理解的委屈，可是，这不是他自找的吗？她想。

夜又恢复了静谧，像什么都不曾发生过。寂静和黑暗裹紧了姞怜，她觉得自己似乎正在一个蛋壳里，在父亲和母亲共生的身体里。她真宁愿父母从未创造过宋姞怜这个生命。

11

那个夜晚过去的第二天起，家里的气氛便愈发古怪。正逢又是宋和平最忙的时候。他从杂志社辞职，创立了一间小工作室，连员工一共三人。他身兼数职，加班是寻常事。到八月下旬，离开学还有十来天，终于忙完了。宋和平给自己放了七天假，决定带郁晚和姞怜出去旅游散心一趟，缓和下僵硬的关系。

他租了一辆面包车，上车时，郁晚递给姞怜晕车药和水，姞怜趁其不备悄悄吐了，她不晕车。傍晚抵达目的地，他们找了家旅馆，开了一间双人床的标准间。豆花儿则被旅店老板安排在一楼屋檐下的狗笼里过夜。

宋和平和郁晚挤一张，宋姞怜睡一张床。虽然三个人睡一间屋委实拘束，但旅途疲惫，躺床上便进入了梦乡。第二天早上，旅馆老板过来敲窗户，提醒他们按时退房，因为预定客房的客人中午后要入住。宋和平运气很好，又在相邻的一家旅店定了房间。郁晚用消毒液清洗面盆和马桶，宋和平哼着小曲儿，帮她打下手。

无所事事的宋姞怜独自走到屋外的走廊里，趴在栏杆上看云朵，听见楼下院子里传来一个男人的声音。“我来找昨天住我家旅店的客人，他们有东西落在我店里了。”又道，“是一个父亲，带着两个女儿。”

“哦，我们这里只有一对夫妻，带着一个女儿。”

“那我去别处找找。”

宋姞怜认出来是他们先住过那家的旅店老板。她赶紧探出去身子，大声问道：“你是找我们吗？”

“这是你们的东西吧！”旅店老板认出她来，摇晃着手中的裙子。

“是的，这是我爸爸女朋友的裙子。”她说着跑下楼，拿过了裙子。当时，院子里聚集着不少旅客，旅馆的老板、杂工……纷纷望向了宋姞怜。那句不轻不重的一句话，仿佛投掷在院子里的一枚响雷。

率先控制不住好奇询问的是一个时髦的中年妇女。她压低声音问：“嘿，小姑娘，那个看起来比你大不了多少的女孩子，是你后妈？”

宋姞怜没搭理她。

“嘿，阿姨问你话呢！”

宋姞怜瞟她一眼，慢条斯理地说：“现在还不是！”

“那将来会是了！”她讪笑了两声，更加小声地说：“你亲妈知道吗？”

“她知道。”

“你妈也真看得开！”

宋姞怜心想着，看不开又能如何。嘴上却没说话，抱着裙子跑上了楼。

这件微不足道的小事，使得他们三人的组合变得十分醒目：一个四十出头的成熟男人，二十多岁的年轻女人，带着个十几岁的少女。这真是令人无限遐想。这些来自天南地北的旅客聚集在一起时，猜测着宋和平和郁晚的职业，也猜测着宋姑怜母亲的处境。宋和平被说成了好色之徒，郁晚则被说成了贪财懒惰、爱慕虚荣的淫荡婊子，而宋姑怜理所当然地被说成了……没有母亲的可怜孩子。

姑怜在走廊上，走在阳台上，坐在长椅上，站在树下，穿过旅馆外面的小巷子……她悄无声息地经过这些地方，从旅客的嘴里听到发酵失真的谣言。早熟的她顿悟出来一个道理，即不论郁晚是个怎样的人，不论她是好是坏，都是错的。有些位置，站上去就是错误的。站上去，就是应当被世人唾弃咒骂的。

到了中午，三人去一楼的小餐厅吃饭，姑怜率先发现了异常——很多瞟过来的眼睛。她下意识地望向父亲和郁晚。他们沉醉于爱中的眼神都在闪光。宋姑怜想着粘胶，水泥……最后都被她否定了。这些人类创造的黏合物，哪有人类自身黏合得牢固！整个用餐过程中，她千万次体会到什么叫形同虚设——尽管父亲不时询问她的需求，不时讨好地对她微笑，但那种欲盖弥彰的强调，更像是在暗示宋姑怜存在的多余。

宋姑怜找了个借口逃去了卫生间，出来时见郁晚正坐在洗漱台上抽烟，举止放荡，但却掩盖不住她眉宇间的清纯，令她甚为不耻。

宋姑怜打算装作没看见赶紧走开，却听到她主动喊：

“嘿，小怜！”

“嗯……”

“你爸不放心你，让我过来看看。”她又说。

宋姑怜绕开她，在远一些的水槽边洗手，用肥皂打出泡沫，细心地揉搓着手，尽量拖延着时间，却见郁晚没有走的意思。郁晚背对着镜子，投影在镜子里的后背像张开的海鸥翅膀，腰线收得紧紧地，搁在台面上的臀部浑圆结实。宋姑怜长得随了父亲，却不想审美竟也随了他。这真是令她懊恼。

“阿姨，你知道先前那店里老板送裙子来时怎么说吗？”

“说我们丢三落四是吧。”

“呵呵，他说来找一个带着两个女儿的父亲，好笑吧。”

郁晚从台面上下来，站到姑怜身后，看着镜中的人：“别说，这么看我俩还真的很像姐妹！”

这时，有两个女士进来了，在另一个面盆前对镜补妆。她们不时瞟过来看，那目光令宋姑怜感到一种莫名的无形的压力。

“谁跟你是姐妹？真不害臊，叫我说，你就是个狐狸精！”她故意当着人说。说完，甩了甩手上的水渍，头也不回地跑出去了。

郁晚没有追上去，抬头却见旁边的两人正惊愕又鄙夷地打量自己。两人一出卫生间的门，就啧啧啧地说：“瞧瞧，那狐狸精……”

郁晚凝视着镜子中失神的自己，只觉得欲哭无泪，她意识到纵使自己长了千万张嘴，也堵不住闲言碎语。她拿出口红来，将花了的嘴唇细致地涂抹好。

次日，在宋和平的劝说下，原本对爬山毫无兴致的宋姞怜也跟着去爬了一次。一路上，父亲和郁晚极力克制的肢体语言和那不经意流露出来的爱，哪里都令她抓狂。就连围绕在郁晚周围的豆花儿，她也看不顺眼，仿佛和她不亲近了。她情绪低落，完全提不起精神，脚不想走路，嘴也不愿意说话了。她幻想着靠在父亲身边的是母亲。所以，从山上下来后，她便再也不愿意跟两人出去玩耍了。她对宋和平抱怨道：“上山累，下山也累，为看个日出打满脚的泡，对不起脚！”

宋和平教育道：“要吃得苦中苦，才能成人上人。这点苦都怕，将来怎么办？”

姞怜说：“我只想好好做人，不想做人上人！”

第二天清晨，她索性装病，咳嗽，喊着喉咙痛。

宋和平只得带着郁晚出门了。她趴在阳台上看着两人牵着手走过院子，豆花儿在郁晚的脚边亲昵地摇着尾巴。

一个旅客上来逗狗，跟郁晚闲聊起来。只听见郁晚说：“它叫豆花儿，是我男朋友送给我的礼物。”姞怜突然想起来，父亲说过，豆花儿是从朋友那里领养的，因为见小狗儿很可怜。怎么又变成了定情礼物？父亲是在欺骗自己吗？如此想着，她再看豆花儿便不觉得多可爱了，好像它是父亲背叛的罪证。

她跑下楼，把豆花儿抱在怀里，说道："让豆花儿留下来陪我吧，你们两人出去玩带着狗多不方便呀。"

"小怜真懂事，那就拜托你照顾下吧！"宋和平说。

婔怜目送着父亲和郁晚出了院子，转身去一楼的餐厅点了些食物，端着出来，坐在院子里的树下吃。用餐途中，旅馆的老板送来一块小蛋糕。婔怜观察食客，发现只有自己有这个特殊待遇。她道了谢，一口也没吃。吃饭后，她带着豆花儿走出旅店，便把蛋糕喂给了它，并解开了它脖子上的绳子。

一开始豆花儿还跟在她脚边，到了大街上，人多起来。有几条野狗正在空地上打闹，豆花儿兴奋地加入了进去，婔怜则进了旁边的一家花店。她转悠了一圈出来，空地上已经没有了狗的影子。

她站在原地喊了几声"豆花儿"，那声音瞬间淹没在了鼎沸的人声中。一辆空着的三轮车开过来，婔怜叫住了车夫，上了车。天气闷热，回到旅馆，婔怜便觉得口渴难耐。她去餐厅里买了瓶冰冻可乐，一口气喝光了，把冰块也咀嚼着吃完了。不一会儿，她就感到腹痛难忍，晕沉沉的，额头竟也烫起来。慈眉善目的旅馆老板娘率先发现了异常，将她搀扶回了二楼的房间。姞怜一躺到床上，便困倦地睡过去了。

醒来时，已经是傍晚。房间里站着好几个人，有隔壁的也或许是楼下的房客。旅馆老板正坐在床边，替她换着额头上敷的毛巾。人们窃窃私语的声音仿佛建筑起来的城墙，他们——这些陌生人说：“啊！真是个可怜的好孩子。”接着又义愤填膺地批判起宋和平和郁晚。

稍晚，宋和平牵着郁晚的手刚进院子，就听到有人站在二楼阳台上喊：“大哥，你家姑娘都快死了，你还有心情游山玩水！”宋和平松开郁晚的手，脸色苍白地飞奔上了楼。他手里的袋子掉了，苹果、橘子滚了一地。郁晚跟着追上去，踩着个苹果，摔了一跤。

宋和平冲进房间，将喝了药又睡着的宋姞怜拽起来。“姞怜，姞怜！”他疯了一样喊着，摇晃着她。宋姞怜被晃醒了，懵懂地盯着父亲的脸，嘤嘤地哭开了。有客人教育道：“哪有你这样做父亲的，领着女人出去玩，把女儿扔旅馆，像话吗？”

“姞怜，对不起，爸爸对不起你！”他紧紧地抱着姞怜，不停地道歉。

郁晚推门而入，看到拥抱在一起的父女俩，宋和平背朝着她，只看到后背。姞怜的目光穿过旁人刺过来……一双长了刀的眼。人们都在看她，没有人说话。郁晚发现，所有人都长了宋姞怜的眼睛。那些眼睛戳着她，她想要说的关切的话，想要付出的拥抱，全部……消弭了。

“阿姨，豆花儿不见了。我怕你生气，找了好久，回来就中暑了。”宋姑怜有气无力地说。

“一条狗是小事情，还掉毛，丢了是好事情，免得每天清扫狗毛。”宋和平安慰道，“你千万别自责，赶紧好起来吧！”

陌生人说：“姑娘，你真傻，这么大热天找狗，真是不要命了！狗没有了，再买一条就好了。”

“嗯，没事儿。没事儿。”郁晚重复了两遍。

宋和平守在姑怜身边，一直握着她的手。房间里的人见家长回来了，孩子也并无大碍，纷纷走了。郁晚失魂落魄地跟着人们出了门。下了楼梯，经过屋檐下的狗笼时，她停了下来。那个空空的笼子，像她心中的窟窿，万箭穿心也不过如此吧。

已经是夜里了。黑魆魆的天空，丰盈的月亮照着大地，漫天碎星，像一双双孤独的眼睛。树木的阴影，宛若一群孤独的人，又像是忧伤的皮影戏。郁晚找到面包车，打开车门坐进去，将副驾驶的座椅放平，躺着凝视着远处的月亮，眼泪顺着两边的太阳穴流淌成溪流，无声无息地。有一阵，她仿佛听见了豆花儿的叫声，下车找了几圈，草丛里却跳出来两只野猫。她失望地回到车里，那猫又跳到了车盖上。隔着玻璃，它幽幽发光的眼睛竟也像是宋姑怜在看她。郁晚失控地拍打着玻璃，那猫转瞬跳下去，又钻进了草丛里。

再次躺下来，郁晚竟突然有些想不起来宋和平的脸。他们如何相爱，如何缠绵，如何快乐又是如何痛苦的……都不记得了，瞬间失忆似的。郁香的脸却在这朦胧的幻觉中愈发清晰起来。她的脸，她的手——郁香的手，小小的，柔软无骨似的。

郁晚刚被送回镇上时，郁香总担心母亲来把她接走，每晚都要摸着她才肯入睡。自小就自己睡的郁晚，对那执拗而依赖的手很不习惯。她总是拖延上床，尽量等郁香睡着才睡。次数多了，郁香便察觉到了，故意很迟才睡。郁晚睡不饱，白天在学校瞌睡连天，就连体育课原地休息时站着也能睡着。男生们给这新来的女生起了“睡美人”的绰号。有次集体舞，郁晚是领舞，有个动作是伴舞将领舞围在中间，然后像花朵一样打开。当穿着薄纱裙的伴舞们将她围起来时，郁晚觉得自己掉进了蛋壳里。睡意袭来，她耷拉下眼皮——花瓣打开时，郁晚匍匐在地上睡着了。她是被叫醒的，那一幕震惊到了台下的郁香。从那晚起，她睡觉规矩多了，尽量不碰到郁晚——而此时，郁晚多么渴望和郁香手牵手睡在一张床上。

记忆继续朝深处坠落。她又看见了云水的碧蓝天空和宁静的嘤鸣湖，穿着白衬衫的叶天明就站在湖边。他含笑的脸，他的心跳和温度，闭上眼睛，便是如同近在咫尺了。她情不自禁地伸出手去，却只感觉到空气的虚无和冰冷。触摸不到了，今生都触摸不到了。她心想着，心灰意冷地睡了过去。

半夜，宋和平下来找到她。他拍着窗户，她醒来隔着玻璃看到他的脸，憔悴，黯淡，就连笑起来的样子都令她想要落泪。终究，她什么也没有说，下了车，缄默地跟着宋和平回到了屋子里。单人床很小，宋和平把她抱得格外紧，姞怜轻微的鼾声在寂静的夜里回荡。她想，必须得尽快跟宋和平分手，结束这越来越痛苦的时光。

后面的两天，他们哪里也没有去，两人足不出户精心照料着姞怜。她康复得很快，精神不错，食欲也不错。不过，对于豆花儿是在哪里丢失的，又是何时发现不见的，她只字未提。郁晚也没有再追问，她表现出一种反常的宁静。

回家的前一天下午，姞怜正在楼下院子里看书，来了一对夫妻，带着两个孩子。大人们在前台办理入住，两个孩子就在院子里玩。因为一个玩具，两人发生了争执。姞怜看见大点儿的孩子给了小点儿的孩子一巴掌，小点儿的孩子放声大哭。他们的母亲怒气冲冲地出来，不分青红皂白，就把正准备解释的小孩子推倒在地上，牵着大孩子上楼了。

第二天清晨出发前，姞怜又看见了那个小孩，独自在树下用树枝在地上划着什么。姞怜走过去，在他对面蹲下来。“你哥哥经常这样对你吗？”姞怜见他抬头看自己，又说道，“我昨天都看到了。”

“他不是我哥哥。”他纠正道。

“那个女人呢？”

“她是他的妈妈，男人是我的爸爸。”小男孩指着餐厅里正在吃饭的三个人，又说。

姞怜瞬间明白了，觉得和这小男孩格外亲近。她递过去纸巾，想让他擦手，却被一掌打开了。“谁要你的同情？走开！”他冲着姞怜大声吼道。

姞怜讨了个没趣，正好宋和平在门口喊她，便扔下小男孩跑开了。

回程的车上，她看着郁晚，不免又觉得庆幸。这样的庆幸感使得她在后来的两三日里前所未有的乖巧。回花莲前，郁晚塞给她一个装满了零食的口袋，嘱咐她火车上吃。姞怜接过来，温柔地说：“阿姨，再见啊！”郁晚笑了笑，淡淡说了声：“再见啊！”以往，任何一次她离开，再见后必定是有别的内容，诸如“回家好好听妈妈的话”“姐姐真不容易，你要体谅她，不要惹叔叔生气”，等等。今天，那一声淡淡的再见后，没有了任何内容，仿佛就只是纯粹的告别——像一个走了很远路途的旅客，终于累了。

姞怜盯着郁晚的眼睛审度着，突然感到深深的恐惧，然后——她想也没有想，上前两步，抱紧了郁晚。

那个长达近一分钟的拥抱，对郁晚来说，仿佛是黑暗里亮起了灯塔，她那颗铁定了要远离的心又被拽了回来。头顶，那犹如圣母般的光辉诱惑着她——她柔软地拥紧了姞怜。

第六章 永远洁白的初恋

01 一个叫都灵的女孩的来信

亲爱的晚晚：

我是你读者中的一个，再普通不过的其中之一。我读过你几乎所有的文字，我从你的字里行间，无数次地看见自己。我总是忍不住想，我俩或许是拥有相同灵魂的一类人。这样的人我寻找已久，也许你也在寻找吧，所以我冒失唐突又必然地给你寄了这封信。

我认识你那一年还很小，十来岁。下了雨，我走在路上看见前面姑娘的书包里掉出来一本书，落在了泥坑里。我捡起来追上她，那个姑娘躲在雨伞里，看不清脸。大概是看到书上沾着的泥浆还在滴水，便径直走了。那本被遗弃的书，成了我的宝贝。我对你一概不知，却总觉得似曾相识。我喜欢故事里瘸腿的姑娘和温柔的小王子，读到有种奇异的、类似心灵感应的东西，让尚且稚嫩的我欣喜若狂。但有一年，我考试完去春城见母亲，那本书落在了火车上，这真是让我万分遗憾。从那以后，我便一直在关注着你。

我已经认识你了。现在，我想向你坦诚——关于我这个人，这个灵魂。

我叫都灵，不是意大利那座著名的城市。“都”是我母亲的姓，我母亲希望我做个有灵魂的人，一个有灵气的女人，所以给我取了这个名字。

我生来就体弱多病，个子不高，瘦瘦小小的，也没能遗传到我那大美女母亲的美貌，普普通通，走到大街上就淹没于人群中。我所看过的世界很小，除了那个叫作花莲的小城市，我几乎哪里也没有去过。我的普通，令我看起来平凡且安全，但事实却并非如此。我时常害怕，怕夜晚，怕遗忘，怕人也怕鬼。但倘若你非得让我说出谁是这世上最可怕的——“陌生人”——将是我唯一的答案。

我记忆里最早出现的陌生人，是一位女老师。她很美，终年笼罩在一层朦胧的光里，即便她就站在我面前，与我面对面，我也看不清她。她的美是一种近在咫尺的实体，却浸透在光里、笑声中、发梢散发的香气里……但我，永远触摸不到她。

彼时，我还只是个四五岁的小姑娘，正在

上幼儿园，中班，也或者是大班。我是个不讨人喜欢的小姑娘。我说的不讨人喜欢，并不是说外貌丑陋可憎，而是——那时的我是个不体面的小孩。印象中，姥姥总是给我系个已经难分辨底色的围裙，上面沾着我吃饭时不小心滴的汤汁、玩耍时溅上去的泥巴，自然一些会渗透到衣服上。我的姥姥会用一块抹布在我衣服上反复擦拭，我低头就看到眼皮底下来来回回的姥姥的手。如果她是打湿了水擦拭的，就更糟了，晕染一片，仿佛增大了一圈。我的头发倒是每天精心梳理，编成两根细小的麻花辫。我还有一双有豁口的小红皮鞋，是母亲送给我的礼物，我喜欢至极。长期以来，我就是穿着这双不雅观的鞋子去上学。没有人告诉我，那鞋子坏掉了，应该换新的。事实上，我每个季节仅有一双鞋，怎么也是替换不开的——这些因素综合起来，就使我这长得还算可爱的女孩子，成了个不体面的脏孩子。我那女老师很年轻，我时常看见她在下课后抱着班上那些长得洋娃娃似的体面小女孩玩耍。她温柔地亲吻小姑娘的额头，分给她们糖果或者小饼干，但这样的待遇我一次也没有过。

我与她近距离接触过两次。一次是文艺表演，全班都参加了，排着队化妆。我母亲听闻很高兴。她一年四季总是繁忙，我也不知道她忙什么，总之，她好心地托人给我捎回来一条白色的蓬蓬公主裙。那是我平生第一次演出，早晨去上学时，我特意洗了两次脸。老师给小朋友们化妆，轮到她平日里爱逗乐的几个小姑娘，化完了妆还会捏捏、亲亲她们的小脸蛋。也许是那条美丽的公主裙，也或许是我洗了两次脸，总之，那天的我难得膨胀出一种超然的自信——我甚至想，那个美丽的女老师在化完妆后也会亲吻我。很快就轮到我了，在晕乎乎的燥热中，我扬起脸闭上了眼睛。女老师给我描好眉毛，又涂抹了口红。我悄悄睁开眼睛，对上她凝视我的大眼睛。距离太近，仿佛她脸上就剩下了那么一双眼。

“都灵，你早晨洗脸了吗？”

我只顾盯着她的脸，那张冷峻严肃的脸上，眼睛似乎快瞪出来了。我突然想到她可能是在说我脸上的小雀斑。的确，我鼻梁上长了几颗，她一定把这些当成了沾着的小芝麻粒儿，或者是泥点儿。一瞬间，我脑袋嗡的一声炸开了，身体不管哪里的阀门都关闭了，旋即进入一种接近空白的状态。

“你洗脸了吗？洗还是没洗？”她又问。

我茫然地望着她，像摆放在一张桌子上倒扣

的水杯。我的表情可能也是奇怪的、冷漠的，对外界的一切试探都没有了反应。人稍微一靠近，就能感受到朝外散发出的寒意。我的母亲，姥姥……但凡领教过我这状态的，没有一个不先崩溃。我那隔绝、不通融的状态，对周围已然是一种伤害。也可以说，在那状态完成的刹那就不再是人类了。

我那美丽的老师很快发觉了，她震惊地喊了我几声，猝不及防地一把将我从化妆凳上推开了。她那惊恐的表情，就好像我是可怕的邪物——我在地上趴着，被困在无形的城墙里。有人将我拉起来，一些目睹情况的小朋友在尖叫。我醒过来，这才感觉到膝盖绵延的痛感——破皮了。

一个隔壁班的老师过来领走了我。她牵着我，背后好像有羽毛在扇动。我回头看了一眼那美丽的女老师，我坐过的位置上正坐着可爱天真的小朋友。她正微笑着给那孩子化妆。阳光下，她的侧脸像一把弯刀。

我与女老师的第二次近距离接触发生在冬天。我穿着姥姥亲手缝制的小棉袄，白底红点，很喜庆。在后来的记忆里，好像读幼儿园期间的整个冬天我都只穿了这一件衣服。也许，我是穿了别的衣服替换的，只是不记得了。

姥姥是文盲，是个节俭的老人，每晚烧过饭菜的蜂窝煤，余热烧一壶热水洗手洗脚正好。洗衣服自然没有充足的热水，几天方才换一次衣服。我自幼体弱，夏天热了要生病，冬天凉了也要生病。那年月没有吹风机，洗了头发都自然干，姥姥怕我生病，冬日里只有出大太阳才给我洗头。这频率在当年很普遍，但我偏偏爱玩泥巴，用泥巴捏各种小人、汽车、房子……所以，我看起来总是比普通小孩子要脏。

那天，正好是冬日里难得的大晴天，早晨去上学时，姥姥嘱咐我早些回家好洗头洗澡。正午，女教师领着小朋友在操场上围成一个圆圈，玩击鼓传花的游戏。随着节奏越来越快的打鼓声，红色的花球在小朋友中快速地传递着。一些渴望抢到的会拽着花球慢几拍才传出去，也有如我一般，像捡了火炭般迅速扔出去的。却不想，那鼓声停止时，花球正被我拽在手里。

“哦……是都灵呀！”女老师扭过头看到是我，眼里流露出失望的表情。

我捏着花球站起来，不知所措。

“到中间来。”她命令道，将我上下打量了一番，又问：“你要表演什么？”

我站到圆圈的中心，望着女老师，那花球已经被我无意识地捏成了乱糟糟的一团。

“你是唱歌还是跳舞呢……朗诵诗歌也可以！”在一群小朋友面前，她声音听起来是温柔的。这缓解了我的紧张。

“我……我背诗！”我说。

我家隔壁住了个小学生，墙壁不隔音，我时常在傍晚听他念课文。我跟着学会了几句。“春天来了，春天来了，来到了小溪边，来到了小河边……”我太紧张了，一时忘记了老师教的普通话。是的，我是用与姥姥相处下来学会的一种方言说的，加之声音细小——没有几个人听清楚我说了什么。那方言在我的嘀咕声中，像一种神秘咒语。笑着的小朋友纷纷安静下来，我那美丽的女老师脸上的光芒消失了，暗沉沉的。她瞪着我。她的表情激活了部分与她有关的坏的回忆。我那奇异的阀门又自动开启了，在一种昏蒙的怪力下，我反反复复揉搓着手里那团丝巾花。

老师冲上来，抢过了花朵，将我摁下去坐在板凳上。鼓声跟着响起，花球在同学们的小手中飞舞。鼓声戛然而止，我从梦中惊醒，发现又落在了我手中。我惊恐地盯着老师，她也瞥到了我，旋即拿起鼓槌的手又落了下去。鼓声再次响起，我赶紧将花球扔了出去。

那次近距离接触，就是在击鼓传花的游戏结束后发生的——美丽的女老师突然说要检查个人卫生。我发现我的手脏了，趁着休息的几分钟，悄悄去了厕所外的水龙头前洗手。冬天刺骨的凉水，我反复洗了很多遍，再回到座位上时，我两只手冻得通红，插在衣兜里瑟瑟发抖。刚坐下不久，就轮到检查我了。

她站在我面前，摸了摸我的小辫子，又分开我的头发丝。接着，她让我站起来，伸出手。我哆嗦着伸出手，我和女教师都同时注视着我的手——虽然红得耀眼，手心却很干净。再翻转到背面，我自己先吓了一跳，那指甲缝里的泥巴犹如依附的虫子。我本能地缩回手，藏到背后，不敢看她。

“站出来！去，到中间去站着！”她冷冰冰地说道。

我在小朋友们审判的目光中，站到了圆圈的中央。我看见那个平日爱破坏我做的泥巴玩具的胖虎子，还有喜欢冲我做鬼脸的淘气包小兵——他家和我家门对门，我时常看见他们在院子里不知臊地撒尿冲蚂蚁——他们都幸灾乐祸地盯着我。

“我们班上总体来说，卫生都很好，只有都

灵例外。你看你，头发多久没洗了？衣服多久没换过了？你这样身上会长虱子的。”美丽的女老师围着我转了很多圈，她的手指在我的小棉袄上指指点点，也许，她点过的每个地方下都是我留下的脏印。她拨弄着我的小辫儿，拨弄开我的头发丝，向所有同学展示我的头皮……而实际上，除开我指甲里的泥巴，不至于脏成了典范。

同学们都在笑，每一声都犹如一记重拳。我那美丽的女教师，哦，不，也许我该说是丑陋的——她像嗅觉灵敏的小狗，似乎很乐意看到我被嘲笑时沮丧的怂样儿。我在一种难以启齿的羞耻和痛苦中，沉默地低下了头。

日后，所有关于那个女老师的记忆，都笼罩在一层古怪昏蒙的光圈里。

那天放学，深以为耻的我把自己藏在了学校外面的一条小巷子里。等天渐渐黑下来，人都走光了，方才走出来，急匆匆往家赶。姥姥在门口早已望眼欲穿，一进门，我便大声对她说：“我要洗头发，我要洗澡，我要换衣服。”已经是夜里了，没有暖气的家里冻得像冰窖。姥姥说：“等再出大太阳，我们白天洗吧，暖和些！”她实在是好心，摸摸我的脸，又亲亲我的额头，一点儿不嫌弃我脏。我一句拒绝的话讲不出来。我们吃了饭，早早上床睡觉了。我穿上衣服，偷偷摸摸去了厨房。炉子上放了个水壶，里面是温热的水。我将水倒在盆子里，端着去门外的屋檐下洗头。我的袖子打湿了，水顺着举起的胳膊流淌到了肚皮上。鞋子也湿了。冷风穿透了我，好像魂魄都冻僵了。但我很高兴，洗完我就是个干净的小孩子了。

洗完头，水已经用去了大半。剩下的水刚好够我囫囵洗了个澡。我到今天仍旧记得，温水淋到身体上是冰凉的，浸进皮肤里那种冷十分难受。我拿起衣服裹在身上，摸黑躺到床上。湿漉漉的头发黏在皮肤上，好像有一条冰冷的蛇缠着我。我冷得瑟瑟发抖，似乎棉被里起风了。迷糊中，我看见那美丽的女老师正看着我，她撕开了我的衣服，向周围红脸白脸的妖怪展览我身上的污垢……我吓得发抖，发出凄厉的尖叫声。

后来的事情，是我病好以后听姥姥讲的了。

她被惊醒，来我床边才发现我头发湿漉漉的，发着高烧。姥姥给我手脚涂抹了酒精，顶着夜色去水沟边挖了一小盒蚯蚓，烧成灰碾碎，让我冲服下。不多会儿，我浑身抽搐，乱说梦话。姥姥大哭大喊起来。对门小兵的父亲开着拖拉机，连夜将我送去了医院。我病了半个来月，街坊邻居都来看望过我。我的床头摆满了罐头水果。不过，我的同学和老师从没有出现过等我病好回到幼儿园，一切都变得更加糟糕——中午睡午觉，没有小朋友愿意挨着我。吃饭时，我旁边的座位是空着的。我们学了新的舞蹈，需要两个人合作完成，却没有人愿意与我牵手跳。

我被彻底地孤立了。

在幼儿园这个小小的团体中，我过早地体验了人间百态。那种冷漠，将幼小的我封闭了起来。我突然就不愿意说话了，反复洗手，反复刷牙。再大一些会自己洗衣服了，往往是昨天洗的还没干，今天的又被我脱下来洗了。我宁可穿半湿半干的衣服，也不愿穿有半点儿污渍的。姥姥端着长满针线剪刀的簸箕，坐在门口屋檐下给我做衣服。她眼睛不好，做的衣服针脚稀疏，极其粗糙，或者是各种颜色的零碎毛线接起来织出的花线衣，各种零碎布料缝的花衣服。因为穿的奇怪，时常被同学嘲笑。我对此毫不介意。衣服嘛，不就是遮羞的吗？能遮蔽住身体，不露出肉就好了。

关于那个给我留下伤痕的美丽女老师，我对她的记忆从击鼓传花的那天就戛然而止。

长大后，我问过小兵，幼儿园是否换过老师？小兵说，一直是那个女老师呀，她老嫌弃你脏，你不记得了吗？我想了又想，摇摇头。我不再记得她的姓，不记得她的脸……这就意味着这个女人可能是任何一个与我擦肩而过的陌生人。尽管我不想承认，但事实就是如此——我人生中的第一个陌生人，是教了我三年的幼儿园启蒙老师。

我认识的孩子都跟了父亲的姓，只有我随了母亲。我母亲叫都云，在我们村是出了名的美人儿，人尽皆知。我印象中的母亲喜欢穿裙子。夏天是碎花的大摆裙，花枝招展。冬天是厚重的呢子裙或者针织裙，针织裙上总是有大朵大朵的花，在人群里格外显眼。我们镇上冬天几乎没人会穿裙子，所以但凡冬天走在路上听见有人说：这么冷的天，居然看见了个穿花裙子的女人——我便知晓是母亲回来了，一路狂奔着回到家，绝对是错不了的。

堂屋里摆放着一张黑底红花的旧沙发。母亲每次回来都喜欢坐在那张沙发上。沙发后面的墙壁上挂着不少老照片，有少女时代的母亲，也有一两岁时的我。但是，照片里没有我父亲和我的姥爷。这个家里，只有三代女人。

我母亲姿态优雅地端坐在沙发上，好像落魄的公主。她上学时学了画画，也喜欢读书，自然浑身散发着书香气质。我与她坐在一起时，不由得畏畏缩缩。我反复盯着她，简直难以相信，面前这陌生美丽的女人，是我的生母，而我，竟然是从她身体里诞生的。（她一年回来三五次，每次至多三天，一年与我相处不到半个月，所以我认为这种陌生是常态。）她笑眯眯地打量我，有时候还会抱抱我，亲亲我。总之，一个母亲该对孩子表示的亲昵动作，她都会用在我身上。她喜欢用香水，一种檀香混迹着玫瑰的味道，她每次靠近我时，这气味就先裹挟住了我，使我头晕，使我沉迷。我近乎无法动弹，闭着眼睛，像待宰的羔羊。

每当我不自觉地表现出这副模样时，母亲总是尴尬地放开我。她眼里含着泪水，仿佛受到了莫大伤害。

有次夜里，我起床小便，听到姥姥和母亲在屋子里说话。

姥姥说："怨不得都灵，你陪得再少点儿，她没准儿都不认识你呢！"

"我不在外面赚钱，你们怎么活，你以为我想一个人在外面吗？我不想多陪她吗？"母亲抽抽噎噎，声声似刀戳心肺。

母亲的艰难使我痛苦，我很想亲近她，但每次都事与愿违，只要靠近母亲，她身上陌生的气息便会令我退避三舍。母亲回家一次哭一次。后来她不哭了，接受了我和她不亲的事实。家也就更少回了。

与母亲相处，我必须小心翼翼地，小小年纪便体验到生活的艰辛。应付至亲尚且如此疲惫，几十人的班里，上千人的学校，几万人的镇上……

一想到世上存在着如此之多的陌生人，我便胆战心惊，颤抖不已。

老师教会我要做个干净的人，才能不被人嫌弃。为了消除陌生人对我的厌恶和嫌弃，我对我身体的清洁渐渐发展到了病态的地步。

印象最深的是一次体育课上，大家玩捉坏人的游戏。就是选个人出来当坏蛋，抓住谁，谁就顶替他当坏人。所有人都在跑，我在跑的过程中不小心踩滑，摔了一跤。那操场边正在修建什么房子，或许是教室，或许是图书馆，那里有个水泥坑。我运气不太好，摔到了那一堆水泥里。一阵剧痛中，我发现肘子擦破了皮，正在流血。紧接着，我发现了一件令我更加恐惧的事情——我的衣服上都是肮脏的水泥浆，像沾满了屎粪。老师同学都围了过来，一个好心的同学伸出来手，打算将我拉起来。

“别过来，别靠近我！”我擦拭着衣服上的泥浆，恐惧地后退。

“你受伤了，得去医务室看看！”体育老师也赶了过来。他是个健壮的中年人，在我面前蹲下来，检查我的伤情。

“走开！你们都给我走开！”我实在是太害怕了。

体育老师力气很大，抓起我的手臂看了看，果断地抱起我往医务室走去。这是我产生记忆以来，第一次被男性抱着。女人的拥抱是柔软香甜的，有时也是清冽的，男人的怀抱却如同一张厚重温暖的床。这种新奇特别的感受让我喜欢并沉醉着。然而，还未等我细细体会初次与异性的亲密接触，我就先发现了肮脏——我看见我身上的泥浆正沾在老师洁白的运动衫上，我的血滴了几滴在他干净的白色球鞋上。我几乎要晕厥过去。

出去操场要经过两个阶梯，趁着体育老师停下喘气的间隙，我对准他胳膊咬了下去。他叫唤了一声放下了我，我立即丢了魂儿似的冲去了厕所，躲在卫生间的水龙头前，反反复复、神经质地清洁着自己。

在我的灵魂深处，寄居着一个干净纯粹的灵魂，永永远远。

所有人都只当我性格奇怪，不合群。平日里寡言孤僻，几乎对所有的集体活动无动于衷，记忆却奇好。考试时，犹如在脑海中翻书，一页一行清清楚楚。所以，直到我小学毕业，一直保持着全班第一的好成绩。二年级，同学们还在学习句子，我已经开始写短文。三年级，同学们刚开始学看图写作，我已经在报刊上发表文章了。这帮了我大忙，就连我那令人难以忍受的奇怪性格，也被说成了与众不同的天才特征。整个小学阶段，但凡教过我的老师都很喜欢我。同学们对我敬畏居多，也可能认为我跟他们不是同类。

我也从不将自己当成他们的同类。

对陌生人，我有种类似本能的恐惧，掺杂着某种难以言说的渴求。一方面，我极端渴望通过肉体触碰寄生其中的灵魂。我如此微茫，在这浩瀚宇宙中寻到共鸣的灵魂，千丝万缕地相扣融合，是我唯一的执念。我想要拥抱——一个同我相似的、有形有温度的躯体。另一方面，却又极端地畏惧着，战战兢兢，如履薄冰。但凡有陌生人的地方都似囚笼，令我寸步难行。陌生人所散发的气场将周围的空气冻得僵硬，戳得我如长了虱子，浑身不适。我永远是被卡在外面，或是囚禁其中的人。我什么也不做，光是在陌生人身边站着，保持尽量自然的姿态，就已然筋疲力尽。这么些年来，我一直被困在深入骨髓的孤独中，仿佛世间是一座巨型囚笼，而我就是浮冰上的一叶孤岛。

直到我遇到你，晚晚。我认真阅读过你写的每一个字，试图通过文字，了解藏在书中的你，以及你的灵魂。

我对你绝对信任，我将自己像剥开壳的蜗牛，呈递给你。我有预感，不，我觉得这是准确的讯息，共同的灵魂散发出来类似的气味，我嗅到了。你就是我一直寻找的，共振的灵魂朋友，请不要拒绝我吧。

都灵

2000年10月20日

读完信件，姞怜看到了右下角的日期。那时，她和都灵已经是高一的学生了。她初中在花莲二中念书，跟着升入了本校高中部，只是换去了另一栋教学楼。但事实上，姞怜初中就认识都灵了。她们一个在一班，一个在二班。中间隔着一堵墙。上课下课时常遇见，虽不知道她叫什么，却是熟脸人。

她真正注意到都灵，是在学校举行的作文大赛中。都灵的一篇作文脱颖而出，取得了第一名的好成绩。当时，他们班级的语文老师也特意借过来，在班里作为范文朗诵过。都灵在文中写道："我情愿如世间任何一物——如尘埃之微，如风般自由，然而，生来便为人。寡言而纤细，孱弱却强悍，意志力坚不可摧，忍耐力也一流。唯有那颗心，连玻璃都是不如的，什么也不做，光动动感情就伤了自己。我穿上衣服，遮住身体，遮住伤疤。我学着用笑容遮住阴霾。难道隐藏是我的本能吗？还是我忘记了里子，太过在意面子？一想到这些我便充满畏惧。分明，我是如此渴望成为表里如一的一个人。"

老师念完了，用了两次"棒极了"来夸赞。宋姞怜听到也为之触动。就是从那天起，姞怜关注上了都灵。

都灵是她唯一的好朋友，但都灵却是打算将灵魂给郁晚的。

姞怜只觉得珍贵之物再次被掠夺了，被背叛了，不可言说地剧痛。她甚至有些后悔，干吗要去找书看？如果郁晚没在厨房，她来帮自己找书，也不会看见这封信了。这封夹在书里的信，展露出来的小部分画了一对翅膀，令姞怜想起都灵曾对她说过的话：我就是一只鸟，可惜那翅膀留在了我娘的肚子里——是的，都灵一直以为自己是鸟。都灵总是喜欢在本子上画那对丢失的翅膀。婧怜对都灵手绘的翅膀太熟悉了，她拿起信封一眼就认了出来。实在禁不住好奇，拿走了这封信。

写信的果然是都灵。婧怜突然想起元旦来春城时听父亲说起过，郁晚有个在花莲的小读者，关系十分要好。她料想不到，父亲说的这个人竟然会是都灵。她更想不到，都灵的第一封信就对郁晚交出了灵魂。信上的好些事情连她都是不知晓的。原来都灵害怕身体触碰的根源，是从童年就留下的。

婧怜把信折叠好，原封不动地放回了书架上。

02

来看看都灵吧：瘦小，不足一米六，应该算得上全年级排得上号的小个子，看起来比同龄人小上几号。一年四季就那几件运动服轮换着穿，肥肥大大地罩在身上，细胳膊细腿永远藏在长裤长袖里，加之皮肤异常白皙，像极了刚长出来的嫩豆芽。体育课、运动会，她是从不参加的，据说是因为生病不能剧烈运动。可是，她帮人做的很多事情都属于消耗体力的，真是很矛盾。她也不怎么爱说话，腼腆害羞，若有人主动和她说话，便笑笑。绝不是那种皮笑肉不笑，或者是虚伪的笑，那笑容里像藏了金子般光彩动人。

那时，女生喜欢玩的是跳皮筋、跳房子、丢沙包。跳皮筋时，都灵总是那个套皮筋的桩子的角色，丢沙包则是在旁边负责拾捡的角色。她是个老好人，时常帮同学做点儿小事情，诸如打饭、打水、做值日、搞卫生……说得好听点是活雷锋，难听一些就是公共仆人。某些事情，聪明人一看便知是在欺负都灵，她却不知是真傻还是装傻，总是乐呵呵地将委托于她的事情尽力做好。能写出令人拍案叫好的文章的人，照理说不至于笨。但据宋姑怜长期观察下来，都灵似乎是真的不自知。

那年的金秋十月，年级组织去近郊山上秋游。姑怜看见都灵背着个军用水壶，在崎岖的山路上小跑着下了山。当日，她穿了一件白色的毛衣，像一只蹦跳在山间的兔子。她正纳闷都灵急匆匆是去做什么，就听到下方的一个小山坡上有人说话："嘿，都灵，记得是热水哦，千万不能是凉水！我肚子疼，你快一些回来！"都灵闻声停下，大声说："我记住了，我会快点儿回来的！"又跑远了。

姑怜将身体往前一探，发现是戈谣。她们小学就是同学，又考来同一所学校，和都灵是同班同学。

"戈谣，你要热水做什么？那个来了？"

头顶突然而至的声音将戈谣吓了一跳。"怎么是你，神出鬼没的，吓死我了。"见姑怜紧盯自己不放，立即用一只手摁住肚子，虚弱地说，“是呀，每次来都疼，太难受了！”

“你装的吧，我记得上个月你跟我来的时间差不多，怎么这次提前这么久？”

“哪有装……我就是肚子不舒服。我当真不舒服。”

“她比你还要弱不禁风，运动会我就没见她参加过，你干吗不自己去？”

“嗨，我这是在帮助她！”

“你帮她什么？”

“我帮她做个好人！”

“都灵本来就是个好人，你帮不帮她都是啊。”姞怜不满地反击。

“没有我这样的人，她就是好人又有谁知道？”

戈谣嘻嘻笑着，没有半点儿羞耻心。

姞怜不想跟她理论，再者，她素日里也不是众人眼中品行端正的好学生，说多了反倒让人觉得她是严以律人，却宽以待己。她走到了一边，寻了个清净的地方，独自坐着眺望都灵去的方向。太阳渐斜，朦胧的光照在秋叶间，温柔又澄净。四点半，带队老师吹响了集合的口哨，同学们陆续在山顶空地的草坪上集合，都灵却还没有回来。

姞怜站起来，拍了拍身上的杂草。就在这时，她看见山路的尽头终于出现了那只白色的兔子。都灵正努力地朝山上跑来，尽管她拼尽了力气，却还是迟到了十分钟。老师训斥了她一番，这才允许她归队。婧怜看见她刚进了队伍，就笑着将水壶递给了戈谣。

就在那天下山的路上，婧怜下了决心，一定要认识都灵。

03

到冬天，婧怜终于如愿以偿结识了都灵。好像是星期六，也可能是星期天。她每个周末会有两个下午去班主任家补课，是父亲给她找的麻烦事儿——宋和平有次来花莲看望她，带她去一家饭店吃饭，喝了点儿小酒，兴致高涨时，班主任宋老师也进了酒馆。当天，他老婆带孩子回娘家，正好也是一个人。婧怜本想躲开他，却被眼尖的宋老师发现了，老远就喊道："是婧怜同学呀！"她只得站起来，恭敬地喊："宋老师好。"

宋和平一听说是婧怜的老师，当下就拉他坐下来，又点了菜，上了酒。于是，一顿酒下来，两个男人成了好朋友，加之又同姓，便以兄弟相称。以后，宋和平回了花莲，便时常约着宋老师一起喝酒。婧怜成绩平平，宋和平唯恐她考不上高中，便委托宋老师给她补课。所以，难得的周末休息，也成了更令人厌烦的学习时间。

宋老师的妻子是火车站的职员，两人的家就在火车站点附近。小站有些年头了，实在微不足道，也无人翻新，倒是成了风景。宋和平每次来探望她，也是在这里上下车。不过姞怜一次也没去接送过，宋老师倒是因着方便接送过多次。假期里，姞怜也时常在这站点进进出出，却委实无法喜欢——她潜意识里认为这种地方是隐藏深意的，比如告别，比如重逢。她与父亲只是在各自的生活轨道里消失一阵再定期会合，而告别意味着让她直面破裂的家庭。姞怜愿意这么麻痹自己。所以，别说喜欢，如果不是出行必需，她对车站是避之不及的——比如现在，因为补课的关系，她也不得不每周乘坐公交车来补课，自然是要次次看见车站的。尽管她多番提议取消补习，但是父亲坚决不允。

那个周六，姞怜从宋老师家补习完往家赶，站在公交站台等车，下起了小雪。天黑得早，不一会儿夜色就弥漫了城市。路灯亮了，昏昏的光影映照着细雪，那洁白的雪沫细细密密，轻盈地下坠着，无声无息。不久，地上就铺了一层白色。公交车却还未来。姞怜有些冷了，一边跺脚，一边双手捂嘴哈气。这时，站台上又来了个人，打着一把黑色的老式大伞，纤细的身子套在臃肿的藏青色棉大衣里面，像一朵摇摇欲坠的蘑菇。那人站到站台上，收起伞，姞怜才认清竟是都灵。她是来接母亲都云回家给姥姥过生日的。火车是准时到了，母亲却没有回来。

都灵很失落，正寻思着哄姥姥的借口，完全没有注意到姞怜。

"嘿，都灵。"姑怜率先走过去打招呼，她简直觉得这是天赐良机。

"宋姑怜！"都灵喊道。

"你也在等2路公交车吗？"姑怜没话找话。上下学见到几次都灵从自家门前路过，应该就在她家前面不远。从这里回家，极有可能是乘坐同一路车。

都灵点点头："是啊，我家就在你家前面不远的山茶村，我上学时时常看见你从家里出来。"她诚实地回答，让姑怜窃喜地意识到，没准儿她也关注自己很久了呢。

"我们再等五分钟，要是车还不来，我俩就——"姑怜提议道，"一起走回家吧！"

"我正好有把大伞，够我们两个人用。"都灵说。

望眼欲穿的姑怜先前还盼着公交车来，现在巴不得今晚都别来。她看了看手表，觉得五分钟太长，应该说两三分钟才好的。

好在，五分钟过去，车如愿没有来。

都灵撑开伞，旋即又成了一朵黑色大蘑菇，姑怜欢欢喜喜地钻进去。都灵似是条件反射地朝一边缩了缩，气息也乱了。她这下意识的反应太明显，但姑怜只当是天冷风吹的缘故。

不知从什么时候开始，宋姑怜有了这样的觉悟——她觉得，她是人，却又似乎与任何人都不是同类。她有家，不止一个家，却又似乎哪一个都不是她的家。父亲有了郁晚，母亲有了辉。早已步入中年的父母，享受着迟来的爱，尽管两个家的人都对她十分体贴，她仍觉得与哪个家都缺少水乳交融的媒介物——她找不到曾经一家三口那种自然而然的舒适感。他们的“好”仿佛飘在云端，越好反而越失真——她也是铁了心，拒不融入任何一方。一个连对父母的爱都开始怀疑的人，哪有多余的爱给别人。毋宁说，不融入是她对自我的松绑。

姞怜曾试探过母亲，不论什么天气，但凡她提出要出门——母亲总是关心备至地详细询问去哪里，几点回家。然而，辉叔叔就是另当别论了——他往往当下就同意。那喜悦的表情活跃在他脸上的每根神经上。“我真是喜欢小怜这孩子！”辉说。

啊！真是可笑得很，她哪稀罕他喜欢，不过是有身为“电灯泡”的自知，主动避嫌罢了。只要阴雨天，辉就提早收车，或者不出车，宅在母亲的公寓里。奈何，花莲的阴雨天绵绵无期，多到令姞怜产生辉叔叔常年都在的错觉。她万分不情愿，听见天气预报说下雨，便心情低落——这种下雪天，辉叔叔自然是不会出车的。也许，他正和母亲喝着小酒，吃着母亲精心烹饪的佳肴。要是兴致好，母亲还会献上一曲钢琴曲。

辉是个粗人，他喜欢春凤弹琴的样子，优雅又高贵，像电影里的公主。虽然他从来不知晓何为艺术，却乐意一遍遍地奉承："这真是艺术家的风范儿！春凤，你弹得太好听了！"张春凤每次一听到这话，浑身便酥麻了。被一个男人打心眼里欣赏，她渴望了太久。这比情话还动人，比桂花酒还醉人。

"太好听了，再来一曲吧！这简直是神仙过的日子啊！"

婠怜仿佛看见了辉叔叔两眼放光的样子，听到了他低沉的由衷赞美——母亲是如此享受与辉一起的日子。即便是工作日，一到下班时间便急匆匆往家赶，顺路割几两卤肉，打点儿小酒。她是老顾客了，店家也喜欢奉承她，路上遇见邻居同事，自然也会奉承。她早先时常自我安慰：只有浅薄的女人才需要被夸赞，如今倒是十分享受。那些甜蜜的语言，辉的温柔，都被她寻出来，夸张绵延成了宠爱，升华到了人生意义的高度。她越活越充盈、年轻，人们惊讶又羡慕地说："春凤，你这精气神真像二十来岁的姑娘家。"

到了自家楼下，婠怜便看见了辉叔叔停在路边的货车。她慢腾腾地走到楼门口，上去几步，又迟疑了下，继而转身奔跑了出去。她追上都灵，上气不接下气地试探着问："我可以陪你一起去给姥姥过生日吗？"路上，都灵已经将去火车站接母亲未果的事情告诉了婠怜。

"你要不要上楼跟家人说一声？"都灵好心地提醒道。

姞怜摇摇头，拽着她的手，说：“走吧，我们给姥姥买生日蛋糕去！”

04

透过朦胧的月色，姞怜看到山顶一排熟悉的围墙。她认出是小时候父亲时常带她去玩耍的部队大院，只是后来不明因由废弃了，成了这一片孩子的乐园。那围墙绕着整座山，像长城。在幼年的很长一段时间里，姞怜都以为顺着围墙能走到北京。到小学快毕业，她才明白过来，山茶村的围墙和北京的长城是两个世界。

上了小路就没有路灯了，两个人艰难地行走在雪夜里，路面湿滑，姞怜很自然地去牵都灵的手。那手却故意躲着，她试了几次都没牵到。姞怜一生气，故意摔了一跤，但都灵只是将她搀扶起来，旋即又松开了手。

姥姥把姞怜当成了都云，一进门就牵着她的手嘘寒问暖，进了屋才知道认错人。虽然掩饰不住失落，却还是打起精神热情地招呼起来。

“姥姥，我来给您过生日！”桌上被丰盛的饭菜占满了，姞怜把蛋糕搁到了椅子上。

“这蛋糕真是太漂亮了，花了不少钱吧，让你破费啦。”姥姥不好意思地说。

“不贵不贵，今晚姥姥高兴最重要。”婧怜说。

姥姥从柜子里把珍藏的白酒拿了瓶出来，给每个人都倒了一小杯。婧怜和都灵先前都没喝过白酒，舔了一口，都辣得直吐舌头。只有姥姥小口品尝着，连说好喝，那咂巴嘴的样子真像个酒鬼。

喝得意兴阑珊，都灵把吃光的菜盘子收进了厨房，将桌子空了出来。婧怜摆上蛋糕，点上了生日蜡烛。“关灯吧，我们要唱生日歌了。”婧怜说。

烛光照亮了少女明媚如春的脸庞，清脆甜美的歌声盘旋在屋子里。这种温馨的氛围，让婧怜生出来情同手足的错觉。屋外面雪花正飘零，院子里白晃晃一片，仿佛铺了月光。炉子里火烧得旺盛，发出滋滋作响声，很暖和。婧怜见都灵家安装了电话，便打给了母亲，告知她大雪不方便回家，今晚就在同学家留宿了。母亲自然是一番嘱咐。这时，她旁边的辉叔叔的声音传进来：“这么大的孩子了，知道照顾自己，少说几句吧。”继而，母亲挂断了电话。

姥姥喝醉了，提早回屋睡觉了。

婧怜挂了电话，望着窗外出神。都灵端着一盘蛋糕过来，递给她，说：“这蛋糕真好吃，你再吃一块吧。”婧怜摇摇头，又望向了窗外，窗户透出去的光里一片苍茫，更远处的山巅在夜色中隐约可见，想必也是堆了厚厚的积雪。明早，满世界都澄净无垢了。

“真美啊，这些雪花都要飘到哪里去？”婧怜自言自语。

“山上，树上，河上，房顶上，鸡舍鸭棚上……它们去的地方可多了。”

“是啊，世界这么大，雪花飘零无根，想去哪里都可以。有时候真觉得，还不如做一朵雪花自在。”

“雪花碰到温暖可就融化了。”

“是啊！雪生来就冷冰冰的，世人既不要求也不会指望雪花去温暖人，它自己也无须温暖，反倒温暖对它是一种伤害，是负重。做个冷漠的人不好吗，爱人除了受罪，还能有什么？”姞怜苦笑。她的眼睛，一如这惨白的灯光凿开的雪夜。

都灵看着这眼睛，咀嚼了两口蛋糕，也不觉得甜了。她想起学校里关于姞怜的各种流言蜚语，黯然地陷入了沉思。屋檐下，天晴时刚融化了的半截冰柱又凝固上了，灯光下亮晶晶的，像一串巨大的眼泪。

“姞怜，同学们都说你是个大方的好人，我今天也见识到了，你绝不是冷漠的人。”都灵说。

姞怜一抬头，就看见都灵明亮澄澈的眼睛正凝视着自己。面对这样的一双眼，她说不出谎言。尽管她在心里对这样的评价嗤之以鼻——什么大方不大方，那些衣服、巧克力、笔记本……那些她像个跳梁小丑每天夸赞别人、贬低自己换来的好人的称呼！真是讽刺呀！

在她心里，小学在演出后台听到戈谣说的“宋姞怜就是个傻瓜”更真实可信。尤其现在几年，她回忆起那个当年为了证明不是傻瓜，从而成为“大方的好人”的宋姑怜——这个自证的过程，不正是傻瓜的具体体现吗？没准那些当面夸赞的人，就是像戈谣一样背地里骂自己傻瓜的人。人的劣根性呀，怎么能治得好？远不如当个冷漠的人痛快舒服。

缄默的姑怜仿佛是石头做的，那种坚实的质地，令都灵发出了柔软的心声。

“姑怜……我真想为你做很多事！”她说。

这句话像递过来的过分温暖、过分危险的火球，令姑怜突然感到烦躁。她站起来，有些焦虑地劝慰道：“都灵，感情这东西很危险，像火也像冰，多了要烧焦，少了要冻死……”说完，她自己也感到困惑起来：和都灵这样善解人意的人成为朋友，不正是自己的心愿吗？这话说出来，倒又像把即将或者已经视自己为朋友的人推远了。

她正感到不安，却见都灵完全没在意。她正在吃姑怜不吃的那份蛋糕，奶油甜腻的气息弥散在屋子里，被甜腻包裹着的都灵，也仿佛成了一部分甜。姑怜觉得，都灵蜷缩着身子小口小口吃蛋糕的样子，真像一只可爱的仓鼠。

“我妈妈说过任何时候都要去爱人，这是我最喜欢的一句话。”

“你爸妈应该很相爱吧！”姑怜实在想象不出来，要多么恩爱的夫妻才能养出来这样温柔的孩子。

“他们曾经很相爱吧。一定是的。”

“为什么是曾经？”

“我不太喜欢跟人聊这些，但是对你除外——其实，他们在我出生之前就分手了。我爸……”她顿了顿，嘴唇蠕动着，似乎还不太适应这个称呼，“他至今不知道我的存在。我妈妈是在分手后不久发现怀孕的。她心高气傲，不打算主动去找他。等她想通了，再去时，我爸已经有别的女人了。我妈从此以后和我爸就再没见过面了。这些事情，我也是上初中后才知道的。”

“那么短的时间就可以爱上别人吗？是变色龙吗？这怎么能是爱？”婼怜觉得不可思议。

“也许……分手太痛苦了，他需要关怀和陪伴。我倒是很理解我爸的做法。”都灵开脱道。婼怜脑海里突然闪过从前不断替父亲开脱的母亲，忽地湿了眼睛。

“为什么不去告诉他呢？也许，说出来就是不一样的结果了。”

“我妈妈说，我爸后来过得很幸福。有人过得幸福，总好过大家都过不好。”

“她怎么知道你们三个在一起就不会幸福？她有什么权利去替你做主？”

说这话的婼怜，脑海里又闪过母亲将她带去305公寓那天的情景。她质问都灵的同时，仿佛也在质问自己的父母。那突然间爆发的歇斯底里震慑住了都灵，她眼巴巴地望着婼怜，声音越来越小：“总是在一起不幸福，才会分手……”

“都灵，你记住——你妈妈可以决定她的爱人，但没权利替你去否认你爸。”

“爸……这个称呼喊出来都觉得很幸福。”

都灵的眼中含着一面湖水，嘴唇上沾了些红色奶油，又像涂抹了鲜血。室内很温暖，使得气味更加甜腻了。姞怜看着眼前的都灵，她的样子如此可怜，却又无知无畏。那个时刻，她突然意识到，这是一朵真正从苦难里生长出来的纯洁花朵。姞怜不忍心看她，却又一而再再而三地忍不住看了又看，这才陡然发现都灵捧着蛋糕的手长满了冻疮，裂开的小口子仿佛地震后的裂缝——原来，真正可怜的人都意识不到可怜。他们生于苦难，被苦难养育，却是世间最能识别爱的人，就好比一直活在黑暗阴影中的人，能把一点儿星光当成太阳，当获得普通人不屑的一点儿温柔，就以为抓住了全世界的爱，就以为是世界上最幸福的人了。

那一刻，姞怜终于理解了都灵在学校里那些反常行为的因由。她确实是真的是把使唤和刁难当成了爱。莫不如说，她喜欢被人需要着的那个自己，即便得到的仅仅是一个当下敷衍的笑容。

“都灵，你爸没能认识你，该是多大的遗憾呀！”姞怜说。

“他真的会遗憾吗？我值得他遗憾吗？”她眼底绽放的光，照亮了雪夜，“其实，我妈妈已经答应我，等我十八岁时带我去看看他，就远远看一下，我不想打乱他的生活。”

“那时你都高中毕业了呢。”姞怜算着时间，自言自语道，“这可真是漫长的等待呀！”

“也不会太久，长大是很快的事情！”

“是呀，也没准儿刚开始长大就要老了。”

“我姥姥可是老了才开始变小哩。”她脸上充盈了温柔的笑意，“就说今晚吧，这老小孩一高兴就把自己给灌醉了！”

“姥姥也同意你妈这样做吗？”姞怜又说道，“总觉得姥姥心里有苦衷。”

“姞怜，你说人活着谁能真的就没有一点点苦衷？大人远比我们要辛苦。”

“姥姥总知道你爸爸是谁吧，你可以悄悄问她，然后悄悄去找你爸。”姞怜建议道。

“我姥姥说我妈当时很小，她见我妈肚子大了才知道的，怎么问都不说。”

“你爸妈都欠你的，都灵，他们甚至都不知道你有多好。”

姞怜脑海里再次浮现出了父母离婚当天他们一家三口吃的最后一顿团圆饭。父亲和母亲纷纷握住了她的手，将她架上了永恒的亲情高塔之上。她的脸因为愤怒和同情，变得狰狞而扭曲。

婧怜又说："我爸我妈这辈子我都不原谅——他们很友好地离婚了，互相谦让，通情达理地离婚了。我那傻妈还带着我去春城，帮我爸参考他的新女友，其实是去佐证给那女人看，她和我爸早就只剩亲情了。我妈爱得太卑微，太傻。现在辉叔叔给她的是过去她向我爸求而不得的，而我爸过去不愿意给我妈的，现在都拱手给了现在的小阿姨——他们都成了更好的也更幸福的人。没有人想过我，我该怎么面对这场家庭的突变，我该如何去和他们各自新的爱人相处。他们也许考虑过，也许还自认为考虑得周全体贴，自以为寻到了善良的好人，让我免于受欺凌——我需要这些吗？我承认我的原生家庭不完整，可是真实自在，就算是氛围压抑，也好过勉为其难的热乎。辉叔叔和阿姨的确都很好，可终究是没有血缘的陌生人……我本意不想伤害到任何人，可人人都在用自以为是的好意先伤害了我啊。"

婧怜一口气说完，她话里有失望、理解、痛苦、不甘……都灵心想着，这真好，宋婧怜还生命力旺盛地活着。而她自己呢，所谓的远远见一面就好，不过是为了掩饰对空白的惶恐。她的父亲只是个名词——他不存在对错、好坏、期望或失望、质疑或信任。她毫不知情地存在于人间，她对这个男人来说，其实同样没有色彩、温度、影像……连回忆都没有。空白，可以吞噬一切的空白。

"婧怜，如果你也幸福的话，那就都幸福了啊。"都灵说。

“如果我也成了和他们一样幸福的人，他们一定觉得自己离婚是英明的——我不要这样的结果。既然生了孩子，生而为父母，这个家孩子也就有份了。他们离婚也需要孩子的同意吧，至少先问一声是吧，否则生我们是为了什么？抚养长大，然后作为他们老了的保障？也太自私了吧！”

“父母也只是人，他们都是……这世界上最希望你幸福的人啊。”

“希望和现实是两回事儿，幸福，多抽象的东西。好处倒也不是说没有，比如，我妈以前老爱给我讲道理，现在一句重话也不敢对我说。我爸以前脾气不怎么好，现在我一哭他就没辙，只能听我的。我能感受到的也就这点还算不错！”姞怜大笑，微光下诡谲而邪魅，像喝醉了酒的人，将都灵给震撼住了。

姞怜拿手在她眼前晃了晃，又问道：“都灵，你妈妈漂亮吗？不过我看你长得一般般，她应该漂亮不到哪里去吧。”

“见过我妈妈的人都说她好看，我也这么觉得。”都灵清醒过来。

“是吗？那你一定随了你爸爸。这就好办了，他的年龄总问得到吧。那个岁数的像你的男人，一定就是你爸爸了。我帮你找——既然你妈那么美，没准儿你爸是个有钱有权的人，相认了，可得记住我啊！”

“姞怜，你是喝醉了吗？”都灵越听越离谱，“你不会舔几口酒就当真醉了吧！”

“我没醉，这种氛围说点儿心里话罢了，我总不能一直什么都憋着，你要理解我啊。”

“我理解的。”

“啊！我说了这么多，你开窍一点儿了吗？”

都灵耸耸肩膀，摇头。事实上，无人知晓她一个人走过了多少千山万水，才抵达了对父母的宽容和理解。她可以尊重姞怜的选择，但她也不想因此而影响到自己。见到这样的笑容，姞怜纵使还有很多话想说，也只能无语叹息了。

“你还想为我做很多事情吗？”姞怜又问。

都灵仍然笃定地点头。

“都灵，听我说话，然后烂在你心里吧。要是你真的愿意为我做什么的话，就这个了。这些话，我也只对你说过的。你知道，有人羡慕我父母都不敢管我，更多人同情我。所有人都可以这么做，你不可以。即便你将来真的无力承受，你就是从此与我绝交，也不要来同情我。”

“好。”都灵说。

“我也不会同情你的。”

“我更不需要。”都灵想了想，又笑笑说，“姞怜，白天有阴影，但也有太阳；夜很黑，但有月亮和星星啊。我自己有光的。”

05

都灵从柜子里抱出来一床新被子，铺在床上。这是一张老式的木板单人床，旧且窄小，和学校住宿生的单人床差不多。她体贴地说：“你今天先将就一晚吧，我就在外面的沙发上睡。”婧怜脱了鞋子，躺上去，发现床还有盈余，足够睡下瘦小的都灵。她站在床边一把拽住了正欲出去的都灵：“我们一起睡吧，睡得下！”说着，她半跪在床沿上，从背后抱住都灵，并用脸蹭着她的后背假装撒娇。说话间，便感觉到了都灵的异样——她全身绷紧了、僵了，像水瞬间被冻住，在发抖。婧怜下意识地放开了她。

都灵不自知地后退了两步，和婧怜保持了一米左右的距离。婧怜顿时联想起在伞下，都灵也有意无意地和她保持着距离，就是刚才两人推心置腹聊天时，她也选择了沙发对面的单人椅子——单独看似乎都合情合理，串联起来就有了令人遐想的空间。婧怜悄悄闻了闻自己身上，并没有什么难闻的异味，她记起昨晚才洗过澡。

“床留给你睡吧，我睡沙发。”婧怜坐起来，看也不看她，生气地穿鞋子。

她穿好鞋子站起来，这才发现都灵仍然原地戳着，望着自己。是的，木讷的眼神，眼珠子都不会动，像极了某个时期的张春凤。再凝神一看，都灵又仿佛是被关进了一个封闭的容器里。灯光下，她的汗毛一根根、一片片地站立起来。领边上的脖子红了，细绒绒的鬓发边上脸也红着，竖起来的汗毛里渗出密集的汗珠子。她看起来糟糕极了，好像正在生病。

“都灵。”姞怜喊了一声，又提高音调喊道，“都灵！都灵！”

没有反应。

姞怜把手伸过去，贴在都灵的额头上。她颤抖了两下，绵软地又后退了两步。

“都灵，你……你讨厌我。”

这句话将都灵从怪力磁场里震了出来，她慌张地摇着头。“你一直在躲避我靠近你，你要么是讨厌，要么是在害怕我。”都灵头摇摆得更厉害了，像大人手中逗小孩子时使劲摇晃的拨浪鼓。眼前的都灵像是变了个人，突然之间不可理喻，但她噙着泪水的脸却更加触动了姞怜。她想要上前替她擦干眼泪，她的手一靠近，都灵又条件反射般后退了。

这举动彻底激怒了姞怜，都灵退一步，她便上前一步。退到墙角，无路可退，都灵像散架的人偶，顺着墙壁绵软地蹲了下去。她双手抱着膝盖，仰起一张没有血色的脸，说：“姞怜，别逼我了！我害怕……我害怕和人身体紧挨着！所有人，所有人！”这细微的声音仿佛玻璃划破了空气，豁口打开了。

姞怜俯视着她，她料想不到，都灵是知道痛苦的，是会哭泣的。她以为——都灵会从一切黑暗、肮脏、痛苦……

从一切人们想要撇弃与唾弃之中发现美——是的，她以为那样善于苦中作乐的都灵是不会哭的。

姞怜第一次知道，竟然有人能惧怕与人接触，她悚然地后退了两步。都灵这才犹如干涸太久放进水里的鱼儿，透过气来。

“姞怜，原谅我——我只要与人身体贴着，心就会被关起来，动不了的。”那噙着的泪水终于落下来，“姞怜，你可以不要走吗……我害怕孤零零的一个人！”

姞怜退到床边，脱掉鞋子，躺到床上，用被子盖住了自己的脸。

“我睡觉了，帮我把灯关了。”姞怜说。

黑暗中，她听到都灵的脚步声，响了几声又停在了门口。

“姞怜，晚安。”

熄了灯，四周寂静，只有窗外的雪静悄悄下着。姞怜和都灵隔墙而睡，两人都思绪万千。都灵明白了宋姞怜那不可一世的骄傲和自负，其实是因为自身无能又软弱，才会抖擞开周身的羽毛。她装腔作势的凶相下，其实只是害怕被伤害，才不得不穿上盔甲道具。平日在学校的好人面具下，也是无奈居多，不得已而为之。她的孤独来自自知之明，大概是认为那样的自己根本不配得到爱，便索性冰冷到底，装作雪花，既不需要爱，也不会付出爱。

而姑怜也明白了都灵的坚持与真诚——她待人接物如同信仰宗教，如同追求哲学。那样的人，就是面对杀人犯怕是也会心生怜悯。她选择了理解黑暗，追随光的影子，不断地强调美好——好比粪堆里能闻到花香，冷血里能尝到甜蜜，能从巴掌的痛里感到温柔——发现美的能力太过强悍。美与丑犹如镜子的两面，生生不息的、希望的白雪下，覆盖着更加深厚绵延的绝望。所以，与世间保持距离是她最后的屏障，而倾尽所有去爱人，又是她掌握的与人间关联的唯一方式。

这两个不安的灵魂深处，隐藏的其实是……两颗极端渴望的心哪。

06

偶尔，在辉叔叔出车的日子里，姑怜也会邀请都灵来家里。春凤见过都灵几次后，对她印象颇佳，认为是个可靠的人。她为姑怜终于有了真正的朋友感到由衷欢喜，这对姑怜来说无疑是好事一桩。日后，但凡她要做点儿什么事情，就拿出都灵来，简直好使极了。张春凤一听到是和都灵一起，便乐呵呵地答应了，自然，都灵替她背过不少黑锅，比如逃课、迟到、早退等。尤其在辉叔叔住家的日子里，她更是频繁光顾都灵家，索性吃住都在那边了。如此，都灵家就好比成了姞怜在花莲的第二个家。

这是最普通的农家小院儿，前面的空地上种了应季蔬菜，西墙角有棵巨大的银杏树，是祖辈们留下的。屋檐下停着一辆小车，侧边用油漆写着“棉花糖”三个字。这车是姥姥的，天气好的时候，她便推着小车沿街叫卖，一来可以换些钱补贴家用；二来她是诚心喜欢这营生，到哪儿都能吸引一堆小朋友环绕簇拥着。

姥姥喜欢孩子，认为每个小孩都是天使。被小孩子簇拥着的姥姥，仿佛拥有了人间至福。这是姥姥认为的幸福。若是遇到一脸馋样儿又没钱买的小朋友，她也乐于递上去一朵棉花糖，换一个天使般的笑容。因此，不只在村里，花莲很多小朋友都认得她。姞怜回忆起游乐场开业那天父亲替她买的棉花糖，才意识到卖给她的正是都灵的姥姥，顿觉又亲近不少。

人们都喊都灵的姥姥“棉花糖婆婆”，姥姥出了名的好人缘。她就像个万能的磁石，跟谁都能和谐相处。但都灵却正好相反，她完全没有遗传姥姥优秀的社交基因。用姞怜的话来说：“都灵那个榆木疙瘩，只会说，‘啊，让我为你做点儿事情吧！’不然就是一声不吭，只会傻笑，不熟悉的人还以为遇到了傻子。”姞怜完全想象不出来，她是如何一个人孤独地读完了幼儿园、小学，再考上初中的。姞怜偶尔甚至觉得，在那种环境中都灵却拥有了美丽的灵魂，实在是残忍之事。

她们成天上下课都腻在一起。姞怜周末去宋老师家补课，都灵有时也陪着。她在书房学习，都灵就在客厅里坐着等。若是赶上师母在家，她便浑身不自在了。师母端来水果和茶水，她接过时双手都不自觉地颤抖，有次竟洒出来把衣服打湿了。都灵尴尬不已，借口有事逃了出去。当时，正好宋老师从书房里出来撞见这一幕，自言自语道："都灵这孩子，真是内向又敏感呀。"

"老师，她人特别好。"姞怜在屋子里说。

"这种性格的人，若再做个好人，这辈子难啊……哎！"师母叹息一声。姞怜在都灵家得到的种种关照，张春凤很是过意不去。趁着周末休息，她带着两瓶蜂蜜和一袋子水果去了山茶村。都灵家太好认，进村口的红砖围墙和院儿里的大银杏树太显眼。她敲门被姥姥迎进屋时，姞怜正和都灵在山上的部队大院玩耍。临近傍晚，两个女孩子玩尽兴了回家，推门就看见春凤正坐在树下的椅子上，正讲着自己小时候去山上烤红薯的有趣经历，引得姥姥哈哈大笑。姞怜十分吃惊，在她的印象中，母亲并不擅长交际。

"啊！真是很怀念呀，不知不觉就老了。我也很多年没吃过烤红薯了。"张春凤回味无穷地说。没想到，隔了几天，姥姥就委托在棉纺厂上班的同村人给她捎去了一篮子烤红薯，拿进厂子里还热乎着。那一篮子红薯，张春凤当下就在棉纺厂里跟同事瓜分吃了，留了两个带回家，一个给了辉，一个给了姞怜。日后，光是烤红薯这件事，张春凤反复提了不下十次，其余说得最多的便是："宋姞怜，你交了个很棒的好朋友，要珍惜呀！"

"妈妈放心吧，我和都灵会是一辈子的好朋友！"姞怜每次都这么回答。

到了春天，银杏树抽出了嫩芽。都灵在院前院后播种下月季和蔷薇。礼拜六的清晨，姥姥会步行去教堂做祷告。这是早年传教士留下的教堂，保留至今。这习惯她坚持了十多年。她穿得优雅得体，走路时不疾不徐，完全不似乡下老太太的气质。后来才听都灵说起，姥姥幼时也是养尊处优的富家小姐。

因着姥姥的关系，都灵也时常出入教堂，后来，姞怜也时常跟着去。通常，她俩会选择后排人少的位置坐下，听着唱诗班肃穆的歌声回荡在空旷的教堂里，俨然神的仪式。

姥姥则喜欢坐前排，挨着的都是各个村里的老人。后来，两个女孩发现坐在姥姥身边的人换成了一个陌生的中年男人。他小个子，戴顶小礼帽，胡子拉碴的，看起来有种沧桑感。旁边是一位年纪相当的中年女人，貌似妻子。他是见到姥姥才坐过去的，坐下不久，两人就贴耳聊了起来。

从教堂出来，三个人坐在路边的长椅休息，又碰见了教堂里的男人。他远远地跟姥姥打过招呼，看到旁边的都灵和姞怜，停下了脚步。他对同行的女人说："你先去车里等我几分钟，我和老熟人聊几句。"女人友好地朝三人微微颔首打过招呼，便先离开了。

“小易，你看，我又忘了，该喊你老易啦。”姥姥说。十几年前，他还是小邮差时，时常来茶花村送信，这里的人都喊他小易。

“小易，您还是这么喊吧，以前茶花村的人都这么喊的。”他乐呵呵地说着，眼睛却一直注视着两个女孩，“这是都云的孩子吗？都这么大了。”

“要是两个都是云儿生的就好咯。”姥姥一一介绍道，“这是我孙女都灵，这是她好朋友宋姞怜。”

“孩子这是跟着妈妈姓了。”说话间，他情不自禁又看过去，目光暖乎乎的，黏糊糊的。又问道：“都灵，你多大了？”

“十五岁。”都灵说。

“哦，比我家孩子大一岁，看来都云比我结婚早哩。”

姥姥插进来话：“哎，云儿那丫头到现在都没结婚哩，我们祖孙俩相依为命。小灵可乖了，先前我老抱怨云儿不结婚。现在这把岁数也释然了，这结婚了，小灵就轮不到我来带了。有小灵陪着，也是我这老婆子的福气，你说是吧。”

“都云……还没结婚啊……”他脸色大变。

“可不是嘛！你说云儿这倔丫头，自己不结婚就算了，小灵就可怜了……”姥姥叹息一声，“这么乖的娃娃，她爸没这福气！”

老易沉默着听完，若有所思了片刻，径直走到都灵跟前。他比她高出来大半个头，俯视的目光极其温柔。都灵也抬头看着他，眼睛悠然亮起来。

就在这时，不远处的大路上响起了汽车的喇叭声。老易朝那方向望过去，太阳正冉冉升起，光照在大地上，磅礴却又柔情蜜意。

他收回目光，对姥姥说：“我得告辞了，你们多保重。”又最后朝都灵看过去，说道，“都灵，有任何难处都可以来找易叔叔，我和你妈曾经是最好的朋友。”他说着弯下腰，蜻蜓点水地抱了下都灵。

07

都灵从抽屉里翻出来一个旧相册，双手捧到宋姞怜跟前，那谨慎的姿势仿佛捧的是珍宝。相册里绝大部分是都云的照片，横跨了一个女人从少女至母亲的阶段。每个阶段的她都有不同的美。少女时的青涩纯情，年轻时期的优雅妩媚，就连怀孕阶段都彰显着温柔慈爱的美好。有几张是她抱着几岁的都灵在照相馆拍的。那时的都灵头顶扎了一戳丁丁毛儿，面无表情，眼睛却炯炯有神，一副骄傲的样子，十分可爱。婴儿时期的都灵和都云分明有几分相似的，怎么长大了完全不像了呢？真是太遗憾了，姞怜想。“都云可真好看啊！”姞怜由衷地赞美道。

“是啊！人人都这么说。”

“你要是长得像她，那简直是神仙一样完美的人了。”

“像我爸爸不更好？”都灵说。

“你都没见过你爸爸，万一是像你爷爷或者奶奶，还有那个过世的姥爷呢！”

“像爸爸的概率会更大吧。”

“等等，你把脸稍微侧一下。”见都灵不明所以地看着自己，姞怜自己调整了目光，“对，就这个角度。那半侧面的弧线简直和老易一模一样。”“姞怜，这话你不能乱说。”都灵惊得双手一抖，相册哗啦掉到了地上。她弯腰捡起来，轻轻擦拭干净尘土。“你不觉得那天他看你的目光怪怪的吗？根本都没有搭理过我一下呢，真是受伤啊！”姞怜说。

“这可不能乱猜测，老易已经结婚了，他妻子一看就很贤惠又爱他。这话要是传出去，会影响他的家庭，莫须有的就别乱说了。”都灵愠色道，抱着相册，起身去了卧室里。姞怜跟进去，见都灵正坐在床沿上，眼睛红红的。

姞怜默默地在她身边坐下来，从腰间搂紧了她。都灵颤抖了两下，便绵软地靠在了姞怜身上，双手握住了她的手——她终于接纳了与姞怜的身体亲密接触。“给我讲讲都云吧。每次她回花莲，我都在春城，一年到头都在错过。”姞怜遗憾地说。“她年轻时候很美，现在老些了，也许你见了会失望的。”都灵说。“谁能不老，能成老美女可是福气啊。”“说得对，这样的祝福要是她听到会很开心吧。”“你们关系可真好！”“其实，我和她面对面相处时不太像母女。我很爱她，但是我不能和她靠太近。她留在春城，谋生是一部分，更大的原因我觉得是为了避开我——哪个母亲能忍受和自己不亲近的孩子。等我想要跟她亲近的时候，她已经在春城很久了。我始终无法说出那句‘请你为我留下来吧’。她很爱我，但她应该不知道我爱她不比她爱我少吧。”

“她将来会理解的。”姞怜说。

“我也会试着向她多表达爱和关心，对她很内疚，一直靠她养育着，但我对任何朋友其实都比对她热情。我这颗心让自己很累，也让她受累了。”都灵噙着的泪水落下来，大颗地砸在姞怜手臂的皮肤上。姞怜紧紧地抱住了她。

沉默了一会儿，姞怜又说：“其实……姥姥才是最坚强的那个人。”

都灵松开了手，转身严肃地凝视着姞怜：“我姥姥是不得不坚强。当年因为我妈这事儿，她差点儿寻短见。”

“谁救了姥姥？”姞怜心也收紧了。

在姞怜好奇的目光的追问下，都灵解释道，“我妈妈年轻时在村子太有名了，都以为她要嫁个好人。出了这样的事情，我妈又不听她的，执意要生下我做单亲妈妈。我姥姥觉得太丢人，没指望了，人生黯淡，就想去投河。走到半路，听到教堂的声音就进去了，看见了正在接受洗礼的婴儿，又想要活下去了。她就从教堂出来，直接回家了。”

“原来姥姥是从那时候开始信基督教的。”

“是啊！有点儿精神依托对她来说是好事情。”

“都灵，你有信仰吗？”婧怜突然问。

都灵靠在床头，想了想，说：“我不知道，我身体里的确有一样东西，有点儿像盔甲城墙，也像是羽毛翅膀……可以说是法律制度，也可以说是情感道德。它能约束我，也能给我力量。……我也很想知道是什么，也许我长成大人就知道了。”

婧怜不明白，那感觉却像是一脚踏进了仙境，凭空撞到了一道墙上。是类似高墙般的东西吗？她心想着。眼前的都灵，温柔中静悄悄地散发着坚不可摧的气场，太熟悉了。她脑海里刹那闪过那天夜里她闯进父亲的卧室，拉开棉被时郁晚看她的那张脸——郁晚心里也有这样的一个东西吧——终于摸到她的边缘了。

想到这里，婧怜自个儿发出两声沉闷的笑声。

“是吧，你也觉得很好笑吧。”都灵说。

婧怜摆摆手，说道：“我是想到另一件事情去了——我爸那个从不对我发脾气的女人，有一次，终于对我发火了。我想起她那张愤怒的脸，现在都控制不住想笑呢。”

“我觉得比起发脾气，不发脾气更好笑！”

“她真的是不发脾气——我把她养的狗丢了，没发火；有次家里请客，来了很多亲朋好友，我把她给我夹的菜当众人面给倒了，也没发火。然后……那些大人都来安慰我，她跑去了卫生间。你猜她进去干什么？”她自问完，又自答道，“你一定想不到，她躲进去哭鼻子，简直笑死我了。”

姞怜笑完，发现都灵没有笑。

“嘿，不好笑吗？那我再给你讲一个——我只要不说话，他们就猜我哪里不舒服了，哪里受伤了，还是抑郁了！你简直不能想象他们小心翼翼的样子有多滑稽。”

都灵还是没有笑，却反问道：“姞怜，你很讨厌她吗？”

“怎么，现在觉得我不是好人，是坏人了？”姞怜听出来弦外之音，止住笑。

“我觉得……我还需要继续了解你。我是说，更深入地去了解和理解你——好坏其实并不像答卷上的对与错。该怎么来定义呢？就像向日葵，朝着太阳的一面，花盘巨大美丽；背阴的一面虽然不美，却给予着营养，将来还可以吃瓜子呢。对错可以有个标准，但好和坏很难去定义的。别给自己太大的压力了。”

她主动抱了抱宋姞怜。

姞怜温柔地望着她，眼底是宁静的信任。

她又开始说了：“很好……这样就很好了。我在大人们面前装得太累了，你是我最好的朋友，我不想在你面前伪装。让我把灵魂放出来，自由自在地飞翔吧。”姞怜直勾勾地注视着都灵的眼睛：“我承认她对我不坏——但她就是错了。她不该和我爸在一起，更不该住进我曾经的家里，万不该……对我好又不肯从心中真正去接纳我。她等着我接纳，而我也是如此的。我对辉叔叔就没有这些要求，没有渴望，也不依赖他，他随时离开我也不会难过。可是阿姨，我想要她一直和我爸在一起。但他们一起很幸福，我又好难过……很矛盾吧！让我——一个十多岁的孩子，去承受这样的想法，还没有错吗？讨厌，肯定讨厌，非常讨厌。但我明明讨厌，我还得对我爸说喜欢，喜欢得不得了！没人想做长鼻子的匹诺曹，成为这样的自己不是我愿意的。我也是被迫成了这样的人。”

“都灵，我——连自己都讨厌。”姞怜又说。

08

初三下半学期，春天到夏天的短短几个月里，接连发生糟糕的事情。毕业在即，紧张的氛围下隐藏着暗动的火苗。戈谣的丑闻率先打破了寂静。

真相是什么，已经扑朔迷离，事情就是这么诡谲。学校里的代课老师租了个房子，有一天，他走错了门，用钥匙竟然把邻居的门给打开了。事后，那老师仍觉得匪夷所思。不过，这种老旧小区的简易门，钥匙能互开也不足为奇。

代课老师进去就发现不对劲儿，正要出去，却看到了沙发上的花莲二中的校服，隔壁房间里正发出奇怪的声音，他警觉地走过去。从一扇打开的门里，他看见一个女生正被一个高大的年轻男子压在身下。这代课老师当即大骂。中间不知发生了什么，只知道结果，戈谣站到了窗边的桌子上，细白的胳膊和腿被阳光照得半透，一纵身就跳了下去。树枝的阻力减轻了撞击力度，加上楼很矮，戈谣在医院里住了半个月恢复了健康。

这件事情众说纷纭——学校同学说，戈谣恋爱了，那是她男朋友；小区的长舌妇说，戈谣太美了，被坏人骗去屋子里给玷污了；姞怜去剪头发时遇到的理发师则说，那小姑娘是被老师发现的，怕被告知家长，一急之下干了傻事……每个人口中都是一个截然不同的版本。

这件丑闻传遍了全花莲，守旧传统的花莲像是到了高潮。人们在说起戈谣的事情时，掖着一股子同情的恶意、批判的欢愉。等她从医院出来，学校已经没了她的容身之地。她父母也嫌丢人，给她办了退学，变卖了房子，搬了家。没有人知道他们搬去了哪里。戈谣离开前来找过姞怜。她就坐在超市外面的一条长椅上，是个转角路口，四月的法桐树已长势蔚然，在她头顶飘起一团团绿云。当天，她穿了一身规矩的校服，左顾右盼。见到姞怜和都灵走过来，旋即从椅子上弹起来，跑了过去。她把一个包装精致的盒子塞进婧怜手里，什么也没说就跑远了。

婧怜打开，一股甜蜜的香气溢出来，盒子里躺着的正是她送的那条白色连衣裙，像崭新的似的折叠得整整齐齐。她突然后知后觉地记起，自从她开始不断送礼物起，戈谣就没穿过这条裙子了。她盖上了盒子。

这之后，戈谣的座位就一直空着。每个人都知晓她再也不会回到教室里上课了。舆论沉寂后，接踵而来的便是淡淡的哀伤，细细碎碎洒满了毕业的季节，像一枚青涩的果实，忧伤而苦涩。

到了五月末，又发生了意外。都灵的姥姥在兜售棉花糖时，被石头绊倒摔了一跤。当时也没有什么大不了的。当天回到家里却突然呕吐不止，都灵着急地将她送到了医院。检查结果是脑出血，必须住院治疗。都灵请了半个月的假，昼夜不分地照顾姥姥。

婧怜每天放学都会赶到医院，将当天留的作业给都灵带去。姥姥这一病苍老了很多，记性也不好了，对往事却记忆犹新。醒着的时候，她喜欢跟姑娘们絮絮叨叨讲述先前的故事。故事里的姥姥很年轻，婧怜边听边看着眉飞色舞的姥姥，忍不住产生失真的感觉。

"啊！姥姥也做过小孩子。"婧怜想。她不能相信姥姥是有童年的。

学校里没有了都灵，婧伶只觉得万分寂寞，上课总是走神，老师讲了什么她也毫不知情。宋老师点名喊她，她茫然地站起来，只得诚实地摇头。几次下来，气得宋老师打电话给宋和平告状，将婧伶的糟糕表现说了一大通。接到电话的那个周末，他就心急火燎地赶了回来，接着便是一通苦口婆心的教育。父亲和母亲轮番演讲，晓之以理又动之以情，婧伶麻木地保证、动容地保证、大声地保证。

等父亲一离开花莲，一切又回到原样。中考没有考上父母亲期待的一中或者更好的春城七中，倒也是四平八稳上了本校高中部。教室从东边的一栋换到了西边，还是经常和宋老师见面，可能是不再教她的缘故，亲切了很多。这个暑假尤其漫长，婧伶去春城待了近两个月，想起和都灵约着要去部队大院玩，提早回了花莲。

09

下了火车，婧伶拖着行李箱走在车站。夕阳下，人们的脚踩着被拉得长长的影子。每个人都镀了一层隔离的光，像一个个独立运行的星球。

进了屋，张春凤不在家，厨房里冷锅冷灶的。婧伶猜母亲应该还在棉纺厂里加班，辉叔叔一定是出车去了。她换了身衣服，去小区外的小饭馆吃饭。她先前中午时常来这里吃饭，和老板认识已久。他是个热情的人，每次都大声打招呼，并赠送些小零食给她，比如半个苹果，或者一颗咸蛋等。姞怜以为是他纯善的天性使然，又或是做生意练就的谄媚功夫——总之，她对他印象很不错。直到有一天，她因为躲雨，在门口屋檐下多站了会儿，听到他对里边相熟的食客说："那小姑娘可怜呀，家里估计是没人给做饭，只好来我店里吃……"姞怜顿时明白了他格外关照的原因。她虽然不屑于这种因可怜形成的施舍的"好"，却很诚实地依赖着，因此，这里几乎成了她的定点食堂。

姞怜点了两个菜，清蒸鱼和糖醋排骨，要了个紫菜蛋花汤，找了个僻静的角落漫不经心地吃着。她正处在青春期，食量不小，两菜一汤一碗米饭能吃得精光。似乎这个年龄的人都异常能吃，她的同学也总喜欢在抽屉里、书包里放些小零食，逮着点儿私人时间就嚼个不停——也不管是在教室、操场，还是尘土飞扬的马路上。姞怜在外面却是极少吃零食的，她潜意识里觉得进食是一件私密的事情，所以目睹过她无数次进食的老板理当是熟人了。

结完账，老板又送了一颗苹果给她。姞怜道了谢，握着苹果回了家。张春凤还没回来，姞怜一直等到夜里八点，她终于一脸倦容地进了门。她走路有些摇晃，姞怜一靠近她，就闻到了酒味儿。

"辉叔叔呢？"姞怜把母亲搀扶到沙发上坐下，环顾四周问道。

“回老家了。”

“要回去多久呀？”

“不知道！谁知道呀，你问我，我能问谁！”她嘟嘟囔囔又说道：“他家里人来电话说他妈病了，买了票就回去了，只带了个小包，装了两身换洗衣服，说是回去看看，待几天就回来。这都半个月了，连个电话都没有！谁知道几天能回来，还要不要回来？”

婧怜给她倒了杯热水，安慰道：“辉叔叔会回来的。也许是他妈妈病重，还得留下来多照顾些天吧！”

“真的是这样吗？”张春凤眼巴巴望着婧怜。那是怎样的一双眼呢，白色的瞳仁上蒙着一层红色的蜘蛛网，泪光像是被擒住将死的飞蛾。

“真的，一定是这样的！”她毫无底气地保证道，“再等等吧，妈妈，你要相信他！”

“嗯，是妈妈多想了……你吃东西了吗？我给你包饺子去……不行，家里没有面粉了！那做点儿鸡翅，炒两个小菜吧，咱俩吃正好。”她摇晃着站起来，在屋子中间打转，像一只被按住了尾巴挣不脱的壁虎。

很快，婧怜就听到厨房里翻箱倒柜的声音，以及母亲的喋喋不休。“啊！鸡翅没有了……不然我们吃面条吧！”说着，她从抽屉里抓起一把零散的面条，也不知道是开封多久了。

“妈，我已经吃过了！”

“你吃过了……”她从厨房里出来，就站在离姞怜几米外的地方，看起来呆滞又恍惚。

姞怜叹息一声，拉住她的手，把她牵到沙发上坐下来。转身进了厨房，接了一锅水，把半把面条统统倒进了冷水里。面煮成了一锅黏稠的糊糊，姞怜端着一碗煮坏的面条出来时，见张春凤已经歪着头在沙发上睡着了。

10

山上的部队大院废弃多年了，一半建筑在半山空旷平地上，一半顺着山坳绵延到山顶。先前住过好些兵，后来不知什么因由，兵走了，这里就荒废了。半山上一排排的营房空着，窗户破了，单人铁床空了，落满尘埃。修理军车留下的修车坑里堆满了鹅卵石，杂草丛生，野猫野狗时常在坑里睡觉。山顶上是原来士兵训练用的操场，矗立着两个很旧的篮球架，旁边的草地上有两架秋千。

这里就是两个女孩的秘密基地了。

有一次，姞怜悄悄拿了辉叔叔的一包烟，两人放学后爬到山顶，就坐在秋千上学抽烟。她们点完了所有的烟也没有谁学会，反倒呛得咳嗽不止。也是不用担心错过饭点的，为了方便喊她俩下山吃饭，姥姥专门去买了口哨。一听到山下传来清脆的哨声，两人便呼啦啦地朝山下飞奔而去。

那天两人又来秘密基地玩耍。姞怜坐在秋千上，都灵像过去一样摇晃起秋千的绳索。蓦地，她们听到远处传来悠扬的笛声。停顿了一阵子，又持续地响起。“好像是从山那边发出来的。”姞怜侧耳倾听，又好奇地说，“山那边是什么，我还从来没有翻过去看过呢。”

“我去过一次，跟我姥姥一起去的。她说那里是城中村，很乱，让我不要单独去。”

那悠扬婉转的笛声却像是召唤的手。姞怜从秋千上下来，迫切地说：“我现在就得过去看看。”

“好吧，我陪你去。”都灵说。

围墙不高，加之久未修葺，一些地方裂开了缝隙，她们轻易就钻了出去，顺着被杂草遮掩的小路，来到了半山腰宽阔的草地上。夕阳照耀着山下破败的小街道，行人熙熙攘攘的。远远的，她们看到一栋两层小楼的屋顶上站着个男人，从轮廓依稀能分辨出他很年轻，那笛声就是这个人吹出来的。

“真是个忧伤的人呀！”都灵说。

小楼房的屋顶正对着一个小山坡，中间隔着十几米的距离。两人来到小山丘上，现在她们能清楚地看见他了。阳光越过山背面的阴影，刚好照在他身上：短发，瘦削，洁白的衬衣在发光。

不知哪里来的胆子，姞怜将手拢成喇叭，朝他大声喊道：“喂，你吹的是什么曲子？”

笛声戛然而止。那人走过来，趴在屋顶的栏杆上望向她俩。

“《梁祝》。”那人说。

“练习了很久吧？”姞怜问。

“是的，我从小就开始吹笛子了。”那人瞅着她们，打量了一番，又问道：“你们是谁？”

“我们是……想认识你的人！你看，我们现在已经是说过两句话的人了，算是认识了！”姞怜又说。

“为什么要认识我？”那人问。

“还能有什么理由呢？可能……这座山的山神要让我们认识你！”

姞怜说完，见那人正抬头凝视着对面的山出神。

“好吧，就算是吧。我姓宵，名青尘。”

“我叫宋姞怜。”

宵青尘指了指她身边的都灵，又问道：“你叫什么？也是山神派来认识我的吗？”

姞怜把都灵推到前面一点儿，她顿时如同遁形般手足无措。姞怜恨铁不成钢地咂咂嘴，代答道：“她叫都灵。和意大利那座著名的城市重名。”

宵青尘哈哈笑起来，笑声惊飞了正在屋顶上空的电线杆上睡觉的鸟，有一只几乎是贴着他的头顶飞过去的。有人在楼下院子里喊他。

“我得下楼去吃饭了。”宵青尘说。

“还能在这里找到你吗？”婍怜问。

宵青尘点点头。

高中的新生开学典礼上，她们再次见到了宵青尘。

当日，他作为新生代表发言，还是穿着那件白衬衣，也许是阳光太好的缘故，比那日见到的还要洁白干净。周围的女生们都在议论他。下课后婍怜便从一些同学嘴里拼凑出了另一个宵青尘——他是以全县第一名的成绩被特招进来的，为了抢到这个特优生，学校给予各种奖励，但具体是奖励了什么才从一中和七中这样强大的对手手中抢到了宵青尘，就不得而知了。

婍怜坐在座位上，脑海里闪过那个站在屋顶吹笛子的忧伤少年，一刹那失真，又一刹那激动得心跳加快。她默默听着，并没有加入女生们的八卦聊天中。她打算将与宵青尘的美好相遇珍藏在心底，以后找到单独和他见面的机会时再打开。

都灵报名加入了学校的文学社团。在这里，她的写作才华为她赢得了尊敬和欣赏，加之乐于助人的好性格，虽不善交际，却仍以高票数被推选为副社长。婍怜则加入了校广播站，成为晨间新闻的播报员。但由于她总是迟到，播报了几次就被替换下来。宵青尘众望所归当选了班长，又在老师的推荐下担任了学生会的干部，属于学校里人尽皆知的人物。婍怜有些沮丧地想，也不知道他还记不记得自己。

九月下旬的一个周五，阴天，却很闷热，下午最后两节课是班会课。姞怜在洗手间里听到有女生在小声聊天，说起宵青尘的母亲被学校安排在图书馆工作。上课铃响了，她仍然戳在洗手台前纹丝不动。等人都走光了，她决定旷班会课，反正也不是什么紧要的课。她鬼使神差地、迫不及待地跑去了图书馆。

两层的小楼，上了年代，窗户还是老式的格子窗户，能看见窗外枝叶繁茂的杨柳树。木架子很高，整整齐齐摆满了各种书籍。半下午了，日光恍惚，狭长的走廊像是通往某个更久远的年代。她轻易就认出了青尘的母亲，他们长得实在是太像了。姞怜微怔，融化在突然涌出来的亲近感中。她从书架的罅隙里悄悄打量着这个女人。来登记借阅书的人很少，没人时她便安静地翻书。她身上散发着和青尘类似的沉静气质。

附近的几桌零散坐着几名高中生。因为校服跟初中部不一样，很好区别。姞怜先注意到女生的胸部，蓬松地隆起，圆鼓鼓的。她低头看自己的胸部——事实上，她初三就完成了身体的发育。去春城时，她曾经悄悄试戴过郁晚的胸衣，已经撑得满当当了。那时，班里的女生曾偷偷议论她的胸部，有人说她戴了加海绵的文胸。直到体育课上练习短跑，她忘记了穿束胸衣，跑起来时胸部水波似的晃荡。晃得太厉害了，根本跑不动，虽然未能达标，倒是堵住了那群女生的嘴巴。日后，再没人说她偷偷放海绵了——自然，姞怜也注意到了青尘母亲的胸部，鼓鼓囊囊的，好像能隐隐闻到一股子奶香。她脑海里不由得浮现出婴孩时期的青尘，在这女人怀里吃奶的模样，顿觉羞涩激动，更加渴望和她说上几句话。

姞怜顺手从书架上取下来一本《安徒生童话集》，假装镇定地走过去。青尘的母亲接过来，动作娴熟地登记着。隔着近距离，她悄悄打量着她。那个女人长了一张温柔的脸，细眉凤眼，脸颊扁平倒是显得线条极为柔软。她写字时低垂着头，撩了下耳边的头发。姞怜发现她脖子和耳朵的衔接处有一块明显的椭圆形的伤疤，像扣上的一枚暗红色印章。等她写好递过来时，姞怜赶紧把书接过来，急匆匆地跑了出去。

从这以后，她时常来借阅书，一来二去和青尘妈妈混了个脸熟。她叫高梦云，人们喊她云姐。

“姞怜，你可真是个爱读书的好孩子，现在这么爱书的人可不多了。”云姐说。

冬天到了，都灵所在的文学社团的社长在上学途中摔倒，腿摔骨折了，打了石膏，请假一个月。都灵虽然性格好人缘好，却欠缺组织能力和领导气概，不适宜处理社团事物。社长和宵青尘是一个学校考上来的，便委托他代为管理一个月。文学社团女生多，听闻这消息都万分期待。

那个周五下午的社团活动，很少见的全员到齐，都来一睹宵青尘的风采。让大家意料之外的是，以理科见长的宵青尘文学造诣也不浅，从日本的各个流派到俄国文学家，如数家珍般侃侃而谈。都灵坐在他身边，中间隔开了半个人的位置。她极少发言，但每个人发言后她都会心一笑，报以掌声。

社团活动结束后，人们陆续离开了教室。都灵像以往一样，留下来做些整理工作。她正擦着桌子，忽而听到有人喊她："都灵。"

"嗯？"都灵转过头去，见是宵青尘又返回来了。他穿了件白色毛衣，戴了一顶雷锋帽，看着就很温暖的样子，就站在离她几米远的地方安静地看着她。都灵有些慌乱，一时竟又心跳加快，不知所措。

"下次还来听我吹笛子吗？"见都灵红着脸看他不作声，他笑笑，又问道，"你家应该就在那山附近吧。"

"嗯，我家在那山背后，和你隔了一座山。"她没想到他还记得自己。

"那山上是什么？"他又走近了一些，站到了她正对面，看着她擦桌子。

"是一个部队大院，不过很早就废弃了。我和姞怜时常去山上玩耍。"

"就上次跟你一起去的那个女孩子？"

都灵点点头。

"她也是这个学校的吗？"

"是啊，她跟我们一个年级，在五班。"

她边说边把课桌椅挪回到原来的位置。木椅子不轻，她那小身板搬起来有些吃力，宵青尘赶忙帮着她一起搬桌椅。

“干吗不让大家一起来做，总能省点事儿。”

“我也就这活儿还能干，不然要这副社长有啥用啊。”

“下次我和你一起来做吧。”宵青尘说。

正在搬椅子的都灵冷不丁听到这一句，手一软，椅子掉了下去。她本能地用胳膊挡过去，顿时剐蹭掉一块皮，她赶忙捂住了手。宵青尘几步跨过来，不由分说将她的手拉开，见手肘关节处正在流血。

“我们得去一趟医务室消下毒。”他只顾着检查伤口，没注意到都灵已经周身发抖。

“谢谢你，这么点小伤不碍事，请你别管我了。不要管我！”都灵试图挣脱他的手，这种近距离接触比她破皮还要令她难受。

“这样容易发炎感染的。”宵青尘拽着她的手，却见她眼神流露出强烈的恐惧。“你……你不喜欢我靠你太近？”他敏锐地察觉到了，旋即松开了她的手。

都灵像挣断尾巴的壁虎，弹开到一米开外站着，万分抱歉地说：“对不起，实在对不起……是我自己的问题。求你别管我了。”

“好好……我听你的。”

宵青尘不敢再靠近她，从包里找出来纸巾，让她自己先摁一会儿止血。

余晖透过窗户照进来，昏暗的光辉中，细小的尘埃飞舞。宵青尘在离她一米开外的地方静静地注视着她。都灵压着伤口，一抬头，不经意间撞见了宵青尘的目光。她愣了下，慌乱地赶紧收回眼神，过了会儿，又实在忍不住望向了他。

在这静默的对视中，都灵觉得自己成了一枚泡在醋里软化掉的蛋壳，惶恐又柔软。先前，当宵青尘握住她的手的刹那，她听到自己的心跳声奏响在耳畔——是的，这个自从知道自己身体特质，就打算孤独过一生的女孩，第一次感受到一种不可抗拒的力量。他的手不同于姥姥，也不同于姞怜，简直能用心惊肉跳来形容当下那一刻的触感。宵青尘让她第一次发现，关于身体，一切美好都是可能的、存在的。

第二周的社团活动结束后，两人心照不宣地留了下来。已经过了放学时间，学校里也没几个人了。下了雪，教室窗户关得严严实实的，还是冷。两人干活事半功倍，不一会儿就收拾好了。或许是因为知道了都灵的小秘密，宵青尘始终礼貌地和她保持着距离。

都灵收拾好书包，正打算离开，被宵青尘喊住了："听我吹会儿笛子吧。"他说着已经从书包里拿出了笛子，坐到一张桌子上。

都灵放下书包，在他对面的椅子上坐着，趴在桌上看着他吹笛子。笛声悠悠，回荡在暗沉沉的教室里。

“这首曲子真特别，明明曲调明快，听起来却又十分伤感，叫什么名字？”都灵问。

“这是我自创的，我给它取了个名字，叫《甜蜜的巧克力》。”

“哦，你喜欢吃巧克力？”

“是啊，我很喜欢吃甜食，也喜欢像巧克力一样温柔的人呢。”

“这个比喻真好。”

“好听吗？”宵青尘问。

“好听极了。”

“你喜欢吗？”

都灵点点头。

宵青尘望着她，低头展露出一个羞赧的笑容。

都灵也涨红了脸，这种气氛令她脸红心跳，虽然是冬天，却感受到了春暖花开的气氛。实在是太美好了，令她情不自禁地产生了更多的想法。但那颗自卑心和羞耻心拖拽着她，令她寸步难行。她抬眼看了看外面的天空，蒙蒙的黑暗拉下来，余光已经贴到了地面。

她说道：“我要回家了，天快黑了。”

“等等——下周我就不来文学社团了，以后见面应该会很少了。”宵青尘从课桌上跳下来，站到了都灵面前。他比她高出来大半个头，都灵只觉得眼前仿佛平地升起一座山。她后退了半步，半仰着头说："这里随时都欢迎你来的，她们都很喜欢你。"

"你呢？"宵青尘突然问。

"我……我也喜欢你来，你讲得很好。"

"只是因为讲得好……别的呢？"

他眼底浮动起暗涌的星光，动人极了。

都灵恍然间就洞悉了深意。她感到意外又欢喜的同时，又涌起来更多的悲哀。"青尘，你是人间最美的光啊，不要因为好奇就试图去看深渊的颜色。"她心想着，却故意装作不懂地问："别的什么？"

宵青尘眼底的光黯淡了些，却情不自禁地走上去，又靠近了她半步。许是沉浸在万千思绪中，都灵并未注意到。等她发觉时，宵青尘的手已经悬空在她额头上。都灵屏息凝神地盯着那只手，惶恐的同时又涌动出无限温柔的渴望。然而，就在快触碰到时，那落到半空的手又改变了方向，缩了回去。他静静地走到一旁，把笛子装回了书包里，摇摇头，颇为失望地说："别的……看来真是没什么了吧。"

他眉眼之间显而易见的受伤表情，使都灵充满愧疚。她是懂的，是洞悉的，只是太明白自身的缺陷，只能视而不见罢了。正不知所措时，她听到宵青尘的声音又响起。

"嘿，副社长，这一个月合作得很愉快。圣诞节快到了，这首曲子就当我送你的礼物吧。"

晚上，都灵躺到床上，那悠扬的笛声还在脑海中经久不息地回荡，像是丝丝缕缕的线朝着灵魂的深处钻。她枕着如水的调子做起了梦，梦中的树木、房屋……一切都散发着如同巧克力般甜蜜的滋味。她在梦中也因为太过幸福，笑出了声。

11

圣诞节是洋人的节日，学校没有举行庆祝活动，但学生私底下却兴起了送礼物的潮流。宋姞怜在男生中很受欢迎，收到了两条围巾、几张贺卡，还有钢笔、笔记本等小玩意儿。有大胆的男生，借着送贺卡暗示了喜欢，班里班外的都有，陌生的名字她私底下找同学指认了下，没有一个是符合她喜好的类型。毋宁说是心有所属的缘故，对其余的就很淡漠了。她把贺卡看完就扔进了垃圾桶，连保留都觉得没有必要。

都灵女生缘更好，收到的每份礼物她都一一记了下来，精心准备了回礼。男生里面就只收到宵青尘的礼物，这是令她最高兴的事情，但她想来想去也不知道回什么礼物好。到了圣诞节当天下午，她才在学校外面的小卖部物色到一张贺卡。那贺卡打开是立体的红枫叶，意境悠远。她想了两节课，脑海里一直回放着那天傍晚的余晖中，宵青尘没有落下来的那只手，还有欲言又止的那句：“别的……没什么。”她其实分明听见了心在呐喊：“有啊！有一颗喜欢你的心啊！”但再看看自己的现状，悄悄对比了下别的喜欢他的女生，她顿时没有勇气了。一直到放学前十分钟，她才做出决定，落笔写下了字：

彼岸花，花和叶。

风，止乎礼。

写好了，她把卡片放进信封里装好，在放学回家的路上，她喊住了他。他立即心领神会，满是期待地跟着她到一旁无人的角落。都灵把信塞进了他手里，小声说：“圣诞节快乐呀！”旋即小鹿一般蹦开了，留下宵青尘摸着尚留着余温的信封，久久矗立。

他迫切地把卡片打开，顿时怔住了。第一句的意思：彼岸花的花和叶，一生不会相交。第二句出自《诗经》，她是在回答他，对他有喜欢，但发乎情，当学圣人止乎礼。

宵青尘把卡片合起来，小心地收好放进包里。他一面暗喜于都灵的内敛和洞悉，另一面又有些愤然。他心想着，才不要做什么彼岸花的花和叶，他想要的是并蒂莲啊！

辉叔叔还没回来，张春凤放弃了等待，但喝酒的习惯却保留了下来。在一次朋友间的聚餐中，她因酒结识了一位在酒厂工作的汪姓男子。早晨起来时，她就告诉姞怜，晚上要迟些回家，她要去约会。姞怜巴不得，她约了都灵放学后一起过节。花莲前阵子开了一家奶茶店，口碑很好，她打算请都灵喝奶茶，顺便去看场电影。然而，放学时都灵却告诉她，文学社团有聚会，她作为副社长走不开，只能结束后去她家找她。

婧怜嘴上说着没事儿，心里却有诸多想法，但她没有改变心意，仍然坚持独自去了奶茶店。她买了一杯香草味奶茶，本来想自己去看电影，走在街上又觉得沿街瞎逛更自在。天色渐晚，月色如水般笼罩着城市，婧怜漫无目的地闲逛，不觉走到了城市边缘。

在一座高架桥下，有一排平房，亮着各种灯牌，其中一个大红大绿的灯牌上写着“夜玫瑰KTV”几个字。屋檐下的台阶边上站着几个穿得妖里妖气的女人。婧怜想起，有次她和母亲途经这里，曾目睹了几个女人将一个男人从店里拖出来，脱下高跟鞋砸脸的场面。婧怜问母亲，她们这是在做什么，母亲急匆匆地拉走她，走出很远才说：“小怜，她们都是鸡，你得离这地方远一点儿。”母亲嘴里的“鸡”，就是俗语里的娼妓。

婧怜加快了步伐，打算绕开她们。就在这时，窄小的门里忽而又蹿出来一个男人，搀扶着一个女人。那女人满身酒味，跑出来就趴在路边剧烈呕吐。那男人诅咒两句，捂着鼻子又进去了。婧怜经过时，那女人突然抓住了她：“一瓶五十块，我还能喝，给我拿酒来！”显然，她把婧怜当成了搀扶她出来的男性客人了。

姞怜的脚被她抓得生疼，低下头，就看见了她仰起的泪脸从乱蓬蓬的长发里露出来，莹润凄美。她不敢动，就这么站着，任由她抓着，任由她的眼泪和呕吐物摩擦在自己身上。又出来两个花枝招展的女人，帮忙将那女人从姞怜身上分开。那女人抬头时，姞怜看清了她的样子，以及她脖子上在路灯下清晰可见的椭圆形疤痕。她吃惊地认出来，竟是云姐，宵青尘的母亲。

“再来两瓶就一百块了，我儿子半个月的生活费有着落了。我要喝酒，给我多拿几瓶酒来！”那女人醉醺醺地喊着。其中一个女人慌忙捂住了她的嘴，警告道：“你小声点儿！没人喜欢生过孩子的，这些人可都当你是大姑娘，再这么胡说，以后别来了！”云姐旋即闭嘴了，面露恐惧地使劲儿点头。她们这才拿开手，一边一个搀扶着她进了小门里。

一阵冷风吹醒了姞怜。她抚摸着大腿，那腿上还留着云姐的手和指甲的痕迹。

她想，自己永远会记得云姐的眼泪。也就是从这一刻起，她才意识到，自己正开始抵达宵青尘隐藏的另一面。

夜晚的花莲是寂寞的深海。海水是冷的，月光是冷的，姞怜也是冷的。回去的路上，她满脑袋想的都是宵青尘，与来时的心境发生了翻天覆地的变化。沉静的云姐、美玉般的青尘……隐藏的这一面太令她震撼动容了。如此，对青尘的情感就更加复杂了。

姞怜觉得，被月光照着的自己也成了月光的颜色，也或者没有了颜色。她经过闹哄哄的夜市，经过宵夜排档，有人在划拳喝酒，有人在吹牛皮……声音像海浪声，形成一堵墙壁，而姞怜被围困其中，像一座孤岛。孤岛上有座丰碑，那上面只刻了“宵青尘”三个字。

而这晚上的都灵，聚会还没结束就匆忙离开了，往姞怜家里赶。她坐在她家门口，等了约莫一个小时。姞怜没有回来。

第七章　阴翳的森林

01

十六岁的宋姞怜已经是一副大姑娘样子了。她发育得很好，胸部浑圆结实，屁股饱满圆润，终于不再是平平板板的小丫头片子了。那身体，是温床，是北方肥沃的土地。寒假一个寒冷的夜里，她在木桶里洗澡，郁晚进来给她送消好毒的毛巾，发现了她身体的秘密。

“小怜，你快长成女人了。”郁晚半是惊讶，半是欣喜。

“啊！讨厌，这多难为情呀！”

姞怜连忙用毛巾遮挡住隐私部位。她从班里一个早熟的女生那里听来的，揉搓按摩乳房能促进发育。从那以后，她便时常在晚上揉搓乳房，当然，豆浆和牛奶也是每日必不可少的。不知是自然发育，还是这些食物的功效，她的体型变得婀娜。有段时间她甚至想，假使能再长高些，没准儿能做模特儿。因此，她收集了很多时尚图片——模特儿，那简直是比作家更适合她的职业——只需要走走路，扭扭腰，不费吹灰之力就能得到穿不完的新衣服、听不完的掌声和数不清的鲜花。但后来，她在电视上看到了模特T台背后的纪录片，便又放弃了。

“这是一件正常又骄傲的事情，用不着害羞。”郁晚伸手去摸姞怜的乳房。

“喂喂，你自己也有，摸你自己的去！”姞怜打开她的手。郁晚佯装委屈地缩回手，嘴上却扑哧笑得欢。

“我和你一起洗吧！”不等姞怜回答，郁晚已经跑了出去，很快又抱着换洗的衣服进来了。她大大方方地在姞怜面前脱光了自己，在她目瞪口呆的震惊表情中跳进了浴缸。她想起来，再小一些的时候，母亲也是这样和自己一起洗澡的。

浴缸很小，两人一人占据了一头，身体挤在一起，各自环抱着膝盖，面对面行注目礼。气氛有些尴尬，姞怜眼睛都不知道该看哪里，闭眼似乎也不礼貌。最后，她的眼睛自行选择了落到郁晚的乳房上。那圆润的胸型倒扣在她脑海中305公寓的黑色文胸里。狭窄的空间里水气缭绕，姞怜觉得自己正陷进一团团云中，抑或是在梦中。她不由得又联想起从火车上得到的那本小说，扉页上郁晚逆光中的脸，就有些此时的效果。她看得怔住了。

“好看吗？”郁晚问。

姞怜点点头。

“你再长大点儿，会更好看呢！”

“我现在也很美。”姞怜自信地仰起脸。

气氛莫名就温柔了，温暖了，在那种氛围里，语言突然成了舒适润滑的媒介物。两人都感觉到了流动而柔软的，或许可以称之为感情的东西。以后的日子里，她们开始频繁地一起泡澡。在这狭窄的空间里，灵魂得以自由地延伸，那些现实里的束缚、抵触、偏见、质疑……仿佛都消弭了。唯有这个时候，两人都充满倾诉的欲望——原来，她们是可以无话不谈、口无遮拦的，也是可以亲密无间的。

婧怜有次忍不住问郁晚："郁香有没有告诉过你家人，你和一个离婚的男人在一起？他们知道我的存在吗？"她在电话里和郁香聊过多次，算是认识了。

郁晚摇摇头："他们都以为我在这边勤勤恳恳地工作呢。"

"为什么不告诉家里？"婧怜不乐意了。

"他们不会同意的，至少目前是。"

"那你的读者知道这些会抛弃你吗？"

"你吃鸡蛋时，会去找找是哪只鸡下的蛋吗？"

婧怜摇摇头，又说道："但读书的话，我还是会看看是谁写的。"

"好像很有道理。"

婧怜又问："你是我爸的情人吗？"

郁晚摇头。

"我认为，至少……在我妈和我爸正式离婚前，你是情人，而不是爱人。"

"你这么想，伤害的可不是我，是你爸啊。"郁晚说。

“我可没认为我爸做得正确，只是对他来说是正确的吧。”

“小怜，我真是拿你……一点儿办法没有啊。”

“切——是你自己说的，爱屋及乌！爱我爸爸，就要及我这个乌！”

“好好，爱乌，乌鸦的乌！”郁晚大大咧咧地回答。当时她理解的爱屋及乌，仅仅只是接纳爱人爱的人。数年后，当她真正懂得爱屋及乌的含义，再回忆起彼时，充满羞愧和自责。

“难道你还想有什么办法吗？对了，我记得上次你说，大学时期在云水有过一段美妙的初恋，跟我讲一讲吧。”

“那是多少年前的事情了。”郁晚突然后悔，那天浴室里的氛围实在太好，引得她倾诉了往事。她紧张地说：“这话可不能对你爸爸说，他会受伤的。”

“初恋是什么滋味？”姞怜点点头，又憧憬地问。

“小怜，你现在有喜欢的人吗？”郁晚又问。

“哪有啊，老师说不能早恋。”她口是心非地说，“我可不想爱得死去活来，光看爸爸妈妈和你，就觉得累！”但她心里想的却是，如果这个人是宵青尘，死去活来又如何。

“等你遇到了，你就不会这么想了，也自然就知道是什么感受了。别说累，对阿姨来说，悬崖地狱也会毫不犹豫往下跳啊！”

“你不要命了啊。”

“爱就是有这股劲儿，但前提是不伤害其他人。”

“真是虚伪啊……你和我爸伤害了我和我妈妈，难道那时你没有这样的觉悟吗？”姞怜撇撇嘴。

“是啊，姐姐带着你来，我当时真没有任何那方面的想法。”郁晚诚实地说。

“我真是佩服我爸妈。”

“哦，说明我值得啊。”郁晚调侃道。

“哪有这么自恋的人啊……切，我可不想成为你这副样子！”

“我看起来是很糟糕吗？”郁晚瞅了瞅自己的裸体，又说，“不丑啊。”

“我是说你另一副样子……比如每天系着个油乎乎的围裙围着锅碗瓢盆、柴米油盐醋转，要么就是半夜三更顶着黑眼圈写东西，尤其是你熬夜通宵后清晨的样子，简直……不化妆都可以出演恶灵……先前我以为作家就是经常出去采风，每天喝着咖啡看书写东西，悠闲自得的。看见你这样，我连作家都不想当了。”

“我倒觉得自己是个得到了上天厚爱的人呢！”郁晚又说，“我有一个完整的、能自我造血的精神体系，诋毁或者批评、负面的各种东西会被自动屏蔽掉。你懂我的意思吗？”姞怜摇摇头。郁晚想了想，又说道：“我的精神世界里有个闸门，无关紧要的东西会像被筛子过滤掉。虽然因为善感有强悍的共情能力，但换了自己的事情，反而像是被闸门关起来了，对外界反应很迟钝。有个词叫‘冷眼旁观’，倒是很恰当哩！”

姞怜脑海中不由得闪现出都灵的脸。她又想起了前些日里看到的都灵写给郁晚的信，她好像听到了都灵的声音：“我身体里的确有一样东西，有点儿像盔甲城墙，也像是羽毛翅膀……可以说是法律制度，也可以说是情感道德。它能约束我，我从不打算去破坏和侵犯它。它也能给我力量。我也很想知道是什么，也许我长大了就知道了。”和郁晚说的是同一种东西吗？很快，她便给予了肯定的答复，心想：“果然，她们才是灵魂相同的人。”想着想着，她看郁晚的脸上仿佛长出了都灵的模样，而脑海中都灵的脸也覆盖上了郁晚的影子。

“那到底是什么？”姞怜好似是帮着都灵追问的。

“也许，就是一扇门咯，为了将生活和小说的虚构世界区别开来的一道门。”

“难道这就是写作者要具备的属性之一吗？”她若有所思地用手指在水面上画看不见的线条。都灵将来会成为写作的人吗？反正她不善交际，倒是素来擅长写的。正想着，却听到郁晚又说话了。

“写作者其实就是一支会思考会记录的笔。嗯，就是一支笔而已！”

“铅笔、圆珠笔、钢笔……彩笔？”

“可能写童话的是彩笔，写小说的是钢笔，还有……诗人也许是毛笔！我这种，至多就是坏掉还分叉的破笔咯。”她揶揄自嘲地笑。

“你还挺有自知之明的。”姞怜又说道，“但你不可能将我爸隐瞒一辈子，你家人总会知道的，你们迟早要面对的。”

“那是将来的事情，现在已经够疲倦了。”

“是因为我吧。你只要一直这样对我，大不了以后我不为难你。”

“将来的事情谁说得清呢？人的想法是会变的。人们都说小孩子是不会说谎的，但我们都是从孩子长大来的——孩子真的不会说谎吗？比如，我小时候就因为想要新鞋子，自己割坏了鞋带硬说是穿烂了。我的同学不想做作业，就告诉家长老师没有留作业……我认识的每个大人，在回忆他们做小孩子的年代，都有过说谎的经历。好人戴个巫婆的面具，人们仍然会喊她巫婆。但是坏人，假如他们站到道德的制高点上，人们看着，仍会当作是神。即使你不为难我，世人的成见、偏见，我仍然无力去抗衡，太疲倦了。”

“难道你一直隐瞒，是想有机会离开我爸，去过轻松的日子吗？”这突然悟出来的意思，使姞怜皱起了眉头。

“的确，有时偶尔会这么想。”郁晚坦率地说，“是有过找个未婚男子的想法啊。特别是你无理取闹的时候，我就很讨厌这个身份啊。我也想做孩子啊。”

姞怜怫然不悦地说：“你先出去吧，我想自己泡一会儿了！”

郁晚出去后，姞怜在浴缸里一个人又泡了会儿。直到水快凉透了，她才从浴缸里起来。站在了镜子前，镜面蒙上了雾气，她的脸也模糊了，像是曝光过度被虚化了。她惊讶地发现，那轮廓和神态竟然有些像那本书封页上的郁晚。她一点儿也不想成为郁晚的样子。

“真讨厌呀！”她诅咒着，心想，再也不要和郁晚一起洗澡了。后来，她的确也是如此做的。

02

这个寒假里还发生了一件小事情，貌似无足轻重，却在郁晚心灵上留下了旷日持久的阴影。

事情的起因是郁晚去参加一个文化沙龙活动，客人里有个大学生是郁晚的读者。隔了不久，郁晚相识的编辑来家里做客，正好她跟这大学生也熟，两人就一同来拜访。

闲聊中，郁晚讲了这几年的生活现状，那大学生一直默默地听着，间或皱皱眉头。这个读者离开后的第二天，郁晚便发现了夹在书中的一张纸条，用娟秀的小楷写着张爱玲的一句话：“绣在屏风上的鸟，年深月久了，羽毛暗了，霉了，给虫蛀了，死也死在屏风上。”那字不是她平日的读书笔记，也不是宋和平写的。

郁晚想起来，那个大学生要求去她写作的地方看看，她允许了。她记得做饭那会儿，那个大学生在里面待了约莫半小时。她顿时明白了，这可能就是那个大学生留下的。为了确定心中的猜测，郁晚特意打电话给编辑，那大学生回去后，果然说起不想再看郁晚的书，也不打算再去她家了。

郁晚失落了几日，并因此错过了订火车票回家过春节的最佳时间。等她缓过神来，再赶去时已经买不到票了。正好，她认识个老乡，叫贾玲，在火车站工作。郁晚找到她，托她想办法买张票。贾玲是个热心肠的人，不几日就买到了票，并专程送来了家里。

姞怜对贾玲印象深刻，她长着圆脸宽额头，福气相。她见到姞怜，立即赞美道：“小怜呀，真是漂亮得像个洋娃娃！这长大得美成什么样儿！身材也差不了！”连家里被姞怜画画弄脏的旧沙发，她也能夸上几句：“坐着太舒服了，这颜色真漂亮！晚晚你太会挑东西了，赶明儿我家里要买什么，一定叫你去帮我挑！”自然，她不会放过夸赞宋和平，“老宋真是满腹经纶，又长得一表人才，难怪我们晚晚会喜欢！哪个姑娘不喜欢呢？啊……我可不会喜欢！”如果语言有颜色，夸赞应该拥有最美好的色彩，缤纷乱坠的、犹如漫天的烟花落下来那种——贾玲的语言，就是最璀璨绚烂的烟花。只是，一时半会儿听着觉得悦耳，多听几遍便能发现这语言里有种世故老练的轻佻。

宋和平却觉得她性格开朗，乐于助人，颇有好感。两天后，当郁晚和贾玲一起抵达老家云水时，她们的友谊仿佛也得到了升华，分别时竟万分不舍。

云水这两年高速发展，修了很多楼房商铺，臃肿了一倍，热闹了不止一倍。小街道变化倒是不大，郁晚走过时街坊邻居认出她来，老远就用糯软的乡音招呼道：“郁晚回来过年啦，你又长好看了！”另一个邻居便打趣道：“啊，我们郁晚一直都很好看呀！”郁晚腼腆地笑着和大家挥手打招呼，逗逗这家的娃儿，和那家又聊几句。

老房子没什么变化，只是姥姥姥爷身体大不如前，记性也不太好了，让郁晚很难过。她进屋才半个小时，姥姥问了她两遍吃饭了吗。

郁香较先前更沉静了，许是被家人照顾得太好的缘故，她皮肤细腻白皙，半透明似的。若是不看轮椅，单看脸，真是个不食人间烟火的美人儿。郁晚离开的这几年里，她陆续做过几份工作，先是去母亲朋友的杂货店看铺子，没干完一个月就被客人反馈笨手笨脚动作慢，被辞退了。接着，她又给附近的塑胶厂管理文件，但老是有男工人调戏她。如此，姥姥姥爷便坚决让她辞了工作。

刚一个月前，她又被理发店的师傅辞退，原因是她洗头的时候把混着洗发液的水弄进了客人的耳朵里。那客人找来，说是耳朵发炎了，让赔偿损失。郁晚被扣掉了半个月工资，当天就被辞掉了。其实，这次是她故意的。她讨厌向人解释腿残疾的原因，讨厌那些偏见和自以为是的同情心。这世上，她唯一喜欢的地方只有家。除了家里，她哪里也不想去。除了家人，她谁也不想见。她整个人萎靡不振，看起来毫无生气。但凡听到“废物”两个字，她也不管是不是在说自己，便痛苦地躲进屋子里。

郁晚安慰她：“香香，没关系的，不喜欢咱就别干。你在家待着，姐姐其实更放心些。”

“晚晚，我和你姥姥再照顾你妹妹几年，也就照顾不动了。我们这一辈子也积攒了一点点钱，若是这房子将来拆迁，还能再赔偿一些钱，就都留给郁香啦！”姥爷拉住郁晚的手，歉意地又说：“晚晚，你生在我们家，真是委屈了。没什么能给你的，还得拜托你将来多照顾妹妹！她能指望的人也就只有你了！”

“不委屈！您放心吧，我一定会照顾好妹妹，不会让她吃苦的！”郁晚心酸地发誓道。

宋和平与姑怜则留在春城，过了一个枯燥寡味的春节。他买了一箱鱼罐头，这就是平日的主食了。鱼罐头吃久了，人仿佛也快成了一条咸鱼。偶尔为了改善伙食，宋和平也下厨做菜，不是太咸就是太淡，姑怜统称这些菜为和平牌怪味菜。她仍然很高兴地吃，咀嚼几口便就着汤囫囵咽下去，像父亲夸赞她穿新衣服好看那样，再咂巴着嘴表情夸张地说：“啊！真是太好吃了。”

如此，宋和平兴致高涨，他扬言要在晚晚回家时奉上一道拿手菜。他系着郁晚用的碎花围裙，看起来很滑稽，厨房也俨然成了实验室。他试过做酸菜鱼，但是不知是哪里出了问题，一盆鱼腥味儿扑鼻而来；也试过做糖醋排骨、辣子鸡等。他真是个烹饪天才，每一样菜都进行了深度再创作，要极有勇气才吃得进去。连吃几日，姞怜的味蕾已麻木，像锉了的刀。一天晚饭，宋和平又做了一盆看起来像猪食的大烩菜，端出来时不小心撞到桌角，菜洒了一地。和平叹息一声，沮丧地收拾进垃圾桶，清理干净地面，又拿出了鱼罐头。父女俩在飘满菜味的屋子里默默吃着。

“真想念晚晚呀！”宋和平吃完最后一勺鱼罐头，盯着空盒子说。

“我想妈妈。”

“我也想姐姐啦！”

姞怜扔下罐头盒子，欢喜地提议道：“那我们回花莲过年吧！”

“哦，小怜……如果你那么想念你妈妈，我可以提早送你回家。”

“你跟我一起嘛！”她撒娇。

“不行，爸爸回去，你妈妈和老汪都会……尴尬。”他刚从姞怜口中听说张春凤的新相好。

“那你送我回去之后，是打算接着就去云水城找晚晚阿姨吗？”

“我……我不能去找你晚晚阿姨。”

“爸，你应该主动一些！这大过年的去拜个年，不正好么！”“姞怜，你是不是也想念阿姨了？”“我只是想念她做的饭菜。”

宋和平笑笑说：“小怜，你永远是爸爸爱的女儿，晚晚永远是爸爸爱的女人。”他目光温柔，两颊微红，耳朵也红了，有一种少年才有的羞涩和腼腆。他是真醉了。

“爸爸，我也爱你。”

“小怜，你将来会是个讨人喜欢的小美女！”

“像你的晚晚一样吗？”姞怜问。

“不，爸爸可不希望你像她。”

姞怜单手托腮，睁大了眼睛，不明白父亲话里的意思。

“小怜呀，爸爸希望你将来被宠爱着，过舒服的日子，一辈子都不要长大！我的晚晚，早就是大人了啊。”

“可是……爸爸，我已经长大了！”

“爸爸说的长大和你说的长大不一样。”

姞怜心里说，我说的长大和爸爸口中的长大是一回事儿。但她忍住了，没有说出来。

这顿饭，两人各怀心事。宋和平喝醉了，没有清洗碗筷，连刷牙洗脸洗脚都忘记了，就那么和衣躺到了床上。姞怜因为吃了太多鱼罐头嘴巴干涩，夜里起来喝了几次水。快天亮时，她从卫生间出来，听见父亲的房间里有动静。他的房门没有关，窗帘也没拉上。天已经半透了，依稀看见父亲蜷缩在床上孤独的身影。她听到父亲在梦中喊了声，晚。

姞怜睡意全无，趴在窗边，看见阳光渐渐穿过黎明前的黑暗，万物在污浊中变得澄净。宋和平没有去云水城找郁晚，姞怜自然也没有回花莲找张春凤。

满城灯笼高挂，爆竹烟花，繁华人间。很多店铺挂出停业的挂牌，想找家饭店吃饭都费劲儿了。初八一大早，有人敲门。宋和平睡眼惺忪地去开门，原来是邮递员送来了一个大包裹，里面有不少腊肉香肠、腌鱼干等，还有一封郁晚的信。宋和平拿了信回了卧室，锁上了门。中午，父女俩煮了一锅肉，开了啤酒庆祝，终于吃到了一顿像样的饭菜。姞怜喝了一口啤酒，那滋味像刚煮好的中药。

夜里，宋和平给晚晚回了长信。他在桌前趴着写时，姞怜悄悄进了屋，在背后偷看到几行字：“晚，我们的背景，注定要为彼此痛苦，这是你与我的命。你离开的这些日，痛苦是加倍且无以复加的，根源并不在于你不爱我，或者我不爱你。且恰恰是这爱依然继续着，才令人如此痛苦。可是，我们共同体悟到的痛楚，不正好佐证了我们爱之深刻铭心吗？”

“我们爱之……深刻铭心！爸，这太肉麻了！”姞怜在背后发出小声地惊呼。

宋和平回头见是姞怜，慌忙捂住了信纸。他尴尬的、害羞的样子，像个情窦初开的少年。姞怜惊讶于四十多岁的父亲还能有这样年轻的心态。

“她几时回来？”姞怜也替父亲心急了。

“十二号，还有几天了！”宋和平说。

到了约定回来的日子。宋和平隆重地打扮了一番。他理了发，穿着烫熨得没有褶子的西服，一丝不苟。旅客一拨又一拨地出来，然而并没有看见郁晚的身影。

宋和平焦灼地看了看手腕上的表，时间已经过了六点。街上亮起了灯，月亮也升了起来。他心中喜悦的云一点点坠落下去，摊开在地面上，成了拽着他的沉重。在车站外的报刊亭，他用公用电话拨打了郁晚老家的电话，接电话的是郁香。先前，他们在电话里时常互相问候几句，郁香腼腆而寡言，喊几声“宋哥好”就咯咯笑。他没见过她，但几年通电话下来，他早已将她视为亲人，视为朋友。

今天，这个可爱的姑娘说：“平儿哥，我姐不回去了，你不要再等她了！”

03

回到家，宋和平越想越难过，又给郁晚打电话，无人接听，再打，电话便断线了。他抱着电话，丢了魂。半夜里，他还趴在桌上写信，旁边烟灰缸里烟蒂堆积成小山。姞怜知道他是在给郁晚写。高三时，她转学去了春城念书，住在父亲家里，发现了这封保存在旧时光里的信。父亲写道：

> 晚：我大你十五岁，一整轮还多去三岁。你未婚，而我离异。你是前途明月光，我是一眼望到头。我能理解你的家人，换作我女儿，我也会拼了命劝她悬崖勒马。你陪了我五年，我理应知足。现实里太多令我平衡妥协的理由，想到你，却都成了徒劳。你不在我身边时，对你的想念简直令人生无可恋。我一路犯罪，害人害己，我希望有一种方式能救赎你与我。你的离开是明智的，我不是能令你幸福的最佳人选。可是，一想到你将属于他人，我就忍不住想要与世界为敌。

时间再回到这年的元宵节。郁晚依旧音讯全无，春雪却下起来了。宋和平在小酒馆买醉，过了夜里十点还未归家。姞怜顶着风雪外出找他，在街边一辆拉煤炭的马车边寻到了醉过去快冻僵的宋和平。

她跑到街上，大声呼叫着救命，但凡见到经过的路人，便哭着求助。终于，有个老头子动了恻隐之心，帮她把人拖到了旁边的小旅馆里。人们七手八脚地将宋和平抬去了床上，姞怜拿棉被给父亲盖着，又打来热水，反复给他热敷手脚。如此到凌晨，宋和平还没醒来，姞怜摸到他冰冷的脸，吓得发抖。

她下楼找到还在值班的旅馆老板，借用店里的电话给母亲打了个电话。

“妈，郁晚回了老家不上春城来了，爸爸想不开，醉倒在路边，快冻死了。妈，你快来呀！”姞怜在电话里边哭边大声说，“妈，爸爸要是有事，我会杀了郁晚！”

老汪借了酒厂的车，载着张春凤连夜赶来了春城。整个夜里，姞怜都在替父亲热敷。张春凤和汪叔叔找到旅馆房间里时，她已经筋疲力尽。见到他俩，她喊了一声妈妈，睡意便席卷而来，躺在沙发上睡着了。

黎明时分，宋和平终于清醒过来，看见一宿没睡的张春凤和老汪，难为情地说：“姐姐，我给你们添麻烦了！”

“少说话，以后可不要再这么折磨自己了。女儿可就你这么一个爸！”张春凤说。

“兄弟，为一个女人……不值得！”老汪说。

宋和平叹息一声，苦笑道：“晚晚……是我的家啊！”

“你好好睡觉，姐姐替你找她回来！”张春凤保证道，“女人的事情，女人才知道怎么解决！”

春凤说的女人才知道的办法真是神奇，郁晚隔天就回来了。她蓬头垢面，穿着拖鞋和睡衣出现在门口，浑身散发着臭味，与昔日判若两人。

过了很长时间，姑怜方才从大人们的讲述中还原了郁晚被囚禁的真相——得从董医生一个老患者的年夜饭说起。

那人喝了白酒，胃出血，董医生上门给病人输液打针方才稳住了病情。之后，肠胃病人骤然多起来，诊所不得不提前营业。护士尚在休假中，董医生身兼数职，问诊看病扎针全他一个人包了。玲花不懂医，简单的药认得，充当了助手。候诊区聚集着不少病患，聊着家常。也就是在这里，董医生听到了关于郁晚的那些缤纷的谣言。

“那个女孩专门去勾引有妇之夫，还虐待继女……”

“未婚先孕，逼着人家丈夫离婚……”

“据说那男人在春城有钱有势，她也就仗着年轻，苦日子在后头呢……”

“这谁家姑娘，竟做这种事情！”

“光知道这姑娘还有个残疾的妹妹，姐妹俩一个身残，一个缺德……”

每一句都冲撞着董医生的耳膜。

他正在给一个患者扎针，一走神，针扎偏了，那个二十几岁的小伙子疼得发出女人般的叫声。董医生道了歉，玲花也赶忙出来安抚，他这才再次伸出胳膊。董医生紧张地扎完针，压着一肚子怒火，看也不看妻子一眼就进去拿药了。玲花跟进去，努力辨别着药方子上的天书，好心想帮忙，又被丈夫板着脸骂了出去。他声音很大，外面就是治疗室，很多病人在椅子上坐着输液。他们都听见了，果不其然，她刚出去就见到外面的患者齐刷刷地行注目礼。

玲花忍耐到晚上，患者一个个离开，她比董医生提早回了楼上，趴在床上痛哭。那些关于女儿的闲言碎语，她也听到了，自然也理解董医生为什么一反常态。她抽抽噎噎地哭了半天，快天亮时终于平静下来，开始琢磨如何处理这件事情，给丈夫一个交代。

最后一个患者离开后，董医生关上了诊所的大门。他站在小门里，烦躁地抽了会儿烟，毅然去对面的杂货铺买了一瓶二锅头，喝得半醉才醉醺醺回了二楼家中。他坐在杂货铺门口喝酒的样子，玲花从窗户早就看到了。她听到他的脚步声，赶紧躺到床上装睡，董医生没有像往日那样先进来卧室亲吻她。她等了很久，没有听见任何动静，穿衣起床，发现董医生已经在客厅的沙发上睡着了。她在浑身酒味的丈夫身边坐了一晚上，做出了决定。

第二天，天刚亮，玲花就起床先回了镇上。她父母有清晨散步的习惯，她没费力气就和他们在路上相遇了。彼时彻夜未眠的玲花，满目血丝，形如枯槁，将两位老人吓了一跳。她在父母面前表现出了极度的悲伤，将坊间关于郁晚的流言蜚语都告知了二老，并痛哭着说，董医生已经和她分居了，若郁晚再回春城做那些苟且之事，他们只有离婚了。二老只得答应看住郁晚，绝不让她再回春城。

稳住了父母亲，玲花这才单独找郁晚谈话。她先打出可怜牌，回忆了一遍那些年跟着郁清华如何含辛茹苦，又讲了这些年跟着董医生，因为她们姐妹俩的事情，遭受了多少冷遇和白眼，讲到动情处，又发出哀号的哭声。郁晚听着，感到一阵撕裂心肺的痛楚与愧疚。

“晚晚，要是你一意孤行，放着好好的人生不过，非要去嫁给拖个孩子的二婚男人，妈妈只能和董医生离婚了。姑娘，求求你发发慈悲，妈妈苦了一辈子了，好不容易有个舒服的窝，请你不要让妈妈老无所依！”玲花哭也是带着一种类似唱歌的花腔，那哭声抑扬顿挫的，像刀子勾着郁晚的心。

她不敢说半个不字，只得当着母亲的面儿，发誓与宋和平一刀两断。

吃团圆饭时，电话响了。当时家人都在饭厅，闹哄哄的。郁晚不喜欢吵闹，独自在客厅，正好接到了电话。是张春凤打来的，她听见郁晚的声音，只说了两句话。

“我退出成全了你们，你若是半途而废去伤害和平，那等于是对我的第二次伤害。”张春凤声音带着哭腔，用发狠的语气又道：“如果那样的事情发生，我绝不会原谅你！”

郁香推着轮椅过来，流着不舍的泪水，说道：“姐姐，你快回去吧，平哥儿需要你，平哥儿是个好人。”

“香香，帮姐姐想想办法啊。”郁晚说着已热泪盈眶。

然而，为了防止郁晚偷跑，玲花早已将她的钱包藏了起来，身份证和银行卡也在里面。郁香把打工积攒下的钱悉数交给了郁晚。当夜，郁晚幸运地拦截到一辆去春城的货车，跟着一堆快烂掉的水果，坐在货车车厢里，终于回到了宋和平身边。

次年暑假，姥姥重病，玲花急需人帮衬一把，方才邮寄了身份证过去，以方便她买票回家。

郁晚在云水住了半个月，衣不解带地照顾着姥姥。在家人的撮合下，玲花原谅了郁晚的私奔丑事，冰释前嫌。虽然她面上原谅了女儿的私奔，却仍不死心，私底下悄悄托人留意适合的男人，并巧妙地安排了相亲饭局。郁晚见饭桌上多出来陌生的异性，谈论着工作、家境等，当下就充满防备心。饭还没吃完，她便以姥姥在医院离不开人为由溜了。却没想到，对方却从中发现了郁晚孝顺懂事的优点，执意要和她处对象，又托人来约了饭局。好在姥姥的病情好转，及时出院。郁晚订了票，收拾好行李箱，做了个漂亮的发型，又转悠去商场买了一套新款内衣，打算当礼物送给姞怜。

她刚出火车站，就看见了父女俩。当天的郁晚穿了一身墨绿色的旗袍，宋和平一眼就从人群中看见了她。他松开姞怜的手，快步奔过去，穿过人山人海与她拥抱在一起。姞怜戳在原地，“多余感”一瞬间钳住了她。

“你又漂亮了，小姑娘！谢谢你来接我！”郁晚走过来，盈盈笑着说。

老实说，见到郁晚的一刹那，姞伶心底是欢喜的，但话一说出来，却成了："我只是，不喜欢一个人在家待着，当放风好了！"

郁晚凑近她耳边，悄悄说道："我给你带了礼物，你一定会喜欢的。"

晚上，姞伶从卫生间洗完澡出来，就在自己的小床上发现了一个精致的礼品袋子。她猜这就是郁晚送的礼物。她打开盒子，里面是一套内衣，黑色的蕾丝复杂地缠绕在文胸边缘上，像极了她在305公寓卫生间见到的那款。她反锁上门，怀着激动的心情试穿上内衣。她的乳房将C杯罩的文胸填满了。

04

五月，传来好消息，都云要结婚了。她对象很有钱，人称姚百万，在春城有一家大工厂，上百号员工，花莲也设有分厂。

姞伶见过这个男人，当时她和都灵正走在放学的路上。一辆黑色奔驰车在她俩身边停下来，后窗打开，一个男人探出头来，脸微胖，留了小胡子，头发整个往后梳理，打了厚厚的发胶。他旁边坐着的女人，就是都云了。那是姞伶第一次看见真实的都云：一张白净的脸，秀气温婉，眼神里有种难以捉摸的清冷与坚韧。她裹着香槟色的真丝披肩，华丽的色泽，大朵绣花，像极了电影里漂亮的姨太太。

“都灵，上车吧。”她轻声说。

前面的司机跳下来，绕过副驾驶的位置，打开了门。都灵看了一眼姞怜，上了车。她上车时，姞怜站在车边，瞥见后座上的姚百万盯着都灵，皱了皱眉头，一眼看到头的嫌弃。

然而，都灵却不这么认为。尽管对继父的冷漠心知肚明，可是有什么关系呢？继父强大的资金支持，可以使她的母亲不必辛苦工作，姥姥也不用春夏秋冬去街上摆摊了。他给了她爱的人这么多的好处，仅仅只是让她忍受点儿冷漠。何况，她素来被人冷漠对待惯了，也品不出来委屈。

“姚叔叔不曾亏待我呢！也许，过些日子他知道我的好，开始喜欢我也不一定！”都灵天真地说。婚礼就在小村子里举行，办得简单而隆重。喜宴摆了几十桌，院子里外密匝匝摆满了。全村人都来了，姞怜和母亲也受邀参加。都云穿了一身正红色的中式唐装，头发盘了起来，戴上了凤钗，鲜艳的口红衬得肤白如雪。小村子里人都说，从没在现实生活里见过这么美的人。姚百万发誓要对都云好，孝顺姥姥，养育都灵。

婚礼结束后，姥姥跪在耶稣圣像前，虔诚地祷告了很久。

跟着，姚老板就在花莲城里最繁华的地段开了家饭店，装修得富丽堂皇，一跃成为城中最好的酒楼。这是他送给都云的新婚大礼。

都云成了村里人嘴里最好命的女人。都灵的日常所需也一改先前，新衣服、新鞋子……她天生骨架小，纤细柔弱，稍微一修饰竟改头换面似的。她的新形象令姞怜吃惊又嫉妒。因为她天生骨骼大，发育也比别人好，还有越来越好的趋势。这使得她看起来有些虎背熊腰。张春凤总是提醒她，要注意饮食才能保持体形。但因为她自小到大从未节制过的关系，越是提醒，胃口越好，体重自然也是一路攀升。

周围的同学对都灵都有了明显的变化，甚至有天早操前，姞怜看见有人主动给都灵打热水。这真是前所未有的稀罕事。

再说说宵青尘，他辞去了学生会的职务，并正式加入了都灵所在的文学社团。学校的文艺活动上，他吹笛子也是保留节目。乌泱泱的人群中，舞台中央穿白衬衣的青尘，仿佛跟他们不属于一个世界。台下的女生喊着他的名字，但姞怜却宁愿相信，青尘是孤独的。

每周，姞怜雷打不动地去图书馆借阅书。不过关于那夜看到的事情，她保留在了心间，只字未提。听闻宵青尘加入了文学社团，她也以一个人太孤独，想要多陪陪都灵为借口，加入了文学社团。

她进社团的第一天，宵青尘喊出了她的名字。这使得宋姞怜欣喜若狂的同时，甚至产生了“他一直记得自己，是喜欢上了自己”的错觉。如此一来，便时常是三人同行的局面。宋姞怜对此很不满，总觉得夹在中间的都灵像讨人厌的电灯泡。加之在文学社团的日子里，她亲眼看见了都灵朗诵郁晚写的诗歌，再回想起她写给郁晚信中的坦荡肉麻，对她的态度可谓急转直下。

对于姞怜的改变，都灵察觉到了，却只以为是她乖戾无常的性格使然——都灵仍旧当她是最好的朋友。

每个周末，继父准时会来花莲住一两个晚上，又准时返回春城。他虽然不喜欢都灵，对都云却是真的宠爱。唯恐他不在的日子里都云寂寞，他放下身段跟都灵商量，希望她能搬来和母亲一起住。姥姥也十分赞同，认为母女俩应该多在一起培养感情。如此，都灵便搬去了位于酒楼顶层的豪华公寓，与都云同住。到周末继父来时，方才回村里陪姥姥住。

她的境遇发生了翻天覆地的变化，全花莲都知晓了她继父是大富豪姚百万。这个代称是九十年代起就有的，现在身价早翻了数倍。虽然都云的各种花边新闻没断过，但当着面儿大家都愿意讨好都灵。从原来的无人问津，到被众星捧月，她还是那个生活朴素、害羞腼腆又乐于助人的都灵。

有一天放学后，都灵执意要绕道去郊外的河边。到了岸边，她从书包里掏出来几个信封，蹲下来，折叠成纸船放于河面上，顺水飘走。

“是情书吗？”

姞怜坐在岸边的草坪上问。

“嗯。”

都灵应声着，目光却一直注视着那些小船飘远了。

“为什么不恋爱呢？”

“你知道的……我怕和人太亲近，没人受得了的，不如自己先把念想给断了，免得为难自己，又为难了他人。”

“都灵，你应该去试一试。你从来都没试过，你接纳了我的拥抱了，为什么就不能接纳异性的？”

“谈恋爱是一个拥抱就能够的吗？知道结局了，为何要去辜负别人呢？”

“辜负算什么？我要是可以和宵青尘在一起，如何被辜负我都认。”姞怜说。

都灵回过头，怔怔望着姞怜，仿佛是要确定什么，继而展露出哀伤的神色。

“你当真喜欢宵青尘？”

“这问题真好笑，你还真没看出来吗……不然呢，我费心费力加入文学社团，隔三岔五写这样那样，难不成为了练字？你实在太愚钝了，老是当我俩的电灯泡——时隔这么久，他还记得我，说明啥？”姞怜望着天空痴笑，“说明他一直没有忘记过我啊。”

等她收回目光时，都灵已经收起书包，顺着河岸走远了些。姞怜望着她瘦小的背影，像一座孤独的小岛屿，随波漂远了。

就在这次谈话后的第二周，都灵悄然退出了文学社。宵青尘当天就发现了，在放学后将她堵在了回家的必经之路上。那里有一座桥，都灵和姞怜会在桥前面的岔口各回各家，如此，正好可以避开。

晚霞绚烂如繁花。宵青尘站在桥边，远远看见都灵跟着一群人过了斑马线。她瘦小的身子在人群里随波逐流，好像随时会被淹没了。他一把将她从人群中拽出来，拉着她下了旁边的台阶，到了河岸边上。

“为什么要躲着我？”

“你不要跟我拉拉扯扯的，被人看见不好。”

都灵紧张地抬头看着不远处的桥，生怕这一幕被路过的同学撞见传开。她不想成为姞怜的敌人。

“你看不到我的心意吗？”他放开她。

“青尘，我知道你很好，但我没法靠近你。”

“我可以和你保持距离相处。”宵青尘主动退远了一些，“就这样看着我也愿意，我会等到你愿意对我打开自己为止。”

“姞怜喜欢你。”都灵顿了顿，又说，“我喜欢姞怜。”

宵青尘展露出哭一样的笑容：“都灵，我喜欢谁也不可能是姞怜，她根本就不是我喜欢的类型。”

“青尘，求求你，把姞怜当作我吧。我无法和你靠近，你怎么对她，我看着就像自己得到过一样。”

“我也求求你，想一想自己吧，我知道你从来都是不争不抢的性子，不求你争取，但也不要把我使劲往外推。就算不喜欢我，也适当想一想我的感受吧。”宵青尘感到愤怒绝望，却又莫名地心疼难忍，像是软肋被人捏住了，毫无办法。

“我怎能不喜欢你？可是，我做不到去伤害姞怜。”

“所以你就做得到来伤害我？”宵青尘反问。

“不要去看深渊，不要去凝视地狱的花。我怎么说你才能明白……才能明白我的心意？青尘，求你了，别再靠近我了！”

都灵眼泛泪光，鼓起勇气，主动走上前，踮起脚尖，张开双臂蜻蜓点水般拥抱了一下宵青尘。“已经是额外得到了，谢谢你。”她轻声说完，离开了宵青尘，跑远了。

就在同一周的周末，姞怜在都灵姥姥家里突然听到了熟悉的笛声。那曲子她还是第一次听到，轻快又忧伤，仿佛是一双手在召唤她。

“你听到笛声了吗？是宵青尘在吹笛子。”姞怜竖耳倾听。

都灵站到窗边，屏息凝神听着——她听出来，这正是宵青尘上次送她的那首。

她心中涌出来酸楚与甜蜜，笑着说：“真好听呀！”

“好像是从山上传来的。”姞怜望着窗外不断被风吹落的秋叶，又说，“天这么凉，干吗不在家里待着。青尘真是个奇怪的人呀。”

“姞怜，你不觉得秋天、笛声，都和青尘很般配吗？”

“好像真的是。”

姞怜忽而从床上弹起来，开始穿外套。

“你这是？”都灵问。

“我得回去了，改天再来找你玩。”

都灵将姞怜送到门口，看见她朝村外狂奔而去。不久，她就在院子里看见姞怜已经跑到了半山腰上。她反应过来，姞怜是打算去山上找宵青尘的。都灵听着笛声，在银杏树下的椅子上坐着，久久地、一动不动地望着山上。

半山腰上秋风阵阵，姞怜循着笛声找了宵青尘。他正坐在秋千上，眺望着山下。他其实看见了院子里的都灵，也看见了跑上山的姞怜。见到姞怜，宵青尘放下笛子，朝着她笑起来。水雾蒙蒙的笑眼，像是起风了的河面，正泛着阵阵涟漪。“你来了啊。”他说。

姞怜点点头，在他旁边的秋千上坐下来。

“我给你吹一首曲子吧。这首曲子叫《甜蜜的巧克力》……你能听到吧。”他眺望着山下，眼珠子也未朝姞怜的方向动一下。

“吹吧，我能听到。”姞怜痴望着他的侧脸。

笛声再次响起来。

四五点，天就半黑了，山顶的秋风刮得更加猛烈。青尘脱下来外套，递给姞怜穿上，还是冷。姞怜想起了半山上的营房，两人躲去了屋子里。一长排，隔开成小间小间的。有的屋子里还摆放着单人床，铺着杂草，落满了尘埃。他们肩并肩坐在床沿上。青尘突然钻进了披在她身上的风衣里，两人裹在了一起。

"你看，现在我们靠得多近。"宵青尘说。姞怜又朝他靠近了些，近到能闻到他身上青草和泥土的味道。

"是啊！靠得多近呀，我都能听到你心跳了。"姞怜说。

她闭上了眼睛，在某个瞬间的幻觉里，她看了一帧清晰的影像——是在305公寓里，父亲压在郁晚蕾丝内衣上的那块表。还有，父亲的一双手。

05

十一月份的一个周末下午，下着小雨，姞怜仍然冒雨去宵青尘家里找他。昨天，她和青尘闲聊时听说云姐今天要回老家看望姥姥，她便打定主意今天来找青尘。

云姐前脚刚走，姞怜就到了。宵青尘下来开门，门一开，姞怜就像泥鳅似的滑了进去。两人轻手轻脚地走过院子，又踮着脚尖踩着楼梯上了二楼。姞怜不敢发出声音，早前已经知晓了青尘的父亲住在一楼。他早年受了工伤，肌无力，仅仅只有双手能活动，常年卧病在床。最初几年，他还能偶尔坐着轮椅出去溜达，最近一两年病情又加重了，除了吃饭和少数清醒时看看电视，其余时间里几乎都在昏睡状态。但或许是做贼心虚，即便是进了屋子，关上了门，姞怜也只敢小声说话。

青尘的房间摆设简陋，前窗下摆放着一张写字桌，后边的小窗户下靠着一张单人床。角落里一个大箱子，算作衣柜了。姞怜紧张地问："叔叔真的睡着了吗？你要不要去看看。"

"中午我才去喂他吃过午饭和药，正常情况的话，他应该傍晚才会醒。"青尘说。

她放下心来。

"你要喝水吗？"青尘问。

姞怜摇摇头。

隔了一会儿，又听到他问："你口渴吗？"

"我不渴，不过有点儿冷。"

"你的衣服打湿了。"

宵青尘取出一件外套递给她。她穿上衣服，随手拿起他的枕头，突然发现枕头下藏了一本书，那本书叫作《查泰莱夫人的情人》。

"你看这种书？"她惊讶地问。

“上次去一个旧书店看到这本，就买了下来。我们这个年龄看不太合适，但是，其实写得很不错。”

“我也想看。”

“当然可以。不过你可得藏好了。”宵青尘嘱咐道。

“我回去的时候再拿。”姞怜把书又放了回去，拿枕头盖好。脑海里不知怎的，又闪过那夜在桥下夜总会看见的云姐。

“云姐平常几点回家？”她假装不经意地问。

“她很晚很晚才能回家。她晚上在一家酒吧兼职做服务生。”

宵青尘的回答，证明云姐隐瞒得很好。

姞怜蓦地涌出来一股怜爱之情。她走上前，从背后紧紧地抱住了他。青尘先是僵硬，接着放松下来，仿佛整个人软了。他转过身，给了她同样的拥抱。姞怜仰起头，就看见了天花板的吊灯。那个吊灯很特别，底座上有个小镜子。镜子里抱在一起的两个人，仿佛是连体婴儿。他们就这么紧紧地抱着，听到各自的心跳声淹没了窗外的雨滴声。

“我真喜欢和你靠得很近，近到能听到心跳声。”青尘闭着眼睛说，他脑海里看见都灵的样子。

“嗯。”姞怜幸福地点头。

“你感觉到了吗？”

宵青尘说着，泪水点点滴滴，潸然而下。

“嗯。”姞怜感动地点头。

说话间，她看见镜子里的宵青尘像是悬浮了起来，地球引力似乎失效了。姞怜觉得自己仿佛正在变成他的阴影。

“你想做……那件事情吗？”她害羞地提醒。

“哪件……”

“大人们都会做的那件事。”她今天特意穿了郁晚送的黑色内衣。

青尘明白了，姞怜说的“那件事”就是他在枕头下那本小说里读到的。他的身体明显痉挛了一下，却十分抗拒地说：“我只想抱着你，在我们成为大人之前，我是绝不会越过这个界限的。”

“我们很快就是大人了！你吻下我吧！”

“你不要说话，我们就这么静静抱着就好了，抱着你就好了。”宵青尘把脸扭向一边，伸长了脖子，尽量不让她的嘴接触到自己。

就在这时，门外不合时宜地响起了敲门声。青尘反应很快，他迅速推开姞怜，面如纸色地说道：“我妈妈回来了。”

“她不是去你姥姥家了吗？怎么会突然回来？是故意设的圈套吗？”

“我不知道，兴许下雨又不想去了，人的心思变来变去也正常吧。”

“那现在怎么办？”

宵青尘环顾四周，正想着办法，但门外一阵高过一阵的敲门声，已经没有留给他们更多时间了。

婥怜害怕极了，像只被困住待宰割的动物。就在这时，她看见了窗户。她知道，那扇窗户外就是小山丘。来不及多想，她一只脚放到窗台上，打算从这里逃出去。

“你在做什么？给妈妈开门！”云姐大声质问着。

青尘反应过来，托住婥怜，往窗外推。她翻了出去，顺着窗边的一棵树，落在了部队大院的山脚下。她回头仓促地望了一眼窗边的青尘，他俯视着她，唇角下垂颤抖着，双手无力地抓住窗台。“快跑！”他小声道。婥怜想也没想撒腿就朝山顶跑去。谁也没有注意到，她的一只鞋子挂在了树上，像挂着的一面旗子。那是一双小皮靴，是郁晚画了图找小作坊制作的。做了两双，一双自己穿，一双给了婥怜。全花莲，只此一双。

翻过山，站在都灵家的门口时，婥怜扶着门框，险些晕过去。当时的她浑身湿漉漉的，头发乱糟糟地蓬着。光着的一只脚冻得通红，一些地方渗着血，把都灵和姥姥吓坏了，搀扶她到床上，烧了热水给她暖手脚，又熬了小米粥让她喝下。婥怜换上都灵的衣服躺在床上，裹紧被子，连喝了两碗粥，方才缓和过来。都灵寸步不离地照顾她，姥姥则跪在耶稣圣像前，为她祷告。

婥怜疲倦地睡着了。都灵搬了把椅子，坐到了窗边，望着窗外部队大院的山头又陷入了沉思。

一周后，婥怜去图书馆借阅书，登记完了，云姐叫住了她，递给她一个口袋，冷冷地说：“这是你的东西吧，拿回去，以后都别再找青尘了。他不会再见你的。”婧怜抱着口袋走出图书馆，打开，便看见了自己丢失的一只鞋子。走廊里空荡荡的，失去宵青尘的痛苦正慢慢吞噬她。

第二周，宵青尘也退出了文学社团，一心备战高考。他在学校里再遇见婧怜，也果然是视若无睹般冷漠了。

06

每月一次的月考，是从进入高二就开始的。到了下学期，月考变得愈发频繁和重要，成绩会涉及被分到普通班还是重点班。婧怜自知天资普通，也无意进什么重点班，遂漫不经心地交了卷，很早就出来了。

她站在走廊里，过来了几个穿着初中部校服的女生，边走边讨论着什么。婧怜听到一个女生说：“都云太可怜了，被当街暴打，这下全城都知道她的丑事了。”

婧怜叫住她们，问道：“可是开酒楼那个都云？”

“不是她还能有谁？人家老婆带好些人过来找她，太丢人了，太丢人了……”

“这消息从哪里听到的？”婧怜紧张地问。

“她被打时，我们可是当面儿看着——”说话间那女生被人扯了下衣服，她一抬眼立即不说了。婧怜回过头，发现是都灵正站在身后。

她们面面相觑，一言不发地跑开了。

姞怜注视着她们的背影，再回头时，却见都灵已经朝学校大门的方向跑远了。她追了两步，听到第二科开考的铃声响起，犹豫了几秒，她朝着教室的方向跑去。那天除了考试，最大的话题便是都云的婚外情。

传闻是都云勾引姚老板，为了满足她母亲的愿望，办了这场结婚闹剧。但事实却并非如此——都云是在公司的宴席上认识了姚老板。在他的疯狂追求中，两人相恋了。等都云发现姚老板还有家庭并未离婚时，已经深陷其中。姚老板承诺会尽快离婚，都云相信了他。但姚老板心知肚明，他是不可能真正离婚的。但他很快想出了个好办法，办了张假离婚证骗过了都云。为了让都云和他的家庭保持安全距离，他在花莲开了分厂，把都云安置了过去。为了假戏成真，姚老板又在村子里做了这场结婚假戏。从此，都云便安心地跟着姚老板。他每周都会过来花莲，过起了家外有家的逍遥日子。但好景不长，他这把戏很快就被聪慧的妻子发现了。

下午的考试，都灵缺席。姞怜心神不宁的，提早就交了卷，决定去找她。她还没到饭店门口，就发现了异常，先前那金碧辉煌的烫金招牌被砸得稀烂，字牌七零八落，满地狼藉。姞怜有了某种预感。大门紧闭着，她又绕道去了屋后面，好在偏门是打开的。她轻手轻脚地跨了进去，眼前的一幕使她心惊胆战。只见大厅里的椅子板凳歪的歪倒的倒，水晶灯悬挂在半空，天花板上的石膏板脱落了，墙灰洒落满地，珠子四散滚落。姞怜小心翼翼地避开，打算去顶层找都灵。自从都云搬去与母亲同住，姞怜也来过两次。她知道都云很讲究，平日酒楼里一张椅子位置没摆好，也是要立即摆到她认为该摆放的位置的。

姞怜走到二楼的楼梯拐角，便听到了嘈杂声。跟着，一些乱七八糟的杂物从楼上扔了下来，顺楼梯哐啷哐啷地滚下来。姞怜迅速跳开，躲过了。俄顷，楼上又响起了杂乱的脚步声，以及锐器碰撞发出的脆响。脚步声从上而下，慌乱中，姞怜看到了楼梯口旁边的卫生间，连忙躲了进去。刚藏进一个格子间，脚步声就进来了。

姞怜屏息凝神，一动不敢动。那双好奇的眼睛，寻到门缝的罅隙，贴了上去。她有一双阴冷的眼睛，这双冷眼正偷窥着人间的罪恶——卫生间狭长的走廊里聚拢着五六个年轻女子，她们正拽着一个瘦小的姑娘。姞怜认出是都灵。这群女人像得了失心疯，像刚从山顶放下来的原始人，一拥而上开始撕扯都灵的衣服。她们是恨不得将她扒光的。有人叫嚣着："打这个婊子！"有人立即附和道："脱，脱她的衣服……好，裤子也要脱了！"

"脱光示众！脱！脱光！"

拳打脚踢声，吆喝声，在厕所狭窄的空间里如惊雷般炸响。都灵但凡发出点儿声音，就迎来更加猛烈的暴风雨。她的文胸被扯了下来，一个女人拿在手里甩来甩去玩了一阵，扔向了空中，落在了姞怜前面的地板上。那女人瞅着都灵微微隆起的、像刚发育的小女孩的胸部，发出讽刺的笑声。

野蛮人觉得这样惩罚还不够，想要来点儿更刺激的。于是有人提议道："来来，咱们看看她裤子里是不是也塞着东西！"其余人都觉得是个好主意。两人女人将都灵摁住，七下八下脱掉了她的裤子。"真是塞了东西……好脏的东西！"那所谓的"脏东西"不过是月事用的卫生棉。

近在咫尺，姞怜清楚地看见了都灵的惨状——她蜷缩在肮脏的地上，上身光着，干巴巴的身体又白又瘦，肋骨一根根凸起，那小巧的乳房像刚绽放的樱花般羞涩腼腆。

"都云这种贱人，才能生出这种怪胎，你妈哪里配得起我爸？"

"你爸就是个骗子！"都灵啐了一口——即便是被摧残至此，也看不出来丝毫畏惧。

姞怜不由得想起了都灵说的身体里的城墙和翅膀，继而又想起郁晚说的那道奇异的闸门。她脑海里混沌不清了，都灵的脸成了郁晚的模样。继而无数的记忆碎片凌乱无序地拼凑，她看见初见时的郁晚，从那扇玻璃门里出来，从此她的家庭开始分裂；她看见和父亲谈笑甚欢的郁晚，旁边的自己像个插不进去的影子；她看见那封画着翅膀的信，都灵展开的灵魂与她没有丝毫关系……如此，她突然激动起来，在心里呐喊着："打得好，打得太好了！"她简直想要冲出去，当啦啦队队长的架势了。

那群野蛮人，哦，不，也许已经不能说是人了——这群母兽，很快又在墙角找到一把拖厕所用的拖把，打湿了水，在都灵的小腹上来来回回戳着，仿佛她是一块肮脏的地面。污水顺着都灵的肚子肆意横流。她死死咬着牙，一声不吭——现在，姞怜看到的又是郁晚的样子了——她想要欢呼，但嘴巴被缝住了。于是，她保持着张大嘴的姿势，像被人掐住了喉咙那般周身僵着。

过了很久很久，这群魔鬼野兽终于走了。

四周阒然，却比有声更令人绝望。姞怜窥见都灵挣扎着爬起来，一拐一拐地走到了水龙头边。她无助悲惨的样子终于让姞怜清醒过来——这是都灵，是她唯一的朋友都灵！她很想打开门出去搀扶她，但她根本没有勇气去打开那扇门，她甚至不敢大口呼吸，连眼泪掉落的声音都让她战栗。只有在哗哗的水声响起时，她短暂地抽噎了两声。

都灵洗了很久。

姞怜的双腿麻木到失去了知觉。

都灵洗干净身体，一拐一拐地走过来，弯腰捡文胸。隔着一扇薄薄的门板，从姞怜的视角看过去，都灵几乎就抵在她眼皮底下了。她看到都灵小腹上那一条醒目的手术疤痕，那细长的形状像是做阑尾炎手术后留下的，也或许是其他什么疾病。这大概就是她从来不上体育课的原因吧。

姞怜死死地盯着都灵，屏息凝神。就在都灵起身抬头的刹那间，她们的眼神撞上了——那条狭窄的缝隙好像一刹那之间被拓宽屏障消失了。

姞怜下意识地后退了一步。这时，她注意到了自己脚上的鞋子——正是从云姐那里拿回来凑成一双的小皮鞋。全花莲独此一双——从来没有哪个时刻，姞怜如此恐惧过。在都灵看过来的目光中，她丑态百出，仿佛成了这厕所里的粪便。假如，她再多看一分钟，姞怜一定会冲出去，求她宽恕。

但都灵却及时地低下了头，那旁边有血迹，是她自己留下的。她蹲在那里，用手指画着什么，姞怜认出来，她在画翅膀，那一幕简直让她心惊胆战，以至于日后很长时间里，她看见鸟都感到恐惧。画完了，都灵站起来，又用脚涂抹掉了，然后头也不回地出门了。

四周寂静，姞怜从卫生间里钻出来，见鬼似的跑出了大酒楼。在大街上，她远远看见了都灵，小小的背影闪烁着，像即将熄灭的灯火。她想也不想就跟了上去，跟着她穿过大街，绕过街口，又走进了小街……都灵回到了小村子。姥姥出来开门。

隔得不太远，姞怜听到姥姥大声问：“考得还好吗？”

都灵摇摇头：“姥姥，我好多题不会做……”

“没关系的，姥姥给你做了好吃的！”

姥姥走上前，牵起都灵的手进了院子。风吹过银杏叶，像哭泣的笑声。

“对不起，对不起……”婠怜在心里默念着，好像这三个字能将她快崩塌的灵魂固定住。

第二天，都灵因病请假。

婠怜稀里糊涂地上了考场，又稀里糊涂地交了一塌糊涂的卷子。到了家门口，她突然不想进去，去了小村子。还在山脚下，她就听见了熟悉的笛声，正是那首《甜蜜的巧克力》。她一阵欢喜，一路疯跑着冲上了山顶。远远地，她看见秋千上坐着正在吹笛子的宵青尘；另一架秋千上坐着的，正是都灵。

从那天起，都灵就从花莲消失了。假期里，婠怜去找过姥姥，得知是都云带走了都灵。“她有给我留下信件吗？”婠怜渴望地问。

姥姥摇了摇头，叹息一声，又在圣像前祷告。

婠怜仍然时常在学校里遇见宵青尘，但他和从前判若两人，连班级的职务也全部辞去了。学校的活动中再也没见过他的身影，就是教室也很少出。他愈发沉静，除了学习，连话也很少说，也没人再见过他的笛子。就是学校演出，老师相求，他也一概冷冷地拒绝了。当时，他已经被保送北大，这消息全校皆知。人们都说宵青尘，还没成为真正的北大人，已经高人一等了。

07

失去了都灵，宵青尘也遥不可及，姞怜孤零零地上下学。有一天，她闲逛去了一家新华书店买练习题。突然，街上传来动人的歌声，其中一句是：“抛开束缚的棉花，我要阳光和汽水，也要飓风和暴雨。”她顿时像被钳住的蜈蚣，停止了挣扎的千只脚。她进去时觉得书店破旧压抑，听着这首歌再看书店，一切都变样了——玻璃的展柜，柜台里的书都在闪光。展柜后面正襟危坐的售货员，也似乎成了展示品，镀了光。

走出书店，姞怜感到压抑多日的阴霾消弭了些。隔了几日，她又听见这声音是从一家游戏厅里传出的。她情不自禁走过去，一个留着波浪卷发的胖女人走了出来，用油腻老练的腔调招呼她进去玩。姞怜蒙蒙地走了进去，接着付钱买了游戏币。寂寞中的宋姞怜，从游戏中体验到一种从未有过的乐趣。

从此一发不可收拾，现实生活里的宋姞怜，越无能越自卑，游戏所带来的狂热就越刺激着她。在乌烟瘴气的游戏厅里，她认识了一帮“志同道合”的玩友。胖老板也很喜欢她，时常在她身后观摩她打游戏，充当啦啦队，助威呐喊。宋姞怜简直觉得自己已经成了无所不能的大英雄。她真是太喜欢游戏里那个所向披靡、威风凛凛的自己了。

渐渐地，她的零用钱和课余时间都贡献给了游戏，贡献给了胖老板。加之她时常请兄弟姐妹们吃饭，很快就捉襟见肘。不得已，只好编造出各种借口向父母要钱。姞怜深知，父母都不是真正的有钱人，只是因为爱她至深，舍不得她失望才一味满足。

“我小时候是个很乖的孩子呢……我能有什么错！我能坏到哪里……都是因为爸妈离婚，都是因为他们把我生得太笨了，都是因为他们没有给我安全感……”她如此开脱着。

姞怜给自己精神洗脑得不错，对贪玩懒惰、不学无术毫无罪恶感。除了游戏，她对其余任何事情都提不起精神，连吃饭这种事情都应付了事。她连理想也失去了——生命就是毫无意义地走向死亡，死才是人生的终极意义。她想。

模拟考试成绩发下来，姞怜就被班主任方老师叫去了办公室。他是宋老师的挚友，两人都在花莲二中工作了十几年。方老师浓眉下盯着姞怜的眼睛目光炯炯，嘴角深刻的八字纹显得格外郑重威严。姞怜心虚地站着，她与老师中间隔着的大办公桌上摆满了堆积如山的作业本，这让她稍微感到些许安全。

第一次，方老师毫不留情地训斥了姞怜，接着又痛心疾首地宽慰她、鼓励她。姞怜品尝着老师硬塞过来的糖，苦涩慢慢溢出来。

“姞怜，你不要辜负你的父母！他们都竭尽全力地呵护你，你就是这样报答他们的吗？”方老师打出了感情牌。

但对于他的说法，姞怜委实不能认同。“辜负”这两个字，简直就像是投掷过来的炸弹——从父亲道歉那天起，姞怜就已经根深蒂固地认为是父母辜负了她。方老师自以为是的本末倒置，被她定义成了侮辱。

“老师，您得知道养育自己的孩子是责任！”

“是的，是责任。可是，以好成绩回报父母不应该吗？难道这就是你不务正业的理由？”

“方老师，我告诉你：一个家庭的瓦解，是所有家庭成员的事情，但——在我家，我是最后一个知晓的。呵，我这个可怜虫！在大人看来，是不是小孩子就只需要养活他们，给他们吃喝，送去学校，就可以被冠以‘伟大的父亲母亲’这样的赞美。您不觉得可笑吗？你们像养宠物一样养大我们，指望我们成绩好，为你们赚得荣誉，做你们衰老时的保障。的确，没有父母就没有像我这样的生命——可是，在我毫不知情时，你们先选择了我的出生。在该让我知情的时候，你们却选择了先成全自己的幸福。我，宋姞怜——绝不会对这样的父母感恩戴德！那个被辜负的人……一直是我，是我才对！”

“宋姞怜！你是打算拿这个要挟欺负你父母一辈子吗？”方老师躲在厚重镜片下的眼睛审度着姞怜，好像在看一个怪物。

“是呀，我就是这么打算的，怎样！”

他八字纹的嘴唇微颤着，好像有很多话想说，最终，他只是愤然地说道：“宋姞怜，没几天就高考了，你这样做，摧毁的是你自己的人生！”

“人生，人生多可笑！”

姞怜笑得很放肆，笑完，又止不住痛哭。她哭得上气不接下气，心里却如释重负——终于，有个可以放肆哭泣的地方了。痛快哭上一哭，这样的想法从宵青尘冷落她，从都灵离开起就有了——她的泪水就像决堤的潮水，开了头就止不住，哭到几乎晕厥。

其他班的老师也被引了过来，透过泪花，姞怜只看到一些模糊的、杂乱的人影，以及落在身上的无数只安抚的手。

方老师近乎哀求地说：“宋姞怜，请你振作起来！”

晚自习的铃声响了，方老师给姞怜倒了杯水来，告诉她：晚自习不用去上了，早点回家休息。然后叹了口气，无奈地先去上课。姞怜在昏暗的办公室里坐了会儿，绕去了操场。听到教室里传来的琅琅读书声，她跟着读书声一起哭。

从学校出来，她漫无目的地走在街上，不知不觉又走到了游戏厅。门口站着几个社会人员，她先前总是避着他们，尽量不与他们多接触。她原本也想绕开他们，却被其中一个亲热地叫住了。姞怜认出他是这里的常客。他们邀请她一起打游戏，喝酒时也递了一瓶给她。姞怜啜了一小口，几个社会人起哄，嘲笑她胆小。在虚荣心的驱使下，她喝光了一瓶酒，跟着酒劲儿一上来就睡着了。他们要带她走，被胖老板拦住了。她将姞怜放在沙发上，找了条毯子给她盖住。

张春凤疯了般四处寻找姞怜。

她找到了班主任，从班主任那里知晓了姞怜打游戏的事情。最终，她在游戏厅找到了姞怜。她满身酒气，形如枯槁，没了人样。春凤当即把她叫醒，不等她明白发生了什么事情，便当众甩了她一耳光。“啪——”的响亮声响，姞怜瞬间清醒，从沙发上坐起来，眼前的母亲像发疯的野兽。

“宋姞怜，我辛辛苦苦上班，供你上学，你爸给你钱从不手软！你就是这样学习的？打游戏能让你考满分？游戏能让你考上大学？宋姞怜，你要吃喝，将来要赚钱才能生存！如果不能，靠嫁人会很可悲的！你看见了你爸是怎样对我的……这就是我没有生存本领，将自己奉献给了家庭的下场！”她边说眼泪又掉了下来，苦口婆心劝说道：“我怎能看见你遭我这罪……如果你没有本事，谁也救不了你！只有读书才是你的出路！”

姞怜那骄傲的自尊心受到了伤害，奋力从母亲钳子般的手中挣脱出来，不屑地说道：“我不需要你救我，你能救你自己就好了！”

“你也嫌弃我？”张春凤生无可恋。

“汪叔叔不嫌弃你就好了，抓紧吧，别跟辉叔叔一样又跑了！”

“宋姞怜，你……”半天，张春凤终于挤出来余下的一个字，“滚！”

闻言，宋婤怜便头也不回地滚了。

她游荡在街上，一无所有，像个孤魂野鬼。“我能有什么呢？”她问自己，很快又自答道：“除了这身越来越麻木的血肉之躯，我什么也没有了。”我哪里都是焦干的，像刚从烤箱里端出来的饼干，一碰就碎。我哪里都是饿的，肚子饿，肠胃饿，不能发泄的心火使我饿。我的灵魂寸草不生——如果你非得让我形容，我想——我可能是月下深山中一座被遗忘的破桥，也可能是荒野中唯一的电线桩子。我存在的地方，空气都被戳得疼，我每呼吸一次，空气都在嫌弃一次。

很多年后，婤怜将自己这个经历告诉了郁晚，不久，便在她的书里看到了上面这样一段话。婤怜读着读着就哭了。这的的确确是她当时心境的真实写照。

08

第二天，婤怜发烧了，吃不进去东西，生无可恋。张春风去学校给她请了假。她躺在床上，仰望着天花板发呆。时间途经她的眼，途经她刚吃了药正在消化吸收的身体……指甲长了一点儿，头发多出来几根，脸上的青春痘又冒出来几颗，这生病的身体照旧是一片好土壤，旺盛地生长着。

“吃吃吃，喝喝喝，拉拉拉，撒撒撒……”她无聊透顶，绝望透顶，躺在床上又笑又唱。

张春凤意识到问题的严重性，六神无主中给宋和平打了电话。宋和平心急如焚，连夜赶了回来，进屋时已经过了夜里十一点，在客厅里和春凤打了个招呼，径直来到了婧伶的卧室门口。婧伶一听见父亲的声音，赶紧将自己裹进了棉被里。

“小伶，是爸爸……出来，会捂出病来的！”他拉扯着被子。婧伶拼命裹着，不搭理他。宋和平强行将棉被拽开了，婧伶旋即坐起来躲到墙角，蓬头垢面，像个小疯子。

“小伶呀，玩物丧志，游戏只能拖累你，影响你的前途……”

“请问，我的前途是什么？”婧伶捋了捋乱发，露出一双冷漠的眼睛。

“你想想，你喜欢什么，比如弹琴、画画、数学……哦，我看过的你成绩单，英语不错呢！外交官真是很棒的职业！”

“是吗？听起来真是不错！”婧伶不屑地笑笑。但她那心急如焚的父亲，哪里能理解她苦笑里对人生的质疑呢！

宋和平接着说：“外交官受人尊敬，工资高，还可以经常出国玩，周游全世界将是你的日常生活。多美妙呢！记得小时候爸爸给你买过一个地球仪，你还用两个小手指在地球仪上走路，说是要走遍全世界！这就是你最初的梦想，你都忘记了吗？”

这么一提醒，姑怜好像回忆起了什么——确实是有过这样的梦想呢，是因为想要去更多的地方，才用心学习英语的。可是，走遍千山万水消耗掉的生命，和她在游戏中的千山万水有什么区别呢？何况，环游世界，脚都废掉了吧。一路遇见那么多人，处理那么多关系，想想都好累。

“爸爸，您说累了吗？”

“不累，只要你不再执迷不悟，爸爸不累！”

“可是我累呀……别说环游世界，我连一节体育课都不想上！前途，可笑不……哪个人的前途不是等待死亡？”她放声大笑。

那话像一把刀戳进了宋和平的眼睛里，他的眼泪吧嗒吧嗒地掉下来，却更深地注视着宋姑怜。

“你不要这样看我——你们离婚时没想过我的感受，现在又何必在我面前装？比装可怜，谁也装不过我！谁都装不过我……”姑怜用棉被裹紧了自己。

俄顷，她听到“咚——”的声音。

姑怜从棉被里往外看，见她父亲正在用脑袋使劲儿地撞击着墙壁。姑怜心里一紧，闭上了眼睛。

“姑怜，爸爸错了……”那个生她的男人千万遍地说道。

姑怜喜欢他这么说——这个爱她的、她爱的男人，又认领了他全部的错误。

“姞怜姞怜，你真是个纯洁的孩子，像太阳光一样美好！”

张春凤听到声音跑进来，见宋和平正痛苦地抱着头。她悲痛地训斥道：“宋姞怜，我是没有生一颗心给你吗！他是你的爸爸，是你的爸爸啊！”这个时候的他们，真像是一对惺惺相惜的落难夫妻了！

次日，宋和平留给张春凤一笔钱回了春城。张春凤一早做好早饭，端着放在姞怜床边的柜子上。“姞怜，快点儿吃，吃完妈妈陪你去打游戏！”

起先，姞怜以为是在开玩笑，确定她是认真的，立即从床上弹起来，病也好了一半。

春凤去学校给姞怜请了小长假，抱着以毒攻毒试一试的想法，当真带着姞怜去了游戏厅。游戏厅的胖老板还是头一次见家长领着姑娘来打游戏，热情地邀请春凤进去坐，被拒绝了。她把自己带来的小马扎往游戏厅外面的空坝子里一放，织起了毛线。

一开始胖老板还挺客气，一会儿跑过去问张春凤要不要进去喝点儿水。几天后，她便看出了端倪。

看见学生模样的孩子想进去打游戏，春凤劈头盖脸便问：“作业做完了吗？爸妈知道吗？你们老师知道吗？”于是，这些学生一个也不敢踏进去，背着书包逃之夭夭。

到了第五天，胖老板叫苦不堪，一面劝说张春凤，另一面又对宋姞怜施加压力。打到第九天，平日里笑脸相迎的胖老板板着脸下了逐客令。此时的宋姞怜已经没日没夜打了一周多，产生了厌倦感。胖老板来规劝时，她顺势提出要求，想要体面一些回家。于是，在宋姞怜攻打最后一关时，胖老板带领一众人，为她呐喊助威。姞怜打赢了，胖老板装模作样地拥抱了她，并在她脸上留下了一个黏糊糊的吻。“真像被泥鳅啃了一嘴。”宋姞怜后来说。

张春凤还在门口的小马甲上坐着织毛衣，寒风萧萧，她特意拿了一床薄毯裹着，从背面看过去，就像一只冬眠的熊。那双露出来的手，早已冻得皴裂了。姞怜看着母亲的手，突然觉得每一道口子都是她造的孽。她心疼内疚极了。

“妈，我们回家了，再也不来了。”

“嗯，咱们再也不来了！”

张春凤笑着流出泪水，赶忙擦了一把，抱怨道：“你看今儿这风可真大，我这被刮得一把鼻涕一把泪的。”

她把毛衣塞给姞怜，已经快织好了，只差一个袖子。

姞怜牵着母亲的手，母亲抱着收起的小马扎，迎着萧瑟的风和阳光回家了。

晚上，姞怜给宋和平打了个电话，说：“爸，我要转学，我讨厌花莲。”

“你想好了吗？”宋和平问。

宋姞怜说：“想好了。”

跟着，宋和平颇费周折，到处托人找关系，终于顺利地将婠怜转到了春城七中。那时，距离高考已经只剩下三个月的时间了。

09

大考在七月的炎热天里结束。宵青尘让出了保送名额，仍然参加了高考，不负众望以状元的身份被北大录取。婠怜从春城返回花莲时，还能见到二中的校园光荣榜上挂着他被放大的照片。城里最醒目的街上，也还挂着“祝贺花莲二中宵青尘同学考入北京大学”的横幅。婠怜欢喜又悲伤地看着，觉得宵青尘已经遥远如天上人了。

她叹了一口气，推门进了一家冷饮店，买了一个甜筒。她蹲在街边，一边舔着冰激凌，一边盯着标语上的“宵青尘”这三个字。看得太专注了，冰激凌化了一半，掉到了地上。婠怜看着融化成水的冰激凌，品尝着口腔里甜蜜的余味，心弦蓦然之间被触动了。“青尘，已经是逝去的青尘了，跟我没有什么关系的一个人了啊。”想到这里，她嘴唇颤抖着，流下泪来，继而痛哭不止。

出于对往事的怀念，她又独自上山去了山顶的部队大院。七八月份漫山遍野开满了野花，野草疯长。那些地方到处都是都灵的身影，山鸟飞起来，她又惊恐地看到了厕所地板上那双被脚踩过的血淋淋的翅膀，顿时吓得跑远了。她跑到围墙边上，缝隙还在，又轻车熟路地钻过去，沿着小径奔跑到山下，站在那小山坡上眼巴巴望着对面的屋顶。

她朝青尘房间的窗户小声喊着他的名字，却无人回应。

最后，她想到一个办法，捡起一块石头扔向了窗户，然后赶忙藏到了树丛中。响声之后，探出来一个陌生的女人，冲着窗外大骂。姞怜吓得大气不敢出，等窗户重新关上，方才从树丛里钻出来。

姞怜成绩一般，只过了春城大学的专科线，攻读语言类专业。专科所在的校区离家很近，她选择了走读。本科校区离得就远多了。大一课程不多，学业很轻松。她个头没长高，倒是发胖了不少，每天吃很少的东西也无法阻止身体横向生长。同学们给她起了绰号叫“西瓜小姐”。以前在花莲二中的种种优势，在这里也消失了，不知不觉中，她就变成了敏感自卑的少女。

她厌恶肥胖的身材，尝试过很多减肥方法，比如不吃饭，主食改吃苹果，饮料换成白开水。体重却仍然不可思议地持续攀升。后来，她偶然得知，催吐可以减肥，便在每天饭后，趁着郁晚在厨房洗碗的空当，将自己关进卫生间催吐。这是个无比痛苦的过程，是自己在对瘦下来的美好憧憬中，坚持下来的。吐了，却也饿得快，加之长期节食对食欲的抑制。跟着，又开始了暴饮暴食。

有天周末，婼怜吃完午饭，躲在卧室里又吃了很多零食，溜进厕所里催吐。她忘记反锁门，正吐得畅快时，发现门被打开了，郁晚站在门口。她那眼神和表情影射出来的婼怜，仿佛不是人，而是怪物。婼怜惊叫一声关上了门，蹲在马桶上哭。外面郁晚使劲儿拍打门的声音犹如狂风骤雨。

“小怜，你出来，要是生病了，我们要去看医生！”她的声音有些颤抖，显然是吓坏了。

“我没病，请你走开，我想安静会儿！”婼怜隔着门哀求道。

门外终于安静了，但郁晚并没有因此离开，只是站着等她出来——至此，她催吐减肥的事情才被家人知晓了。

宋和平说，健康才是最美的。郁晚说，青春期发胖是寻常事，等再大一些自然就会瘦的。婼怜嘴上答应不再催吐，却控制不住旺盛的食欲，吃完了又在罪恶感中再次开始了偷偷催吐。直到有次坐客车，目睹一个漂亮女人在车上呕吐时张大嘴，面部痉挛的丑态，以及满车那股散不去的臭味儿，终于把她恶心到了，震慑住了。从此，她便没有催吐过，肥胖得很稳定。

面对这样的身形，婼怜连照镜子都充满厌恶。被孤独感裹挟的婼怜，觉得自己成了被生活搁浅的鱼，不断地挣扎，却怎么也挣脱不了。每每此时，她都由衷地想念都灵。

那对血翅膀的阴影已经淡了很多，她后来理解成了都灵踩下去的一脚，其实是放弃或者摧毁了内心的某些坚守——这只是她心境写照的一个下意识动作罢了，跟我完全没有关系的。如此一想，她便不再被鸟类困扰了，但情绪仍然时好时坏。

由于视力下降，宋和平不得不带她去眼镜店配了一副近视眼镜。黑色细框架的，看起来一副书卷气息，宋和平夸她戴上好看得很。姞怜自己却不喜欢这新形象。不过，当她发现眼镜如同屏障后，便时常在家里戴着。

她的眼睛躲在镜片后面，更加直勾勾地、明目张胆地盯着郁晚。倘若是白天还好，若是夜里开着灯，冷不丁撞见就觉得可怖了。灯光下的镜片折射出冷光，那眼睛在镜片下仿佛是重叠的两只猫眼睛，令郁晚心惊肉跳。当他们三个人一起用餐时，姞怜永远是将胳膊肘子戳在桌面上的，单手挡着侧脸。她永远只夹她面前的菜，远一些的非得是宋和平夹到她碗里。她悄悄告诉父亲："我知道阿姨不喜欢我，我这样支起胳膊，阿姨就看不到我了，我连她旁边的菜都不敢夹。她虽然不喜欢我，但生活上对我还是很好的，我还是喜欢她的。"宋和平闻言，眼泪险些掉下来。

她一边拼命在父亲面前装乖巧可怜，一边狡黠地、小心翼翼地制造矛盾。毋宁说她越来越意识到，父亲和郁晚之间的矛盾形成的空间，是她在这个家里最舒适的地方。

郁晚像只被困住、拔了牙的狮子。与此同时，她的健康也出了点儿状况，时常感冒发炎，频繁地去医院。姞怜时常在她洗完澡的浴缸里发现大把大把脱落的头发，她用过的梳子上也是如此。姞怜初次在这个家里感到和从前那个家类似的压抑。但换了学校、失去挚友和初恋的痛苦，已经使她面目全非，像脱轨的列车，失控了。她并非主动，但又不得不这样做了——他们都被生活搁浅了，被现实击打变了形状，却仍然拼命地挣扎着，寻求着生机。

这期间，姞怜做了一件貌似荒唐、连自己都无法理解的事情。她竟然将郁晚的头发收集起来，做成了一支漂亮的毛笔。她一直记得，郁晚说过，自己是一支分叉的破笔。然而，在姞怜看来，她其实是一支独一无二的毛笔。虽然姞怜心里已经认可了郁晚和父亲的关系，惯性却使得她做不来任何讨她欢喜的事情，好似和郁晚作对是她们沟通的唯一方式。她仿佛成了貔貅，只能输入，却没有了输出的通道。

然而，每每看到郁晚沉默而隐忍地痛苦着，姞怜内心那尚未泯灭的一点儿良知又蹿了出来。毋宁说，郁晚的痛苦是姞怜献祭给母亲的礼物。为了取得心理平衡，她更加频繁地、一遍遍地告诉父亲："我好喜欢晚晚阿姨，我真担心她的身体呀。爸，你一定要多关照阿姨。"她的父亲永远是那么宠溺地安慰她。他甚至觉得，自己何德何能离婚了，有了别的女人了，还能得到女儿这样的理解和爱。

"小怜，你真是个懂事的好孩子！"父亲说。

父亲的肯定，将她所做的一切合理化、正义化了。她所有的冷漠也都有了牢固的精神支点，且永远坚不可摧。

10

大一下学期，班里大部分同学都恋爱了。姞怜也恋爱了，原因却是出于孤独，需要个玩伴儿。在这种心境下，她每次恋爱都既高调又短暂，尽管如此，她也从没缺过男朋友。她很享受分手时他们的愤怒和眼泪，总能体会到飞上巅峰的喜悦之感。

另一方面，她又对初夜极为保守。在她根深蒂固的认知里，初夜是一定要给宵青尘的。是的，事到如今，这个偏执的少女仍然巴望着将她的贞洁奉献给那个抛弃她的男人。

这些个所谓男友，不过是一日日让她看清自己对青尘如何念念不忘，又如何爱之入骨罢了。

姞怜从高中校友群里得到了宵青尘的联系方式，但提笔却又不知从何开口，好像去做这样的事情，本身就是低头认错。这始终骄傲的小姑娘，她允许被轻薄，却绝不允许自贱。从这一点来看，她所谓的至爱宵青尘，也从未超越过爱她自己。因为自我永远忠诚于“我”，永不会失去——至少在年少的当下，她愿意握紧唯一的“我”。她对感情已经有了厚重阴影，仿佛历经千帆的老人，感情绝对是不可以随便付出的，交给谁，就递给谁一把刀。她不想再做爱情里的提线木偶。母亲、郁晚，她们把自己献给爱情的模样，都太可怕了。

大约是五月份的一天，有次婧怜回家正撞见邮递员送完信离开。她打开邮筒，赫然看见了都灵寄来的信。打这之后，她开始留意邮筒里的信件。都灵的来信很有规律，一般是月初到，很准时。她把信悄悄拿回房间，看完后用胶水粘好，再原封不动地放进邮筒里。

从信中，婧怜了解到都云再婚了，都灵考入了北京某大学法律系。她在信中写过这样的一段话："我相貌平平，也没有好口才，唯一的优点也就是善于苦中寻乐罢了。如此寻常的我，就是双手捧着感情，他人也不一定会要。挑三拣四收下了的，怕也算是好的了。法律冷漠无情，却最公平，它不懂得嫌弃人。我需要这些硬的盔甲，来保护我那颗玻璃心。"

那晚婧怜失眠了，脑海中不由得闪过都灵戴着法官帽子的模样。一张白净的脸在帽子下愈显得小，身子也是细细瘦瘦的，藏在袍子里很滑稽。不由得又想起在火车站旁公交站遇见都灵的情景，当时她打了一把巨大的黑伞，像是平地长出来的一朵蘑菇。"啊！我可以为你做点儿什么吗？"她好像又听到了都灵那细细的声音，隔着岁月与天涯和她对话。可笑，这样的女孩子怎么能说出严肃的话呢？婧怜光想想那情景，便自个儿咯咯笑得止不住。笑完了，她才发觉自己哭了——都灵终究是把她丢弃了，打算和郁晚一起去攀登友谊的更高峰的。分明，分明她和自己才是最好的朋友，如今，却又成了局外人。

“我大概和郁晚前世有仇吧，她总是有让我成为局外人的本事。”一想到这里，她便又陷入愤怒失控的状态了。

她看见郁晚那张脸，听到她的声音，也没来由地生气，自然更给不了好脸色。在父亲面前表现出的乖巧体贴和在郁晚面前的冰冷易怒，完全是两个人。对此，反正她也早已经切换自如了。

八月，姞怜又在邮筒里发现了都灵的来信，刚拿出来就被打开门的郁晚撞见了，想藏也已经来不及了。她心虚地把信藏到背后，打算绕过她先进屋，却被郁晚叫住了。“把我的信给我吧。”她说。

姞怜踌躇了半晌，把信从背后拿出来，递过去。“我本来就是打算帮你拿进去的。”

郁晚伸出手，姞怜恨恨地递过去——在她看来，那不是信，那是她唯一的朋友都灵。

“你就这么讨厌我吗？”郁晚察觉出来。

姞怜摇头：“我不知道，不知道。”

“你爸一直告诉我，你很喜欢我。”

“我是说过。”

“为什么不说实话？”

“呵，实话有用吗？如果我说，我想回到过去的家，他能改变什么？你又能改变什么？”

“姞怜，生活是向前看的，我们已经竭尽全力去理解你了。”

“谁需要你们的理解？你们也理解不了。”她语气冰冷，拒人于千里之外。

两人沉默地站了会儿，冷风吹进来，郁晚裹紧了披肩，又说：“都灵的来信，你偷偷看了很多次了吧。你就是她曾经在花莲最好的那个朋友吧。”

“她告诉你的？”

“没有，她不会侵犯人的隐私。我凭着她信里的一些细节猜出来的。”顿了顿，郁晚又真诚地说，“以后你若是想看，我给你看就是了。”

“我只是好奇和不甘心罢了，你别假惺惺装好人了，友谊逝去就逝去了，我又不缺朋友。”

“小怜，你自己心里应该清楚的，这和朋友多少没关系。其实，你还是挂念她的。”

“我最讨厌你那一副好像谁都看得清的样子。谁都无知，就你清醒是吧！我的家，我的爸爸，我唯一的朋友……总之，命运百转千回都推向了你，但凡我的和你扯上关系，就没我啥事儿了。”

“小怜，你非得这么理解吗？锁住你的是你自己啊！”

“你就是那堵墙。我不想再跟你多说了，今天已经和你说太多话了。”

姞怜正欲进屋里去，又被郁晚叫住了。

“你真不想听听都灵现在如何了吗？她过得可不怎么好啊。”

“怎么了？”姞怜旋即停下来，面露关切地问。

“中学时期她在厕所里被人凌辱，当时正在例假期，伤到了子宫……可能这一生都无法生育了。你们应该恢复交流，互相鼓励。”

闻言，姞怜心虚地低下了头，她仿佛又被拽进了阴森森的厕所格子间里，那地板上的一对血翅膀正朝着她飞过来，正打算钉死在了她心上。

郁晚又说：“她很小时得过阑尾炎，手术中被小医院的医生误伤了小肠，所以……不能剧烈运动。并且，你应该知道她抵触与人接触。如此，真是雪上加霜了啊！”

姞怜只觉得心慌气短，再谈下去就该失控了。

“这的确是个坏消息，我只能为她祈祷……其实，我们已经很久没联系了。不然，我也不会好奇来看你们的信件。如今也没什么好奇了，别跟我再提这个人了。”

“可是，你们一直是好朋友啊。”

“我不可能和你拥有共同的朋友。你快走开吧。”姞怜故意激她。

郁晚叹息一声，拿着信回屋里去了，她显而易见的受伤表情，姞怜也只能视若无睹了。

关于都灵的近况，她心痛如麻，可是除了故作冷漠地拒绝，她确实没有别的路可走了。她在中间画了一条分割线。事实上，当都灵不告而别只字未留时，就已经猜到了，她早就知道自己躲在卫生间格子里。也许，郁晚也已经猜到了，才故意旧事重提的。她又茫然地站了会儿，那段尘封的回忆像挂在她身上的脚镣，挣脱不了。她想哭，却又哭不出来。有一刹那，她觉得自己像是站在了被告席上，都灵成了审问她的法官。

晚饭时，宋和平有应酬没有回家，她和郁晚两个人默默吃了晚餐，早早把自己锁进了卧室里。她四平八仰地躺到床上，记忆里关于青尘和都灵的往事，像两条蟒蛇交织着游窜在脑海里一幕幕上映——原来，她的懦弱让都灵丢失了子宫。真是荒诞！她一边这么自嘲，一边又替自己开脱：冲出去又能怎么样，不过多一个挨打的人罢了，我保护自己有什么错。

以后，都灵的信仍然准时到。郁晚收到信时仍会问她，需要看吗？姞怜避之不及地摇头。甚至，在后来的很长一段时间里，她连都灵的名字都不愿意听到了。一来，她愈发觉得都灵和郁晚灵魂相似，让她产生混淆；二来，她也觉得都灵像一面放大镜，以医生解剖般的精准度，将她灵魂中的黑暗部分剥开。她发现，自己竟有些惧怕都灵。

几次下来，郁晚对她的态度也发生了变化。她不再像过去一样领着她玩，指点她看书写作，也不再陪她聊天谈心。她仿佛把自己关进了透明的薄膜里，那里是抗拒的、隔绝的。一开始姞怜有些不适应，久而久之却又品出来更加自由的味道。如此一来，宋和平便成了这个家里更加微妙的存在，夹在大小两个女人之间左右为难。他能找到的唯一通气口就是工作。因此，加班成了家常便饭，有时甚至过了夜里十二点方才回家。

转眼，冬天来了。

春城很早就下了雪，白茫茫一片，冰清玉洁，宛若雪城。姞怜从床上爬起来，揉搓着惺忪的眼睛撩开了窗帘，发现又下雪了。她推开了一点儿窗户，一股子冷风立即窜进来，冻得她直哆嗦，赶忙将窗户关紧，钻进了被窝里裹紧了被子。她不打算去上课了，如果点名，要好的朋友应该会想到帮着点到。这么想着，她心安理得地又睡着了。十点多，她被门外的争吵声吵醒。

“这么多年了，不是我不能付出，而是我不能理解——我的付出，被她当收债人似的拿去。我不能接受在这段关系里，我成为一个欠债者。我给的照顾，她是当成了赎罪品吗？我为什么需要赎罪？何罪之有？”是郁晚的声音。接着，父亲说话了：“姞怜只是不懂表达……孩子心里想什么，会反着做。你不能忍让点吗？”

“宋和平，难道我不是一直忍让着吗？”

“你一直做得很好，再坚持些日子吧。”

“坚持多久，三五月还是三年五载？在你面前，她永远是孩子，我永远会比她大。要我一直这样过下去吗？”

“晚晚，你不能对她要求过多。”

“可是，你也不能拿我的人生去做补偿。宋和平，我也只有一次人生。”

“我是因为你才离婚的。”

“这是你真实的想法？这就是你爱我的方式？你是为了爱和自由离婚的。”

“没错！我是因为爱才想要获得自由，获得自由才能和你在一起。可是老实说，在你之前……婚姻其实是个不错的幌子。和姑娘谈恋爱，不爱了就搬出婚姻和妻子这挡箭牌，这种生活对男人来说太惬意了！家庭、妻子都可以顾上，回家还能得到很好的照顾。现在想来，那真是不错的日子啊！”

“是吗？”郁晚鄙夷地笑起来，“我们分手吧，你马上就可以回到那种日子了。”

“别说这种丧气话，我现在不是还爱你吗？”他语气轻柔下来，又伸手来哄她。

郁晚突然对这只温柔的手感到抗拒。是什么时候开始，这手里多了不真诚的部分呢？她退后一步，质问道：“你的爱到底是什么？”

“爱你年轻、善良单纯又有才气。如果你肥胖臃肿，满口粗鄙话，我们不可能相爱。如果我是个草包，你也不会爱上我——这就是所谓爱的本质。真相就是这样子，只不过，我们需要找个更加体面的幌子。难不成你还在相信纯粹的爱？醒醒吧，你也快三十岁的人了，一直天真可不好啊。”

姞怜蹑手蹑脚走过去。门虚掩着，显然他们都以为她已经上学去了。她从缝隙里看见郁晚站到了宋和平面前，仰着头，她的眼睛咬着宋和平的眼睛。

“你是我认识的宋和平吗？”郁晚问。

“这话该我来问你，你还是我认识的晚晚吗？你听听你都说了什么话，姞怜只是个孩子，她从来都说喜欢你，可是你呢……总是在质疑，质疑，你总是把她当成有心机的大人。这合适吗？当着一个父亲说这样的话，你的胸襟呢？你看看你吧，成什么样子了！”

“宋和平，你到底是人还是魔？怎能说这样的话？”

“你还是先看看你自己是人还是魔吧！”

他边说边把她拖拽向镜子。郁晚甩开他，自己走了过去。屋里光影昏暗，她怔怔地与镜子里的人对峙。镜中的女人面色蜡黄，唇色惨淡，整个人像是插在花瓶里蔫了的花朵。她被自己这番模样震慑住了。

“如此痛苦，为何还要在一起？”

“为什么？为什么？我也想知道为什么。”

猝不及防地，宋和平抱住了郁晚，开始粗暴地脱她的衣服，边脱边说：“为什么？……你舍得我这样对别的女人吗？你以为我又舍得别的男人这么对你吗？这辈子咱俩都别妄想了！”他吻她，又用带着哭腔的语气说：“晚晚，我是爱你的啊……吵架时没有好话，你别当真……我不介意你变成什么样子，晚晚，你是我的！”亲吻和爱抚是一种奇怪的魔力。雨落下来，打在枯萎的花朵上，花朵汲取雨露，那是对生的本能渴望。一转眼，一转眼，又好得要死要活了，像是互相身上掉的一块肉，要重新长进去了。

宋姑怜回到卧室，躺到床上，眼泪涌出来，又顺流进了耳朵里。脑袋里乱糟糟的，都灵、张春凤、郁晚的脸闪来闪去，最后定格在宵青尘的脸上。他是人间最美好的存在，在她的记忆里已经膨胀成了未完成的遗愿。心里有个声音说：“真想去找他啊。”另一个声音立即接过话：“别费劲了，找到他又能怎样啊！”姑怜转过身，看见了床头镜子里的自己，顿时更加泄气了。

“宋姑怜，你这个丑陋肥胖的被嫌弃的女孩儿，能去哪里？连自己都喜欢不起来的自己呀！”她听到了自己的心声，真恨不能变成一只乌龟，钻进壳里躲起来，蜗牛也可以，变色龙也可以。忽然之间，她对这个家涌出来无限的厌恶感。她翻身而起，决定出门透透气。

她像往常那样，收拾好书包，轻手轻脚地出了门。

春城冰天雪地的，街上鲜少有人，好些店铺关门了。她溜达进了一家书店，在店里坐了半日。中午，她在书店外面的一家小面铺吃了三两面，放光了桌上的辣椒酱，一边辣得吐舌头一边流眼泪。游荡到晚上，她方才回了家。

桌上，郁晚给她留了饭菜和煲汤。她统统倒进了马桶里，放水冲走。

11

就在那个辗转难眠的夜晚，姞怜爬起来，搭着板凳，将柜子顶上的存钱罐拿下来。她已经积攒了几千块钱，对她来说是一大笔钱。她全部取出来，决定出去旅游一圈。她并不是真的打算离家出走，留下郁晚和父亲享受二人世界。她如此这番作为，自是有打算的。

姞怜拿出纸笔，想给父亲写点儿什么。可是，直到她趴在桌上，听到窗外传来公鸡打鸣声，也没能写出半个字。人类为之骄傲的语言，在情感面前多么贫瘠，没有任何语言能比感觉更加确凿。既然写不出来，她也不打算再为难自己，索性将纸揉搓成一团，扔进了垃圾桶。

第二日清晨，宋和平先起床，去上班前，他先来敲了敲她的房门。姞怜故意装睡，不给开门。过了几分钟，就听到外面的关门声，宋和平上班去了。她这才翻身起来，赶在郁晚起床前，拉着行李箱离开了。在火车站，她买了回花莲的火车票。

她没有回花莲的家，也不打算去找母亲。

一个月前，母亲来春城探望过她，母女俩在一家小旅馆见了面。当时的母亲消瘦了不少，打趣地说，她是瘦肉，姞怜是肥肉。还说，若是能均衡一下，就是肥瘦正好的五花肉了。她喋喋不休地抱怨汪叔叔本性露出来了，对她关心不够；又说家附近新开了家肉制品厂，气味熏人，害得她呼吸系统出了毛病……她说话时絮絮叨叨的样子，让姞怜感觉到岁月对母亲深深的恶意。到了晚上，母亲请求她留下来，姞怜以功课繁重为由拒绝了。事实上却是，她不想听母亲再唠叨上一宿。第二天放学，姞怜再过去旅馆时，母亲已经退了房。就在前几日，她再次接到母亲的电话，说花莲太冷，她请了假跟汪叔叔去三亚玩几天，算起来应该还未回来。可就算是母亲在家，姞怜也不打算找她的，母亲一定会给父亲打电话。这样父亲一定认为，她不过是回去玩一趟——她必须得让父亲认为，她离家出走了。

进村子的路上，积雪结成了冰，踩上去打滑，她蹒跚地走到都灵家门口。透过围墙，她看到院子里的银杏树结满了冰霜，亮晶晶的，倒看不出来是什么树了。院门关闭着，她敲了一阵子没开。这才想起今天是周末，姥姥兴许在教堂。她想也没想，旋即踏着积雪，步行去了教堂。姥姥果然在这里。这种恶劣天气，偌大的教堂里只有两三人，显得空荡荡的。

姞怜走过去，在姥姥旁边的位置上坐下来。

“姥姥。”她小声喊。

“是姞怜回来啦。”姥姥侧头看她，眼神慈祥又柔软。

“姥姥，是我回来了。”她盯着基督的雕像，又问道：“你每次来这里都在做些什么？”

“我在忏悔。”

“你这么好的人，能有什么忏悔的呢？”

“人生来就是有罪的。”

“上帝会原谅所有人的罪吗？”

“是的，上帝爱每个人。”

姞怜重重地点点头，闭上了眼睛。她忏悔，关于都灵。

姞怜的不告而别，仿佛在春城的家里投掷下一枚炸弹。宋和平被吓得六神无主，他踩着厚厚的积雪去了学校，找姞怜的老师，找她的同学……在各种询问后，他终于发现了姞怜的秘密——他的女儿渺小如蚁，在学校里没有任何人真正在意她。这个悲伤的父亲将所有的愤怒都发泄到了郁晚身上，训斥她对她关心不够，照顾不周。

到了第三天，宋和平终于有了姞怜的消息，是都灵的姥姥打去的电话，她费了大劲儿才找到他的号码。他当即带着郁晚包车回了花莲。见到姞怜，他只说了一句：“跟爸爸回家，小怜！”他身旁站着静悄悄的郁晚。

回花莲的车上，她和郁晚并排坐在后座，三人位中间空了一个人的位置。车开到半途，天就黑尽了。姞怜闭上眼睛，晃悠晃悠地，像是坐在一艘小船上。迷迷瞪瞪中，一只手伸过来，握紧了她的手。那手指传递来的温暖，令她战栗、惶恐，仿佛被刺猬扎了一下。

第二天起，家里的氛围变得更加古怪拘谨。宋和平回家更迟了，即便回家，也先去姞怜的房间看看。两人时常关起门，聊到大晚上，等郁晚睡着后，他才悄悄上床睡觉，像是故意在回避着什么。他公司附近有一条酒吧街，下班若是早，他也乐于进去喝上一杯消遣。直喝到小酒馆打烊，方才醉醺醺地回家。他摇摇晃晃的，仿佛周围的空气都喝醉了。

大一下学年，张春凤和老汪和平分手了。之后不久，辉再次出现了。他听从了父母的劝说，决定和前妻复婚，在正式结婚之前，他回到了花莲找春凤。他们一起坐着喝光了一瓶红酒，一瓶白酒。春凤穿着漂亮的裙子，为他弹奏起了卡农的《梦中的婚礼》。两人都醉了，酩酊大醉，像是做了一场黄粱美梦。几日后，辉领着前妻去民政局领了结婚证。从此，岁月静好，天各一方。

张春凤来春城看望姞怜时，苍老得不成样子，连话也很少说。姞怜于心不忍，向父亲提出了搬出去与母亲同住的想法。宋和平考虑了一天，答应了她。很快，他便在大学附近租了一套房子，布置得干净温馨，买齐了生活用品。直到安顿好母女，宋和平才告知了郁晚。

“你是把我当外人了吗，宋和平？”郁晚质问完就哭了。

但让宋和平感到不可思议的是，他对郁晚的眼泪终于无动于衷了。他还发现她老了些，远不如从前美丽可爱了。

张春凤以身体出了状况为由，向厂里请了半年长假。彼时，宋和平出于愧疚心，给母女俩提供了优渥的生活。每到周末，他便以应酬为由，过去看望母女俩。周末，他时常开车带她们去寻好地方吃喝玩乐。有时也在家里吃，三人聊着天，商量着姞怜的未来。这期间，宋和平带姞怜去银行开了账户，开始定期存款。自然，他做的这一切，只字未告诉郁晚。现在，这个他过去迫切想要挣脱的家，又成了他温馨的港湾。

张春凤的心理失衡，也是从这时开始萌芽的——宋和平的不断造访和给予，激发了她对曾经那个家的渴望。他每次离开时，她都深感失落，后知后觉开始了对郁晚的憎恶——如此，这曾经的一家人，终于又站到了同一战线上了。

父亲的做法，母亲的心愿，姞怜看在眼里。她很欣慰，父亲经受住了她的考验。总归，郁晚才是外人，他们三人才是一辈子的亲人，姞怜得意万分地想。偶尔，她会产生错觉，仿佛她失去的家重新回来了，郁晚这个困扰着他们的女人终于被她剔除了出去。只要她不去想，完全可以当郁晚不存在了。

郁晚对此没有丝毫的怀疑，她对物欲素来看得淡然。但她哪里能想到，就连她珍视的感情领域，也悄然改变了。

郁晚后来这样写道：

> 二十出头的我，哪懂怎样做母亲，不过是知晓这身份下世人偏见之深，战战兢兢、安分守己尽责罢了。我天真地将她当成了我们爱情的试金石，她是来考验我爱的诚意的。可是，人世间最经不起考验的却恰是人性。我感受到的至深痛苦和真相，他从不相信。但当那女孩对我反复作恶时，他却又当她是可爱的、纯洁的。直到他心安理得地以灵魂和肉体背叛为惩罚，我终于明白了一个道理：爱情在岁月中消磨、减少，亲情却随时间沉淀、加深。我在这原本就岌岌可危的天平上，一日日倾斜，终于失去了重量，干谒而轻飘。她成了这个家供养的一尊神，成了一尊貔貅，什么都吃，就是什么都不长。自然，也是长不出来感情的。

郁晚所写的“肉体和灵魂的背叛作为惩罚”，是关于一个叫冬慈的女人。她很年轻，和当年初识宋和平时的郁晚差不多的年纪，长得像一枚新鲜的蚕豆，新鲜水嫩又饱满。她是宋和平公司里的一个普通文员。

冬慈从进公司起，便兼职了生活委员的活儿，诸如沏茶倒水、买饭……当然，并不是公司所有人都有这样的待遇，她服务的对象只是宋和平。到后来，她几乎成了他的生活管家——他生病，她来倒水，督促他吃药；他应酬，她给他准备好保护肝脏的保健品……宋和平前脚踏出家门，后脚就进入了一个更加舒适的生活圈。冬慈柔软温吞的性子，像冬天热乎乎的牛奶，给了宋和平莫大的慰藉。渐渐地，他开始依赖这个女人。两人的相处关系，不知从何时起，超出了员工的范畴。

其实，姞怜比郁晚更早发现了苗头。有次她去公司找父亲，留下来吃了中饭。饭后，冬慈进来了，递给她一杯蜂蜜茶水。“我那会儿听姑娘说起减肥，就想着饭后喝点儿这茶，又排毒又减肥。”姞怜接过茶水，边喝边打量着冬慈。相较于郁晚，冬慈更加年轻柔软，她的性格里有圆滑和弹性，以及灵活的谄媚。这种质地，她太熟悉了。

姞怜放下杯子，礼貌地说：“我就喜欢喝原味的茶水。”

“我给你重新沏一杯。”她委屈巴巴地瞟了眼宋和平。

“我喝，我喜欢！”宋和平把那杯茶放到了自己面前，冬慈这才展露笑颜，出去了。姞怜盯着她的背影，感到一种回味悠长的压迫感。

倘若顺其自然发展，宋和平和冬慈的关系也迟早水到渠成。但姞怜的出走事件像催化剂，给了推波助澜的力量。

那天的活儿，其实是宋和平故意给冬慈加上去的，使得她冠冕堂皇地留下来，又不至于引起怀疑。下了公司的大楼，他转了个弯就去了附近的小酒馆，慢悠悠地喝完了一杯清酒。天色渐晚，路灯次第亮起来，宋和平沿街又折了回去。他远远看见冬慈办公室的窗户灯还亮着。他感到一种强烈的蛊惑和召唤。

上楼前，他先给郁晚打了个电话，告诉自己加班不回去吃饭了。郁晚叮嘱他要记得吃饭。隔着电话，他感觉到这个女人的关心。他有那么一丝踌躇，站在楼下徘徊时又抽了一支烟。最终，他下定了决心，迈上了楼梯。办公室里，如他算计好的，只剩下冬慈。

见到重新折回来的宋和平，冬慈笑了笑——她早就预料到了，她等这一刻等了很久了。

“你也来加班吗？”她明知故问。宋和平点点头，在她对面的沙发上坐下来，双手叠放在膝盖上，像个正襟危坐的小学生。

“你还得多久？”他没话找话。

冬慈观察着他，试探着说：“马上完了，你要工作的话，我便陪你会儿！”

“也没有什么要紧事要处理……”话说一半，他欲言又止地打住了。

冬慈做完了活儿，收拾着工位，间或瞟一眼宋和平。她就要装作不知他的意图，就想要看他着急又按捺的样子。

“那我先回去了。您先忙。”她故意礼貌地说。

“啊……你吃饭了吗？”见她当真站起来要走，宋和平慌张地脱口而出。

冬慈背对着他，努力憋住笑：“刚下班，哪里能那么快就吃饭了。”

“我也还没吃饭。”

“今儿天挺冷的，那你早点儿回家吃饭吧！”

“好，好……”

“那我先走了！”

宋和平搓着手没动。

“不然……一起走吧！”她在心里小声叹气着，妥协了。

“嗯。”宋和平点点头，极力掩饰着喜悦。

他跟在冬慈身后出了门，方才想起没有关灯，又折回去关了灯。两人一前一后下了楼。到了楼下，他们心照不宣地一起朝冬慈家的方向走去。过马路时，宋和平很自然地牵起了她的手。两人像一对热恋中的情侣，手牵手进了小区。

“平哥儿，你先坐着，我给你弄点儿吃的去！”冬慈聪明地把称呼改了，殷勤地递上去拖鞋。其实，从宋和平留下她，又故意下楼再装作有事绕回来起，她就知晓了——他们的关系将在今天发生质的转变。从过马路他牵起她手的那刻起，她就把他当情人了。她接过他脱下的外套，挂在门后的衣钩上。转过身时，对上了宋和平发热的眼睛，隔空都能触摸到温度。

很快，他又收回了眼神，看起来局促又不安——也许是他决定迈出时又回头看到了道德和禁忌的城墙。冬慈不着急，多的时间都等了，不差这一时半会儿。

她害羞地垂下眼帘。

她做了两碗最拿手的牛肉面，知道和平嗜酒，又套上大衣，冒着寒风去小卖部买了一瓶白酒回来。寒风呼啸中，她胸口却捧着一团滚烫的爱火。进了屋，倒上酒，那牛肉面还热乎着。两人边吃边聊，那点孤男寡女独处的拘束很快就消弭了。他话也多起来，絮絮叨叨地讲起了他的婚姻，讲张春凤和姑怜，又讲起了郁晚。讲他第一次去云水见她时的怦然心动；讲她大冬天跟货车里的蔬菜挤在一起奔向他的痴情；讲他去火车站接她，她穿的那条墨绿色旗袍，像春天来了……讲着讲着，他哽咽着哭起来。那声音像老狗在低吠，也像一口痰卡着出不来，让人听得心慌慌。

“平哥儿，再喝点儿，咱们慢慢讲！我听着呢！”冬慈又给他添满了酒。

酒喝光了，天也黑了，两人都没提回家。冬慈在木桶里放好了满满的水，说：“泡个热水澡放松下吧！”宋和平就脱了衣服，跨进了木盆里。冬慈端了只小板凳，坐在旁边光看着他。

“看我做啥？”

“看你身材好！”

“我这岁数了，还说啥身材不身材，老了老了！”

“不老不老，刚刚好！”

宋和平被看得脸红心慌，他还从没被姑娘家这样看过。平日在家洗澡，郁晚倒是时常给他搓背，也会或夸或调侃，但和冬慈给的这种感觉截然不同。他感到一种被欣赏的欢愉，夹杂着难以名状的兴奋。冬慈说：“我给你搓搓背吧！”他不好意思地点头。搓着搓着，她主动脱了衣服，那展露出来的黑色内衣像极了郁晚平日穿的——他明知是冬慈，但此时他可以说是酒后认错了人，甚至可以说成是对往事的怀念。而怀念，不也是爱之深切吗——这些缥缈的逻辑在他脑海里渐渐形成了坚定而正确的信念。他没有了任何道德上的约束——猝不及防地，那双手先从大脑的控制中挣脱出来。

他握住了冬慈的手。女人则顺势扑倒在他背上。

他们做着时，宋和平还在呓语：“晚晚，我还是爱你的。”

“平哥儿，你爱你的，我爱我的，不碍事！”冬慈笑嘻嘻地迎合着。这真是荒谬又可笑。宋和平就这样在对郁晚的告白中，完成了和另一个女人的结合。

他说情话时，绝对是发自肺腑、把自己都感动了的。当他们完成结合，宋和平躺在床上抽着烟，感觉到怀里的人是冬慈时，又清醒了。他竟真的将幻想的事情付诸了行动。有一刹那间，他又胆怯了，像是不能接受了。他需要一个更加有力的理由，让这件事情变成正确的。也就是一个恍惚间，他蓦地想起了当年的春凤，继而想到了姞怜。他心中的那点儿亏欠、愧疚、廉耻，瞬间坍塌了。他想：“为什么我如此爱她，她反而伤害了我可怜的孩子。她明明看起来那么善良，那张嘴也是可爱的，怎么能说出那样的话？我都是被逼的！”在圣洁的正义感中，他平静了下来，紧紧地搂住了冬慈，眼前这女人就是老天派来补偿他，惩罚郁晚的。

他心安理得地拥着冬慈，在酒劲上来的眩晕感中，沉沉地睡去了。

第二天清晨的阳光叫醒了宋和平。他的酒也醒了，看着怀里的冬慈，又看了看表，慌慌张张地回了家。他用钥匙打开门，换上拖鞋轻手轻脚来到卧室。郁晚正熟睡着，书桌上摊开着一堆稿纸，烟灰缸里堆满了烟蒂。他松了口气，脱了衣服躺到床上，轻轻抱住了她。郁晚翻了个身，推开了他。他小声说：“我回来了。”

“嗯，今天可真晚……”

“昨晚在公司加班，太困了，在沙发上瞌睡了会儿。”

“哦，那快睡吧。”郁晚说完又睡着了。宋和平不敢动，怕吵醒了她。这样保持了一会儿，倦意再次袭来，他抱着她又睡着了。

自然醒来已经过了正午，他脑袋也不晕了，喊了声郁晚，没有应声。他估计她一定是在厨房做饭，但是并没有人。他又猜测她是出门买东西去了，漫不经心地踱步去卫生间洗漱。正刷着牙，蓦地发现脖子上一块明显的红印儿。他搓了搓，那红印儿反而更明显了。昨晚发生的事情在他脑海里梦境般浮现，他顿时反应过来，这是冬慈留下的吻痕。他当下有了预感，飞快地跑回卧室，打开衣柜。果然，柜子里空出了一大块，郁晚的衣服和箱子都不见了。一股窒息般的压抑感裹挟住了他。他瘫软地躺进沙发里，下巴上没来得及清洗的白色泡泡被泪水冲洗出两道雪山沟壑。

第八章 命运钟摆上的选择题

清醒书

在我二十岁出头时，以为皮囊的严丝合缝就是爱了，以为对一具肉体的解剖就是懂得了。没几年光景，我就被催熟了。我熟了才知晓，爱是灵魂千丝万缕地相生相合相融，是一滴水融进另一滴水，是一团火跳进另一团火。进而懂得，是站上去，到那个人的位置上，将那个人的所有吞噬、消化与接纳。在我明白这些道理时，我已不知不觉陷入了人生的困境里，前面的路被迷雾笼罩着，是路却又看不见路。迷雾中藏满了一个个丑陋的、迷人的谎言。废墟，绿洲，看不见，心也感觉不到了，退路在坍塌，也必须得往前走。我不知道，一个灵魂要有多大的勇气才能停下脚步，或者踏出去脚步。

道貌岸然的伪君子，深情款款地表衷肠，好比杀人犯成了老师，站在讲台上教人慈悲仁爱——世界颠倒了，扭曲了，丑的成了美的，美的成了异类。爱与不爱也无所谓了，可以做爱就好了。做着做着，照旧到高潮，皮肉难分难舍是相爱的表象，还是不爱的遮羞布？

只有在夜阑人静、深入骨髓的孤独和痛苦中，才会反省质问：只剩下亲情的性爱，是禁忌的吗？这样的性爱，是真诚而美的吗？我们以赴死的勇气追逐、付出、消耗的爱情，究竟是什么？又是什么在无形中把美好摧毁了，掠夺了？

所谓万箭穿心，也不过是满身血淋淋的窟窿眼，只要不死，每个洞里都会滋养出一株绿树，一万株就是心中的一片森林。丑小鸭会成白天鹅，星星会坠落，清晨与日暮，三月小荷尖尖角，四月繁花。孩童天真的笑，一双助人的手，一颗爱人的心，尸体在腐朽，垃圾在发臭，冷漠、伪善、自私、恶意……也同样，像繁殖过度的细菌，而太阳却照常升起。人间永远不会缺美好，无论个体的生命如何挣扎，也不会影响到大自然之美。

岁月给予我的一切，我全部含着吞下去。不再试图让人理解伤疤，学会了遮掩，自己捂住，再对自己说：没什么，你好着呢。我还能在废墟里开花，从狂风骤雨中架起彩虹。即使痛哭，我也要展露笑容，即使只有虚妄，也要抓紧那颗火热的心。只要我还能笑，人们就会把我当成一个幸福的人。无人知晓，就自己消化了吧。苔藓布满了心尖，密不透风就权当多了一层盔甲。

我的身体披荆斩棘，朝前走。灵魂，就允它活在旧时光里吧。阳光永不缺席，但凡活着，就总会走进幸福里的。

——郁晚

01

姐姐回来时，和她决定离开那天一样突然。她是个随心的人，像太阳下易碎的泡沫，也如同九条命的猫，总是很快又拼凑好。易碎和自愈不矛盾，多一条伤疤，生命才更加深刻。这是郁香眼中的姐姐，像她纤细柔软的外形一样脆弱，也像她缜密结实的内部结构一样强悍。

郁香是泡在爱和痛苦里长大的，对此也有自己的理解。她承认痛苦可以摧毁人，而爱可以救人——她便是如此过来的。无数次想要了结自己，又被世间的爱拖拽着活了下来，装成一个完好的人，一次次抚慰爱她的人。姐姐怕也是如此的。

姐姐回来时，还是凛冽的寒冬，她站在门口，门外乳白色霜雾缭绕，像神降临，也像是虚幻的假象。郁香凝神盯着姐姐，生怕这逼真的幻象消失了。姐姐瘦了，憔悴了，先前那个朝气蓬勃的姐姐不见了，那面色像死灰一般。姐姐紧闭的嘴唇含着痛苦。她知晓。

姐姐喊了声“妹妹”，扔了行李箱，走上前去拥抱住了郁香，她才回过神来，这不是梦。

姐姐说：“妹妹，我不走了。”

郁香紧紧地抱住了姐姐，说：“你能回来真好。”

生活仿佛又回到了美好的从前，与记忆中断开的点衔接上。郁晚没有找房子搬出去住，她好像非常依恋家和家人。偶尔，郁香夜里醒来，感受到身旁的姐姐，便悄悄地伸手过去，小心翼翼地握着她。也不敢用力握，怕惊醒了姐姐。甚至，因为这种惧怕，她完全不敢询问姐姐，究竟在春城发生了什么事情？平哥儿现在又是什么个情况？太多困惑拥挤在她的脑海里，但这又如何呢？姐姐回来了，能每天见到姐姐，还有什么比这更重要呢？她宁可姐姐就这么永远留在云水城，即便不能一直睡一张床，即便她将来要结婚，也最好是嫁在云水。至于那电话里认识了几年、无比熟悉声音的平哥儿，她虽感到遗憾惋惜，却也暗自祷告他赶紧寻到新的女人，开始新的生活。

第三天玲花就回了镇上。她画了细长的眉和细长的眼线，眼梢飞扬，像狐狸的眼睛。头发烫成了时髦的卷发，她发量多，这样显得更多了，一团茂盛。穿了毛呢冬裙，罩了一件皮草大衣，完全不像是诊所医生夫人，倒像是权贵大员或者富商的妻子。

她脚刚踏进院儿门便扯开嗓子，喜形于色地喊道：“我们晚晚回来了，这次就是真的不走啦！”进了门，见到郁香，又说道：“香香呀，你说你姐姐这回来，咱们一家子都在一块，互相照应多好，是不是？”郁香说：“妈妈，姐姐说了这次真不走了！”

玲花闻言满面春风，又说道：“晚晚，今儿在诊所我刚知道你回来，随口跟街坊嬢嬢讲起。有个嬢嬢说，她倒是认识一个不错的小伙子，就喜欢文化人，跟你岁数也相仿。我看这挺合适的，要是对方答应了，就定个时间吃吃饭见个面儿！”“妈，我这被拿来当笑料嚼舌头的人，您还是别忙活了。我暂时也不愿意去想什么恋爱结婚的事情！”

“你现在不想，等人老珠黄了再想都没人要了！过了这个村儿，就没那个庙了！晚晚，这婚姻可是女人的第二次投胎，嫁得好，那才是幸福一辈子！嬢嬢说了，小伙子名牌大学毕业，父母又都在大医院工作，知识分子家庭。这可是你打着灯笼火把都遇不到的！”

“妈，您别说了，我不想一见面就闹别扭！”

“你说吧，到底在那边发生了什么事情。我看你这次回来就不对劲！”玲花只盯着郁晚看了几眼，就心知肚明了。她压着愤怒问道：“那姓宋的给你气受了？还是他姑娘给你气受了？不然，是他做了什么对不起你的事情？”

“只是时间久了，发现不合……没别的。”

“当真没别的？我家姑娘可是不撒谎的。”

这次郁晚不作声了，狼狈地低下了头。

玲花又气又心疼，骂道："我还以为你这次回来是想通了，原来是撞得头破血流回来的。早就跟你说了，不听老人言，吃亏在眼前。不要气了，回来就好，回来就好了！"她一边安慰着郁晚，一边想，现在看郁晚受伤是坏事情，长远看却未必不是福气。

"妈妈，我不想听这些话了。"郁晚烦躁地站起来，在屋子里徘徊了两圈，说道："我出去透透气，家里太闷了！"

"姐姐，你还有我们呢。"郁香试图去拉郁晚的手。

"香香，放开她，让她出去清醒清醒，一时糊涂不怕，怕的是一辈子糊涂！"玲花说。

郁晚在街上百无聊赖地漫步。冬天的树木裸露出灰蒙蒙的树干，先前的小街道拓宽成了商业街，琳琅满目的商铺一溜排开，各种声音、气味等，囫囵地扔进冷清的空气中。郁晚裹紧了羽绒服，这糯软热乎的人间烟火气息已不能慰藉她受伤的心灵。经过服装店时，看到模特身上的男装，扫了一眼，便心想着，那一套宋和平穿很适合。经过一家手工拉面店时，又想起宋和平最喜欢吃拉面。走到一个公交站台下，正好一辆车来，她跟着人流上了车，到了终点站，又稀里糊涂下了车。

已经到郊外了，太阳低沉，灰云泛着冷光。再往远处看，她看到了记忆中的嘤鸣湖，禁不住悲从中来，一路奔跑过马路，下了小坡，顺着沿湖的小径往前走。

岸边的野草一片片枯萎匍匐着，鸟飞去了远方，虫鸣了无踪迹。对岸是朱红色的围墙，露出来一个个漂亮的欧式小尖顶——她记得，叶天明的家就在其中的某一栋里。怎么会又来到故地了呢？那段浅尝辄止的初恋太过美好，也正因为未完成，在她驰骋的想象里才有了任何可能性。叶天明是她心中的漩涡，对接着无边浩瀚的宇宙，仿佛世界是从这个支点起源的。

又走了一段，她发现了藏在枯草间的一艘小木船。“这是和叶天明坐过的那一艘吗？”这么想着，泪水又涌了出来。她情不自禁地跨上小船，双手握住了木桨划起来，船朝着对岸而去。围墙内的房子一个个露出来半截，乍看上去一模一样。叶天明的家还在这里吗？也或许早已搬家，移民了。她怅然地停下划桨的动作，船在湖中间随波晃动着。郁晚自嘲地想：这绕了一大圈，结果又回到了原点。可是，故乡回得去，人却回不去了。

正想着，突然听到对面有人在喊她的名字。郁晚一回头，就看见一个尖顶的阁楼小窗打开了，窗边正站着个人。她常年伏案写作，视力不太好了，但心跳却骤然加快，涌起哀伤的希望——她多渴望那个人影就是叶天明。

“晚晚！”声音又响起。

那呼唤的人影转瞬已半个身子探出窗户，白色的衣服使他看起来像一头可爱的北极熊。他高高举起手，边挥动边呼唤着她的名字——就是这个声音，就是这个在她梦中千遍万遍、千转百回响起的声音。是他啊！郁晚微笑的脸上落下激动的泪。

那天傍晚，这一对旧情人故地重逢了。太阳落下去，薄草和湖面上飘着隐约雾气，风平浪静，水色倒映着天空和河岸的树影，像是凝固的。叶天明就站在不远处，不是记忆漩涡中的影子，而是有形有温度的实体。他换成了外出服，驼色的羊绒长大衣，搭了条黑色的围巾，余晖跳跃在他微笑的脸上。郁晚情不自禁地跟着笑起来，眼中泪光闪闪。

他们很自然地走到了一起，肩并着肩。叶天明的目光时不时静静地看过来，郁晚便感到慌乱，不敢正视他半眼，甚至在他迎面走过来之前时，她一度以为是坠入了幻觉里。叶天明是失真的真实，是她梦里精雕细琢的艺术品——此刻，一切都和记忆里的美好衔接上了。岁月将他们变得更加成熟沉静。那一件差点儿就完成的事情，时至今日来看，或许也是刚好的。他们在各自的回忆里生长，在现实里沉沦翻滚，俨然已超越了性，抵达了一种更深刻的关系。“我想过这一天。”叶天明说。

“嗯？”郁晚发出疑问声。

叶天明发出肯定句的“嗯”。他心想着，今天什么样子都是他想象中的样子，也必然是他未来回忆中的样子。但他没好意思说出来，只是温柔地看着郁晚笑。

“你变了一点儿。”他停下来凝望着她。

“你也变了。”她也跟着停下来。

两人心照不宣地笑起来。

“我回国就听说你去春城了，这次回来准备待多久？”叶天明问。

“可能……要一直待下去了。”她小声说，“你是……一个人回来的吗？”

“嗯。”

郁晚轻声说完，见他正深深地看自己，顿时隐隐意识到那提问里的弦外之音。但很快，她就清醒地告诉自己，如此优秀的天明怎么会没有爱人呢，那都是过去的事情了，自作多情实在是难为情的事情。

这样想着，便觉得气氛有些尴尬了，她兀自朝前走了两步。叶天明从后边追上来，突然一把抓住了她的手。两人惊愕地对视了一眼，旋即很自然地又笑起来。

“我在梦中经常看见你，你永远背朝着我，够不着。我曾想，要是还能相见，怎么也要牵一下手。”

乍然间，郁晚心如鹿撞，那只被他握着的手微微发颤。

两人手牵手，沿岸走着，郁晚冰凉的手暖和了过来。五指连心这话一点儿不假，那双牵着的手像是产生了某种电流，发生了磁场反应，像是又回到了热恋的过去。叶天明看郁晚的眼睛，温柔地发着光。“这个时节真是美。我喜欢荒凉的景色。”他又说起话来，“大多数人好像都更喜欢春天呢，夏天也有很多人喜欢，春夏总是热热闹闹的。秋天金灿灿的，丰收的时节怎么都是美的。冬天呢，要是下雪还好，不下雪一片光秃秃的，像掉光头发的秃子。”“是吗？对我来说冬天才好，下不下雪都好，大地一片苍茫，人就特别显眼。不然，今天窗外都被茂盛的树叶遮挡着，我哪能一眼看见你。”

“天明，你想没想过，你看到的我和真实的我其实是不一样的。”

“每个人都有很多面，你不需要把每一面都展现给我看，跟真实不真实关系不大。”

“是吗？”

“这是自然，昨天发生过什么我也不觉得太重要，人始终是要看今天和明天的。”

“这话说得没错，的确要往前看。但我呢，恰恰就是那个频频回首的人，总是在记忆里翻找的人。”

“你在找什么？”叶天明好奇地问。

“美，美好的事物。我一闭上眼睛，那美就成了挂在我天空的月亮。我看见那月光，就觉得活着很值得，我是可以坚持下去的。”

“那里面有我吗？”他期盼地问。

她笑笑，实在没勇气告诉他：你是什么样子，我心中的月亮就是什么样子。

他颇为失望地叹息，又说道：“我可是念念不忘啊，你却有别的月光了，太不公平了。”

见他表情沮丧，不像是误会，她着急了，迫切地解释道：“我说的月光和你念念不忘的是同样的东西。本来就已经够完美了，这么些年来，在我的幻觉里又被美化了千万倍，太圆满，现实里永不可企及了，怎么样都是破坏，怎么都是摧毁。所以咯，我只好一会儿找出来温存下咯。”

“明白了，晚晚，原来你比我想象中还要喜欢我啊。”

“你别自恋了。”她难为情地说，“都是过去的事情了。”

“你别自欺欺人了。再说，现在不是又见面了吗？对的人啊，怎么都会重逢的。”

“天明，我倒正好和你想法相反，我一直觉得我对你来说是个错误的人。并且关于我这个人，现在又过去了这么多年，大段大段的空白你都一无所知。”

“晚晚，你不是神，我也不是，既然是人就总会有缺点，总会做错事。我们都只是普通人，就别勉强自己去做神的事情了。”

郁晚低头不语。

他幽幽地又问道：“是因为……你还不能忘记那个人吗？”

终于，他还是将话题引到了宋和平身上。郁晚琢磨着叶天明的问题，得到的答案是：至少这一刻，脑海中还能清楚地看见宋和平的脸。

她心虚地沉默了，那眼神里却流露出一种困惑与迷茫交织的神情，像迷雾突然降临。“他对你还好吗？”隔了会儿，他轻声又问。

“好也有，不好也有！”悠长的叹息后，郁晚又说道：“好与不好都来自这个人。那种感觉，就像是看见洞口有光，进去却是一条漫长的隧道——漫漫无边，每次想要放弃时，又豁然开朗重见光明。但刚有了信心，又进入了下一条隧道里。隧道连接着路，路连接着隧道……明明灭灭，好好坏坏就这么过来了。”

“是很辛苦的几年吧？”叶天明眉头微皱。

郁晚再次默然了。

叶天明想，怕是自己的明知故问被她察觉到了，便又扯开话题，问道：“你接下来有什么打算吗？”

郁晚摇摇头，她现在只打算放空下自己。

“你没什么要问我的吗？”他失落地问。

“你想说自然会说的，不想说的我问也白问。”郁晚说。

“你说的，应该是我对其他人的态度。”继而，他话锋一转，“对你不这样。我对你，知无不言，言无不尽。”

郁晚涌起来温暖的感动。

她安静地看着他：“你想说的话，我便洗耳恭听。”

“那先说我爸妈吧。他们身体不好，觉得云水太冷了，就长住在了海南。现在春城的家里就我一个人住，两个阿姨跟着爸妈也过去了，我不是很喜欢家里有人，只找了个钟点工定期来打扫卫生。一个人住倒是自由自在，就是偶尔会觉得实在冷清。我住的那地方你也知道，除了虫鸣鸟叫，没有别的声音。如果我不制造点儿声音出来，一天到晚清风雅静的。”

“你怎么会一个人？”她本意是想表达他身边应该少不了女人。

“是啊！我只要这么说，朋友也会这么问。”他耸耸肩膀，无奈地自嘲道，“我的确已经一个人很长时间了。快一年了吧。”

两人信步朝前继续走。郁晚等着他后边的话。

“我在法国留学期间，交了一个女朋友，是个中国留学生，很活泼可爱的女生。但她觉得我老是心事重重，在一起苦多于乐，就分手了。回国后，我开了家建筑公司，父母催促我早些完成人生大事。他们给我介绍了个朋友的女儿，也是个很不错的女孩儿，从小没吃过什么苦头，人也温柔贤惠。照理说，人生顺风顺水，也应该知足了，却总是觉得缺少了什么。这段恋爱维持了一年半，又无疾而终……”他苦笑了一下，摸出烟来点上。

“你也学会抽烟了？”郁晚记得他当年烟酒不沾。

“我去法国没多久就学会了，算起来，咱俩应该是差不多同一时段学会的吧。”

“你怎么知道我啥时学会的抽烟？”她纳闷地又说，“那是你出国后的事情了。”

“你自己写的啊。”叶天明说。

“我想起来了，是在一篇随笔里写过，好早的东西了，我都不太记得了。”

“我记得呢。”他的目光穿过烟雾看着她，欲言又止，“我们……”

“我们，会一直是很好的朋友吧。”郁晚慌慌张张地接过话。

“我可没这么想啊。”他懊恼地说，“你还是老样子，又倔又敏感，你那颗心还那样儿吗？”

“是啊！”

“哎，我真是拿你一点儿办法也没有！”他又展露出苦笑。

太阳已经沉到了树梢下，树影暗沉沉的，像是剪影一般了。

“我们往回走吧。”叶天明说。

“嗯。”郁晚点点头。

回去的路上，郁晚看着身边的叶天明，禁不住感慨万千：“天明，天下的路都有个来和去，可唯独生死，唯独感情，来了就来了，去了也就去了，真是凄凉啊。”

“生死是真的，感情倒未必了。”叶天明话里有话。

郁晚踩着自己的影子。风吹下落叶，飘到了湖面上。叶天明靠近她时，她能清楚地感知自己体内强烈的渴望。如果说先前是自卑没有勇气，现在竟然是悄悄渴望都觉得心虚了——怎么会这样呢？她自问。

她看着风景沉思时，叶天明也望着她陷入了沉思。

“晚晚，这么多年，我一直想问你，那天为什么没有来？”他问。其实，他心中早已有了隐约的答案——她在书里有一段描写，很细腻具体地描写了一段女人在小树林里被卡车司机强奸的过程。他读的时候就想起，郁晚回家的路上也有个小树林。那描写过于细致，仿佛是作者亲身经历一样。以至于，他读时感到心如刀割，再联想起，那时他最后一次见到她，就是目送她骑着自行车走远——那路的再前面，就是小树林，便总觉得那就是当日发生的事情。

“天明，你相信命运吗？这话说出来，也许你会觉得矫情，我也一直深信弱者才相信宿命论。可是，后来我信了感情是有命数的——是命运不让我来。不是我努力或者你努力就有用的，跟这些……没有多大关系。一直以来，你都是我如何努力都无法靠近的人啊。我们生活在两个维度，平行不相交，能拥有过一段交集已经是幸运之事了。”

“晚晚，那只是——仅仅只是你的想法，你从没想过问我，或者在意过我的想法吗？”叶天明悲伤地注视她。

枯草在他身后绵延到了橘色的天边，混沌的、模糊的，好似长到了天的尽头。他看起来倦怠而落寞，像也快随着夕阳的光熄灭了。郁晚很想伸手抚摸一下他的脸，哪怕一下。但那样的想法，很快就被羞耻感和理智扼杀了。

“晚晚！”叶天明见她不语，又问道：“要是上次我送你回家，我们现在会怎样？”

“如果……不就是世人给不可能的安慰吗……如果，本身就是不可能啊！”她凄然一笑。

“你说得对，过去的确只能用如果来释然。但现在起，一切都不再是如果了，一切都成了有可能。”

“天明，你还是当年的天真少年啊。”

郁晚不自觉走得更慢了些，回到了小船停靠的地方，说道：“我该回去了。”

“时间过得可真快！”他抬起手，看了看腕表。

“是啊！”

郁晚眺望着正逐渐被黑暗笼罩的天空，这真是一天中最暧昧的时刻了，白天和黑夜相逢相错的时刻。

“我开车送你回家吧！”他心想着，反正她不走了，来日方长嘛。

“不用麻烦了，我今天发现有条小路离这里很近，走过去就是公交站台，方便得很。”说着，她拎起长风衣的下摆，跳上了小船。“你快回去吧！”她催促道。

叶天明站在岸边，脑海中不由得又想起几年前分别的场景。相似的情境使得他蓦地感到恐惧，抗拒地说：“这一段人烟稀少，你一个人遇到坏人怎么办？我送你回去，好不好？”他神情凝重，近乎央求。

船已经划开了两三米远，冷风刮过枝头呼啦作响，那声音俄顷就被吹散了。

郁晚是听不见的了。

她额边的几缕长发随风飘起来，湖水将她推远了，那艘小船无依无靠，郁晚也像是成了一片飘摇的浮萍。孤独感像一座城墙逼过来，叶天明只觉得胸口撕裂般的痛，愤怒而又无奈。此刻的郁晚仿佛不近人情，她在抗拒的同时也是在渴望吗？这横亘在他们中间的不再只是眼前的湖水、时间，或许还有那个她想逃离的男人。

眼见着她快上岸了，那内心复杂的情感积蓄在胸口，他情不自禁地喊道：“晚晚，明天我还在这里等你！”

02

相亲进行得很顺利。那嬢嬢把郁晚的情况对那家人说了，对方当下就答应见个面。嬢嬢又说，那姑娘在云水风言风语多。对方说，耳听为虚，见到真人才作数。她喜滋滋地回来告诉了玲花。玲花也很高兴，不论怎么说，还好人家没有回绝，还说见一面已经是福分了。中午诊所空闲，只有几个人在里屋输液。两个女人在外面的小桌子上商量着相亲的时间。

董医生也一边配药一边听。听说对方的父亲是云水城某三甲医院的院长，他那双眼睛里顿时熠熠发光。董医生开诊所多年，早已经有了退休的想法。他对大医院一直向往，希望等老了能挂靠到大医院坐诊。不需要多，一周出诊两三个半日，既轻松，还能有公家的各种养老金做保障。他仿佛看到自己的人生终于有了盼头。在他看来，郁晚只有做这户人家的儿媳妇，才能报答他的养育之恩。

玲花商定的时间是周末晚上。董医生一算时间，现在才周一，还得五六日，便觉得长得不能更长。他提议最好就改成周二晚上，连旁边的孃孃都笑话他心急。董医生伸手摸着后脑勺，也不害臊地笑。到底是自己的女儿，玲花给孃孃使了眼色。她忙帮腔道："董医生，这人家可不比你家姑娘自由，平日里还得上班，就定周末吧。"

"唉唉，你们说了算！"董医生这才悻悻地称是。但他难免担心夜长梦多，不时劝玲花过去探望郁晚——他原先可没这么好心。

姥姥正在厨房里削土豆，今晚要做土豆烧排骨。锅里正炖着鸡汤，满屋飘香。这两年她身体时好时坏，背也驼了。每天郁香都会帮着姥姥摘菜切菜，饭后也是她洗碗。她的生活自理能力长进不少，也深知姥姥姥爷的担忧，时常安慰他们，自己将来能行。但姥姥和姥爷仍然盼着她能像正常女孩子一样结婚，有个属于自己的小家庭。私底下，玲花也曾悄悄托人给郁香说媒，但得到的回复无外乎是委婉拒绝。这事儿就搁浅了。

郁香把姥姥削好的土豆放进盆里，拿到水龙头下清洗。水声哗哗地响起，她听到姥姥喃喃地自言自语："妹妹，要是姐姐这次回来能找到个愿意照顾你的男人就好了。"

"姥姥，我已经长大了。姐姐的人生是姐姐的，我也会过好我的生活的！"郁香懂事地说。虽然她说的时候心里毫无底气，但还是乐意宽慰家人。

"也好，咱们姐姐能回心转意留在云水城，总能照顾下你，总比将来你自个儿过活姥姥要放心得多。"姥姥笑笑，又说道，"姥姥希望你们姐妹俩都能过上好日子！"

"现在过的就是好日子，姥姥。当下最重要的事情，是您和姥爷保重身体，有句话说得好，儿孙自有儿孙福！"

"我们妹妹是越来越会说话了。谁娶到我们妹妹，也是福气！"

"姥姥，谁想要个路都不会走的瘸子，我也不想耽误谁。我就陪着您和姥爷一辈子！"郁香撒娇道。

"傻孩子，我们多大岁数了，你才多大点儿，你的路还长着呢！"姥姥慈祥地说。

两人说话的声音不大，但郁晚并没有将门关严实，从门缝里听得一清二楚。她难过极了，却毫无办法。几年前如此，现在仍然是如此——面对郁香，她的无力感是从灵魂深处透出来的。作为长姐，郁晚心中充满自责和愧疚。她穿好衣服走出去，对厨房里的祖孙俩说道：“我要去图书馆查资料，今儿就不在家吃饭了！”

“姐姐，刚回来，先休息些天吧。”郁香心疼得紧。

“姐姐习惯了。”郁晚走上前拥抱了妹妹，承诺晚上给她带最喜欢的烤红薯。这单纯的姑娘顿时欢喜雀跃了。

“外边冷，穿厚点儿，早点回来。”姥姥嘱咐道。

刚吃过午饭，玲花便来了，一进门就喊着郁晚的名字。郁香从卧室里探出头来，笑道：“妈，姐姐去图书馆了。”

“这孩子，一定是存心躲着我！好好的阳关大道不走，羊肠小道倒是偏挤着走。这二婚男人真那么好，前面的女人能舍得放手？再说了，这自古都讲了后妈难当，她偏不信。这回我看是知晓厉害了，这都她自找的，我可一点儿不同情她！”玲花唠唠叨叨发泄了一通，一落座，郁香便端着茶水过来伺候了。她喝了一口茶，又语重心长道：“妹妹，你回头劝劝你姐姐。她就是个豆腐心肠，最舍不得你。她要是能高攀上这人家，你这病没准儿也能治了。你董叔叔将来也能进大医院，总是比我们这小诊所强得多！”

“妈，姐姐又不是物品，这也得看她喜欢不喜欢。”郁香小声替姐姐辩护道。

“喜欢能当饭吃？我当年对老郁是真喜欢，那又怎样，没几年就人不人鬼不鬼的。爱情归根结底是要落实到吃喝拉撒的，人又不是神仙，喝点儿风吃吃露水就能活。咱姐姐算起来也跟他好多年了吧，他来看望过我们吗？因为我们不喜欢就一直躲着？管过咱家妹妹吗？我是没见他那孩子，这算起来也应该年纪不小了。你说，就这样的男人能教出什么好孩子。别看妈啥也没说，晚晚这次回来，我是清楚得很。断了好，我怎能看她以后继续过那种生活。妈也不指望她大富大贵，平平淡淡过一生，终归是好的。”那一杯茶温暖了玲花，她拿过郁香的手，发自肺腑地又说道：“咱们都是女人，青春没几年，耗不起也等不起，别等到人老珠黄好人都错过了再去后悔！你要是真心疼你姐姐，就帮着妈妈好好劝劝她！妈妈已经约好了这周末见面，就你姐那性子……到时候放鸽子也难说！”她说着又握得更紧了些。

到底是亲女儿，也不是她愿意腿瘸的，说起来还是怪自己没给她健康的身体。玲花有点儿愧疚，又说：“妹妹，妈妈也希望你能幸福！”

郁香乖巧地点头，那只被母亲握着的手，倒像是被按住了尾巴又挣不断的壁虎。这种亲密无间的氛围，犹如沉醉在了甜腻到发齁的花蜜中，无所适从。母亲的话语也成了黏稠的蜂蜜。她大脑短路似的不假思索地点头。

稿纸上一些乱七八糟的草字，一些凌乱的画，这就是郁晚在图书馆静坐两小时的全部结果了。她叹口气，把稿纸揉捏成一团，扔进了垃圾桶里。站在窗户边，冬日暖阳照进来，她只感觉到灵魂被抽离了一般风雨飘摇。窗外的人们裹得像棕熊，每个会呼吸的人脸上都挂了个乳白色的气球，像是拥有了某种神秘怪力。临近中午，她走出图书馆，在一家摊位前坐下来，要了一碗馄饨，加了虾皮和海带。吃进嘴里，舌头叫好吃；吃进胃里，胃也叫好吃。吃饱了就是一种安全感，就是人间最踏实的小幸福。

到底要不要去见叶天明呢？她吃饭时还在想。这个男人就站在她无限渴望的尽头，是她拿眼泪供养着的幽居于心中的梦中人啊。重逢，固然是她无数次奢望过的，但她也免不了恐慌——如果之后发生的事情不如想象中美好，甚至将先前的美破坏了，将来她拿什么来抵抗未知的痛苦？这太冒险了，几乎是把精神支柱赌进去。

付了账，她喝了半杯温开水，坐了会儿，一边咀嚼口香糖，一边看着大街思考。就在这时，一辆自行车一晃而过。她看清骑车的人正是贾玲，慌忙站起来，朝着背影大喊起名字。郁晚想质问她，为何要散布那些奇怪的谣言？但闹市淹没了她的声音，贾玲犹如泡沫闪烁了几下，就消失在了车水马龙中。

郁晚蓦然想起那年在回云水的火车上，她们挤在下铺彻夜聊天的亲密，又想起那一年回云水的前一晚，宋和平不舍地抱了她一夜。悲伤如同积攒了太多水的积雨云，下起雨来令人猝不及防，她竟在街头痛哭不止。周围的陌生人纷纷看过来，像看怪物。人们的眼神汇集成屏障，将她隔离开了，她成了世界的局外人。而在她被封起来的那个圈子里，叶天明的脸正像月光升起来。

“好想见他一面，触摸一下他，再贪心一次吧。”郁晚在心里对自己说。那一瞬间，像水面飘来了救命稻草，她飞奔向公交站台。

湖畔，永远以优雅宁静的姿态接纳着——郁晚踏进杂草间的小路，就听到叶天明在喊她。今天他换了一身皮大衣，戴了一顶小礼帽，像个绅士。他逆光而站，光晕在他身后，像一尊神。许是之前的泪水太多，还没有哭干净，许是往昔又触动了她哪根敏感的神经，她的眼泪当即情难自禁地落下来。感情最是纤细，也最是累人，那日的阳光普照下，一个被负重施压的女人，不知所措地靠近她的神——这神光芒万丈，永远澄澈干净；这神像一面镜子，照出她的支离破碎。

郁晚面对这尊神，无力地蹲下来，撕心裂肺地哭。她哭，哭这些年过去了，竟还找不到和他交汇的入口；她哭，哭拼尽了力气，和天明却依然是两个世界的人；她哭，对身边爱着的每个人都交出了一颗真心，竭尽全力也不过是自己受累，再累及他人。

很多年后的叶天明，永远也忘记不了那一天——阳光灿烂，那个女人是和匍匐的枯草一起，簌簌缤纷倒塌的。郁晚的泪水如同深远长日，如同凛冬刺骨，也如同下了就不会停息的雨，在他心中水滴穿石，再也没有好起来过。面对她，就是近在咫尺也束手无策。叶天明战栗着，慌慌张张地解开衣服，蹲下来将她裹了进去。他的脸枕着她露出来的一团头发，心底的空洞忽然间就被填补圆满了。叶天明心满意足地闭上了眼睛——芥蒂、误会、横亘的河流、不可跨越的沟壑，有哪一样不是人心制造出来的？敏感的人呀，自以为是的揣测能有多伤人？

在那深深的拥抱里，叶天明意识到，他竟是永远理解并接纳她的，也是永远知晓她痛点的，他永不能对她置身事外，但在这个女人的生命里，他竟没拥有过一次做主的权利。她或许是好心的，可是这样的好心比恶意更恶意。他仰望向苍穹，默默地呐喊着：为什么相爱不能相伴？难道是因为爱和理解，才制造了这样的悲剧吗？

“你是喜欢我的。”叶天明小声却笃定地说。

她的脸从他的衣服里钻出来，头发乱蓬蓬的，澄澈的泪水黏在脸上。他们静静地看着彼此，郁晚挤出来笑容使劲儿点头，笑着笑着又流出泪来。

叶天明拨开她脸上的头发，吻了她的额头。他一直深信，郁晚是爱他的。他甚至有时会想，这世界上大概不会有比郁晚更爱自己的女人了，即使天涯相隔，也总能感觉到如丝如缕的思念从四方八方汇拢向他。“我们要在一起。”叶天明坚定地说。

“怎么在一起？我不是你想象的那么好，善感又复杂，还有一颗玻璃心。等你认清我，就会发腻了。到时候你就会后悔，怎么就找了这样一个无趣的累赘——你知道，我还有个妹妹，她是个瘸子，我要一生照顾她的。我是不会让你看到这一面的。”郁晚那颗自尊心和羞耻心啊，拖拽得她太累了，忍不住又开始哭起来，边哭边发抖，“天明，我求你一件事情。”

“我都答应你。”

“我爱你，这一点你永远不要质疑。”

“我信。”叶天明坚定地点头，又说，“我也是的，我也是的。”

“不，我们爱的方式不一样，深度也是不一样。或许，你只是因为……那个遗憾。”郁晚完全不给他插话的机会，又说道，“你一定要相信——不论我将来跟谁一起，我都爱你，这一生我拿灵魂爱过的只有你，再不会有旁人了。还有，你要记得我，只准记得我好的一面，记得我年轻美丽、温柔感性，还有一副好心肠。”

“我记得。”叶天明红着眼眶又吻了她。

天暗下来，西沉的太阳被乌云遮挡住了，不一会儿就下起了淅淅沥沥的小雨。湖面上千万朵漪花齐刷刷绽放着，河面升腾起灰白色的水雾，远处的树木房屋都被隐藏了。两人都被雨浇湿了，看起来像两只滑稽的海狮。

叶天明仿佛不知道下雨，不知道自己被淋湿了似的，依旧保持着拥抱的姿势，愤然问道：“我不理解你这是什么想法。因为太喜欢，所以要分开？因为看过花开，就不能忍受花朵枯萎？可是，为什么爱情非得要是一种生命体。因为情感来自生命，所以感情也自然而然就该是生命体吗？为什么不能是塑料的，钢铁的，哪怕是石头的？的确，就算我们在一起，我也无法保证一辈子爱你如初。但至少现在，过去，我喜欢你和你喜欢我是没有区别的。除非你亲口告诉我，那是我自恋自大的臆想。我们心中都有对方，你别逃避了。你只考虑你的骄傲，你的自卑，你的羞耻心……虽然我尽最大努力去理解你，但，我还是免不了盼着你哪怕稍微考虑下我的感受。这对我公平吗？是我加重了你的自卑心，对吧！可是，我生来就有了这样的父母，就过着这样的生活……是我的错吗？”

“天明，你不要说了！”郁晚惊愕地看着叶天明的眼睛，心惊肉跳。原来，他比想象中更理解她。

“你是不是以为我早就忘记了你，过得很好？不坚定的是你，一直质疑犹豫的也是你。”

“的确，那天早晨八点我没来，可是……你不也没有等我吗？或许你认为你是等了我的，但那加起来一共有几天。半个月，还是一个月，这就是你爱我的时间？你堂哥告诉我你去了法国，我特意安装了电话，托他把号码告诉了你。可是……我等了一天又一天，一夜又一夜，你打来过吗？我夜夜痛哭，想你想得要疯了的日子里，你在哪里？”

“天哪——我从来不知道你的电话号码！从来没有人告诉过我！我回国时，他们都跟我说看见你跟不同的男人在一起，最后跟一个男人去春城了。”

“天明，都过去了，现在追究也没意义了。我融不进你的圈子，你们是享受生活的人，而我从小到大都是向生活讨活路的人。两种人，两个世界的人！他们是对的——我们真的在一起了，明天你就没有今天这么喜欢我了！”

郁晚推开他，哆哆嗦嗦地从他怀里钻出来。泪水涌出来就被雨水冲刷干净了。真好，没有什么天气比雨天更适合痛哭，雨滴啊，你是为人间的泪水而生的吗？

“跟我回家去！”叶天明拽住她的手。

两人自然而然地在雨中奔跑起来，上了小船，划过漪花遍开的湖面，上了岸，踩过水坑和杂草，像两只从山里放出来的棕熊，跑得肆意妄为，跑得像两个快乐的人了。

家里温暖如春，叶天明找了母亲的一件裙子递给郁晚，关上了门。他回到卧室，把湿了的衣服换下来，在镜子前整理了头发，这才去找她。郁晚已经换好了，站在二楼走廊边等他。母亲那条真丝长裙很适合她，像是原本就是她的衣服。叶天明欣赏地看着她，把她牵到一面镜子前。他比她高出大半个头，从镜子里看起来，两人就像一对新婚的夫妻。就连那打湿了紧贴着的头发，竟也像涂抹了发蜡，显得很隆重。

“看见了吧，很般配呢。”他指着镜中的人说。

的确，镜子里是两个亲密无间的年轻人。注意到叶天明正直视着自己，郁晚脸烫得厉害，火烧火燎的。她腼腆地低下头，悲观地说：“只是看起来……”

在她眼底，是一片浓重的阴影。

在那片阴影里，叶天明意识到，的确，郁晚受过的苦，她承担了什么又付出了什么，他对此一无所知。他所谓的爱她，也许真的只是年轻时沉于心湖的倒影，念念不忘产生的回响。堂哥或是觉得不合适，自作主张给收着郁晚的联系方式了。也或许是给了父母，被他们藏了起来。不论如何，他们的做法都是觉得郁晚不适合他。这行为很无礼、冒犯，甚至充满鄙视。他们这样的人，生来就自带优越感。作为他们其中的一员，他理解他们的冷漠、自私和现实。但现在比过去优秀很多的郁晚，为何会更加敏感自卑?

“这些年，你到底都经历了什么？”叶天明心痛地问。

“天明，别问了，现在就特别好……特别好。”她说的现在不是泛指，是特指，此刻，此时此刻。

“你也不能忘了我啊。”叶天明双手摁住她的肩膀，让她能直视着自己的脸。

郁晚眼珠子动也不动地看着他——这一刻，她是打算将他的脸存在脑海里，以此慰藉漫长余生的。眼前的这张脸融进了她脑海里的月亮之中，合拢成了她完整的生命。那一刻，她忘记了昨天、现在和将来，只想抱紧他。

郁晚欢喜地张开双臂，天真赤诚地说：“天明，我好喜欢你啊，想你要想疯了！”

“我们在一起。”叶天明感受到她的心跳，意乱情迷之中，他伸手解开了她裙子背上的拉链，解开了她黑色的胸衣。

郁晚毫无招架之力，她的灵魂渴望他太久，刚感觉到他，便挣脱了所有束缚回应他，什么道德正义……都失控了。叶天明的手，叶天明的吻，叶天明的喘息和气味……丝丝缕缕穿透了空气，穿透了世间一切，奔向她的灵魂。她躺下去，像大地般舒展开，像大地去接纳和理解自然万物般坦然。她紧紧地贴着他。他的寸寸肌肤，都藏了一个哭泣的她，藏着她疯狂的想念，藏着她痛哭的血泪——就是这种感觉了，与他合二为一的感觉，热烈、温柔、饱满、癫狂……天地在合拢，树木在冬天里开出了花，太阳和月亮颠倒了，太极八卦图正精妙准确地相生相扣。每喘息一次，每触摸一次……就有星星落下来，月光照进来，一只蝴蝶扇动了翅膀，引起一场山呼海啸。醉了，疯了，痛了，这个时刻，就是叶天明说，郁晚，我们去跳地狱吧，她也不会有丝毫犹豫。

她看着他的眼睛发笑，落下一滴滴狂喜的泪，好像中间漫长的几年只是休眠了，仿佛他们从来就没有分开过。她涌出来一种即便下一秒是世界末日，也可以欣然赴死的满足。

温存完，两人赤身裸体躺在床上，再次紧紧抱在了一起。“以后，我们都不要再分开了吧。”叶天明说。

“天明，和你在一起的分分秒秒，都像是花开到了极盛，总觉得下一秒就要枯萎了。”她避开了回答，流露出瘾君子得到了满足的表情，说，“不管怎么说，我已经拥有过你了啊，大概死而无憾就是现在的感受了。万一，我是说假如……又发生了什么不可抗拒的力量，我像上次一样不告而别呢。”

“我会立即忘记你，回忆也不要了，答应你的事情全部作废。从此，我的世界再没有郁晚这个名字。”叶天明转过去直视她的眼睛，认真地又说，“不仅如此，我恨都不会给你留点儿，连你的爱也一并否认掉。”“啊！我只是随口说的，可千万不要啊，即便是那样子，我还是会记得你一生，爱你到死啊。这可怎么办啊？”郁晚说着，将他搂得更紧了。

“所以啊，你不能再做那样的蠢事了。老天也不会对我们如此残忍吧。”叶天明又亲吻了她。

郁晚乖巧地点头，心想，这次就是下十八层地狱也不要离开天明了。

那天傍晚，郁晚回到家里才想起，她整个下午一秒也没有想起过宋和平，他的脸也模糊了，她闭上眼凑近试图看清楚，也只是徒劳了。

晚上，郁晚和郁香并排躺在床上时，禁不住闭上眼睛，细细回忆和叶天明共度的美好时光，她痴痴地笑出了声音。郁香问：“姐姐，你今天回家像变了个人，一会儿又莫名其妙地傻笑。”

郁晚睁开眼睛，见郁香正将脸凑过来，目不转睛地盯着自己看。“姐姐，你看起来好像恋爱了的样子。”郁香又说。

“我……我遇到初恋了。”郁晚不想对妹妹撒谎，诚实地说。

“你的初恋不是平哥儿吗？”郁香顿时来了兴趣，吃惊地问。

郁晚摇摇头：“我认识你平哥儿之前，先认识的他。那时我师范学院还没毕业，你就更小了，所以一直没跟你说起过。事实上，我从来没有忘记过他。今天……我们在一起了。”

郁香看着姐姐在昏暗的光线中微微潮红的脸，充满羡慕。

“姐姐，那你们以后也要在一起了吗？”她忽而又伤感起来，一脸惆怅地问，“那平哥儿怎么办啊？”

“是的，天崩地裂姐姐也不要和他分开了。我回家的路上想通了，明天要怎样是明天的事情了，就让我活在当下吧，就让我善待一次自己，好好欣赏下花开吧，即便明天就枯萎，即便今晚就消失。妹妹，姐姐太累了，不想去替你平哥儿想了。他不会缺女人的。”郁晚说着，主动牵起了郁香的手，又说道：“以后，姐姐就留在云水，好好照顾你了。”

就在那个星期五，宋和平来到了云水。这是他第二次来，比起初见郁晚的那次，这座城市肿胀了一圈。他先找了家宾馆安顿下来，出门吃了饭，又回到宾馆冲了个澡，换上干净的衣服，刮了胡子。拾掇好，还不到傍晚，他打算傍晚去找郁晚母亲先谈谈。这些年，他无数次听郁晚说起母亲，他太知晓这个女人在家里的分量。他是抱着必须带郁晚回春城的诚心来的。

六点半，他叫了一辆出租车直奔诊所，十几分钟后就已经站在诊所对面的小超市门口了。董医生时常来这里买烟买酒，和小超市老板是老交情。宋和平在超市门口的长椅上坐着抽了一支烟，观察着对面。柜台后边坐着个风姿绰约的女人，头发盘起来，穿着时髦大衣。他猜度那就是郁晚的母亲玲花。后边的门帘里，一个穿白大褂的男医生出来了一趟，宋和平还没看清楚他的长相，又急匆匆进去了。他猜测那就是董医生。

宋和平在脑海中组织好了语言，双手插进裤兜里，过了人行马路。刚进店里，玲花便热情地迎了上来，问道：“哪里不舒服？需要点儿什么药？”

“我不是来看病的。”宋和平说。

“我们这是诊所，只接待患者。”玲花打量着宋和平若有所思，她突然想起什么，又问：“你是……宋和平！”她用了肯定的语气。

也许是玲花比想象中年轻，也许是她拒人于千里之外的语气让宋和平感到一阵慌乱，想好的话也瞬间忘记了。他故作镇定地点点头，说道："我想跟您谈谈。"

玲花凝视的目光像是审度。其实，郁晚给郁香邮寄过照片，里面的宋和平搂着郁晚，两人都笑得很灿烂。也就是那张照片，让她在很长的日子里选择了睁一只眼闭一只。但眼前这男子，看起来憔悴不堪，实在和照片上大有区别。

"我不知道你们之间发生了什么，但晚晚自个儿跑回来，一定是忍受不了。希望你能离她远一些，别再来打搅她的生活了。"玲花黑着脸，下了逐客令。

"阿姨，你觉得我们真的分得开吗？"

"怎么分不开？我明天就带她去相亲了。有了新恋情，忘记就容易了。请你高抬贵手，放过晚晚吧。你也知道，她还有个妹妹要照顾，离不开她姐姐！我们家都希望晚晚能留在云水，真的不想她嫁那么远。你需要她，我们这一大家子更需要她！"玲花软下来，语气里多出来几分乞求。

"我这次来，就是为了先解决香香的问题。"宋和平诚心道，"我想跟您和董医生谈谈，香香我会负责到底的。"

"这可是你的真心话？"玲花眼前一亮。

宋和平笃定地说："真心的。在我最难的日子里，是晚晚陪我度过的，现在日子好了她才离开，说实话挺亏的。香香我也有能力管到底，请你们相信我吧。"

他说话时，玲花一直观察着他。然后，她撩起门帘，进里面去了。宋和平依稀看见里面摆放了几张床位和一溜长椅子，一些患者正在输液。玲花跟董医生耳语了一阵，他停下手中的活儿，往宋和平的方向打望了一眼。接着，两人又说了什么，玲花便出来了。

“今儿输液的不多，你晚上八点再过来吧。”玲花说。

宋和平道了谢，站在柜台前等了约莫两分钟，又进来两个病人。他看了看表，还有一个多小时，于是踱步出诊所，沿街漫无目的地溜达。现在正是饭点，街上鲜少行人。昏昏的灯光下，裹得厚重的人们仿佛移动的一团团影子。他裹紧了衣服，想象迎面而来的是郁晚。这些年，他给她讲了太多的人生道理，几乎颠覆了她的人生观。他曾经一直以为，郁晚已被他完全掌控——心死了又如何，浇浇水，清理清理虫子，照旧会活过来。但他不知晓的是，从苦难中长大的郁晚，全靠爱支撑过来。爱是她的天赋，是她但凡活着就不会熄灭的光。她是离不开爱的。

路边有个小酒吧，他晃悠进去要了一杯鸡尾酒，坐在吧台上优哉游哉地喝光了。一个穿着暴露的年轻女人过来搭讪，询问是否可以请她喝上一杯酒。宋和平点好酒递给她，扭头就出门了。时间已经七点五十，他小跑着折回去，见诊所已关门。玲花正站在门前的路灯下等他。她换了一件驼色的皮草大衣，那衣服在灯光下却泛着金色光泽，仿佛成了一团迷人的发光体。行人经过时，都会多看她几眼。自然，她也是乐意被欣赏的。

“我来迟了。”宋和平几步跑上前，礼貌地说。

玲花瞥了他一眼，若无其事地笑笑，向他讨要烟和火机。

宋和平慌忙从兜里摸出来，双手递过去。

“咱们抽完烟再上去吧。”她点燃深深吸了一口，慢悠悠地吐出一口，又说：“董医生说抽烟对身体不好。我觉得不抽憋着对身体才不好。”说完，兀自又笑了。

宋和平赔着笑，陪着抽起来烟。

“晚晚抽烟是学您？”他打趣地问。

“我不记得了。这搞文学创作的，有几个不抽的？她不喝酒已经万幸了。随她，爱抽抽去！”玲花惬意地吞云吐雾，说话也不见外了，“宋先生真是聪明人，知道妹妹是我的一块儿心病。”

“不敢当，不敢当。”

“呵呵，别谦虚，绰绰有余。”

宋和平听出弦外之音，试探着问：“晚晚这些天还好吗？”

“好得不得了，全家都欢天喜地。”玲花故意说。

宋和平有些失落地点头，嘴唇紧抿着，不再说话。

玲花这才收起笑容，说：“宋先生，我就给你说个实话吧。我家医生想晚晚和那相亲的小伙子在一起，他早就不想开诊所了，想去那小伙子父亲的医院出诊。我不看重这些——谁能接受我家妹妹，阿姨就认谁！妹妹，她是我的女儿呀！听说你也有个女儿，这样也好，你俩各带一个，将来谁也别嫌弃谁！”

“阿姨，您放宽心。”他再次拍着胸脯保证道，“我一定一碗水端平，不会让香香受委屈。”

“怎么端平？”玲花质疑地问。

“我家姑娘有十块钱，香香也就有十块钱。这就端平了。”

“跟我上楼吧，董医生等着呢。”玲花笑得意味深长。

楼梯很窄，声控灯有些年头了，拍掌顿足都不管用。宋和平不经意间咳嗽一声，倒是亮了。玲花笑得前俯后仰，宋和平也瞬间感觉轻松了些。到他踏进门时，已经没有了任何压力，倒像是旧友即将重逢。虽因着郁晚，他成了后辈，但其实年纪相差并不多。所以，他即便是进屋和西装领带、不怒自威的董医生面对面谈话，看到玲花也安心不少。

董医生虽说迫切想要摆脱郁香，却又不愿意放弃进大医院的机会——他这样的人，想要和院长攀上交情，平日是想都不敢想的事情。他在心里悄悄权衡着利弊，仿佛郁晚成了牌桌上的筹码。

玲花剥了橘子喂过去，娇声道：“我看宋先生也是实在人，你这岁数就是进大医院也是工作不了几年了，倒是妹妹，没人管的话咱们可真得养一辈子！”她观察着董医生的脸色，又世故地奉承道，“这人人都说我家董医生菩萨心肠。他长得是严肃点儿，倒是从不曾不管妹妹。”说着，又朝宋和平使了个眼色。

他心领神会，立即保证道：“我不会亏待香香的。我也是有女儿的人。”

董医生皱着眉头，质疑地问：“等你俩再有自己的孩子，你养得了那么多吗？”

“我那孩子都上大学了，当初离婚就跟了她妈。可我毕竟是孩子父亲，时常接来照顾。她和晚晚年纪相差不大，的确惹晚晚生了不少气。但我保证，我一定会教育好她，将来她一定会对晚晚好，不说能帮我，总不至于拖累这个家的。再说吧，我这两年事业发展得也不错，可能晚晚没跟你们讲过，当然，这也跟她每天读书工作不管闲杂事有关。你们可能还以为我是前几年的那个穷小子，但其实我现在不说有多好，比起你们要相亲的那位，单说经济实力，可能只会更好，不会差到哪里的。”宋和平底气十足地说。

“你可得想好了，你那姑娘好端端的不愁嫁人。我们妹妹出嫁，那全是看运气的事情！”玲花提醒道。

“想好了的，早就想好了的。”宋和平赔着笑又说，“我跟香香电话里认识几年了，知道她是个好姑娘，我也是深思熟虑才敢上门的。”

玲花和董医生互相使了眼色，终于松口，表示愿意取消明天的相亲，帮着劝说晚晚回春城。

宋和平心虚地又解释和郁晚闹了点小误会，就被董医生一句“无妨无妨，谁家两口子不闹点儿别扭”，笑着就带过去了。

回宾馆的出租车里，宋和平看见云水的高楼大厦纷纷朝无尽的黑夜里倒塌，如坠梦中。他后知后觉地意识到，今晚他们三个人谁也没有真正想过郁晚的想法和处境，他从余味中体会到淡淡的悲凉与残忍，以及一种突然涌出来的对郁晚的怜悯。他心想，等回去就和冬慈分手，要好好和郁晚过余生。

03

第二天清晨，郁晚起床便感到一阵莫名其妙的恶心。吃了早饭，恶心不仅没减轻，反而更厉害了些。忍到十点半，她决定去医院。她猜测可能是肠胃病，但医生一通询问后，认为怀孕的可能性很大。果然，检查出来的结果是怀孕了，已经两个多月了。她拿着单子，颓然坐在走廊的椅子上，灯光昏昏，她感到一种被命运戏弄的悲凉。就在这时，旁边的空位上坐下来一个年轻的孕妇，已经显怀，她双手放在肚子上，彰显出一种母性的动人光辉。许是无聊，那个孕妇瞟了一眼郁晚摊开放在腿上的单子，说道：“两个多月，正是恶心呕吐最难受的时候吧。”见郁晚没应声，脸色也不大好，她又问道：“你家人呢？”

郁晚摇摇头，有气无力地说："我一个人来的。"

"怀孕很辛苦的，想想宝宝，你就会有坚持下去的力量了。我两个月时吐得可厉害了，每次吐完，想到我宝宝需要营养，还是得吃。有些天，我吐得上下楼的力气都没有了，但你看我现在，吃什么都好吃。"女人正说着，突然怔住了，"啊！这淘气的小家伙踢我了，真有劲儿啊。"

郁晚盯着她的肚子看得出神，却听她又问："你要不要摸摸？"

"真的可以吗？"郁晚问。

女人微笑着点头，骄傲地挺起肚子，主动握住郁晚的手放上去。先是皮肤的温度，接着，忽而从某个地方毫无征兆地鼓起来包，欢跳着，好像在努力证明自己的存在。啊！真是奇妙的感觉啊！郁晚又把手放到自己的肚皮上。"真的有个小生命在我的肚子里吗？这个生命真的选择了我做母亲吗？过几个月，我就要做妈妈了啊。"虽说难以置信，却仍然流下了感动的泪水。

"生下来。宝宝，这是我的宝宝。"郁晚听到了自己的心声。

下午，玲花带着宋和平回到了镇上。郁晚面无表情地看着他，默默无言，那眼神里的陌生和隔阂已经无法掩饰。倒是电话里认识多年的郁香，那一声羞涩亲切的"平哥儿"化解了尴尬。宋和平回应一声香香，她便笑了。绽放在轮椅上的笑容，凄美而动人，令宋和平动了恻隐之心。他蹲下来说：“等平哥儿换了大房子，就接你过来。”

玲花接过话茬儿：“该改口啦，以后要叫姐夫了。”

“她早就这么叫过几声了。”宋和平说。

郁香感动得险些落泪，本想说些贴心话，抬头却看见冷着脸的姐姐。顿时想起昨晚上和姐姐的谈话。姐姐心上已经有人了，她是打算天崩地裂都要和那人一起的了。平哥儿要知道这个消息，会很难过吧。正想着，又听见玲花说话了：“晚晚，这男人哪有一点儿错不犯的，能知错就改就好了！你不为自己，也总得为妹妹考虑下的！”

玲花说着亲热地去拉郁晚的手，却被她甩开了。

“晚晚，跟我回家吧，我错了。”宋和平站到她面前，像犯错的小学生面对着老师。

郁晚惘然无神地看着他，隔了一会儿，才哀伤地说：“你明天再来吧。”

祖孙四人吃完了晚饭。郁晚把碗筷端进厨房清洗干净，出来时，见郁香正独自在院子里望着天空发呆，不禁又想起了宋姑怜。她摇了摇头，努力让自己从回忆中抽离出来。晚风吹来，轮椅上的郁香打了个喷嚏。郁晚赶忙把自己身上的外套脱下来，披在她身上。

“姐姐，做云其实也很幸福吧，想变成什么形状就什么形状，想去哪里就去哪里。难过了哭一场雨，高兴了就开出满天空的棉花糖，若人能像云一样自由该多好啊！”郁香说得淡然。郁晚听着，却很疼。

她沉默着推着郁香进了屋子，把遥控器递给她，独自回了卧室，锁上了门。她的手抚摸着肚子，脑海里却全是叶天明的脸，那泪水涌出来一点儿声息也没有。就在这时，门开了，郁香进来了。她刚才看电视时从姐姐兜里摸出来那张B超单子，知道姐姐要做母亲了，也猜出来是平哥儿的孩子。

“跟平哥儿回去吧。”郁香见到郁晚被泪水打湿的脸，劝说道。

“我舍不得叶天明……就现在，我已经开始疯狂想念他了，戳心戳肺一样的痛，可怎么办啊。”郁晚撕心裂肺地痛哭。

这还是郁香第一次见到崩溃中的姐姐，她不知所措，只能下意识地抱紧了她。

“姐姐，你怎么舒服就怎么做吧。你不要哭了，求你别哭了。”郁香求她，跟着她一起落泪。

“妹妹，这次姐姐要和天明永永远远告别了。我再也见不到、触摸不到他了。以后，灵魂和身体就要相隔天涯了。”

郁香听到郁晚支离破碎的声音。

“姐姐，我不要我的姐姐过这样的生活……”

“妹妹，姐姐要做妈妈了啊。”她抬起头，努力挤出来带泪的笑，又说，“妹妹，祝福我吧。”

“我看到单子了。”郁香说。

郁晚离了郁香的怀抱，静静地躺到床上，虽然已经下决心要做母亲，但一想到叶天明，她的心已然碎成渣滓。她将手放到肚子上，感受着源源不断的温暖，那些强烈的、五味杂陈的情感澎湃汹涌着，从河底翻涌起来，又顺着河水宁静地流向了远方。

“我的生命，不再是我一个人的了。”郁晚又说。

次日清晨，宋和平又来了。郁晚拎着箱子，跟着他出了大门。郁香推着轮椅送他们到门口，看到姐姐瘦削的背影，情绪像饱满的气球被戳破了洞，在家人的祝福声中，她的泪水大颗大颗落下来。姐姐的那颗心啊，怕流的不是泪水，而是汩汩淌着血吧。

回到春城，宋和平便找了个说得过去的理由，把冬慈辞退了。

然而，郁晚的心中始终压抑着巨大的悲伤。当她独处时，便忍不住哭泣。她把叶天明揉搓成小小的、浓缩的一团，放进了心底。但凡痛苦的时候，便将旧回忆捧出来，细细咀嚼回味。他们分别时，还约了明天见面，他那时的表情，他没刮干净的胡须，他的味道……一切一切的甜蜜都成了刺向她心中的针，越回忆越痛苦，但流出来的鲜血竟是幸福的滋味，泪水也是甘甜的。她在梦中无数次地触摸他，触摸他，隔着岁月天涯，用她的破碎去亲吻那个人永恒的完美——叶天明再次成了她封印起来的神。

“是命运让我们相遇，也是命运让我们分开。”郁晚心想。

玲花嘱咐她，一个知错就改的男人，是应该被谅解和珍惜的。因为他已经知道错的代价，会更懂得珍惜，好好过日子。郁晚也想释然，这不只是放过宋和平，更是放过自己。然而，她的灵魂并不妥协，越想忘记却记得越深刻。在这种差别中，她发现宋和平改变了很多。不知是她心境的变化，还是时间的摧残，他看起来比先前老多了。她便产生了一种奇怪的错觉——仿佛是面前这男人吃掉了曾经的宋和平。她分不清楚，现在在她眼前的这个男人究竟是谁？这些奇怪的想法，从回到春城后就持续困扰着她，仿佛梦魇。她清楚地知道，她和宋和平再也回不到从前了。她的灵魂永远留在了云水，留给了叶天明。每天她都需要时间独处，闭上眼睛静默地和叶天明相会。想念侵蚀着她的心，比先前更加猛烈，她觉得自己成了风雨中飘摇的孤舟，破破烂烂沉浮在人间的大海里。看书中途走一下神，叶天明的脸钻出来，几秒时间，书页上便尽是斑驳泪痕。写着写着，想到叶天明，键盘上旋即留下泪痕。就连和人说话时想到叶天明，也突然怔住，涌出来水雾，半天回不过神。

她变得愈发沉静、封闭，也不愿意和宋和平多说话，对于往事，无论对错，都吞咽了下去。毋宁说，对错好坏已失去了意义。好在那时的宋和平异常忙碌，虽然明显感觉到了郁晚的变化，也只当成了孕期的正常反应来对待。他抱着一颗补偿的心，对她嘘寒问暖，精心照料，努力给她最好的生活。郁晚都知道，可这些和她心中的隐痛比起来，已经微不足道了。

白天，她趴在阳台上眺望天空，长发披散着，飘飘摇摇的。虽然肚子一天天大起来，身上看起来却更瘦了，两片薄薄的肩胛骨像要飞远的鸟。

有天，姞怜去书店买复习资料，看见了郁晚。她就坐在书店的椅子上，肚子已经明显地凸起来，穿着宽松的衣服也掩饰不住。她手里拿着一本书，眼神却落在了别处，呆滞、怅然，那神态乍看起来，竟与当年某些时候的张春凤神似。惝恍之间，姞怜走了会儿神，她觉得从云水城回来的郁晚，已经彻底在她的认知体系之外了，这个女人仿佛是在另一个维度的世界里活着。

姞怜没有上去跟她打招呼，匆匆选好资料书逃了出去——眼前的女人，她是看着如何绽放又黯淡的，但她始终没有内疚，更多的只是害怕——感情如此脆弱，付出得越多，越是活该被辜负。可是，爱情多么美好！尽管她从郁晚和母亲身上目睹了爱情最黑暗的那一面，但只要刻上宵青尘的名字，就算面对的是真正的深渊，她心的深处也在回答：我可以跳。

八月，郁晚生下一个健康的男婴，取名宋多吉，小名八月。中年得子的宋和平，从护士手里接过孩子，激动不已。郁晚在医院住了半个月，他上班中途想到八月，都得过来瞅瞅抱抱，才赶回公司接着上班。为人母的郁晚，变得无比温顺柔软，她第一次体验到了真正作为母亲的快乐。

郁晚出院后，他们跟着搬进了一套大复式带小院儿的新家，是宋和平接郁晚回春城没几天就买下来的。因为生育，她胖了一圈，皮肤也黯淡了，白天带孩子，晚上起来喂奶。宋和平请了个阿姨来帮忙，然而，这个四十几岁的阿姨却是个表面一套背地里一套的人。当郁晚发现了她会使劲儿摇晃孩子，只为了让孩子多睡觉后，便只让她做点杂活儿，仍然亲力亲为带孩子，如此，虽然忙碌疲惫，却是踏实心安的。

2005年9月开学，姞怜从专科升到了本科，跟着转回了大学总部来念书。

他们的新家离学校本部不远，宋和平开车半小时就到了。张春凤发现和宋和平复合无望，暑假回花莲时，又和酒厂的老汪恢复了感情，便不打算再来春城陪伴姞怜了。如此，宋和平又将姞怜接回了家里住。郁晚特意腾出来一间大卧室，布置成了她喜欢的风格。

姞怜对小八月很冷淡，如果宋和平在跟前，她倒是乐意捏捏他的小脸蛋，展现出一个姐姐的样子。为了照顾她的情绪，宋和平想和小八月亲亲抱抱时，也便尽量克制着，生怕她吃醋。当然，有时他们也会一起逗小八月玩耍。这个时候，若是郁晚过去，姞怜便悄悄躲回自己的房间。几次下来，宋和平便看出来端倪，往往单独抱着小八月去姞怜的房间里，关上门，三个人一起玩耍——也只有这个时候，姞怜能感受到真正的血缘和家的气息。父亲怀中的小弟弟和郁晚怀中的小弟弟是不一样的，没有隔阂与疏离，这小生命是如此可爱美好，是她唯一的至亲啊！

亲戚朋友来家里探望小八月，姞怜素来躲在房间里，鲜少出来。即便是出来，也是一副小心翼翼的样子——这么多年下来，这副逆来顺受的模样已经成了她的盔甲，成了她的利刃。于是，大家明里暗里、话里有话地暗示要顾及姞怜的感受，不能冷落了她。

每每此时，郁晚便觉得自己被装进了一颗胶囊里。她清醒地旁观着姞怜在众人面前如何楚楚可怜、凄凄切切，如何无声胜有声，像一只被困住了发不出声的荆棘鸟。或许，沉默原本就是极端之下自我的言行与内心达成的高度契合，沉默本身就是感性与理智融合的美与痛。少说话吧——说一句错一句，再解释一句，错两句，辩驳几句，就堆出一座错误的山。少说总是少错的，不被理解是人生常态。郁晚如此宽慰着自己。

秋天过去，冬天又来了。立了春，天就跟着暖和了。

但这个家真正的冬天却才刚刚开始，并将是更深、更漫长的冬天。他们像几只被困在寒冬里的鸟，飞不出去，也走不进彼此。

04

次年五月份，郁晚和宋和平带着小八月回云水探亲。董医生特意在城里最好的酒楼宴请一家三口。宋和平对这位相差不到十岁的岳父素来体贴阔绰，时常邮寄上好的烟酒茶叶、搜罗的各种小礼品，逢年过节也必定大礼相赠，哄得董医生很服帖，把他当亲戚，当哥们儿了。他很庆幸听了玲花的话，让郁晚做出了正确的选择，所以对玲花也更加体谅，把她身体调理得很好，加之诊所旁边新开一家美容院，定期保养护理的关系，玲花越来越年轻了，一副养尊处优的动人模样。两人都很喜欢小八月，对这小外孙简直是有求必应，宠爱得郁晚都不敢让他们多带。

在城里住了三天，他们方才回到了镇上。郁晚这才从郁香口中听说了父亲郁清华前阵子去世的消息，忍不住悲从中来，跑到屋外面独自哭泣了小半日。次日，她便着急地去见了小万护士，她憔悴得不成样子，一说起清华就潸然泪下。回春城前，郁晚把房子过户给了小万，带她去办理了手续。而宋和平想起之前和玲花的约定，也决定将郁香接去春城。

婧怜在那个礼拜日下午，第一次见到了郁香。

婧怜进屋发现她时，她腿上盖着毛毯，靠在轮椅上睡着了。如此，她想好的见面词也省了，就在跟前堂而皇之地打量起她来。

郁香的皮肤很好，是晶莹剔透的那种白皙，虽说五官和郁晚相似之处不多，但脸型轮廓却很像。如果把轮椅替换成沙发，郁香就这么盖着毛毯坐着，那完全是一副正常姑娘的模样。“要是没有残疾，打扮打扮，这可是个耀眼的姑娘啊。”婧怜惋惜地想着，没有打搅她，先回了自己房间。吃晚饭时，她们才在餐桌上见面了。

婧怜发现，郁香吃饭畏畏缩缩的，只敢夹自己最近处的菜。她还把胳膊支起来，仿佛试图挡住自己。这一副样子，使得婧怜仿佛看见了旁人眼中的自己，顿觉充满厌恶。从此之后，她无论如何看郁香，都觉得郁香成了一面镜子，照出了这个家里别人眼中的自己。加上郁香腿部的残疾，便更觉得郁香拖着残腿就像这个家拖着郁香，是父亲的累赘。私底下，她问过父亲，郁香什么时候送回去？父亲没有吱声，只是敷衍地说看情况。这让她感到一种遥遥无期的压力。

虽然婧怜十分讨厌郁香，但父亲还是要见的。周末回家，她在门厅换鞋时，抬头就看见了郁香，那角落里有一盆阔叶绿植，她正在给植物浇水。

“小怜，你回家啦。”她有些怯生生地问候。

姞怜赶紧把脚踩进拖鞋里，连脱下的鞋子也来不及归置好。她不想和郁香单独待着，只想快点儿走开，却听郁香又说：“小怜，你的鞋子可真好看。”

姞怜低头看了看自己刚换下来的鞋子，是一双高跟鞋，造型极简，是她和朋友出国玩时买回来的。她看见郁香的眼神，顺口问道：“你喜欢吗？”

郁香使劲儿点头。

“这可是高跟鞋啊，你用轮椅，怕是不方便哦。”姞怜看着她的脚，委婉地说。

“是啊！可是我又不用走路。”

“那倒是，不走路，光穿着，高跟鞋也没关系哦。”姞怜又说，“那喊你姐姐给你买吧，或者，你去找我爸要呗。”

“真的可以吗？这个贵不贵？”

郁香低头看着放在轮椅上的自己的脚，那双脚上穿的是一双老北京布鞋。好像长这么大，别说高跟鞋，就是一双像样的鞋子自己也没有穿过呢。她的确已经被说得动心了。

“对有些人来说贵吧。对你姐和我爸来说，这一点儿都不贵。平心而论，你的腿和脚都挺美的。”

“谢谢小怜。”

郁香还是第一次听见有人夸她腿好看，她简直对姞怜快要感恩戴德了。她在心里决定了，先去跟姐姐说。

次日一早，姞怜便回学校上课了，将鞋子的事情忘得一干二净。郁香却看得很重要。郁香问她要鞋子的时候，郁晚万分吃惊，记忆中这还是头一次。对鞋子，郁香素来没有任何追求，想必也是认为残疾的腿不配拥有美丽的鞋子。而今天，这自卑的姑娘终于向她身上最丑陋的地方索要美丽的权利。郁晚因为感动而眼泛泪光，也为自己之前的忽视而感到深深的内疚。

晚上，宋和平在书房工作时，郁晚推门进去了，拜托宋和平帮忙买一双。宋和平皱着眉头，嘀咕道："香香脚都废了，穿布鞋就好了嘛，高跟鞋这多不方便，这不是胡闹吗？"

"她喜欢就给买一双吧，反正也不用走路！你打个电话，问下姞怜从哪里买的，好不好？"郁晚又说。

"可是……香香要是健康的，能穿出去也体面。她天天坐在轮椅上，腿上还盖个毯子，穿给谁看呀！这不是浪费吗？"宋和平不情愿地说。

"宋和平，你这话听着怎么这么别扭？"

"你别生气了，我只是实话实说，姞怜穿的东西真不适合她。"

"香香是连一双好鞋子都没资格穿吗？"郁晚反问。

"香香终归只是小姨子，你不能真拿她和姞怜比较。"宋和平不耐烦地摆摆手。

"这不是比较，我怎么可能真让你像对小怜那么对香香？我只是觉得，香香第一次放下自卑心，能正视自己的腿了。我希望你能稍微理解下香香，就像你让我去理解姑怜那样。”

“才说不比较，你这又比较上了。”宋和平有些生气地说，“晚晚，你现在过着很多人羡慕的生活。我年纪不小了，只希望你照顾好我们的家，你听话点儿行吗？”

“好……我听话。”

郁晚茫然地退出门，在门口看见了郁香，她像是受了惊吓的小鹿，推着轮椅便往走廊那边去。郁晚关上书房的门，追了上去，把她拦下来。昏昏的灯光下，郁香一双眼睛湿漉漉地闪着光。

“姐姐，其实……穿布鞋也挺好的。”她像是做了天大的错事。

“你的腿配得上最好的鞋子，什么高跟鞋平底鞋，你想穿就穿。一会我去问小怜吧。”郁晚安慰她，“你也别太责怪平哥儿，他粗枝大叶的，只懂得实际，哪里懂得你那颗细腻的心呢。”

“姐，我怪谁也怪不到平哥儿头上，我的脚不配穿超过一百块的鞋子。”

“妹妹，姐姐会给你买最好的鞋子，以后只让你穿最好的鞋子，只求你不要这么轻看自己，都是姐姐的错，没有考虑周全。”郁晚趴在郁香腿上，温柔地抚摸着她的腿，却突然被她一掌推开了。

她抬头，惊愕地看着郁香。昏暗的灯影下，郁香的眼底投上了浓重的阴影。

“你又不是我，我也成为不了你。我穿那样的鞋子，你是想要我被人笑死吗？你看哪个瘸子穿着高跟鞋，是想要所有人都看我的脚吗？姐姐，你才是伤我最深的那个人，我们明明是姐妹，可是你有的，永远是我不能拥有的。平哥儿是好人，平哥儿说的才是对的。”郁香的声音带着隐忍的哭腔，和从前判若两人。

“妹妹，你骂姐姐吧。”郁晚不知所措地摇头，“姐姐没有那么想，姐姐不是你想的那样子。”

“为什么生了你，又要生我？为什么不问问我，带着这样的腿我想不想活着？我宁愿妈妈没有生下我，我宁愿我没有你这样的姐姐，我也就不知道女人可以这样在爱里活着。”

“妹妹啊……姐姐爱妹妹，姐姐最爱的就是妹妹……”

在郁晚的呼唤中，郁香心上的乌云终于退去了。那些扎得她浑身痛的刺也软了，平息了，她低头看着泪流满面却尽力忍着不敢让其他人听见的姐姐，眼泪一滴滴断了线地落下来。

“姐姐，妹妹爱你，没有姐姐，妹妹都活不下去的。”郁香哽咽着又说，“可是，姐姐……我好讨厌我的腿，我好想被人爱，姐姐，我好想要爱。”

“会有人来爱你的，妹妹。姐姐爱你，平哥儿也爱你。”郁晚替她擦干净泪水。

那天晚上，郁晚哄着小八月睡觉，自己也跟着睡着了。宋和平替母子俩盖好被子，轻手轻脚地去了书房，打开台灯，处理一些工作上的事务。偌大的房间，静悄悄的，就在这时，他听到身后一个细声细气的声音："平哥儿。"

宋和平扭头望过去，见是郁香。天气闷热，她穿着一袭洁白的吊带睡裙，长发扎起来，一些凌乱地散落下来，却多出来一种随性美。

"你有事吗，香香？"宋和平问。

郁香没说话，她推着轮椅到他跟前，静静地看着他。她身上有股香气，像蜜桃，应该是沐浴露的味道，也或者是某种香水，甜腻又好闻。他闻着，再看郁香，发现灯下她的眼神竟像个妩媚的女人，而不是女孩。一刹那，他惊住了。事实上，他心里也早就承认，如果不是腿部残疾，香香可是个漂亮女孩儿。别说被人嫌弃，那可是普通人够不着的美人儿啊！

"香香，是要说鞋子的事情吗？平哥儿明天就去问小怜，保证这周内就去给你买来一模一样的。是平哥儿不对，平哥儿给你道歉，好不好？"宋和平看着这样的郁香，心生怜惜地哄她。

郁香摇摇头，低垂下眼帘，又抬头看向他。

"香香，你有话就直说，我们……没什么好见外的。"宋和平又说，并特意强调了我们以拉近距离。这时他发现郁香脸泛着潮红，因为皮肤白皙，格外明显。那一抹红像清晨的一团朝雾，朦胧而美好。为什么这个时刻如此强烈地意识到香香是个女人了呢？她的羞涩和那一袭洁白的裙子，烘托出冰清玉洁的气质。如果略去她的腿，他真的乐意将她当成大美人儿看待。

就在宋和平胡思乱想时，郁香的声音如丝如雾绕了过来。

“平哥儿，你能……能抱我一下吗？”这个“我们”给了她勇气，她终于把含在嘴里很久的渴望吐了出来。

宋和平麻了一下，他料想不到郁香会如此大胆地说话。再一联想到过去她每次和自己说话时的拘碍，以及欲语还休的眼神，他猛然醒悟过来，难道……香香是喜欢上自己了吗？

“平哥儿……我错了，打搅你啦。”宋和平的沉默令郁香羞愧难当。她慌慌张张转动起轮椅，朝门外走去。

就在这时，她听到身后的宋和平说：“香香，你过来。”

郁香停下来，转过轮椅望着他。宋和平已经站起来，在她几米开外，他慢慢走过来，蹲下身，张开双臂，将她圈拥进了怀里。海漫过了头顶，窒息的尽头，郁香酩酊大醉地喊道：“平哥儿，我的平哥儿……”

从这一夜起，郁香和宋和平的关系就发生了变化。他们时常在深夜的书房约会。郁香给了宋和平郁晚从未给过的崇拜。她把自己放得很低很低，低到尘埃以下，他给她一个拥抱、一个亲吻，她便感恩戴德，仿佛是得到了莫大的恩宠。宋和平简直心猿意马，如此，便时常在深夜借口工作忙碌，频频和郁香在书房里幽会。

直到一个幽静的夜晚，宋和平躺在郁香怀里睡着了。这一幕，被送水果进去的郁晚撞见了。她不敢相信自己的眼睛，连连后退，果盘也扔了，散落满地，像她支离破碎的心。郁晚见了鬼似的跑了出去。郁香羞愧难当，几天躲在房间里，吃饭都避开了姐姐。她求宋和平送她回云水，实在没脸在这个家里待下去了，更没脸再见到姐姐。

如此，这年的八月份，郁香就被送回了云水。在机场告别时，她轻轻抱了一下宋和平，并说了声“谢谢平哥儿”。乍然之间，他心痛了下，伸手触摸着她的脸，笑着说：“我会再来看你的。”

郁香笑笑，说：“照顾好我姐和小八月。”

次年三月份，从老家传来了好消息，郁香恋爱了。对象是她先前的同学，曾经追求过郁晚的高先生。当年，为了靠近郁晚，他时常推着郁香出去散步。他毕业后就留在了云水城，在一所民办小学做历史老师，住在学校分的单身宿舍里。一次同学聚会中，他得知了郁香的近况，特意登门拜访。接连拜访了几次后，便约了玲花和董医生见面，提出了迎娶郁香的请求。两人欢天喜地，当即就答应了。宋和平送了郁香一辆轿车作为大婚礼物，车的后备厢里特意放了个大箱子。郁香打开箱子，里面全是各种各样昂贵的缤纷的鞋子，其中一双正是姞怜穿的那双高跟鞋——他终究是对她有过情的。

郁香把那一双拿出来，新婚的丈夫替她脱掉了布鞋，温柔地穿上。她低头看着自己的脚，初次感觉到麻木中渗透出源源不断的温暖，仿佛有了知觉。她的热泪迎着冬天里灿烂的阳光，夺眶而出。泪眼蒙眬中，她看见车旁边的石头夹缝里，一朵野花正迎风开得得意。她笑起来。

“春天允许了所有的生命生长，也允许了最卑微的野花绽放。余生，我也可以很好地活着吧。”郁香想。

第九章　誓言开出的谎花

01

时间是拿来花的，等待是拿这身肉来耗的。经营好了这身肉，才耗得起等待。

这句话是宋姑怜的大姑姑宋清欢说的。就在姑怜转去本部的那年年底，姑姑也退休了，从外省回到了春城。她闲不住，在姑怜所在的大学附近开了家舞蹈培训班。宋和平带姑怜拜访过两次。她的家离培训班很近，换而言之离姑怜的大学就更近了。姑怜时常趁着中午或者课少时，来姑姑家里休憩，一来二去就熟悉了。早先，她一直觉得姑姑清冷古怪，熟悉后，她倒是觉得姑姑是个很可爱的老姑娘。

清欢姑姑五十几岁，因为没生育又跳舞的关系，身材纤细修长，加之会打扮，看起来倒像是四十来岁的人。她是个热爱生活的人，闲时便穿梭在厨房里煮花茶或者米酒。阳光洒满屋，满屋甜蜜花香。她每天跑步洗澡，周身涂抹一种闻起来淡淡香气的润肤油。因此，她的皮肤一直很好，比小几岁的宋和平还显得年轻。她喜欢太阳、向日葵这些令人感觉温暖的东西，遇到好天气，便搬一把椅子在小院儿里晒太阳。她对交际也不热衷，购物更是兴趣索然。除了教孩子们跳舞，生活里真是别无他物了。她活得像一株隐秘的植物，丰盛又孤独。尽管早年作为舞蹈家，追求者众多，却至今单身，真是令所有人都感到匪夷所思。自然，宋姑怜也是不能理解的。

因为姑怜频繁到来的缘故，宋清欢索性把客房腾给了姑怜住。

与姑姑一起的时光，仿佛进入了静止而饱满的地带。那里面没有时间的变化，时间是个名词，不是动词。清晨和傍晚、春夏与秋冬、睡与醒交替着，日子一模一样地重复。她虽是宋和平的姐姐，却与姑怜并非血缘至亲，加之年龄差距形成的微妙隔阂，对姑怜来说，姑姑一直是有距离感的，也可以这样说——不论姑怜对姑姑的爱或是姑姑对她的爱，始终处在一种克制的状态，这对姑怜来说是奢侈的。她的过往一直是处于极端之中的，要么是过分的溺爱和宽容，要么是过分的偏见和怜悯。这宁静的生活仿佛一双无形的手安抚着姑怜，她身体里一部分死去的细胞醒来了。

姑姑家离学校走路也就二十来分钟，如果开车也就几分钟。不过，姑姑是个环保主义者，她一般选择骑自行车或者步行。姑怜也买了一辆自行车放在姑姑家的院角里。这段路要穿过一条开满鲜花的小巷子，再经过一家小超市、服装店，以及一家美术用品店。学校的美术专业很好，所以学校外应运而生这样一家规模快赶得上展览馆的店铺不足为奇。她时常看见一些美术系的学生背着画板或者素描本，在店外的长椅上写生，他们专注的眼睛仿佛成了照相机。

最初，姞怜经过他们时总是脚步匆匆，生怕哪个人对她这凡人产生兴趣给画下来。她不喜欢照相，甚至可以说对此是厌恶的。面对镜头，她总是不能摆出自然的表情。在任何地方和任何人一起拍的照片，她的脸永远和身份证上的免冠照差不多，那呆滞恐慌的样子可真像教授在课堂上展示过的刑事犯。

到了冬天，姞怜结交了个好朋友，叫白璎，家境殷实，深得父母宠爱。这是个活泼单纯的女孩。她进大学不久就恋爱了，等她和姞怜成为好朋友时，男友提出了分手。失恋后的某天晚上，她万分痛苦中拉着姞怜去了一家酒吧。她俩是去买醉的，加了苏打水的威士忌和啤酒一字排开，颇为壮观。两人坐在面向窗外的一张长条桌边的高脚椅上，小彩灯在人们头顶闪烁如星辰。街上来来往往的路人和车辆、一张张陌生的脸孔闯进视线，又跑了出去。

白璎喝得醉醺醺的，喝得兴奋了，摸出手机给男友狂打电话，却一个个如石沉大海。她边打边哭，继而愤怒地扔了手机，站起来喊道："我白璎爱上了一匹种马！我爱的男人是匹种马！"

姞怜也醉了，跟着振臂高呼道："我宋——姞——怜——永远爱——宵青尘。"

酒吧里的人都在笑，笑声像晃动的铃铛。没有人把她们的话当真，人人都以为这两个小姑娘在发酒疯。醉酒最大的好处就是，你终于清醒地说出了真话，人们却以为是酒后胡扯。

就在她们呐喊的时候，有人捡起手机，分开人群朝她俩走了过去。这是个年轻的女孩子，一头长卷发，化着烟熏妆，穿着皮衣皮裤，她亲热地把手搭在姞怜肩膀上。

“你是……”宋姞怜凑近审视着女孩子的脸。

“我叫东玲，几年前在火车上，你想一想呢。”她神神秘秘地凑近姞怜耳边，又说：“我们可是老相识了啊。”

“东玲……火车上，我不记得了。”姞怜醉醺醺地说。

“我记得就好，还好你五官没啥变化，好认。”东玲说着，把手机装进了白璎的衣兜里，又嘱咐道：“姑娘，这可是私人物品，保管好了！”

周围的男人对这两个醉酒女生，犹如猎人盯上了猎物。这目光东玲太熟悉，她在这里驻唱两年了，见惯了形形色色的男人。出于安全考虑，她将这两个女孩带回了出租屋。至于是如何上车，如何躺在床上的，姞怜毫无印象。醒来时，天还没亮透，她坐起来，借着微光看清自己和白璎正睡在一个陌生房间的床垫上，还依稀看见对面有一张双人床，床上正睡着一个人。姞怜吓了一跳，从床上翻身而起，轻手轻脚地走过去，借着依稀微光，认出是个年轻姑娘。姞怜正打算撩开她的头发，以便看清她的脸。她的手刚伸过去，对方赫然睁开了眼睛。

两人靠墙并排坐着，从花莲到春城的小火车讲起，姞怜总算有了些印象。

东玲要去买早餐，白璎还在熟睡中，姞怜便跟她一起去了。楼梯是用铁架子搭建的简易楼梯，建在室外，踩上去咯吱响。姞怜扶着摇摇晃晃的扶手下了楼，走过狭长的走廊，路过一个个像鸽子笼的出租屋。屋檐下挂满了刚洗的衣服，像彩色的经幡。一些民工起床了，端着洗漱杯在阳台上洗漱，见到年轻的姑娘，纷纷朝这边打望。

过了这条小街道就是早餐铺。姞怜打量了下环境，这应该是郊外的某个城中村。东玲买了三屉小笼包，还有油条和豆浆。回来时，姞怜叫醒了白璎。三人围桌而坐，正分食着早餐，门开了，进来一对年轻的男女。东玲小声解释说："这是跟我合租的朋友，都是挺好的人。"说完，又喜笑颜开地对门口正在换鞋的两人说："你们今天回来得真迟呀。"

留着一头短、正在把长大衣脱下来往衣架上挂的女人说："恩弟昨晚非得打牌，陪他玩了一宿。"

"哦，赢了吗？"东玲问。

女人摇摇头，抱怨道："呵呵，输了，昨天算是白干了。"

"还不是怪你——我手里啥牌都写你脸上了。"男人说完，指着姞怜和白璎问道："她们是谁？"

"我朋友。春城大学的。"东玲说。

“哦，还是大学生啊，幸会幸会。”

“过来一起吃早饭吧，买了挺多，没想到这两人吃得跟猫一样少。”东玲放下手中正在吃的包子，搓了搓沾着猪油的手，像只敏捷的袋鼠跳去了厨房，很快取来两副碗筷摆上。

“的确是饿了啊。”

叫恩弟的男人拽着女人过来了。

离得近了，姞怜也看清楚了。她看了一眼，又吃惊地再看了几眼，惊呼道：“戈谣，你真的是戈谣！”

“宋姞怜！”戈谣盯着她看了几秒，更加震惊地喊出来。

从戈谣的讲述中，姞怜终于知道了她在退学后发生的事情：他们一家从花莲搬来了春城，戈谣被父母送进了一所职业学校。在这里，她受到了空前的排挤，于是和当时在学校里称霸的恩弟好上了，一心想要寻求庇护，但后来情感的发展就由不得她了。毕业后，她带着恩弟去见了父母。他们无法接受恩弟的家境和职业，闹得不欢而散。戈谣便从家里搬了出去，和恩弟住到了一起。两人颠沛流离，居无定所，过着朝不保夕的日子。去年，戈谣开始在这家酒吧做领舞，恩弟则跟了个老板，名义上是保镖，实际是打手。

“哦，你就是那个穿得像走秀的宋姞怜，早闻大名了。”恩弟指着一旁不吭声的白璎又问，“她呢？”

“白璎。”姞怜说，“我们是同班同学。”

东玲收拾了碗筷去厨房，姞怜和戈谣进去帮忙，就剩下了恩弟和白璎。他风卷残云般吃完了剩下的食物，还有一个糖包子是白璎咬过一口放在盘子边上的。他拿起来就吃了，也不知是有意还是无意。白璎脸涨得通红，恩弟一句话没说，擦擦嘴就回屋去了。

过了一周，白璎到姑姑的住处找姞怜，兴致勃勃地约她去找东玲，理由是回报她替自己拿回了手机，否则里面各种信息、照片都有被泄露的风险，简直可怕。她欢愉而迫切地犹如一只折断了翅膀立即长好的雏鸟。姞怜看着她，总觉得这样快速的改变匪夷所思。

“你还是自己去吧，我还有很多作业没完成。”她随便编造了个借口。

白璎悻悻地走了。

姞怜披上毯子走出屋门。今早刚下过一场小雪，可能是这个冬天最后的一场雪了。石桌上铺了一层薄的新雪，犹如一张洁白的巨型纸。她不由自主地以手充当画笔写起来，也没有什么目的和想法——但当她停下来，才发现桌上多出来三个字：宵青尘。

姞怜怅然若失地盯着这个名字，它使她痛苦，也激活了她快丧失的爱。她徘徊了两圈，进卧室找出纸和笔，写下开头的几个字：“青尘，好久不见，我还记得你和关于你的，一切。”

她正写着，泪水便涌了出来，像笼罩了一层薄膜，恰好地制造出失真的效果。姑怜仿佛进入了一个幻象中，情感犹如锅里渐渐煮沸的水，热腾腾的，在她胸口聚集着，寻着出口。她写了又撕，撕了又写。揉碎。揉碎。一团团的纸洒落在脚下，像一张张缄默的嘴。

信是永远写不好了，也永远寄不出去的了。她看着满地狼藉，沮丧地想。

02

清欢姑姑家的院子很小，约莫三十平方米，院角一棵海棠树，树下一张石桌，已经没多余的空间了。天气好时，两人端出饭菜，就在树下吃，吃着吃着，太阳就升到了头顶。树荫缤纷，阴影像洒开的花朵，一簇簇又一团团。偶尔某个刹那，姑怜会产生恍惚的错觉，像是回到了花莲，坐在都灵家的院子里。

四月，海棠花开了，就像一团团蓬松的新雪。晚风吹过，不冷也不热。这样迷人的傍晚，自然是要搭配美食美酒在外面吃，才算没辜负天公美意的。姑姑做了煎鱼、豆腐和一盘炒青豆，配了一瓶清酒。她刚剪短了头发，微卷而蓬松地包裹着她小巧的脸。尽管已是徐娘半老的年纪，但当她展露出笑容时，这熟透的优雅依然让人迷醉。

两人边喝边聊着天，话匣子一打开，就像从泉眼里流淌出来的水收不住。也许是霞光太美，也许是酒喝到微醺的倾诉欲，她们好像没有了年龄和辈分的差距，只是一对最普通的好朋友。

姑怜实在没忍住好奇心，问："姑姑，你是看不上男人，还是自己一个人过太舒服了？"言下之意问她至今单身的原委。原本已经做好了姑姑会敷衍或者岔开话题的打算，却不料姑姑心平气和地说："我在等一个人。""你等了多久了？"宋姑怜追问。

"从二十出头至今，有三十年还多了吧。"

"你还要等吗？"

姑怜觉得不可思议，但因为姑姑是第一次说起心事，她尽力控制着情绪。

"当然，我能活多久，就等多久。"姑姑说。

她一脸平静，却仿佛蕴藏了足以山崩地裂的力量。姑怜望着这个在岁月中被磨损了的女人，不禁入了迷。

自从姑怜知晓被人当作怪物老姑娘看待的姑姑，是因为打定主意要拿一辈子去熬、去耗、去等，就时不时在心里幻想那个男人的样子。她太想知道，是怎样一个男人使得姑姑几十年来洁身自好、守身如玉，在这个美好、温暖，却又充满冷漠、自私、偏见……的浊世里，活成了一个有边界、有底线和原则的女人。她执着而清醒，孤独却又丰盛，她灵魂里仿佛有个钢铁的支架，支撑着她与世界对抗又相融。那神奇的力量，连不断制造忘却的时间都无法削弱她。

“是那个男人给予她的吗？爱有如此神奇的力量吗？”继而，姞怜又忍不住想，“那真是个幸福的男人啊！可是，他知道自己被一个女人爱得这么深吗？假如他不曾知道有这样一份爱存在，那该是多么可惜呀！”

“这么多年，姑姑身边应该来来去去很多人，就真的没有人超越他吗？”姞怜又问。

姑姑摇摇头。

“不是没有人能超越他，而是后来的我再没有那样纯洁美好的东西了。”

“给我讲讲他，可以吗？”姞怜眨巴着好奇的眼睛。

“他是个很温柔的人，长得倒是一般。我喜欢他的眼睛，就像你现在看我的眼睛。但那对于他来说，是一种常态，他是个善于发现美的人。我俩有很多共同爱好，比如我们都喜欢跳舞，交谊舞、探戈等；都喜欢旅行；还有读书，一人一本书，就能互相陪着坐一下午。我到现在都记得他坐在窗边看书的样子，安静、一尘不染的样子。在梦中见到，都想要过去抱一抱他。我们可以说说笑笑一两个小时不厌烦，也可以很久不说话，光是眼神交流……这种感觉，我后来再没遇到过了。在姑姑看来，这个人就是出口的光，海上的灯。我不知道他在哪里，何时会出现，所以，今天的我必须成为比昨天更好的我。如果不等他，我这一生该多孤单哩！”

姞怜听得入了迷，脑海里闪过树枝发芽、冰河解冻……这些寂静的画面。

“这么浪漫，是搞艺术的吧？”

“和艺术一点儿不沾边啊，不过，他有一座比艺术还美的葡萄园。”

“难怪你这么爱吃葡萄。”想了想，她又问，“他现在多少岁了？”

“比我大三岁。”

“啊……你都五十几岁了，比你还大……万一是个胡子拉碴的老头子，你不是白等啦！”

“我爱的是他的灵魂，身体只是装灵魂的壳，那壳子怎么变化有什么关系，只要还是那个人在里面就够了。”

“这世界上……竟然还有比都灵还要死心眼的女人！”姞怜感到不可思议。

“这名字好听又好记！”

“是啊！她是我中学时的好朋友，可惜不联系很多年咯。”她旋即又引入正题。“可是，你有没有想过他已经结婚了，或者别的任何可能……不然，那么相爱的话，肯定会来找你的啊！”

“的确有这种可能，我们在‘文化大革命’中失去了联系。也许他也这么认为我，也说不定呢。”

“既然知道你还等，不是傻吗？”姞怜完全不能理解。

“姑怜，姑姑把最好的年华、最纯洁的爱都给他了，等他其实是成全我自己。”她叹息一声，又幽幽地说，“姑姑也只有一个青春，已然逝去了。如果有人今天来告诉我他结婚了，可能今晚我就决定不去看明天的太阳了。”

“太可怕了。姑姑啊，活着多好。”话是这么说，但她还是忍不住羡慕地说，“我也想像姑姑那样去爱一个人。”

“姑怜啊，你这个年纪，不谈恋爱可是浪费了，遇到喜欢的就恋爱吧。”姑姑说。

姑怜醉眼蒙眬地笑笑，说：“我不缺男朋友，我缺的是爱的人，其实……心里一直有个很喜欢的人，只是……不可能了。”

“别害怕，总会遇到的。爱人是人的天赋，也是生而为人的本能。”姑姑说。

一直以来，宋姑怜都以为那些活得美好精致的人散发着温暖的寒意，她欣赏，却绝不想靠近。事实上，她甚至是避之不及的，源于这些事物总令她想起陈列在博物馆里漂亮的蝴蝶标本，或是墙壁上无生命的画作。而今似乎成熟了些，终于能透过表象看到些许本质了，却又不免想：那些完美之人，难道是因为将不完美的部分隐藏起来了吗——这样的想法一旦成立，她立即感到一种源源不断渗透出来的、更深的寒意。她不由得想起总是微笑待人的都灵、知书达礼又好脾气的郁晚，还有连老去都如此优雅迷人的姑姑……这些闪闪的美好灵魂啊，哪一个的背面不是布满痛楚。可是在不了解她们的人看来，却都是被眷顾的人吧。

想要快乐地活着，可真是一桩难事啊！婧怜想。

“和宵青尘成为陌生人是对的，是老天在保护我，爱人实在太痛苦了……”婧怜又想。她宁愿做个冷漠的人，将人生活成“我”就够了。这样多轻松，为什么不这样活呢？她在心里念紧箍咒似的对自己说：“宋婧怜，你原本就是冷漠的人呀！宋婧怜，你就是块石头，就是一朵雪花！”

有了这样的想法，宋婧怜恋爱就只是为了享乐，戏弄男朋友倒成了乐趣。因为从不付出真心，自然每一段都是毫无结果的。

她买了很多漂亮的内衣丝袜，没事儿就把自己关在卧室里穿着照镜子，自我陶醉。她的男朋友们都喜欢她的身体，多过喜欢“她”。一旦她拒绝与他们做爱，便一个个消失了。这些男性的出现，像一个个拙劣的玩笑。

印象最深的，有个男友在婧怜拒绝时，讽刺道：“宋婧怜，你以为你是金子做的吗？这年代，谁谈恋爱只亲亲抱抱，你立个牌坊是等人来给你颁奖吗？”他真是很倒霉，因为说那话时她正在喝水，直接喷了他一脸。这倒霉的家伙，脸上刚涂抹了驱蚊药水，伸手一摸，弄到了眼睛里，整栋楼估计都听见了他痛苦的号叫。婧怜看见他狼狈的样子，不由得又想念起了宵青尘。

03

大三那年的暑假，姞怜偶然撞见了父亲的秘密。她是大二喜欢上旅行的，假期绝大部分时间里，她游荡在天南地北。宋和平也觉得女孩子应该多去些地方，开阔视野，长见识，对此十分支持。

那次事件正是她从外面旅行了一个月回家时发生的。当时，她突发奇想，去拜访白璎。她原本只是打算待一两日便回家，却盛情难却多逗留了几日。白璎的母亲是全职主妇，热情好客，做的饭菜也好吃，她住了整整一周才返回。白璎家离春城坐火车就三个小时，她想给父亲一个惊喜，便没有通知他。她拎着行李箱上了火车——就在这里，她撞见了父亲，以及蜷缩在父亲怀里睡着的冬慈。他们共同盖了一张毯子正在睡觉。

姞怜的座位在父亲后边，间隔了三排。为了不让父亲发现，她从包里特意拿出一顶帽子戴上，一路默不作声。到了春城，父亲挽着冬慈下了车，她也下了车。父亲和冬慈打了一辆出租车，她也叫了车跟着。出租车在父亲公司附近的一个小区里停下来，他们手挽手进了某栋楼的一楼。姞怜也赶紧下车跟过去。

八月的天，热得像火炉。客厅的窗户没有关，姞怜躲在窗下，看见父亲和冬慈在沙发上抱成一团。她想起过去父亲和郁晚的无数次拥抱，蓦地想哭。也许，父亲也曾经这样拥抱过她的母亲——郁晚落到和母亲一样的下场，她应该高兴才对。可是，为什么此时此刻如此难过？

下午三点多，婧怜打车回到了家里，用钥匙打开门，把东西放回卧室，出来时，听到从厨房里传来声响，探头看过去，是郁晚。她系着围裙，头发随意扎起来，看来是要准备晚餐了。婧怜突然想不起来郁晚年轻时的样子，禁不住感慨着女人青春的短暂。她没来由地又想起母亲，她竟然从没有见过母亲年轻的样子。

“小怜回来了。”郁晚发现了她。这两三年来，她们每次对话不会超过三句，且每次都是见面时礼节性地问候下。婧怜对此已经习以为常，但今天目睹了父亲的背叛，她突然涌起来想要和她说话的欲望。

“小八月呢？”她问道。

“幼儿园还没放学呢。”郁晚说。

“今天怎么是你在做饭？阿姨去哪里了？”她环顾四周，又问道。

“阿姨老家有事，休假一周。”郁晚又说。

“哦，你还写小说吗？”她又问。

郁晚抬头看了她一眼，好像有些惊讶。

“写啊，断断续续的，最近家事比较多，暂时只得搁些天了。”

“我爸什么时候回家？”婧怜又问。

“今晚，也许明天。他那么忙，哪里有那么多时间。”“我小时候，他跟我妈妈一起时就总是很忙，忙得……都不着家。可谁知道他在忙什么呢？”姞怜委婉地暗示道。

郁晚抬头，眼神古怪地瞟了姞怜一眼。那敏锐的目光犹如青蛙捕食的舌头舔过来。

“小怜，你想说什么？”郁晚停下手中的活儿，直视她的眼睛。

“我……我有个同学的爸爸出轨了，她很难过，我想帮帮她……”话到嘴边，还是又改口了。

“你帮不了的。”郁晚斩钉截铁地说。

“为什么？我在很小的时候就是这种事情的经历者。也许，将来这种事情也会发生在你身上。”

“我不介意。”郁晚继续择菜了，头也不抬。

“为什么？”姞怜震惊地问。

“这种事情听得太多了，也就不稀奇了，每个女人都可能遇到的，也不能以此来判断一个男人的好坏。”

“难道爱情是垂钓的诱饵吗？”姞怜困惑了，“那该以什么来判断呢？”

“有人跟我讲过一句话，不要因为害怕枯萎，就错过了花开。爱情不过也就是花开，就权当作是在赏花好了，有的凋零得快点儿，运气好的一生也不凋零，那样的人又有几个呢？爱是没有错的，何时何地发生，这根本不由人控制。有人选择了止乎礼，有人选择了去体验，这么美好热烈的情感，哪种能有多大的错？以前我会以此作为评判男人好坏的标准，但现在，我觉得那样是很片面的。”

“如果这种事情在你身上发生，你怎么办？”终于，姞怜将话引导向了目的地。

这时，郁晚已经端起择好的菜去清洗，水龙头里哗啦啦的水声像低音炮在轰鸣。她背朝着姞怜，洗菜的肩膀似乎在颤抖。等洗好菜，关了水龙头，郁晚的声音冒了出来。

“你告诉过我，对孩子来说，有爸爸有妈妈的地方才叫家。我只知道，小八月需要家，我不能让他变成第二个你。”

“那在你眼中，我到底是怎样的人？”姞怜鼓起勇气问。

“你是——一个活在阴影里的人。那阴影里有你的恨和泪，有孤独，有苦涩和不能言说的隐痛，但更多的是爱和深度的理解、接纳。那片阴影是沉下去的陆地，每个人的爱汇成你头顶的太阳光辉，也许那些光里有的让你觉得刺眼，也有些阴霾让你觉得不舒服，但不论如何……那都是你赖以生存的地方。你在岛上，岛上只有你，你……只看得到你。而事实上，我们都等着你打开自己，把那些门窗、墙壁……该掀开的掀开，该摧毁的摧毁。”说话时，她转过身又望着她，那样欲哭的表情，那样柔软的声音，仿佛将死的老人呈现出没有生机的虚弱感。姞怜颓废地坐到厨房灶台边的一把高脚椅子上，眼睛湿润了。过了会儿，她听到自己用异常平静的声音说道："我今天，看到我爸和冬慈在一起。"

"嗯。谢谢你告诉我。"郁晚表情淡漠，像是事不关己。

"你早就知道了？"姞怜诧异于她的冷静。

郁晚点点头。

"你……恨我爸吗？"

郁晚摇头："早先埋怨过，后来就看淡了。我不希望我的婚姻成为谁的终生囚笼。从顾家和责任感来说，你爸是很不错的男人。至于男女之事，我们都是自由的，各自不同选择而已。说起来，谁又是对的，谁又是错的呢？"姞怜深深地看她，这个女人恍惚缥缈，仿佛只是把皮囊留在了这个家里。她的心去了哪里呢？姞怜想。

傍晚，宋和平回来了。他一进门，先给了郁晚一个拥抱，说道："老婆辛苦了！"郁晚贤惠地接过他的包，挂在衣架上。她与姞怜记忆里那个在隆冬里穿着旗袍身姿摇曳地走过欧洲街，和楼上吹口哨的年轻男子调情的女人，相去甚远了。

晚饭后，宋和平从包里拿出礼物，派发给所有人。郁晚的是一套护肤品，小八月的是一套机器人玩具，姞怜的则是一支派克钢笔。就在那晚，姞怜坐在写字台前迟迟无法入睡。她铺开一张纸，打开了父亲赠送的钢笔，脑海里千言万语，却流淌不出像样的文字。最后，她画了一堆鬼画符。在那些奇怪的符号上，写下了唯一的一个字：谎。

就在那次谈话后不久，婧怜读到了郁晚新的文字。那时已经是2006年了，郁晚在新浪开了个博客，时常写点儿小东西。她在那里叫“夸父”，就是传说中追太阳的人。婧怜知道，她在寻找一种东西，一种永远追不到或许不存在于人间的东西。这个博客没几个人知道，有次郁晚忘记关电脑，婧怜去书房找书看时发现的，随后也注册了个账号，隐藏在她的博客下。郁晚写道：

“昨夜下了一场小雨，今天起床，院儿里的槐花落了满地。阿姨扫了要装进垃圾桶，我却突然心生不舍，截拦了下来，细细铺在了树下的泥土里。旧花化泥了，新花就又开了，只是，天明，我已没有第二个十八岁再来爱你了。以前读《红楼梦》，暗自笑话黛玉葬花矫情，如今我也成了葬花之人，种花养花，以最温柔的心去怜爱每一朵花。那年月，我们也曾讨论过来世，你知我对此是从来不信的。那时青春年少，有大把时间去期许未来，总觉得自己不是贪婪之人，想要个无憾人生是容易之事。而此时，在我写这封信的时候，却无限地盼着来世。我埋葬过的花若一朵朵有灵魂，若能有一朵想要谢谢我，我真想贪心一次，让它许我来世做个丰盈美好的女人，在最好的时候遇见你，不自卑不羞耻，像春天绽放得最美的那一朵花，与你的光芒交相辉映，心无旁骛地去爱你。

倘若不能，那便也不想再做人了，做深山溪边的一颗石头，粗粝尖锐，不要含着什么稀有矿物质，以免被人发现捡回去粉身碎骨。不生不死，也不知苦痛，就那么躺着，日日夜夜听着潺潺水声，以为下雨，以为是你在梦中与我说着悄悄话。”

姞怜猛地想起，有次和郁晚在浴室里一起洗澡时，她说过早年在云水城曾经和一个年轻男人相爱。是那个人吗？这么多年了，还不能忘记吗？还是……这一切都根本不存在，只是郁晚勾勒出来的精神寄托？不管是前者，还是后者，这都是个可悲的女人。姞怜心想。

04

宋和平出差的时间越多，约会情人越频繁，郁晚反倒觉得越舒适，这意味着她拥有了更多的自由度。所以，她的生活平静又规律，反倒比早先更丰富多彩。每天按时吃饭睡觉，照顾好家里的每个人，对身边的亲戚朋友都温柔以待。

白天里，小八月去上幼儿园，阿姨忙着做家务，她则养花种花，浇水除虫，看书写作。缝纫机拉去了地下室的仓库放着，早已经不用了。她学会了网购，很方便，姞怜上高中就已经看不上她做的衣服了。宋和平说了几次扔了，郁晚实在舍不得，就这么搁置着。

日出日落，星辰月光，有时看书，有时发呆，时间一天天流淌过，也不觉得有何不妥。所谓生命的意义，这融入自然万物中的寂静与虚度，不正是意义本身了吗？还要追求什么呢？石头静默千年，树木随风而动，河流奔流不息，蜘蛛要结网，蜜蜂要采蜜……怎样的活法不是活，怎样过一天不是过？她闭上眼睛，在记忆中看见叶天明，灵魂千丝万缕的触角立即奔向他，触摸他——闭眼就是得到了。啊！过去和现在都在得到啊。她再回想起先前的担忧，便觉得简直是杞人忧天那么可笑。原来见过了花开，还可以带着更美好的记忆，更深情且无所畏惧地活着。

虽然依旧沉默寡言，但因为过去像石头顶在她胸口的硬物悄悄软化的关系，她和姞怜的关系也终于回暖。当她试着去理解姞怜的痛苦后，对于姞怜偶尔的冰冷和偏执也便看淡了。这是好的方面。坏的方面也有，譬如，有次郁晚正在浴缸里泡澡，闭目想念着叶天明，宋和平推门而入。她没有反应过来，大醉般喊出来“叶天明”的名字。

宋和平当即停下脚步，怔怔地望着郁晚，继而头也不回地出了门。这还是宋和平第一次听见这个名字，原来，当年郁晚在电话里等的就是这个人。这么多年，他以为郁晚早已把初恋忘记了，毕竟那时的她还不到二十岁，相处连一年都不到，能有多深刻呢。他很自信地认为，自己给予郁晚的，早已经将那点儿记忆覆盖严实了。到现在他才明白过来，在郁晚心中，他始终是那个打错电话的人。这点儿觉悟使他备受挫折，仿佛受到了巨大伤害。

几个月后，和平文化公司被一家大集团收购，他成了文化产品线的主管，办公地点也换去了城中心的一栋写字楼里。收购的价格很可观，他换了独门大院的别墅，又买了几处房子和商铺用于出租，其中一套他特意买在了上班的地方附近，如此，便心安理得地过上了身体自由的生活。他先是和常去的一家推油按摩店的女招待搞到了一起。他很享受那女人的服务，索性将她带回了房子里，伺候他一个人。

宋和平的时间分给工作和家庭，陪伴她的时候不多。他不在时，这个女人竟胆大包天地将男人带回家里来约会。但精明如宋和平，从没信任过风月场合的女人。每次离开时，都会在家里一些男性物品上做些小记号。所以，第一次他就发现了，只是默不作声，苦口婆心地暗示她，感化她，却毫无用处。他便挑明了，对那按摩女恶语相加，诅咒她肮脏，道德败坏。等他发泄完了，那女人拎着包要走，他又抱着她忏悔道歉，求她不要离开。

两个月后，按摩女卷走了他藏在保险箱里的私房钱，逃走了。宋和平报了案，按摩女在澳门赌场被警方抓获时，已经是半个月后的事情了，钱早已被挥霍一空，追不回来了。

跟着，他又和一个跑龙套的年轻姑娘厮混到了一起。他许诺她，要捧她做女主角、大明星。她一开始深信不疑，日日盼着做女主角，但宋和平不过是说来敷衍她罢了。时日一久，她也看出来端倪，对宋和平远不如最初那么热情温柔。久而久之，更是原形毕露，屋子也懒得收拾。有次，宋和平出差一周回来，用钥匙打开门，发现这家里堆满了各种快餐盒饭，苍蝇嗡嗡地飞着，也许里面还长出了蛆虫。而那女人却换了发型，烫了一头漂亮的卷发，坐在乱糟糟的沙发里，正跷着二郎腿抽烟。看样子，她是准备出发去和男人约会的，不管是谁，一定不是和宋和平。宋和平暴跳如雷地大声训斥她，那女人端起茶水，劈头盖脸泼了他一脸，扬长而去。

晚上，浪子宋和平垂头丧气地回到家里，对郁晚抱怨着工作累，压力大。说着说着，竟然像孩子一样将头枕在她膝盖上，沉沉睡过去了。郁晚却怎么也睡不着了。她产生了一种奇怪的错觉，好像宋和平成了横条竖条编起来的笼子，把她罩在了其中。可是，为什么离婚的念头每个月冒出来，她却还是一直隐忍至今呢？郁晚熄灭了灯，在黑暗中自省。

她的心说：她不怕寂寞，不贪念安逸，也习惯了孤独、误解异样的目光。她自认有相当强大的内心世界，知识体系和精神力量构建起来的缜密内部结构，已经很难被外界撼动和左右了。她的心并没有什么可惧怕的，惧怕的——是她的肉体。是的，这具以人间一蔬一饭供养着的肉体，是很多生命的合体，更是无数爱的结晶，这肉体早已不再是她一个人的了——只要待在她身边就觉得幸福的妹妹；还有上课回家必须第一眼就看到她，连睡觉前都必须要亲吻她的脸才能幸福入睡的小八月；就是面儿上不和的宋姑怜，一回到这个家，也还是会悄悄寻找她，关注她；再说到宋和平，但凡跨进家门的第一句永远是：晚晚，我回来啦。她的肉体，深深迷恋着这些琐碎、真实而温暖的部分，对这个家、家里的每个人都爱得真挚而深沉。

精神世界则不一样，她太了解精神的坚不可摧与虚无，稍微感觉有出入，便可能轰然倒塌。相较来说，似乎口口声声高呼的精神更加不可靠——这才是她最终一次次妥协的原因。

她伸手抚摸着宋和平的头发，感觉到他的倦态。岁月正悄无声息掠夺着他，他的身体至少多数在家里，可是自己的灵魂呢，有多少年没回过家了。她又给予了他什么呢，除了正在衰老的身体和一片荒芜的灵魂，就连好脾气的照顾或多或少也是做贼心虚的外在表现形式。一种后知后觉的罪孽深重感，从脊背一点点弥散到郁晚的周身，她性格里的矛盾、对立、悲悯、柔软……在这觉悟时刻的深夜里，转化成了母亲般的爱抚，由她的手指一遍遍地传递给了熟睡的宋和平。

05

再来看看都灵吧。

进入大学的都灵开始了真正的发育，到了大一下学期，她已经和中学时代判若两人了。乳房长了，臀也圆润了，四肢却还是细细的。从跟随母亲到北京起，她就没有再剪过头发，已经长到了腰间。继父是个好脾气的人，对母女俩诸多关照，不过都灵是个有自知之明的人，虽然继父主动喊她住家，坐公交车去上学，她还是坚持选择了住校，每个月回家一次。

宿舍里六个女孩，到大二除了都灵都恋爱了。虽然追求她的男生一直有，但她始终与他们保持着距离。她的心是一座封死的城，里面只有宵青尘。因此，被同学们私底下给她取了修女的绰号，她也毫不介意。上课之外的时间，大都花在了图书馆，她读了很多书，成绩一直名列前茅，年年拿全额奖学金。

大四那年，都灵因为成绩优秀，被教授安排去了一个区级法院实习。在那里，她跟进了一起刑事案子。这在当时很轰动。因为被告人实在太优秀了，不仅是曾经的状元，大学也保持着全额奖学金的记录。就是这样一个天之骄子，却成了杀死自己父亲的嫌疑犯。同事将准备好的宗卷给都灵，方便她尽快熟悉案件。她一打开就看见了熟悉的名字和照片，竟然是宵青尘。

第二周，迎来了正式开庭。都灵早早起床，换了一身正装，将头发盘起来，尽量让自己显得严肃清爽。审判官落座后，她远远看见宵青尘被带到被告席上。他留着寸头，穿着囚服，腰板挺得直直的，脖子别扭地昂着。他目不斜视地穿过了人群，站到位置上，向着审判官彬彬有礼地点头行礼。

当时的都灵就在他的斜对面，连他将戴着手铐的手藏进衣袖里的小动作，她都看得一清二楚——她想过各种和青尘邂逅的场面，比如，他站在某个领奖台上讲话，或者是他牵着妻子的手从她身边经过，无论多么残酷的场面她都设想过，唯独没有想到，再见面——他戴上了镣铐，站在罪人的审判席上。

整个过程中，都灵犹如被罩上了透明的钟。辩护人激烈的语言，审判长甩出的一个个犀利的问题……像风灌进她的耳朵里。但直到退席，她才颓丧地发现——原来，自己是无法抽离出感情的，面对感情，她永远无法冷漠和客观。

“你和父亲是生活在一起的吗？”审判官若有所思地问。这提问貌似无用，却是衡量案件的一个小关键。

“是的，审判官先生，我一直和父母生活在一起！”青尘想了想，又补充说：“直到我考上大学，平日里方才住宿在学校，但周末也需得回家小住。我自小是由母亲带大的。父亲在我很小的时候因公瘫痪，虽然赔偿了一些钱，对我这样的家庭来说，无异于杯水车薪。母亲常年奔波劳累，早上一早得起来伺候父亲穿衣吃饭，中午也得回家一趟。她晚上兼职到深夜才能回家，还得照料父亲擦洗按摩，夜里无数次起夜给父亲翻身。我从小目睹了母亲的辛苦，也目睹了我父亲的痛苦和无奈。所以，我一直是个听话的孩子，拼了命地学习，以求能改变家庭的状况，更好地照顾父亲和母亲。”

“这样的状况持续了多少年？”法官问。

“从我八九岁，一直到上个月。”

“在这中间，你有没有觉得父亲是个累赘？”又一个犀利的问题甩出来。

“说从来没有过，肯定是假的。至亲到这样的境地，只有身在其中才能懂得有多艰辛。我和母亲都厌倦过，抱怨过，但也只限于此。每天对父亲的照顾都是尽心尽力的，从来不敢有半点儿懈怠。”

“能简述下经过吗？”法官问。

“事情的经过是这样的——有天晚上我回家，听到父母那间屋子里传来争吵的声音。我听到几句，母亲在说，我不这样，儿子靠什么来生活？父亲的哭泣声断断续续的，他说，都怪我，都是我的错！我是个没用的男人呀！跟着母亲又说，怎么怪也怪不到你头上，这又不是你愿意的。说到头，我也只是个无能的女人呀！这之后就没有了声音，只有我母亲的哭泣声断断续续地传来。我没敢进去，在外面站了会儿，等到里面清风雅静了，才走了进去，大声说，我回来了。

“像往常一样，母亲赶紧出来给我热牛奶。我进去看望父亲，见他面色发青，整个人蜷缩在被子里哆嗦。我问他哪里不舒服，他只是摇头。夜里，母亲睡着了。我挂念着父亲，悄悄爬起来看他。这里有必要说一下，为了方便照顾父亲，母亲一直和父亲睡在一间屋子里。两张单人床，分别靠着两边的墙壁。中间有个宽敞的走廊。我没敢开灯，借着微光摸黑溜进去。刚走进他身边，他便一把抓住了我。他好像把全身的力气都用到了手上，那么虚弱的人，那只手竟像钳子般有力道。我吓了一跳，也是慌了。父亲使劲把我朝他身边拽，我懂了他的意思，蹲下来，贴近他。他小声对我说，我痛，我好痛……帮帮我！我努力镇定下来，问他，怎么帮？父亲又说，柜子里有针剂药，是上次那个宠物医生留下的，帮我推进去，我就舒服了。我记得那个宠物医生，前几日邻居家的猫病了给找来的。他走错了方向，到我家来了。我邻居家的猫，在医生的救治下，已经能下地乱跑了。我怎么也想不到，那针剂是用来安乐死的。”

“那你以为是什么呢？”审判官又问。

“我想应该是镇静剂、止痛药之类的。至今我也没有想明白，我父亲胸以下都不能动，只有手和脖子能转动，到底是怎么弄到手的。”青尘流露出迷茫费解的神态。

“你父亲和医生聊天时，知道了宠物医生是从宠物收容所直接过来的，他箱子里还剩下一支安乐死的针剂。所以，他故意说浑身难受，请求医生去小街上给他买止痛药。宠物医生见他可怜，答应了，放下药箱子就出去了。你父亲则支撑着爬下床，从药箱里拿走针剂，藏了起来。医生买了药回来，交给你父亲，就去邻居家里了。他检查了那只猫的伤势，发现只是皮外伤，并没有伤及内脏，只是因为流了很多血，显得很严重，所以那针剂没有用上，也就没放在心上。他是回去整理药箱时才发现的。我们已经找来医生问过了。”法官说。

“你这么说，我倒是想起来了——几年前父亲确实可以双手支撑着爬行。但他那模样像只动物，我感到非常害怕。有次这番模样正好被我发现，我说了他，从此就再也没见他爬过了。我都快忘记他还有这本事了。”宵青尘说着眼泛泪光。

法庭上寂静无声，大家都陷入了沉默。

宵青尘继续说道：“我找来了针剂，推到了针筒里。但我不知道怎么注射，光线又黑，如果不是父亲握着我的手，我都不知道他的手在哪里。父亲就让我把针剂给他，他说他久病成医，会自己找位置，让我帮忙推进去。”

“你父亲注射前，有没有说过什么反常的话？比如，听起来类似遗嘱之类的话。”一个声音从审判席上响起。

“他说，你要照顾好母亲。”

“有没有对你说点儿什么？”又一个声音问道。

青尘沉默了良久，终于轻声道：“他让我忘记黑暗里的一切，到光里去……我当时本来正想开灯，还以为他说的忘记黑暗，是忘记那晚上发生的事情。后来，我想，他说的黑暗，其实是指——他自己。他以为，他离开了，我和母亲就能生活在阳光下了。”现在，形势似乎在静悄悄地发生着变化——他试图引到申诉的主题，即这不是失误杀人和故意杀人的区别，而是一个无辜者和一个杀人犯的区别。

媒体出现了短暂的骚动。审判官说了一句：“安静。”那些繁杂的声音消停了。

审判官又大声问道：“你母亲当时在场吗？”

“是的，她一直在场，睡得很熟。她太累了。我帮着父亲推进去针剂，他就安静了下来。我给他盖好被子，没有叫醒母亲，就回去睡觉了。”

“你们谁先发现父亲去世了？”

“母亲先发现的。她跑过来叫醒了我，我来不及穿衣服和鞋子，跑到父亲床边。看见他睡得很安详，针筒和那药瓶滚在床边的地上。母亲捡起来，看了一眼，瘫软在了地上。母亲说：是你干的？我点头承认了。她一直哭，没有同我说过一句话。”

“被告的母亲，您有什么话要说？你儿子回来之前，请问您和先生发生了什么争吵？你们平日里感情怎么样？”审判官望向被告身后的一位妇人。

所有人的目光跟着集中在了那位衣着朴素干净的妇人身上。她走到证人席上，先恭敬地朝审判官敬了礼，说道：

“我是他的妻子，照顾他是我的责任，多年来也一直是这样做的。平常我们说不上多好，但相依为命多年，也习惯了，也过来了。那天的争吵，归根究底，其实是因为他发现了……我的秘密。”

“什么秘密？你要如实说，容不得半点儿虚假。”审判官眼神犀利地盯着青尘母亲。

她低下头，仿佛犹豫不决。法庭里人很多，陪审、听审，还聚集了一些电视台、报纸的记者。

“女士，你必须坦白。这关系到审判的结果，关系到您儿子的未来。”

法庭下议论纷纷。都灵看到青尘悄悄望了眼自己的母亲，紧闭上了眼睛。

“他……他发现了我的秘密……突然之间像炸弹被点燃了，他痛不欲生，破口大骂。我的职业是学校的图书管理员，这份工作其实是因为青尘表现优异，学校特意安排给我的。管理员的工作收入微薄，养个孩子和病人很费力。我害怕青尘被同学们欺负、看不起，我需要多一些钱，让他过体面一些的生活，缩小与城里孩子的差距。我需要钱来买药，维持延长我丈夫的生命。我累点儿苦点儿无所谓，我们三个人在，这个家才是完整的。所以，我在晚上的那份兼职……”全场鸦雀无声，一些人仿佛已经猜到了什么，流露出一种好奇的、热切的眼神。都灵看见青尘嘴唇紧抿着，用力地昂起了脖子，深深地刺痛了她。

“我出卖了身体。”她咬紧牙，终于说出了口。

话音落下，跟着就响起了窃窃私语声。面前这母亲仿佛赤身裸体被示众，人们的眼神里透着显而易见的鄙夷。卖身女培养出的状元，疑似弑父的特优生……记者们像是触到了某个兴奋点。审判官连续说了三次“安静”，人们交头接耳的声音依然没有消停。审判不得不休庭，下一次再开庭。跟着，青尘被带了下去。他依旧别扭地昂着脖子，目不斜视的眼神好像是隔绝的，又像是目空一切的。他没有发现都灵，这令她如释重负。

06

那天的审判会，在日后悄无声息地改变了都灵。她对自己的能力质疑，对审判官这个职业也产生了质疑。她永远也忘不了，青尘在试图申诉他并没做什么时，人们那质疑的目光。她甚至清楚地看见了青尘母亲的质疑，她也许也像那些看客一样认为，青尘是为了摆脱父亲这个累赘，为了自己的新生活，杀了他。

之后的日子里，都灵噩梦不断。青尘的出现颠覆了她的生活，使得她时常陷入深思。一方面，她深信青尘绝不知情。另一方面，又认为在父亲那样反常的情况下，聪明的青尘一定多少会感觉到点儿什么。针剂是他亲手推进去的，谁是操控者，谁就是罪恶的根源——当都灵完成了这一系列的逻辑分析，其实后面的审判已经无关紧要了——她在心里已经给青尘定了罪。她想，审判长一定也是这么认为的。

又过了些天，她经过了昼夜不停的更深层的思考。她躲在黑夜里冥想，走在街道上冥想，抚摸着青尘的照片时冥想……痛苦像吊瓶里的液体，滴答不停地跑遍了身体。她一日比一日沉默，像一只蜷缩在地底的蝉，连悲鸣都发不出来。这痛苦的根源并不是她爱的对象成了杀人犯，而是——她发现，自己竟然比从前更深地爱他。

案件进展缓慢，而都灵的实习却在匆忙中结束了。她又回归了校园生活，教授问她实习期学到了什么。都灵想了想，忧心忡忡地反问："如何在审判时避开情感？"教授很惊讶地说："都灵，我一直以为你的性格就足以让你避开，别让老师失望。"

都灵郑重其事地点头，对法学的热情却悄然降至冰点。她意识到，自己与法律之间隔着一道永恒的距离。法律若是一道屏障、一座城墙，她只愿做城里被它守护的人，却不愿去做看护城门的人。她热爱法律带来的安全感，对那冰冷的城墙却充满至深的厌恶感。是的，不论从生理和心理，她都希望离它远远的。

半年多后，都灵在报纸上看见了这个案件的结果。青尘以过失性杀人，判刑八年，他放弃了上诉。都灵通过实习期间认识的朋友，打听到关押他的监狱。她选了一个风和日丽的好天气，带着一支笛子，挑了几本好书，专程去探监。时隔几年，两人都没想到再次面对面坐着聊天是在监狱，隔着铁窗。

“去过你的生活吧，以后别来看我了，我不值得你这样做。”宵青尘内心感激着，但想到自己前途渺茫，忍痛狠下心说。

眼前的宵青尘虽然穿着囚服，那澄澈的眼神却证明他依然是都灵记忆里那个干净的少年郎。她静静地看着他，巴不得把心都掏出来，给他，给他。

“这次你赶不走我了，我会等你出来，余生……只用来爱你。”都灵至诚地说。

从此以后，都灵开始每周给他写信，岁月飘摇，那信件却如同鸿雁，披星戴月，风雨无阻。

也就是在那段日子里，宋姞怜也从报纸和新闻里知晓了宵青尘入狱的事件。她痛哭了一场，把报纸上青尘的图像裁剪下来，夹在日记本里，锁进了抽屉里。

07

原本以为锁好，藏好，就是对一段感情的了断。然而，就在那天夜里，姞怜一闭上眼睛，宵青尘戴上手铐的样子却又钻进了她的梦中来。她拼命想要把那镣铐扯下来，她跪下来，手都掰出血来，那镣铐还稳稳戴在他手上。到后来，宵青尘的脸也模糊了，照着她惨淡的青春，像是闹了一场荒诞的笑话。她从梦中哭醒。第二天夜里，却又做了同样的梦，梦中的宵青尘竟然还能用戴着镣铐的手吹笛子，她还记得那曲子叫《甜蜜的巧克力》，百转千回，从她的少女时代一直吹到了此时此刻。

到第三天，她又做了同样的梦。这绝不是小时候吓唬父亲和郁晚那种佯装，是真真切切地思念到骨髓萌生出的虚实不分的境地。她既想闭眼早些看到青尘，又恐惧着，因为梦中那个镣铐已经长到了青尘的肉里，别说扯下来，触碰一下，梦中的宵青尘都在落泪。原来，即便到这种地步，她也不能忘记他。

这样浑浑噩噩了几日，她只好求助于外界，通过频繁会友来麻痹自己，减少内心的痛楚。然而，这期间朋友们也发生了诸多不愉快。恩弟和白璎终于突破了朋友的边界，选择了在一起。戈谣大受打击，主动给一个常来捧场的老板打了电话。跟着，她从夜场辞职，做了这富商的小四，过上了衣来伸手、饭来张口的少奶奶的生活。这些都是恩弟从夜场同事们嘴里听来的，事实上，在决定离开时，戈谣就把他们三人的一切联络方式都删除了。

东玲怀着内疚之心，也离开了春城。她背着吉他，头戴牛仔帽，孤身去了北京，成了北漂。几年后，自媒体兴起，她很幸运地抓住了时机，成了一名身价堪比明星的搞笑网红。她坚韧善良，富有正义感，是时代的幸运者……

婧怜虽然对白璎的做法深感不耻，但因为身边也只剩下这一个朋友了，只能继续交往下去。随着岁月流逝，当她慢慢淡忘戈谣后，两人的关系又恢复到了从前。白璎和恩弟好得像连体婴儿，如此，婧怜和恩弟竟也因这裙带关系，意外地发展出了一段友谊。在她因为宵青尘事件最痛苦的一段时间里，也是这两个人的陪伴，使她慢慢走出了阴霾。自然，这种走出去只是表象，宵青尘永远如同刺入她心中的一根荆棘，拔不出去，任何时候挨着碰着都是痛。

大学毕业后，白璎进入了一家广告公司工作，加上父母的补贴，生活过得还不错。她和恩弟同居后，就把财政大权交给了他。婧怜笑她傻，她毫不介意。恩弟在隔壁屋子打游戏，她俩躺在床上聊天。

白璎憧憬着未来："再过一两年我就跟恩弟回老家结婚。他一直想开个网吧，到时候我让我爸妈把出租的门市收回来，那个位置挨着两所学校，很适合开网吧。我在楼上做饭，他就在楼下网吧工作。我们是要一直在一起的。"

"他长那么好看，你不怕来上网的小姑娘看上他？"婧怜接过话茬。

"再好看，现在也是我的了。"

"你当真不担心他跟漂亮小妹妹跑啦？"婧怜故意

逗她。

“不然，我看着网吧，他在楼上待着。我养他好了。”白璎心虚了。

“哪里有女人养男人的？”

“怎么没有，我现在也养他，毕业了我接着养他。我看着他就快乐，他呢，只要陪着我就好了。啊……真想明天就嫁给恩弟，做他的妻子是我一生的梦想。那将是我最快乐的一天。”

她兴奋地抱住了姞怜，一对丰满的乳房在她的怀里绵软若梦。她的呼吸声打在姞怜耳边，像贝壳里隐约的海浪声。姞怜感知着肉体发肤亲密的快乐，不由得又想起了都灵。

“现在，你还恐惧肉体接触吗？”她在心里小声地问。

元旦，姞怜和几个好朋友结伴去日本旅行。回国时，宋和平和姑姑一起来机场接她。她烫了微卷的头发，穿了一身黑色的真丝长裙，戴着墨镜，在一群人里分外惹眼。宋和平帮着她把沉甸甸的行李箱搬上车。出了机场，橘色的余晖倾泻而下，覆盖着远处重叠的山峦。车上放着张学友的老歌《祝福》。

“爸，祝你身体健康。姑姑呢，祝你早点儿脱单吧。”姞怜说。

“傻姑娘，爸爸身体好着呢。不过还是谢谢祝福啊。”

姑姑插过话来：“姑姑单身习惯了，脱单不脱单就看天意了。”

三个人又是一阵天南地北的说笑，车进入市区已经是华灯初上。车渐渐多起来，上了立交桥，堵住了。宋和平急躁地按起了喇叭。宋清欢说：“多少年了，你这急躁脾气还改不掉。人都说四十不惑，你这都五十来岁的人了，怎么还猴急得跟个小孩子一样。”

“姐姐，你就别笑话我了。我订的吃饭时间是七点，你看这都六点半了，我能不着急吗？”

“爸，那你让车长个翅膀飞过去呗。”姞怜笑道。

宋清欢笑道：“你爸是飞不了了，明天我要跳的那舞蹈，倒是要飞一会儿。”

“姑姑，你是打算重新出山，表演舞蹈吗？”宋姞怜期待地问。

“是啊，我们领舞病了，一时找不到代替的人。这舞蹈是我编排的，最熟悉，临时顶替下。化妆师说，我的身段保养得不错，给我化上浓妆，灯光打上去，也看不清楚我年龄。”

“姐姐，你都过六十的人了，这能跳得动？”宋和平惊讶地问。

“跳一场还撑得住。我告别舞台也很久了，也想试一试。”她邀请道，“你们要是有空，也去看吧。”

“去，当然去。这没准儿是姐姐最后一场舞蹈了。”

“我也去！”姑怜说。

收音机里的歌曲结束了，播放起一条新闻：“八月二十日，一对华侨夫妻来中国旅行，在我市的著名风景区丢失了一枚婚戒。在景区工作人员的帮助下，得以顺利找回。为了表示感谢，杜嘉年特意带着德国妻子苏珊给景区送来了锦旗，高度赞扬了中国人民的友好和国际人道主义精神。”正在笑着的宋清欢，突然表情发生了微妙的变化，她尖起耳朵听完，又问道：“那对华侨夫妻叫啥？”

“好像叫……苏珊。”宋姑怜说。

“不是，那个丈夫叫什么……”她表情古怪地问。

“什么嘉年……对，杜嘉年。”

“杜嘉年……嘉年……”

“姑姑，你是不是在想，要是丢戒指的是中国人，一定不会这么快找到吧。”姑怜调侃道，回头却见宋清欢缄默地僵住了，像是钻进了一个密封的套子里。姑怜拿手在她眼前晃了晃，就在这时，路灯亮了，车内光线昏昏，宋姑怜发现姑姑脸色像凝滞惨白的月光。车又挪了一截，到了避开路灯的地方，姑姑的脸隐藏进黑暗里，什么也看不见了。

吃饭中途，饭店的电视上又播放起了在车上听到的那条新闻。画面上那个叫杜嘉年的男子，正搂着一位微胖的白人女子。她微笑着举着自己的手，展示着手指上失而复得的戒指。姑姑放下筷子，出神地盯着电视里的人。过了会儿，姑姑说：“我去一趟卫生间。”之后，姑姑就没回来了。过了会儿，宋和平收到她发来的短信：我有点儿不舒服，明儿还得演出，就先回去了。姑怜今晚跟你回去吧。

“没事儿了，她不舒服先回了。晚点你跟我回家住吧。”宋和平把手机揣进兜里，接着喝起了酒。

宋姑怜夹了一块鳗鱼卷进嘴里，咀嚼了两口，竟觉得一股子腥味，险些呕吐。她赶紧喝了一口味噌汤，又叫服务员上了一杯西瓜汁，这才缓和些，却还是心慌得很。她不禁回忆起姑姑今晚上的表现，愈发觉得诡谲心慌了。

从日料店回家已经快凌晨，走廊里留着小夜灯，郁晚和小八月早已睡了。

姑怜简单洗漱完躺到床上，慌张感延伸到了梦里。她看见清欢姑姑双手捧着一个小箱子，递给她。姑怜问她是什么，姑姑却一言不发，只是默默流泪。姑怜伸手要去抓住她，突然就惊醒了。

房间里黑魆魆的，早起的鸟儿在窗边的树枝上叫着。姑怜摸索着起床，拉开了窗帘。天已经半亮，黎明前的拂晓时分，天地浑浊中透进来淡淡的光。她给姑姑发了条短信，问她好些了吗？等了半小时，无人回复。她在心焦中等到天亮，看见外面的树枝在柔和的晨光中随风起舞。她无心等下去，换上衣服，开了车，直奔宋清欢姑姑的家。

大门没有关，仿佛知道要有人来，半掩着。宋姑怜推门而入时，纳闷地想，素来谨慎的姑姑，怎么会连门都没有关呢。喊了两声，没人应答，姑怜心更慌了，能清楚地感知到心脏撞击着胸腔。她最坏的打算是，姑姑病了。所以，进门之前，她脑海里已经演练了一遍程序，打医院的急救电话，然后做心肺复苏等。

推开姑姑房间的门，她正躺在床上，仿佛是睡着了。天寒地冻，宋姞怜走近，惊讶地发现，姑姑竟然穿着一袭薄薄的像婚纱的演出服，直直地躺在床上。她喊了两声，没有应声，下意识地将手指凑近她的鼻息——姑姑离开了。她盯着沉睡般的姑姑，趴在她身上发出低沉的哀号。

08

警察调查后的结果是，宋清欢死于自杀。她吞服了大量的安眠药。姞怜看到了装安眠药的瓶子，是一个精致漂亮的金色盒子。姞怜想起，早先曾经问过姑姑，这么漂亮的盒子里装的是什么？姑姑说，装的是命，不能乱碰的。当时她以为是迷信，或者是那个男人留给她的珍贵纪念品，未曾料想到竟是早早就准备好的自杀的药。

在警察局里，刑警交给她一个箱子，是清欢姑姑留下的。姞怜打开，发现是一叠信件以及一张照片。照片上是年轻时的宋清欢和一个年轻男子，他们站在春城那座著名的风景区的山崖上，像所有热恋中的情人般拥抱在一起。照片背面用钢笔写着日期和名字：嘉年与清欢于凤凰山。一九六〇年，五月。

原来，电视里播放的那个找到戒指的华侨，就是清欢姑姑等待的杜嘉年。隔着朦胧的朝雾，姞怜看到还未走太远的姑姑，热泪滚落。她突然想起，每一年的五月，姑姑都会在每个房间里布置满鲜花。她还记起，有一年她们在院子里读到林徽因的《人间四月天》时，姑姑说，人间四月天，哪有人间五月美好——原来，这个叫嘉年的男人就是姑姑热爱五月的因由了。痴情的姑姑啊，可怜的姑姑。

在院子里，姞怜抱着箱子，一封封读着两人的通信，最后一封信，杜嘉年这样写道：

我爱的清欢：

明天就是圣诞节了，柏林下了几天的雪，橱窗里的圣诞树上挂满了彩灯和等待被拆开的礼物。我沿着堆满了积雪的路，不觉走到了波茨坦广场。这里很多的人，更多成双成对的爱人。到处充盈着香甜的巧克力和葡萄酒香气。看着那些情侣，每一对我都如此羡慕，禁不住想着，要是你在身边就好了。

此时此刻，想念你，要想疯了。

我已经在父亲的酒庄上班大半年了。今年葡萄成熟时，我跟着工人一起去采摘。蓝天碧云，暖日和风，我徜徉在一望无垠的葡萄园里，忽而想起我的清欢就很爱吃葡萄。真想摘给你，让你吃个够。

再坚持下吧。父亲的病反反复复，从秋天到冬天，一直时好时坏的，暂时我是无法再去中国了，更无法接你过来。春城想必也已是冬天了吧，我总是担心你腿疼的顽疾，一定要少跳舞。切记。牢记。

虽然，我实在是爱看你跳舞。你大概不知道你跳舞时有多美吧，随时在脑海中看到，都因为欣赏，想要笑出来。我的精灵，为了你的健康，为了我们长远的将来，再次嘱咐：请你务必谨记我的话。

无时无刻不在想你，今晚我会变成圣诞老人，来你梦中。

——嘉年

1963年12月24日

姑怜抚摸着两人唯一的一张照片，痛哭，稍微想想姑姑这漫长的一生和她穿上婚纱决绝离开时的绝望，就戳心刺骨，痛彻心扉。她把照片和信件放回了箱子里，做出决定，一定要找到杜嘉年，姑姑不能白白等一生。

她在网上查询了很久，无果，正打算放假去大使馆问问，他却先找上门了。那时，他们一家刚送走了姑姑，她在姑姑家整理东西，听到门外有人在挨家挨户地询问：“请问你认识一个叫宋清欢的女人吗？”姞怜弹起来，小跑出去，一眼认出来那询问的男人正是杜嘉年。他身材清瘦，穿着一身收腰的呢绒长大衣，戴着短檐帽，打扮得十分洋气精致。倘若不是清欢姑姑告知过她他的年纪，她还当他是四十几岁的男子。“我认识你，你是杜嘉年。”她迎面朝他走去，直视他的眼睛说。“你是清欢的女儿吧，能让我见见你母亲吗？”那男子喜出望外。

姞怜摇摇头，道：“我是她侄女，跟我进屋去说吧。”他们进了屋子，姞怜给杜嘉年冲了杯咖啡，随后走进卧室，捧出来铁盒子，双手递过去：“我姑姑前几天去世了，这是她留下的东西。你不来，我也得去找你的。”

杜嘉年摸着箱子，眼眶渐红，却始终一言不发。正午的阳光也照耀不进去他心中的阴霾。

天快黑了，他终于站起来，走到窗户边上，似是喃喃自语地说：“我来迟了。”

宋姞怜走到他旁边站住，凄惨地笑着摇头：“你就不该来的——姑姑在电视里看到你和妻子，当晚就自杀了。本来，第二天是个值得纪念的日子，是她最后一次在舞台上表演跳舞……她等了你一辈子。”

闻言，杜嘉年的泪水大颗大颗滴下来，没有声音，隐忍地哭，颤抖着，像风中飘摇的落叶。姞怜陪着他一起哭泣。天黑了，他请求姑怜让他在姑姑的房间睡觉，她同意了。进去后，两人又聊起了宋清欢。“我虽说是华侨，从小在德国长大，但一直热爱中国文化，觉得这里才是根。所以，后来我选择了来中国念大学，就是在那里认识了清欢。她当时在我们学校有个绰号，叫‘舞后’，年轻漂亮脾气好，很多男生喜欢她，我是其中之一。那时周围的人对我都很关照，我中文不是很好，借此做由头，又多亏朋友们从中牵线，清欢终于答应做我的中文家教。慢慢地，我们熟悉了，产生了感情。就在我们热恋时，我收到了母亲的来信，说是父亲病了，我急匆匆回国，喊清欢等着我。我想就一个月的事情，没想到父亲病得很严重，我迟迟抽不开身。更让我没想到的是，父亲病好了，‘文革’却也开始了……家人不允许我回中国，而我寄给清欢的信也统统被退了回来。后来，我遇到了来德国旅行的同学，追问他们宋清欢的情况，却无人知晓。但其中一个悄悄地告诉我，清欢已经结婚了，也可能……不在人世了。”

“所以，你便结婚了……不再等她了。”

“我……只是个软弱的人。”

杜嘉年打开了衣柜，取出宋清欢穿过的衣服，捧在手中，将脸深埋进去深呼吸着，又开始哭泣起来。太阳落下去，月亮升了起来。杜嘉年又躺到清欢睡过的床上，盖上了被子。

“姑怜，你真像清欢年轻时的样子。”睡意蒙眬中，他出神地看着站在旁边的姞怜，眼含笑意，又说道，“谢谢你。”

姞怜忽而心跳加快了一拍，仿佛是怦然心动，也分辨不清楚这颗跳动的心脏是自己的，还是清欢姑姑的。她红着脸轻轻地退了出去，带上了门。

第二天醒来，已经是正午了。姞怜开车去姑姑家找杜嘉年，进屋却发现空无一人，只有衣柜里姑姑的贴身睡衣少了一件。她怅然若失地坐在床头，突然灵光一闪，翻开枕头。果然，枕头下面压着一封信。姞怜拆开信，里面只有一张纸条，写的是一个地址和电话。姞怜顿时明白了深意，他在喊她去找他。杜嘉年有妻子，她曾经恨极了郁晚，也是因为父母还未正式离婚，郁晚就占有了父亲。如今，自己要做和郁晚一样的事情吗？她踌躇不定，为自己竟然有这样的想法感到羞愧，却在记忆中闪现出姑姑的模样，鲜活地存在于她的脑海中，像不会死的。姑姑顾盼生姿的眼神，欲言又止的表情，似乎是在鼓励她快去吧。她似乎听到姑姑在说：“小怜，帮姑姑完成心愿吧！”那念头顿时落地了，迅速生根发芽，须臾之间就长势萋萋。“郁晚啊，我也想体验下你当初去做这样的事情是怎样的心境，或者说，我这样做是对父亲所做之事的回礼。”如此一想，似乎有足够的理由去行动了。

过了一周，这样的想法非但没有减弱，反而更加牢固。她便将父亲约了出来，告知了他想去德国留学的决定。

宋和平思考了几日，咨询了相关学校和机构，答应了姞怜的请求。

09

拿到签证和相关手续，姞怜订了去德国的机票。在此之前，她决定回一趟花莲，去看望都灵的姥姥。院门上了锁，姞怜拍打着木门，喊了两声也没人答应。姞怜站在围墙下，沮丧地仰头望着天，赫然发现院中一部分枝叶已经延伸出了围墙。再望远一些，熟悉的山脉在蓝天白云下起伏，那山顶上就是那时的乐园部队大院儿了。那里封存了她太多的美好时光，都灵、青尘……每个想起，都如刺如芒，扎心疼。

一个路过的村民发现了在门口等候的宋姞怜，主动上前说："这家人都不在了，老太太大半年前就去世了！"

姞怜震惊地摇头，难以置信。

"哎，你别不信，这老太太每周都会去教堂，连着两周没去，我们邮局的一个同乡是她的好友，专程去家里找她，才发现人早就离世了。也就是一二月份的事情，还在下雪，村里人还以为是老太太怕冷。她姑娘早先回来过几次，劝她过去跟她们一起过。这老太太也是倔强，坚持落叶归根，非得待在村儿里。这好日子不过，到头来……哎！"说完，摇摇头走了。

太阳高悬于天空，照亮了一切的真，它告诉姞怜，刚才听到的不是传说。是的，一个可敬可爱的老人，一个美的灵魂，已经不存在于这个世界上了。她或许去向了银杏树的根里，或许在这老房子的墙根角落里，或许在对面山上的某一朵花里。姞怜突然冷得哆嗦，好像身上的肉一片片要掉下来。她泪眼婆娑，茫然无助地走去了教堂，空无一人，只有耶稣的塑像慈悲地望着她。她找了一条长凳坐着，发起了呆，眼泪又忍不住落下来。

“棉花糖婆婆不会再来了。节哀顺变吧。”一个声音说。

姞怜一回头，看见身后的位置不知什么时候坐着个中年男人。他身材微胖，长了一张和善的脸，看起来很面熟。她抹了一把眼泪，怔怔地望着他，恍然大悟地问：“老易？”

老易点点头，眼神期盼地看向她，问道：“都灵……你知道她啥时能再回来吗？”

“不知道，现在大家都挺忙的。”她隐瞒了她们早已不联系的事实。

“年轻人事情多证明过得充实，少回来也好。阿婆也不在了，也许她再也不会回来了吧。”他叹息一声，突然红了眼眶，“你要去看看阿婆吗？”

姞怜点头说好。

两人走出教堂，外面的空地上一群白鸽齐刷刷飞向了天空。走过熟悉的小路，来到部队大院儿那座山脚下，漫山松柏林立着，虫鸣鸟叫婉转美妙。婧怜抬头望过去，看见了部队大院外面的坝子，她突然想起了有一年的有一天，她奔跑到山顶，宵青尘为她吹的美妙笛声。她还记得呢，那是他写的曲子，叫《甜蜜的巧克力》。虽然名字有点小女生，有点俗气，但不影响笛声的动人。思念的泪水涌出来。这里的一切都没什么变化，只是都灵远走了，棉花糖阿婆长眠了。她只是分解到了宇宙万物之中，融入了一些活人的记忆里。

婧怜在坟茔前站着时，已经哭得满脸泪痕，透不过气来。

“她走得很安详，在床上跟睡着了一样，想来是没有受到太大痛苦，也许还是在美梦中吧。”老易拍了拍她肩膀，以示安慰。接着，他皱了皱眉头，蹲下来清理起坟前的杂草。

婧怜点点头，让到一旁站着，静悄悄地看他忙碌。某个角度的老易和她脑海中的都灵，像是重叠成了一个人。她回忆起那年，他们在教堂外初见老易的画面，近乎笃定地说：“易叔叔，你……是都灵的父亲吧。”

“是啊！”他微微怔了下，说。

“她知道吗？”

“她知道的——她考上大学时回来过一次。她陪她姥姥去教堂，我们又遇见了。那天我一个人去的，我故意提早出去了，总觉得她会过来找我。我也不知道从哪里来的预感，也许是心有灵犀。总之，都灵这可爱的小姑娘当真出来找我了。她告诉我，她考上了北京的大学。我祝福了她，接着便不知道说什么了。感谢主，这小姑娘并没有因为我的沉默而离开。我们就这么默契十足地待着，这真是我人生中最幸福的几分钟。我一直在偷偷地笑，不知道她有没有发觉。也许她早就看出来了，这么聪慧的小姑娘怎么会不知道呢？教堂弥撒结束的钟声敲响了，她望了眼教堂的大门，像只可爱的小兔子跳到我面前，说，我十八岁生日时，妈妈告诉我，我是邮局的叔叔送信时捎来的——是你吧！我先是一愣，很快反应过来，点了点头。她心满意足地笑了。那笑容真让我难过又慰藉，我说，我不知道你来了，对不起。都灵说，我知道我是来自爱里的，这就够了。她主动握住了我的手。”说话时，他抬起右手，“就是这只手呀。是她的宽容和爱，解开了我的枷锁。”

姞怜再次泪水盈眶，心想着：这做法真的很都灵。

第十章　最暖的一方

01

柏林的冬天，如同当年杜嘉年写给宋清欢信里的一样美好。一转眼，婧怜来这里已经有三年了，杜嘉年一开始在她学校附近租了套小公寓，原本想着方便她上下学，但碍于认识的人越来越多，他又频繁地过来陪她，她有些害怕被人传回国内。因此，半年后，他们搬去了杜嘉年的家附近住下来。这一招，是她从父亲那里学来的，也的确实用，这两年多过得一直平平安安，从没被嘉年的妻儿发现过。

他已经退休了。现在，葡萄酒庄是他儿子在管理。除了陪陪家人，其余的大部分时间他都给了婧怜。只是，因为关系特殊，他不能明目张胆地带着她四处闲逛购物，也不能给她婚姻，甚至他不能确定自己的身体状况还能陪伴这女孩子多久。在婧怜面前，他如此苍老，像是半悬在山头的夕阳，不知哪个时刻就会坠落。为了多陪伴她，他已经拼尽了全力——制造各种时机让妻子出去旅行、保养皮肤、探亲……他对妻子好得无以复加，大方得让她的朋友们都嫉妒。只是为了妻子不在家，他能多一些私人的时间，以便全心全意陪伴宋婧怜。

他是如此爱她，把对清欢的愧疚和爱一起给予了她。

只要想到她，梦里都能笑出来，死亡也不再惧怕。她多么年轻，那美好的皮肤像上等的天鹅绒或是绸缎般光滑。她的头发乌黑的，像黑夜撒开的网。她的声音如此甜美，一颦一笑都如此可爱。她是上天给他的礼物，是宋清欢给他的馈赠，就连这个女孩的任性、骄傲、虚荣和自私，在他看来也是有意思的点缀。

姞怜享受着这个老男人的疼爱，她根本不担心未来——大不了他老得走不动了，回到妻儿的身边，她也不过损失了几年的青春罢了。何必因为明天，错过了享受今天。

两人温存时，杜嘉年总是忍不住叹息："姞怜呀，要是我能再年轻些就好了。要是我这时候才三十岁、四十岁也好。"

"不，你现在是刚好的。"姞怜说的是实话，并不是宽慰——她要的就是他的这份愧疚心和包容心。何况她从小到大见惯了男人的谎言和辜负，在她根深蒂固的观念里，年轻男子才是可怕的。"我要是年轻，一定离婚娶你。"杜嘉年又说。

姞怜心想，谁要你离婚呀。她只想要爱，不想要婚姻。婚姻多么可怕，在她身边从没出现过一个在婚姻里幸福的女人。她不要成为母亲，也不要成为郁晚。所以，杜嘉年不离婚，刚好满足了她的需求。不过，这一点她可不会让他知道。一个男人的内疚对女人来说，是一笔莫大的财富，她自小就懂得的。

所以，她嘴上笑嘻嘻地宽慰他："好了好了，别整天想些不现实的。亲爱的，我只要你的心在我这里，就很满足了。"

杜嘉年感动地亲吻她一头浓密的头发。

"我渴了。"姞怜推开他。

杜嘉年立即爬起来，去厨房热了一杯牛奶端过来。这几年他都是如此，对姞怜几乎是有求必应。他照顾她、爱她、给予她，才能缓解一些对宋清欢的罪孽感。当然，姞怜对此是十分享受的。

他视力不太好，却依然热衷于看书。他喜欢泡杯咖啡，靠在躺椅上边喝边翻页。只有这个时候，他会戴上眼镜沉溺于自己的世界中。也只有这个时刻，姞怜看她的目光温柔而动容。某个时刻，她觉得那不是自己的眼睛，仿佛姑姑正藏在她的身体里。"你当年看到的，是这样的画面吗？"她在心里悄悄问。

过了圣诞节，素来身体很好的宋姞怜，忽然接连一周都感到困乏疲倦，上课时在课堂上睡着成了寻常事。又过了一周，她在下楼时突然一阵恶心，呕吐起来。她联想起当年郁晚怀孕的场面，顿时心神不宁，悄悄去了医院检查，果然是怀孕了，已经超过两个月了。

从医院回来，她犹豫着要不要告诉杜嘉年。但在告诉之前，她得先考虑好是否生下这个生命。她拿着检查单子，顺着大街若有所思地朝家走。下了几天雪，路面铺了薄薄的一层。她走得很慢，下意识地护住肚子。路过一家面包店，她情不自禁地走进去，出来时抱着一纸袋甜食。最近，口味似乎也变了，先前她并不喜欢吃甜食的，现在却闻到糕点的味道就发馋。她突然意识到，是怀孕令自己改变了口味，是肚子里的孩子喜欢的味道吧。她一口一口咀嚼着，吞下去，突然想到，现在是在喂养着两个人了，这个肚子里的生命是她自己孕育的——这世界上再没有比这更亲的人了，从此她再也不会孤独了。想到这里，她忽而热泪盈眶地笑起来，仿佛是提前演练母亲的滋味了。

她决定在感恩节这天把这消息告诉杜嘉年。到了那天，她一早去超市采购了丰盛的食材、蜡烛和鲜花。她要营造一个浪漫有仪式感的晚餐，以便让两人都记得这有意义的一天。

杜嘉年吃过中饭就开始慌张了，不停看表。然而，儿子却正好回来探望父母，他只好给姞怜发了短信，告诉她，他晚一些过去。一直挨到吃完饭，他已经心神不宁。妻子苏珊做了烤火鸡，又开了瓶葡萄酒，儿子兴致很高地要和父亲一起喝酒。他找不到借口，只得陪着。时间已经过了七点，他起身去了一趟卫生间，又给姞怜发了条短信，说妻儿都在，得吃了饭过去了。姞怜又饿又累，忍不住发了抱怨的话。他心慌地安慰了一通，把手机揣进兜里，打算无论如何都得赶紧出门。从卫生间出来，回到餐厅，他故作镇定地对妻儿说：“我吃饱了，你们慢慢吃，我想出去透透气。”

“这么冷的天气，非得出去吗？”儿子困惑地望着父亲，他已经发现了父亲的异常。

“家里太热了，喝了酒我有点儿……发热发闷，可能室外新鲜的空气对我会有好处。”他勉强解释完，已经开始穿外套了。

“让他出去吧，早点回来。”妻子理解地说。

杜嘉年跨出屋子，妻子又追过来，拥抱了他，并说道：“我和儿子都爱你。”

这一句话让他迫不及待的心又停留了刹那。他感动地拥抱了妻子，亲吻了她的脸颊，这才踏出去了。一路上，无数窗户亮着温暖的灯光，他心急如焚，走得飞快，就在离姞伶家最近的一个拐弯口，摔了一跤，倒在了雪地里。当天因为过节的关系，街上没几个人，等他被一个下楼去买酒的男子发现送去医院时，已经错过了最佳抢救时间。

而在此之前的十几分钟，姞伶刚接到了杜嘉年的电话，他很高兴地说，马上就过来了。她点了蜡烛，坐在桌边等着，半个小时也没有听到熟悉的开门声，她打电话过去，无人接听。再打过去，接听的是个声音甜美的女护士。她告诉姞伶，杜嘉年就在刚刚去世了。

姞伶握着手机，脑袋里轰然炸开了。茫茫的白，像刚下过的丰美的新雪，像云上朵朵，像她眼底的空白。她呆坐了半天，仿佛从梦中惊醒一般，发出低沉的号哭。

02

苏珊在整理杜嘉年的遗物时，先是在手机里发现了宋姞怜。接着，她又在他的衣柜里找出来宋清欢的遗物，现在，这些成了他的遗物之一。那一刻，这个曾经被所有人都认为最幸福的女人，如同醍醐灌顶，幡然醒悟。原来丈夫先前表现出来的慷慨之爱，只是为了给自己多留一些时间，好去和情人幽会。她颓然地站着，痛不欲生。但当她看到屋里挥之不散的丈夫的气息，以及给她买的各种纪念品和美好回忆……又怎么也恨不起来了。最终，这个刚失去丈夫的可怜女人，决定去找宋姞怜。

苏珊去之前，姞怜已经哭了一天。她虽然不爱杜嘉年，但这几年习惯了他。习惯是比爱更深的羁绊，一寸寸肉体都刀割般地疼。她决定跟他的那天，就想过这一天，只是没想到这么快。她以为只是姑姑，不涉及自身的爱不至于太疼，却没想到习惯令她猝不及防，简直痛到撕心裂肺。卧室那张牛皮单人沙发，他总爱坐在那里看书，厨房里有他每次都爱用的咖啡杯。她撒娇两声，就会得到宠溺的回应。她张开双臂，就可以钻进去的安全怀抱……消失了，都消失了。

她抚摸着肚子，在屋子里走来走去，哭一会儿，又坐一会儿，再发一会儿呆。日出日落，白天黑夜，有什么区别呢？在这个国家，已经没人在意她的死活了。

就在这时，她听到了敲门声。她整理了情绪，穿着拖鞋睡衣，头发乱蓬蓬地就去开门。苏珊站在门外，婠怜认出来了。她尴尬窘迫地看着她，过了几秒，方才反应过来，请苏珊先进屋里。

“喝点儿什么？”婠怜搓着手，假装镇定地问，“咖啡，茶？”

“白开水。”苏珊说。

她环顾四周，在沙发旁边的边几上，看到了丈夫和婠怜的合照。杜嘉年正双手环抱着婠怜，两人都笑得很开心。她的心顿时刺痛了一下。

婠怜端过来水，递过去，看见苏珊正望着她和杜嘉年的合照发呆，顿时更加尴尬惶恐了。她唯恐这是大地震来临前安泰祥和的假象。

“他看起来很高兴的样子。”苏珊说。

“我……我很抱歉。”婠怜这随口的一句话，却将自己的内心吓坏了。她打算先诚恳地请求苏珊原谅，于是又说道：“是我主动找他的，一来我想替姑姑完成她的心愿，二来我也想得到他欠清欢姑姑的那份爱。”

“说说你们怎么认识的吧。”苏珊握着水杯说。

“得从你俩来中国旅行，丢失了婚戒说起——我姑姑在电视里看到了新闻，认出了杜嘉年，也便知道他结婚了。当天晚上回去，她就自杀了。她等了他几十年。后来，嘉年在巷子里问路，寻找我姑姑，我听到了声音，然后……就这样认识了。他给我留了他在德国的电话和地址，我向父亲提出了留学的要求，他帮我办妥了一切。事实上，留学是幌子，我是为了找嘉年的。”她说得很坦诚。

“他很爱你。”苏珊想了想，又问道：“你爱他吗？”

姞怜淡然道：“我习惯他。”

苏珊痛苦地闭上了眼睛，再睁开时眼里含着清泪，怅然点头。

她的泪水触痛了姞怜，嘉年是她爱的人啊，自己却没爱过。说起来，要是感恩节当天不出门，或许就不会发生这样的悲剧。她感受到了内疚的痛楚，也为自己之前竟去利用这样的一颗心而感到羞愧。

这羞愧心让她突然有了勇气去承认另一件事情。姞怜下了决心，说道：“感恩节那天，我有件重要的事情想要告诉他——我怀孕了。”

“现在呢？”苏珊震惊地问，那表情甚至是惊喜的。

姞怜点头，热泪盈眶地说：“是的，是的……宝宝在我肚子里。”

苏珊仿佛看到了杜嘉年生命的延续，她高兴得又开始了哭泣。她甚至尝试着伸出手，去触碰姞怜的肚子，仿佛想要触碰已经定格在时光里的杜嘉年。最终，这对相差二十几岁的女人，一对情敌，拥抱在了一起。姞怜冲了咖啡端过来，给苏珊用的正是杜嘉年的咖啡杯。这个冬天温暖地飘着咖啡醇香味的午后，她们心平气和地聊起了那些逝去的岁月，试图将各自的记忆衔接到一起，仿佛是一对忘年交，一对旧相识。

姞怜轻轻伸出手，感受着光和热。她想起了那个炙热的夏天，也是在这样明亮的光里，她遇见了那个叫郁晚的女人。那个女人和自己的母亲也这样相逢，并一起吃饭聊天。

在那苏珊慈善和蔼的笑容里，姞怜湿了眼眶。这个女人没有一丝责备地包容了她，包容了丈夫的一切，反而令她惭愧。在这个下午，她一次又一次品尝到了内疚的滋味——原来，内疚才是原罪的原罪，仿佛钉子将人死死钉住。原来，这就是父母面对她的感觉了——她后知后觉地品味出时间和爱的滋味。她想，她终于可以原谅那个给她生命的男人，真正地释怀，真正地放过自己了。

03

2012年3月20日，郁香顺利产下一名女婴，取名如意。董医生忙前忙后，特意托朋友将她送去了云水最好的私人产科医院。董医生很爱孩子，孩子还在肚子里时，他便时常以姥爷自居了。如今，姐妹俩都结婚生子，时常来往，感情也一日日加深，全然是真正亲人的样子了。电话是玲花打来的。“咱们妹妹生了个小公主，可乖了，长得很像你呢。”听着那欢喜的声音，郁晚都能想象出她眉飞色舞的激动样子。“也不知妹妹在你那边发生了什么，回来就不爱提姐姐了。大家姐妹一场，你当姐姐的还是要多包容。妹妹嘴上不说，心头可是想你想坏了的。”玲花又说。

挂了电话，郁晚怔怔地坐了很久。天气渐暖，窗边的枝头抽出来细碎嫩叶，玉兰也开了。她的心柔软下来，即便是想起郁香和宋和平的荒唐事，也仿佛平静了。她收拾好行李，订了当天的机票，带着小八月一起回了云水。

坐电梯上了十层，走廊里灯光不太亮，狭长而昏暗。郁晚找到病房，推门进去。房间里就妹夫一个人，原本玲花和董医生也在的，刚走一会儿，回家给香香煲汤了。妹夫瘦高个子，戴着一副近视眼镜，很沉静的一个人。两人是旧相识了，不过刚认识时，他还没有戴眼镜。见到郁晚，他笑得很腼腆。打过招呼，他正打算叫醒郁香，被郁晚制止了。

“妈妈，这就是小妹妹吗？她好可爱呀！”小八月目不转睛地盯着摇篮里的如意说。

郁晚用手指对着嘴唇发出“嘘”的声音，小八月立即伸手捂住了嘴。三个人围着熟睡的如意，小小柔软的一团，皮肤粉嫩，

郁晚不禁想起了小八月刚出生的样子，也是这样小小柔软的一团，满身奶香味。现在，小八月已经是小学生了，她也不年轻了。

小八月试探地摸了摸如意的小手，又摸了摸她的小脸，喜欢得很。

“妈妈，你可以给小八月也生个弟弟妹妹吗？”小八月请求道。

“妈妈只想把所有的爱都给小八月。”郁晚宠溺地说。

这时，摇篮中的如意突然哭起来。郁香惊醒了，起来喂奶时见姐姐在，先是一惊，跟着难为情地红了脸。“姐姐，我……”她欲言又止，却掩饰不住地欢喜。

“少说话，先养好身体。”郁晚及时制止了她的话，却免不了想起那日深夜在书房里见到的场景，顿时烦躁难安，借口下楼抽烟，打算先出去散散心。

小八月扯着郁晚的衣服说：“妈妈，我陪你去，好吗？”

“小孩子不能吸二手烟的，妈妈很快就回来。”郁晚慈爱地拍了拍小八月的小脸蛋，又对郁香说，“妹妹，拜托你照看下他。”这才放心地挎着包出去了。

医院这地方闹哄哄的，病人众多的地方，好像空气都是病态的、压抑的。郁晚下了电梯，才发现包里的烟抽完了。她走出了医院的大门，来到熙熙攘攘的马路上，找了家小卖部买烟。回来的路上，阴沉沉的天空突然下起了蒙蒙细雨，四周都是匆忙小跑着躲避雨的行人。

郁晚小跑着躲到旁边的公交站台，站在雨棚下躲雨。几分钟的时间里，人群将这个小站台挤满了。郁晚被挤到了边上站着，半个身子露在外面，不时有雨滴落下来，打在她背脊上。就在这时，一辆黑色轿车在站台边停了下来。开车的人靠边停下，急匆匆地下车绕过去打开了后座的车门，又脱下来衣服，递进车里。他小心翼翼搀扶着下车的人，是个临盆的孕妇。郁晚瞥了一眼，只觉得那身影眼熟，又仔细看过去，正好那男人走近了，能清楚地看见脸。那个在她梦中千转百回的人啊。“原来……天明要当爸爸了。”顿时，她浑身止不住地发冷哆嗦。此刻，叶天明的背影近在咫尺，她跑几步就能追上了，却遥远得像天边的云朵，连喊一声都发不出来。她脑袋空空如也，陷入深层次的幻觉，再看过去时，叶天明已经跑远了。她突然不知道如何再将他归类，仿佛他既不属于真实，也脱离了虚幻，既存在，又仿佛已经从内部开始了坍塌。

她浑浑噩噩地追去门诊大门，有医生推着小车跑过来，将孕妇接走了。叶天明握住她的手，喊着：“加油，我等着你和宝宝。”现在的他，是一个等待妻儿平安的焦心的丈夫。自然，她希望他做个好丈夫，那个女人永远不要承受她受过的痛苦。天明的女人，应该得到丈夫最真挚的爱，去过她梦想中无法企及的幸福生活。

郁晚怀着失落的剧痛，在心中祝福着他们，笑着笑着，泪水又涌出来。泪眼蒙眬中，她看见电梯的门快关了，想也没想便跟着冲了进去。她故意躲去了角落里，生怕被天明发现，但很快便发现自己是多想了——叶天明的眼中只有妻子，他紧紧地握着妻子的手，替她整理着额头被汗水打湿的发丝。那是个年轻的女人，即便因为怀孕发胖不加修饰，也有种柔软娇羞之美。郁晚看着她高高隆起的肚子，那里面是一个缩小版的叶天明。她的心顿时柔软极了，一股暖流从心间蔓延，随之全身血液流淌着肺腑之爱。这才是爱屋及乌啊，像爱自己，爱自己的孩子那样去爱爱人的孩子。她羞愧地发现，对于宋姑怜，她竟然从来没有产生过这样的爱意。她也是该说对不起，该感到抱歉的那个人啊！

“以后，也要好好去爱那个孩子啊！”郁晚心想。

电梯在妇产科停下来，门一开，孕妇就被推出去了，叶天明紧随其后出了电梯。郁晚最后一个出去，站在那通往产科手术室的走廊里，叶天明已看不见了。她茫然地走进旁边郁香的病房。一进门，小八月便跑上前来，紧紧地抱住了她。

“妈妈，我好想你啊！”小八月说。

郁晚笑着亲吻了他的额头，感受到一种久违的舒适和安全感。这种感觉，在她的世界里已经消失很久了。

“总得为了爱的人，好好活下去。”郁晚在心里说。

几天后，宋姑怜在郁晚的博客上看见了她新写的日记，是写给叶天明的，她说，这是最后一次给他写信了。那封信很长，结尾她这样写道：

那个与美对立的世界里，或许也有类似的

地心引力的力量。那个世界里的人或许更正常，更适合生存，以那个视点看过去的世界，也是朗朗乾坤，正义的、道德的，甚至也是美好的。就如同画画，每个视点看过去都是完整的，透视和扭曲的画也有独特之美。同样的，也许在旁人看来，我去理解了这样的美，也不过是离经叛道的，不仅不美，或许还可耻。我审视着过去的观点和看法，那眼光同样不乏狭隘与私心，便后知后觉出羞愧。时间和经历像最精准的经纬度，将每个人都定在了某一个点上。你必须站在那个点上，才能真正去理解那个人。回望那人走过的路，展望他远眺过的地方，伤疤从哪里来，梦想如何产生，爱从何时降临……唯有站在那个点上，才能真正做到不带偏见的、广袤且深度的理解，而揣测，或许本身就是无用又自私的产物。

天明，在我对生命有了新的认识和理解时，在回忆的倒影里，终于开始了对你漫长的理解，慢慢去靠近你人生的点。想来，先前你已经是站在我的轨迹上了。生命长河中，我们仰望过同样的天空，已然是我的幸运，是岁月对我最大的慈悲与宠爱。我该知足了，在我的生命以个体呈现的时刻里，唯有你得到幸福，是我的祈求和执念。从此，深远长日是你，光芒万丈是你，而我，只是有幸被你照耀过的一颗水下沙砾。旷日持久，却是此生不能再相见了。

这封信用情至深，思念至深，令姞怜感到悚然和愤怒。她甚至觉得，比起父亲的那种背叛，郁晚这种用尽了整个灵魂的背叛更罪恶。可是，这一切能埋怨郁晚吗？姞怜又在心底追问。郁晚总得找寻完全属于自己的精神寄托。

姞怜一方面表示理解，另一方面又感到困惑：难道郁晚的精神体系不能令她支撑起一个独立的灵魂吗？

想到这里，她感到自己对郁晚从内心有了轻视的意思。这个女人，在心中藏了星辰大海，挖出峡谷隧道，拓展出田野森林和高山流水，却与父亲没有任何关系。她越想越觉得父亲太吃亏了。原本已经释然的心，又开始了卷土重来的恨意。

她关了电脑，抚摸着自己日渐凸出来的肚子，烦躁地在房间里走来走去。月光照在地板上，散发着惨白清冷的光，像是孤独的颜色。继而她又想起曾经在春城和郁晚一起赏月的情景，那时郁晚曾说过，仰望月光，是因为心中充满爱意。

爱，哪里有什么爱？如今带着肚子里的宝宝，流浪在异国他乡，孤苦伶仃，爱谁谁。尽管父亲每个月汇来的钱足够她不工作，安心在家生活。她也感到深深的焦虑，孩子总是要有个父亲的。并且，既然决定生下来，也总得告诉国内的家人。迟早是要被发现的，不如早一些坦白吧。婧怜劝慰自己道。

一想到爱，不觉又想到了宵青尘，他应该快出狱了。她忍不住想：如果自己不嫌弃宵青尘蹲过监狱，家境不好，他是不是可以不嫌弃自己带着个孩子？不论是从孩子的角度，还是从她爱了青尘多年的角度来说，她都必须得找到他。

最终，婧怜决定悄悄回国，先找个地方安顿好，等见到宵青尘，把孩子的事情跟他谈好了，再跟家人讲。她订了四月中旬回国的机票，请杜嘉年的妻子苏珊吃了饭，感谢她这些日子以来的照顾。苏珊再三挽留，并承诺跟她一起抚养孩子，婧怜拒绝了。苏珊又问起婧怜具体回国的日子。

“我和姐妹们正打算过两天去意大利旅行，需要跟我们一起玩一趟再回国吗？”苏珊热情地邀请，“你知道都灵吗？在那座城里可以吃到全世界最美味的巧克力，你肚子里的孩子一定喜欢。”

“都灵，巧克力……”

“对啊，都灵被称作巧克力之都，一座浪漫又甜蜜的城市。你应该出去透透风，散散心，对孩子也好。何况，我们人多，总能照顾好你的。”苏珊还在热情地说着。

婧怜已经什么都听不进去了。她脑海里不由得想起那一年，她从都灵家一口气跑上山，坐在秋千上，宵青尘给她吹奏笛子的场景。

“你听到了吗？”宵青尘问。

她在记忆中看到了当年的一幕——宵青尘目光落下去的地方，是山下的院子，是院子中的都灵。继而想起，在青尘的房间里，她向他索要亲吻，他努力地昂着脖子，不碰她的嘴唇。想来，自始至终，他们竟然连亲吻都没有发生过。原来，青尘爱的一直是都灵——那一瞬间，她的内心世界纷纷倒塌，土崩瓦解，一种无法左右的巨大力量控制住了她，跌入深渊，万念俱灰。

04

和冬慈欢爱完，宋和平躺在床上，看着她把沙发上的衣服一件件穿上。她喊了声和平，欲言又止。他知道她要说什么，无非是问他几时离婚。这几年间，他们分分合合几次，爱过也怨过，宋和平依旧不肯离婚。

“和平，你出去！”冬慈平静地说。她终于感到了疲惫和无望。

宋和平穿上衣服，迎着清晨的阳光，走到了大街上。他在街上漫无目的地闲逛，看见街上年轻朝气的男人搂着漂亮的女人，第一次感到了强烈的羡慕。他像即将解甲归田的将军，沮丧不已。直到晚上，他才拖着沉重的身体回到了家，洗了脚，四平八稳地躺到床上，叹息连连。

郁晚给他倒来温水，他喝了两口，又躺下了，也不睡，就睁着眼睛发呆。这天起，宋和平仿佛换了个人，每日一下班便早早回家，辅导小八月写作业，陪着他看动画片，玩打仗游戏等，周末或者节假日也不再呼朋唤友，应酬连连。郁晚说想吃法餐了，他便提前订了包间。郁晚看见杂志上漂亮的包，把那页折叠做了记号，没几日宋和平便给她买回来了。郁晚对着镜子嫌弃自己皮肤不好了，变老了，他耐心地安慰，托朋友在美容院办了年卡送来。一开始，郁晚觉得惊愕，甚至是害怕——她甚至想，他是得什么病了吗？于是，闹着要带他去体检。

他一听到“体检”两个字就吓得发抖，直到郁晚说取消了预约，他这才回到床上，踏实地躺好了。

“你最近是怎么了？奇奇怪怪的。”郁晚终于忍不住问。

“我对我老婆好有什么奇怪的。我老婆贤惠淑德，才貌双全……娶到你，是我老宋八辈子修来的福气。”他夸得郁晚脸红发热，倒是不好意思得很。

“老实说，你这样恭维我又对我好，是不是在外面遇到了啥事儿？”

“没有，绝对没有……我只想和你好好过日子。”他可怜巴巴地瞅了郁晚一眼，赶紧保证道：“这回真的，啥都依你，答应你的事情一件都不会反悔了。”

郁晚缄默着，这样的保证她听得已经麻木了。

“晚晚，余生我会好好补偿你的，再也不会去伤害你那颗心了。”他抱紧了她。

那个久违的怀抱，熟悉又陌生，像冻结的冰块缓慢地融化着。过了好久，她的手指才动了动，轻轻地触摸了一下他的皮肤，一下，又一下。她温柔而僵硬，那么多暗沉、痛苦、绝望的回忆，连同甜蜜一起温柔地抱住了她。她闭上了眼睛，潸然泪下，打湿了她长出了细细皱纹的眼角。然而，就在她燃烧起热情之时，宋和平却突然降温下来，说：“早点儿休息吧，我有点累了。”

他躺到了床上。

郁晚在他身边躺下来，望着天花板，联想起最近的种种，顿时什么都明白了。宋和平的回心转意，是因为他在人间戏耍累了，想要停岸了。他要一个温暖的家，一个靠得住的老伴儿，来承载江河日下的余生。是的，他又需要拐杖了——多么残忍的现实。可是，老去的只有宋和平吗？她的青春也逝去了。尽管现在回想起来，黯淡如同黑白色，如同白昼更替，从错误里开始，在责任、妥协、将就中漂泊。或许将错就错，也是人生的一种态度吧。甚至，她可以肯定，这是大多数人的人生。“我不过是芸芸众生中最寻常微茫的一个罢了。”她想。

“你想什么呢，晚晚？”宋和平问。

郁晚没说话，一动也没有动，眼皮也不眨一下，只有泪水无声地滚落出来，像过去的无数次的哭泣，无数被泪水吞噬的夜晚。

“好啦，你不想说就不说，都依你。”

他熄灭了灯，在黑暗中再次抱紧了她。

郁晚觉得被淹没了，被吞噬了，坠落进去，又漂了起来，茫茫无边的海上，没有光。在那黑暗的尽头，她看见一个姑娘，睁着天真的大眼睛正望着她。她认出来了，那是十八岁的自己啊！她一直在那里，怀着无法启齿的羞耻心和自卑心，痴望着叶天明——原来，宋和平从来都没有打开过她的灵魂。她的灵魂，竟然还是当年小姑娘的样子，珍藏在时间的最深处，像是无处可靠的浮萍。

黑暗中，宋和平的体温透过赤裸的皮肤，一阵阵传递来，海浪推过来，泪水又涌出来。宋和平给她的，终究不比她付出的少。人间疾苦，是这个男人给她挡风挡雨，给她和她的家人筑起了安全的屏障。她将灵魂漂泊在外多年，也不见得比他高尚。说到底，自己也是个未曾脱离自私的低级趣味的人类之一。

她紧紧地回抱住了他，有多久她没有给过他如此真心的拥抱了？他应该也是早就感觉到了的，他也曾心痛过吗？也曾埋怨过自己吗？郁晚的心忽而刺痛了一下。一直以贤惠温柔自居的自己，又有什么资格要求他呢——宋和平的谎言看得见，她的谎只是藏在了深处，她也是那个一直撒谎的人。他的身体回来了，她的心也该回来了。可是，那颗心啊，黏在叶天明身上太久了，即便那个人已经远去开始了崭新的生活，也早已说过会忘记她的名字，连同她的爱，那颗心也依旧以赴死的决心守着那些回忆，守着那个名字。

“和平，我爱你。”她尝试着说，已经很多年没有对他说过这三个字了。

“晚晚，我也爱你，爱你身体里面的东西。”他热烈地回应她。

“在呢，在呢。”尽管，她还触摸不到，但她心想着，慢慢总会回来的，会合拢的。

“我知道，我知道……我一直等着你回来。”宋和平说。

05

再说到都灵，她在放弃大学所学的专业之后，就开始了专职写小说。2008年她出版了第一本小说，之后笔耕不辍。为了方便去探望关押在北京郊区监狱里的宵青尘，她在北京定居下来。狱中的青尘因为文笔出众，被调去管理图书馆，也帮忙写一些材料。工作不算多，闲暇的时间都用来看书。在都灵的鼓励下，他也开始了小说创作，并且有了想要写剧本的打算。所以，都灵又专程去书店买了一些关于剧本创作以及经典电影分析的书籍带过来。

虽然早已经是电脑写作的时代，平常工作联系也习惯了发邮件，但她和郁晚依旧将手写通信的习惯保持了下来。不过因为都灵也成了作家的关系，两人也时常探讨创作，互相给对方的文章提意见。对了，这里提一下，都灵进文化圈还是郁晚从中推荐牵线的。这一点，都灵甚为感激。直到2011年，两人在一次文化活动聚会中，才终于第一次见到真人。她很尊敬地喊："晚晚老师。"倒是让郁晚感到有些不好意思。

她们避开众人，单独走到了室外的院子里。那个月份的槐花开得正是时候，地上铺了薄薄的一层。聊着聊着，她们说起了宋姞怜。

"你是怎么知道姞怜跟我的关系的？"郁晚问。

都灵狡黠地笑笑："她有一双红鞋子，非常漂亮。她告诉我是她阿姨给她做的，全花莲就一双。后来，我在杂志上看到你的一张照片，也穿着一双同样的鞋子。再联想起她给我带过你的签名书，还有……有段时间，她突然开始疏远我。我仔细回忆了下，是因为我告诉了她，我是你的读者。她可能无法接受好朋友跟你是这样的关系吧。"

"说来，我也早就知道你和她是好朋友的。我所有的信件都做了标记，唯独每次你的来信被动过。那孩子，其实心里一直关心着你，她应该很想念你吧。"

"我也一直记得她，与她在花莲的岁月是我最美好的记忆之一。"都灵说。

"真好。你们始终是最好的朋友呀。"郁晚说。

都灵点点头，又问道："她现在过得还好吗？"

"挺好的，去德国留学了，几年里就回来过两次，每次都来去匆匆的。我跟她是越来越疏远了……或许，原本就没有亲近过。我和她的关系……但愿一生不见，也但愿她一生都幸福。"

"晚晚，这些年你很辛苦吧。"都灵凝视着她，平静地问。

郁晚动容地笑起来："都过去了。事实上，我对那孩子有时候也感到抱歉，时间愈合了伤口，再回望，看到的和体悟到的都不一样了。我也没有真正从心里接受过她。"

"放过自己吧，晚晚，你做得很好了。"都灵怜惜又动容地望着她。

"是啊！总得朝前看。那孩子回来，我也想要好好抱一抱她。"郁晚说。

都灵笑笑，突然率先张开了双臂，郁晚盯着她敞开的怀抱凝视了几秒，紧紧地抱住了她。

"你不排斥和人身体接触了吗？"郁晚问。

"被时间治愈了。"都灵又说道，"要是下次见到姞怜啊，要好好拥抱下她，告诉她，我很想念她啊。"

06

按照原定计划，婧伶于四月中旬回到了春城。恩弟和白瓔开车过来接她。在车上，恩弟谈论着网吧不好经营，已经关闭了。白瓔的父亲投资，给他俩开了一家咖啡厅，生意一般，刚好够生活，但日子过得很轻松，朋友们聚会也有了好地方。白瓔幸福地说，更重要的是可以一天到晚和爱人腻在一起，呼朋喝友，喝酒聊天，小日子实在是过得舒服极了。恩弟边说边调侃，自己都因为太舒服长胖了。

本来，白瓔邀请了大学的朋友，打算给婧伶接风洗尘的，但婧伶实在疲倦，推脱了，于是，又将时间改成了一周后。

房子是恩弟找的，在先前他们念书的大学附近。一室一厅的小公寓，生活所需都置办妥当了。两人帮着婧伶把行李箱拎进屋子里，把钥匙交给她，见她状态果然不好，只嘱咐她好好休息，就走了。

婧伶躺到卧室的床上，发现窗帘后有一扇小门，她起身将帘子拉开，推开了门。门外是个小露台，月季花粉的红的，一团团。蔷薇爬到了围墙上，一簇簇开得正欢喜。四月的人间可真美。她在椅子上坐下来，抚摸着肚子，在心里温柔地想。可是呀，这么美的人间，却不能让她产生活下去的欲望了——她不能想象，单身带着孩子该怎么去生活。即便告知家人被理解了，即便生活所需不缺，可孩子缺父亲啊。

在离异家庭里，享受着父爱和母爱的自己都觉得布满阴影，她不能想象，没有父亲，这个孩子将要如何承受。作为母亲，她如何舍得孩子小小年纪就活在阴影之中。

孕期的倦意和疲惫袭来，加上长途跋涉，姞怜只觉得身心俱疲。

“活着真累啊！”她在心里说，很快就听到了心的回答，“那就去死吧。”

“好啊，这办法不错。”她又肯定了一遍。

如此，她着手为自杀做准备。选择方式和地点，当这些都确定后，就剩下选择日期了。时间突然变得迫切，像恶狗在身后追着、紧咬着，喝到过期的酸奶，修剪发梢，都会感到心惊肉跳，好像时间在说话：快点儿，再快一点儿啊！

夜里躺在床上，姞怜静悄悄地回忆着这不算长的一生，那些遇见过的人。宵青尘是从不曾爱过自己的，不值得。都灵最终实现了梦想，一本接一本地出书，她会一直写下去，写到老去，写到手指敲不动键盘。她终究成了郁晚那样的人，她们才是真正的灵魂挚友。自己跟她们有什么关系？完全是两种人。

继而，又想到了都灵的不告而别，这一别，在岁月中悄无声息磨损着她、摧毁着她，只有她知晓罢了。不值得啊，不想见。她在心里画了个叉。至于至亲，她一直保持着和父亲通电话，从每次的聊天中都能感受到父亲的日渐平和，以及对家庭的依恋。郁晚写完那封信后，就清空了那个博客，想来也是真正回归了家庭。继而，又想到了可爱的小八月。他已经快小学毕业了，也听父亲说过，初中就会送他出国念书。他是个善良温厚的孩子，被一家人的爱宠大的，会怜悯折翅的鸟，会为一朵花露出温柔的笑。他是阳光，是世间的一切美好的源头。她一点儿也不担心小八月，总归会被家人照顾得很好。母亲和酒厂的老汪也终于结婚了，一起品酒看落日的生活会一直到老得走不动为止吧——他们都很好呢，没有人非得需要她。

这一点倒是令人欣慰，也可以令她安心，了无牵挂。

最后，她想到了郁晚，竟感到一阵鼻子发酸，想哭了。二十出头就出现在父亲生命中的这个女人，虽然当时万分憎恨，但回忆中再看到初见的场景，也忍不住惊叹：真是个美好的女人啊！如果从一开始，抱着苏珊理解她的心情去和她相处，又会是怎样呢？这几年，与她见面不多，但她衰老得很快，岁月对她可谓完全没有慈悲之心。她是爱过自己的吧，即便没有，那些照顾和付出是实实在在的。其实，自己也是爱过她的吧。

“我该再去见见她，就远远地，看看她成了什么样子。”姞怜想。

周日，姞怜按照约定去咖啡厅，参加了白璎和恩弟为她准备的聚会。见到了很多老朋友，有的发福了，有的结婚了，有的失恋了。气氛很热闹，先前不太熟悉的同学，说说话，喝喝酒，也仿佛是亲密无间的挚友了。

举杯时，白璎说：“我们为姞伶祝福吧，最好是生娃之前能先把婚结了，双喜临门！”

朋友们笑的笑，闹的闹，调侃的调侃，姞伶也跟着笑，跟着闹，喝得酩酊大醉。若不是白璎担心她肚子里的宝宝，一直劝，她会喝得不省人事。晚上，恩弟开车送她回家，进了屋，她踢掉了鞋子，恩弟将她搀扶着躺到床上，给她盖好被子。她突然醒了，看着正欲离开的恩弟说：“谢谢你和白璎啊。”

“朋友之间，这么客气干吗？”恩弟一点没察觉到她的异常。

“就是想说一声谢谢。”她盈盈笑着。

醒来，就是周一的清晨了。暖日和风，花开灿烂，姞伶站在露台的光中，感受着四月人间的美好。

“这么美好的天气，真适合死，就今天了。”她想。

她换上宽松的长裙子，戴着遮阳帽。这样一打扮，遮掩肚子的效果不错，顶多像是发福了。她照了镜子，对这个造型很满意。十点钟，她吃了一份水果加牛奶，耐心很好地将苹果切成片，和早樱桃、核桃之类的摆出好看的形状，牛奶也煮得温温的。这对于孕妇来说，是健康适合的一餐，肠胃很舒适。

收拾好碗筷，刷牙，精心化了妆，她把跑了几家店凑成一瓶的安眠药装进了包里，平静地出门了，连手机也没带，根本不再需要这些人间的东西了。曾经追求物质，到头来，最先放弃的也就是物质了。她觉得有些讽刺，又很好笑。

她知道郁晚习惯午后出门散步一圈，回家接着看书写作。她掐着时间回到了熟悉的小区，门口的老保安还认识她，憨厚地笑着打招呼：“姞怜回国啦。”

“是啊！我回来了。”姞怜笑得很灿烂。

她闲逛到家门口，站在围墙外面往里看，她并不打算进门。只是想着看一眼就绕去小区里的大花园，在那边等着出来散步的郁晚，再远远看一眼就去小河湾。然而就在这时，她听到有人喊她：“姐姐，是姐姐。”是小八月的声音，今天周一，他怎么没去上学呢？姞怜纳闷地想着，像是被抓了现行的小偷，突然无所适从。

“啊！我待几天就走的。”她支支吾吾地说着，已经被牵着手往屋里走了。

“妈妈，小灵阿姨，姐姐回来了！”小八月已经快和她差不多高了，力气也大，她完全没有挣脱的力气，跟着他懵懂地进了屋子。

此时，郁晚正和都灵在书房里，听到声音，两人同时奔了出去。郁晚站在门口，穿着碎花的长裙子，温柔地看着她。四月的阳光照着她，庭院的花朵簇拥着她，温暖的风吹拂着她，仿佛还是二十岁初见时的少女。而她旁边的都灵，长发及腰，似乎再次发育了，终于不再是单薄少女的模样了。

姞怜看见自己失联多年的朋友和郁晚，仿佛至交知音一样站在一起，有些恍惚了，却没有愤怒。

“小怜，你回来了，好久不见啊！”都灵率先说。

“小怜，快进屋吧。”郁晚上前来，凝视着她，又说道：“你长胖了不少啊！”

太阳的光芒照着眼前的郁晚，好像周身镶镀了神的光辉。姞怜突然不想再对她撒谎和隐瞒了，过去，这样的事情对她做了太多，多到她在回忆里看到就充满恐惧，像甩不掉的阴影。

“我……不是长胖。”姞怜声音轻下去，“我怀孕了。”

“啊！我要当舅舅了。”小八月高兴得跳起来，凑过去贴着她的肚子打起了招呼，“嘿，你好啊，我是你的舅舅。”

“这么说，我要当姥姥了吗？”郁晚也欢喜起来。

静悄悄的，姞怜的心境无声无息地发生变化了。她将手轻轻地放在肚子上，感受着蓬勃而温暖的生命的力量。

“可是，孩子的父亲已经不在了，我带着孩子回来了。”她说着，眼睛里涌出来泪水。

“生下来吧，我们跟你一起照顾宝宝。”郁晚说。

“我也可以帮忙照顾哦。”小八月说。

“真的可以吗？”她不安地问。

“没问题的。将来，总会遇到真心爱你和爱这孩子的人，我们陪着你等。”郁晚又说。

闻言，她的心境悄然地发生着变化。我和他们终究是一家人，她心想。

“我们都陪你等。我没有父亲，不也活得很好嘛！”

都灵说着，上前来一步，紧紧地将她拥进了怀里。

在这温暖的拥抱里，姞怜松开了紧紧捂着包的手，她想，等会儿要赶紧去把那瓶药给扔了。

进屋前，她再次看见了围墙边上盛开的蔷薇花，想起母亲带她去见郁晚的那一天，楼下的蔷薇也开得正是时候。记忆里，母亲模糊的脸清晰起来，重叠在当年郁晚年轻的脸中。她们的脸，合拢成了女人的模样，那女人不动声色地笑，展露出惊心动魄的美，仿佛谅解了一切。恍惚之间，姞怜怔住了几秒，阳光照了进来，照进了她敞开的心扉上。远处的天空，蓝天碧云如此温柔，像神那一张怜悯人间的脸。

“我要活下去，带着正孕育生命的身体，带着爱和温度，真诚地活下去。”姞怜想。